D1727879

ВИКТОР ДОЦЕНКО
ФЕДОР БУТЫРСКИЙ

ЧЕРНЫЙ ТРИБУНАЛ

БЕШЕНЫЙ ПРОТИВ ЛЮТОГО

МОСКВА
ВАГРИУС
1999

УДК 882—312.4
ББК 84Р7
Б 93
Д 55

Дизайн серии — Владимир Анохин
Художник — Кирилл Заев

Российская мафия в шоке. Больше десятка криминальных авторитетов за короткий срок отправлены на тот свет. Приговоры выносятся от имени некоего «Черного трибунала». Какие силы стоят за ним и каковы его цели? Передел власти в криминальном мире или этот террор — кара за беспредел?
    В поисках исполнителя приговоров Савелий Говорков по прозвищу Бешеный выходит на след профессионала-одиночки...

ISBN 5-7027-0913-6

© Издательство «ВАГРИУС», 1999
© В. Доценко, Ф. Бутырский, авторы, 1999

От авторов

Это предисловие адресовано тем читателям, которые не знакомы с нашей первой совместной книгой — «Бешеный против Лютого» («Король крыс»). Остальные же могут пропустить его и сразу обратиться к тексту...

Читая остросюжетные книги, вы хотя бы раз, наверное, задавались вопросом: «А что, если?..»

Что, если два гениальных сыщика — Шерлок Холмс и комиссар Мегрэ — оказались бы вдруг противниками?

Кто вышел бы победителем в смертельной схватке — храбрый рыцарь Айвенго или благородный мушкетер д'Артаньян? А сумел бы штандартенфюрер фон Штирлиц так ловко уходить от хитроумных ловушек, будь на месте коварного Мюллера майор Пронин?

В нашем новом сериале, который мы предлагаем на ваш суд, как раз и реализован сценарий жестокого противостояния двух главных героев разных книг — Савелия Говоркова, более известного под прозвищами Бешеный, Рэкс, Зверь, Тридцатый, и Максима Нечаева под оперативным псевдонимом Лютый.

Савелий Говорков вряд ли нуждается в представлении. Выпущено уже десять романов сериала о нем, на подходе одиннадцатый — «Война Бешеного»; по первым сняты фильмы: «...по прозвищу «Зверь» и «Тридцатого — уничтожить!».

Честный, открытый, благородный и чуточку наивный — таким знают Бешеного миллионы как читателей, так и зрителей России и других стран.

Со вторым героем — Максимом Нечаевым — поклонники детективно-приключенческого жанра познакомились сравнительно недавно. Однако многочисленные отклики читателей на романы «Бригада Лютого», «Прокурор для Лютого» и «Подземная война Лютого» убедили автора, что он на верном пути.

Как и Савелий Говорков, Максим Нечаев — непримиримый враг криминального беспредела. Подобно Бешеному, Лютый благороден в помыслах и неустрашим в поступках.

Однако при всех своих замечательных качествах Савелий и Максим совершенно разные люди. У каждого свой, далеко не простой характер, неодинаковые пристрастия, вкусы, порой противоположные взгляды и, естественно, собственная история жизни.

Но волею судьбы наши достойные друг друга герои — убежденные борцы за торжество справедливости — становятся ярыми противниками на российском криминальном поле боя.

Как сложится их противостояние, кто одержит верх в поединке, в котором ставка — жизнь?

Не будем раскрывать карты, читайте, надеемся, не разочаруетесь.

Хотим предупредить тех, кто знаком с главными героями по книгам о них, что в нашем новом сериале возможны какие-то неизвестные прежде факты их жизни, так как и действуют они в новых обстоятельствах, существуют совершенно в другом литературном пространстве...

Виктор Доценко,
Федор Бутырский

Пролог

— ...Знаешь, как прожить до ста лет? Наодалживать у каких-нибудь лохов много-много денег и долго не отдавать, хотя все время обещать это сделать. Лохи-кредиторы будут ходить за тобой по пятам, сдувать пылинки и беречь как зеницу ока...

Красно-синий матерчатый тент, натянутый над пластиковыми столиками уличного кафе, выглядел под высоким южным небом огромным опрокинутым парусом. Сюда, в тихий переулок центральной части Краснодара, почти не доносились трамвайные перезвоны, звуки автомобильных клаксонов и шум моторов.

Меж невысоких старых домов, в густой листве каштановых аллей бродил слабый вечерний ветерок, и мужчина, только что выдавший собеседнице нестандартный рецепт долголетия, пригладил взъерошенную ветерком прическу.

Даже неопытный наблюдатель мог бы сразу определить, что они познакомились несколько часов назад и наверняка принадлежали не только к разным социальным группам, но и разным мирам.

Вальяжная манера беседы, дорогой мобильный телефон, лежащий на белом пластике стола, фразы «А вот у нас в Москве», «А вот в моей фирме», лейтмотивом повторявшиеся в монологе мужчины, и легкое пренебрежение, сквозившее в интонациях, выдавали в нем столичного бизнесмена; несомненно, наивность провинциалки забавляла его.

Девушка же — молоденькая, пухленькая брюнетка, с янтарными, как у козы, глазами, — судя по округлому южнорусскому говору, была местной, краснодарской, и наверняка к миру больших денег отношения не имела: поношенное ситцевое платьице в горошек, потертая сумочка из искусственной кожи, стоптанные босоножки... Конечно же этот одинокий скучающий мужчина познакомился с ней где-нибудь на улице или в сквере каких-нибудь полтора часа назад, и дальнейший сценарий сомнений не вызывал: еще одна бутылка вина, выпитая на двоих, ночное такси через весь город, съемная квартира или гостиничный номер, интимный антураж, ни к чему не обязывающая легкость близости...

Однако девушка вряд ли задумывалась о грядущей ночи — она выглядела чем-то сильно удрученной или озадаченной и, опустив глаза на бокал с недопитым вином, нервно мяла ремешок сумочки.

— Кто же знал, что этот дурацкий кризис начнется? У соседки целых сто пятьдесят долларов заняла, месяц рубли копила, вчера в обменке купить хотела, а курс знаешь какой?

— Еще бы не знать! — заметно помрачнев, отозвался москвич.

— Да и валюты в продаже нигде нет, хоть убейся... Полгорода обегала! Соседка-то уже мужу пожаловалась, а он у нее по пьянке знаешь какой буйный! — опасливо продолжала собеседница.

— Ничего эти лохи с тобой не сделают. Да и наезжать им на тебя теперь не с руки. Соседке сейчас молиться на тебя надо, каждый день о здоровье справляться, попку тебе подтирать, мужа в телохранители отрядить и просить Бога, чтобы с тобой ничего не случилось. Я же говорю: хочешь прожить долго — делай долги, — вновь повторил мужчина, но почему-то добавил: — Только думай, у кого в долг берешь. А не то придется, как мне сейчас...

Видно, спиртное подействовало на говорившего расслабляюще, провоцируя на доверительную болтливость. Но уже спустя мгновение он пожалел о некстати вылетевших словах, переведя разговор на нейтральную тему.

Вскоре вино было допито, и девушка, благодарно кивнув, сделала неуверенную попытку уйти:

— Извини, темно уже, мне пора... Может, завтра встретимся? Я тебе телефон оставлю.

— Да ладно, зачем откладывать на завтра то, что можно сделать сегодня? Давай ко мне съездим, — предложил собеседник. — Сколько, сколько, ты говоришь, соседке-то должна?

— Сто пятьдесят долларов.

Мужчина похлопал себя по карманам.

— Черт, и валюту дома забыл. Я бы тебе немного помог, — помедлив, вымолвил он и многозначительно взглянул на спутницу.

— Только ты обо мне ничего такого не подумай, — поняв, куда клонит приезжий бизнесмен, стыдливо зарделась та, не смея поднять глаз. — Я ведь не проститутка, я честная, я тебе доллары потом отдам, в Москву вышлю. И не давалка я какая-то вокзальная, у меня и парень есть... Просто кризис. Деньги позарез нужны, а взять неоткуда. Понимаешь?

— Спрашиваешь... И я уже не бизнесмен, хотя фирма у меня и осталась. Просто кризис. Мне тоже деньги нужны. Да где их взять? — Он вновь заметно помрачнел...

Спустя несколько минут они стояли под уличным фонарем. Девушка, прикрывая глаза от слепящего света фар проезжающих машин, отошла в сторонку, а мужчина, закурив, хозяйски поднял руку, останавливая такси.

Первая же машина остановилась, — видимо, у ее владельца, как и у подавляющего большинства россиян после начала кризиса, также не оказалось денег, и потому возможность хоть немножко подкалымить выглядела подарком судьбы.

9

— Шеф, на Савушкина за тридцатник отвезешь?

— Давай. — По интонации водителя москвич понял, что предложил слишком много.

Минут через двадцать столичный бизнесмен и его молоденькая спутница переступили порог однокомнатной квартиры. Разнокалиберная мебель, давно не мытые оконные стекла, засохшая герань на подоконнике, старенький холодильник — все это косвенно указывало и на то, что квартира была съемной, и на то, что временный хозяин, безусловно привыкший к более шикарным интерьерам, вряд ли задержится в этом не очень обустроенном жилище. И уж наверняка серьезные причины побудили его, преуспевающего бизнесмена, перебраться сюда, в Краснодар, из самой Москвы...

— Извини, а ты у нас на Кубани... сколько еще пробудешь? — разуваясь, спросила девушка.

Хозяин вздохнул:

— Как получится. Наверное, еще недели две. А дальше — за границу.

— На отдых?

— Нет, навсегда.

— А почему в Москву возвращаться не хочешь?

— Делать мне там больше нечего. Кризис... Бизнеса в России больше нет и не будет, да и много в Москве людей, с которыми мне встречаться не хочется, — вновь разоткровенничался хозяин. — Ладно, хватит о грустном! — мрачно завершил он, доставая из холодильника початую бутылку вина.

Выключил верхний свет, задернул шторы, зажег ночник и, расставив бокалы на журнальном столике, щелкнул кнопкой магнитофона.

«Money, money, money», — с назойливой экспрессией заголосила «АВВА» популярный шлягер семидесятых, и хозяин, неожиданно нервно выругавшись («опять про деньги!..»), перевернул кассету на другую сторону.

— Ну что, за встречу, за все хорошее, за то, чтобы «мани» у нас всегда были и нам ничего за это не было, — разлив по бокалам вино, предложил он и, как бы невзначай положив руку на оголившееся округлое колено девушки, улыбнулся снисходительно: — А из-за такой мелочи, как какие-то сто пятьдесят баксов, и волноваться не стоит. Мне бы твои проблемы... — На миг он вновь помрачнел, но перевел взгляд на округлые колени девушки и улыбнулся: — И еще, Вера, давай выпьем за наше знакомство... Ты мне сразу понравилась там, в сквере. Давно заметил: чем дальше от столичного шума, тем девушки красивее... Как-то мягче вы и чище, что ли...

— Ладно, Артурик, где наша не пропадала. — Брюнетка чокнулась с хозяином квартиры.

Из магнитофона зазвучала вкрадчивая и располагающая к любовным утехам мелодия фильма «Эммануэль». Девушка на удивление быстро опьянела и уже совсем перестала сопротивляться настойчивым ласкам своего случайного знакомого.

Когда он начал целовать ее, она сама обвила его мощную шею руками и позволила отнести себя на кровать. «Артурик» торопливо разделся и помог Вере стянуть через голову платье в горошек. Она сняла лифчик, сбросила на пол трусики и уже через минуту сладко постанывала, скрестив ноги за спиной у мужчины:

— Вот так... глубже... еще глубже... хорошо-то как, Господи! Артурик, какой он у тебя большой! О-о-о!!! Постой, не выходи! Я кончаю, кончаю! И ты кончай... кончай в меня! А-а-а-а... Да-да-да!

Отдохнув, они выпили еще вина, покурили, затем мужчина вышел из комнаты. Вернулся, затягивая на себе пояс махрового халата, небрежно бросил на журнальный столик пятьдесят долларов и сказал девушке:

— Ну что, Вера, считай, десять баксов из них

ты уже заработала. Но тебе надо сильно постараться, чтобы я не пожалел об этих денежках. Рабоче-крестьянская поза — это мне не очень интересно. Ты еще хоть что-нибудь умеешь? Минет грамотно делаешь?

— Ты что, Артурик, — Вера сделала изумленные глаза. — Не знаю, как у вас в Москве, а у нас порядочные девушки этим не занимаются. Я ж тебе говорила: я не проститутка какая-нибудь...

— Вер, кончай дурака валять. Надо — значит, научишься. Вот и учись. Сама знаешь, пятьдесят баксов на улице не валяются...

Видимо, последний аргумент оказался для девушки самым весомым. Артур встал перед ней, распахнул халат, и она, сидя на краю кровати, безропотно взяла в рот толстую плоть, испуганно поглядывая снизу вверх. И стала медленно причмокивать. Слишком медленно — недовольный Артур схватил ее за волосы и начал быстрыми уверенными движениями посылать ей своего приятеля глубоко в рот.

Вера задыхалась с непривычки. Когда мужчина выплеснул в ее горло горячую струю спермы, она чуть не подавилась, по щекам у нее потекли слезы. Ее партнер замер, все еще не отпуская ее волос, застонал от удовольствия, на лице появилась довольная ухмылка.

Потом он сказал:

— Ну, Вер, так себе, на троечку... Но ничего — ночь впереди длинная. Научишься — твой парень тебя озолотит потом...

...На Краснодар пали непроницаемые фиолетовые сумерки — такие темные, беспросветные вечера бывают лишь тут, на юге России. Окраинный район улицы Савушкина отходил ко сну: лишь кое-где зашторенные окна подкрашивались неверным синеватым светом мерцающих телевизоров, а кое-где и зеленоватым — от торшеров и бра.

12

Старая разбитая «Волга» с таксистскими шашечками, освещая пронзительно-желтыми конусами фар углы зданий, рельефные контуры деревьев и разбитый асфальт тротуара, остановилась перед типовой пятиэтажкой.

— Приехали, это улица Савушкина, а семнадцатый дом — вот он, рядом, — прокомментировал водитель.

В салоне «Волги», кроме шофера, сидело трое крепко сбитых молодых мужчин. Неулыбчивые физиономии, короткие стрижки, огромные, словно гуттаперчевые кулаки — все это выдавало в них бывших спортсменов, а зоновские татуировки-перстни на фалангах пальцев атлета, сидящего рядом с водителем, свидетельствовали, что этот пассажир уже конфликтовал с законом. Протянув таксисту хрустящую пятидесятирублевую купюру, татуированный небрежно кивнул назад.

— Давайте, пацаны... — с акающим акцентом москвича скомандовал он.

Выйдя из салона, троица дождалась, пока желтая «Волга» выкатит со двора (при этом татуированный зачем-то взглянул на номер машины), и, бегло осмотрев двор, двинулась в ближайший подъезд.

— Какая квартира? — тихо спросил один, вжикая взад-вперед замком-«молнией» небольшой спортивной сумки.

— Двадцать седьмая, второй этаж.

— Варлам, иди-ка на всякий случай под балкон встань, чтобы эта гнида из окна не ломанулась, — скомандовал татуированный, видимо бывший старшим. — Вот дверь, сориентируйся, где его окно, и, если свет горит, нам скажешь.

Варлам отправился вниз. Вернулся он через минуту и, довольно хмыкнув, произнес, обращаясь почему-то только к татуированному:

— Михей, там зашторено, но вроде как ночник горит.

— Пробить-то мы его здесь пробили, теперь

13

главное — чтобы никого посторонних дома не оказалось. Лады, Варлам, вниз давай. А ты, Валерик, — кивнул Михей спутнику со спортивной сумкой на плече, — доставай свою трубочку.

Остановившись на лестничной площадке рядом с дверью, на которой блестела латунная табличка с цифрой «27», Михей и его спутник Валерик осмотрелись. Подойдя к двери двадцать пятой квартиры, Михей, приложив ухо к потертому дерматину, прислушался — все было тихо. Из двадцать шестой квартиры доносился слабый звон посуды, — видимо, там только сели ужинать.

Тем временем Валерик, сковырнув отверткой телефонный щиток, уже перебирал разноцветные переплетения проводков. Нащупав нужные, зачистил проволоку от изоляции, подключил телефонную трубку с каким-то замысловатым табло, щелкнул наборными кнопками и приложил трубку к уху. Вне сомнения, этот прибор позволял прослушивать через домашний телефонный аппарат все, что происходит за дверью двадцать седьмой квартиры.

— Ну, есть он там? — нетерпеливо спросил Михей.

Валерик редкозубо осклабился.

— Куда денется! С телкой какой-то сидит, понтуется, каким он на Москве крутым был!

— Телка — это хуже, — помрачнел татуированный. — На хер нам свидетели?

— Так что, до завтра отложим?

— Времени мало, завтра в Москву надо возвращаться, — категорично отрезал Михей. — Хрен на нее, мы тут все равно не засвечены. Ладно, отключай свои проводки. Сейчас одно надо: чтобы он нас впустил.

В двери не было смотрового глазка, и это немного облегчало задачу ночных гостей. К тому же нужный им человек жил на съемной квартире и наверняка не был знаком с соседями.

Михей аккуратно вдавил пуговку дверного звонка, и тот отозвался мелодичной трелью. Спустя минуту за дверью послышались шаркающие шаги и мужской голос спокойно спросил:

— Кто там?

— Слышь, братан, — произнес Михей приглушенно, стараясь вложить в интонации максимум скорби, — сосед я твой, из тридцать первой. У нас тут мужик один хороший погиб, Петька Сорокин из семнадцатой, так я от домового комитета на похороны собираю. Дай сколько можешь на святое дело, хоть пару рублей, если не жалко!

С той стороны двери послышался характерный звук открываемого замка, зазвенела цепочка... Но едва дверь приоткрылась, Валерик, стоявший сбоку, навалился на нее плечом — спустя мгновение незваные гости ворвались в прихожую. Несколько беспорядочных ударов, болезненное кхаканье жертвы — и хозяин, даже не успев рассмотреть нападавших, свалился на пол.

Несомненно, ворвавшиеся в квартиру были профессионалами. Валерик, достав из кармана наручники, мгновенно заломил мужчине руки за спину и щелкнул браслетами. Михей же, выхватив из кармана пистолет с загодя навинченным глушителем, бросился в комнату и, заметив лежавшую на кровати поверх одеяла девушку, резким движением навел на нее ствол.

— Вот что, телка, пикнешь — убью! — со зловещим придыханием профессионального убийцы пообещал он.

Тем временем Валерик волок за волосы упиравшегося хозяина; поздний визит поднял его с девушки, и потому, кроме махрового халата, наброшенного на тело, больше на нем ничего не было.

— Свистни-ка Варламу, чтобы он сюда подвалил, — скомандовал татуированный и, сделав шаг к лежащему, неожиданно ударил его в пах. Тот завыл. — Ну что, гнида, свалить захотел? А как же

15

долги? Скрысятничать хотел? Думал от нас убежать? Зря думал: от братвы далеко не убежишь!

Минут через пять в квартире появился и Варлам. Сперва взглянул на лежащего, оценил неестественную зелень его лица и уведомил глумливо:

— Это еще цветочки. Через полчаса ты вообще пожалеешь, что родился на свет.

Затем обратил внимание на девушку — та лежала ни жива ни мертва от страха, забыв даже прикрыть свои оголенные груди и вполне аппетитные бедра.

— Во, телка, какая ты сисястая! Че, пацаны, с собой заберем или как?

— Первым делом, первым делом — самолеты, ну а девушки, а девушки — потом, — продекламировал Михей. — Запри-ка ее пока в ванной и кляп какой-нибудь в рот засунь, чтобы не орала. А ты, Валерик, обыщи, что тут ценного есть. Не мог же он из Москвы свалить пустой!..

...Спустя полчаса московский бизнесмен, скрывавшийся от кредиторов в Краснодаре, действительно пожалел, что родился на свет.

Конечно же свою вину он знал. Конечно же он видел, кто перед ним, но все-таки попытался договориться.

— Ребята... — начал он, с трудом справляясь с естественным волнением.

— Мы те не ребята, ребята у мамки сиську сосут, — прервал Михей, доставая из внутреннего кармана несколько сложенных вчетверо листков бумаги. — Заткнись лучше и слушай, что я тебе говорить буду. Так-так-так... Ага. Вот. — Он принялся читать с выражением: — «Расписка... Я, Леонид Петрович Юшкевич, 19 апреля 1998 года взял в долг у Владимира Валерьевича Бурнуса двадцать две тысячи долларов. Обязуюсь вернуть не позже, чем через четыре месяца». Ты Леонид Петрович Юшкевич? Что молчишь, сука?! Не слышу! Ты?!

— Да, — с трудом ворочая пересохшим языком, отозвался хозяин квартиры.

— Брал деньги?

— Брал.

— Почему не отдал?

— Да сами же понимаете — кризис! Я бы и отдал, у меня счета в Мост-банке и «СБС-Агро», так ведь валюты нет! Предлагают или рублями по шесть триста, или в Сбербанк переводить... Да еще с ГКО моя фирма влетела...

— Нас это не колышет. Мы тоже влетели. А вот еще одна расписка. Читаю: «Я, Леонид Петрович Юшкевич, 20 января 1998 года взял в долг у Ольги Дмитриевны Самоделок пятьдесят четыре тысячи долларов. Обязуюсь вернуть шестьдесят четыре тысячи долларов не позднее...» А вот еще: банковская платежка о перечислении на твою долбаную фирму предоплаты в сто двадцать пять тысяч долларов. Капусту ты получил, обналичил — это мы тоже знаем. Товар не поставил. Брал?

Крыть было нечем.

— Брал...

— Чем ответишь?

Должник промолчал.

— У тебя тут что-нибудь вообще есть? — спросил Михей.

— У него наликом сто четырнадцать штук, какая-то мелочь и кредитки «СБС-Агро», — доложил Валерик, делавший в квартире обыск, и, поставив на стол «дипломат», щелкнул замками — на столешницу посыпались тугие брикеты стодолларовых купюр и россыпь кредитных карточек. — На антресолях среди хлама нашел.

— Ага, уже легче... — немного повеселев, резюмировал татуированный. — А остальные? А нам за работу? А бизнесменам нашим за моральный ущерб? Так чем ответишь, сучонок?!

— Я отдам... потом, когда с делами разберусь, — умоляюще глядя на бандитов, пролепетал должник.

— Потом нам не надо. Потом — это светлое будущее, а мы всегда живем настоящим.

— Дайте хоть месяц сроку!

— Насчет срока — это не к нам, а в прокуратуру, — развеселился Валерик.

— Но у меня... нет столько денег! — взмолился несостоятельный должник, понимая, что теперь начнется самое страшное.

Самое страшное началось спустя минуту.

Сперва Михей положил перед бизнесменом несколько загодя заверенных нотариусом документов: это были генеральные доверенности на принадлежащие господину Юшкевичу три московские квартиры, по которым последний делегировал Андрею Васильевичу Михеенко полное право распоряжаться жилплощадью по собственному усмотрению. Должник, естественно, сперва отказался ставить подпись, и тогда Михей коротко кивнул Валерику. Тот, достав из спортивной сумки шприц и флакон одеколона, быстро наполнил стеклянный цилиндрик прозрачной зеленоватой жидкостью и, присев на корточки перед лежавшим на полу пленником, сделал ему инъекцию в мошонку, под кожу.

Наверняка немного найдется мужчин, которые после такой адской пытки не сделают все, что от них требуется. Леонид Петрович Юшкевич не стал исключением. Через мгновение генеральные доверенности на квартиры были подписаны. Приезжим бандитам ничего иного и не требовалось. Или — почти ничего.

— Ну что, с самолетами разобрались, теперь осталась твоя шлюха, — пряча доверенности во внутренний карман куртки, констатировал Михеенко. — Где там эта бигса? В ванной? Давай-ка ее сюда. Совместим, так сказать, приятное с полезным, — закончил он, не объясняя, впрочем, что в этой ситуации приятное, а что — полезное.

18

— Щас на троих распишем, в три ствола и одновременно, — похотливо хихикнул Валерик...

Прищурившись, Михей смотрел, как его дружки втолкнули в комнату девушку с кляпом во рту. Она, похоже, совсем протрезвела от страха и переводила обезумевший взгляд то на бандитов, то на скорчившегося у ее ног москвича-фирмача. Варлам держал ее за волосы, Валерик приставил к ее горлу финский нож с канавками для кровостока.

— А ничего сучка, — хохотнул татуированный атлет, стоявший перед ней. — Жаль, что не целочка уже... Эй ты, дура, хочешь с нами, настоящими мужиками, побаловаться? В очко-то ни разу небось не трахалась, а? Щас мы эту проблему решим, щас... Мужики, кто ее вафлить будет? Валерик? Отлично!.. Я-то хочу ей на заднем месте целку сломать. И слушай сюда, курва, — Михей сурово взглянул в глаза беззащитной жертвы. — У Валерика в руках будут две острые железки. Если укусишь его хрен, то оглохнешь сразу, понятно? Так что будь умницей. Ты потом всю жизнь будешь эту ночь страсти вспоминать. Встала на колени живо! И не вздумай вякать, если жизнь дорога!

Только он выдернул кляп изо рта Веры, она сразу забормотала, пуская слюни и дергаясь всем телом:

— Мальчики, не надо... Зачем же так... Я бы и так дала... По-хорошему, если бы попросили...

Но тут Валерик приставил к ее ушам свои страшные железки, и она, давясь, принялась за его вздыбившуюся от желания плоть. Только мычала, когда он засовывал его слишком далеко и ее нос упирался в черные курчавые волосы на лобке бандита. Валерик быстро кончил, заставив Веру проглотить всю его сперму, до последней капли, и тут же его сменил Варлам.

Вскоре с уханьем и рычанием кончил и Михей. Они немного передохнули и вновь взялись за свое черное дело...

19

* * *

...Бандиты покинули двадцать седьмую квартиру лишь на рассвете, предварительно удушив подушкой и хозяина, и его случайную знакомую, которую гоняли по программе жесткого секса два с половиной часа. Перед тем как захлопнуть входную дверь, Варлам положил оба мертвых тела на кровать, поставив на столе зажженную свечку. Затем закрыл форточки и открыл на кухонной плите все газовые горелки.

По замыслу Михея, наверняка уже практиковавшего подобные фокусы, газ должен был проникнуть в единственную комнату и, достигнув критической массы минут через сорок, взорваться. Это вряд ли оставило бы милиции возможность отыскать следы преступления: взрыв газа до неузнаваемости обезобразит трупы. Да и какое тут преступление? Просто человек из Москвы познакомился с милой местной барышней, привел ее к себе, они выпили, зажгли свечу, чтобы придать обстановке романтичность, а тут произошла утечка газа или просто забыли выключить плиту...

Конечный результат бандитского вояжа на Кубань впечатлял: сто четырнадцать тысяч долларов плюс генеральные доверенности на три квартиры в Москве, каждая из которых тянула от семидесяти до ста десяти тысяч. Может быть, еще несколько месяцев назад бандиты из одной очень влиятельной московской оргпреступной группировки, пресыщенные богатыми возможностями легального бизнеса, и не взялись бы за столь хлопотное, технически сложное, а главное, кровавое дело, как выбивание долгов.

До августа тысяча девятьсот девяносто восьмого года выбивание долга в двести тысяч долларов (из которых вышибалы взяли бы «за работу» половину минус расходы на техническое осуществление операции) прельстила бы в Москве разве что молодежные группировки. Но теперь, в условиях экономи-

20

ческого кризиса, даже самые серьезные авторитеты считали за счастье подписаться и под куда меньшие суммы...

Над историческим центром Санкт-Петербурга — всегда многолюдным Невским, над забранными в гранит каналами с переброшенными через них мостами, над тускло мерцающим золотом куполом Исаакиевского собора — низко зависло темно-серое ноздреватое небо. Смеркалось намного раньше обыкновенного — это предвещало скорый и затяжной дождь, что не редкость во второй столице России.

Огромный неповоротливый «кадиллак» благородного серого цвета, свернув с Невского проспекта на неширокую улочку Рубинштейна, проехал несколько кварталов и, притормозив, въехал в арку дома.

На заднем сиденье расположился высокий черноволосый красавчик явно кавказской внешности. Строгий клубный пиджак, немыслимо дорогие туфли ручной работы, стодолларовый галстук с бриллиантовой застежкой, да и сам автомобиль, наверняка сделавший бы честь любому арабскому шейху, — все это выдавало в черноволосом одного из теперешних хозяев жизни.

Зато водитель ничем особенным не выделялся: невыразительный темно-синий костюм, стертые, словно на старой монете или медали, черты лица... Увидишь такого на улице — и через минуту не вспомнишь, как он выглядел. Правда, неестественная полнота торса позволяла предполагать, что под пиджаком шофера надет бронежилет, что, в свою очередь, указывало на то, что, кроме водительских обязанностей, он выполнял и функцию телохранителя.

— Приехали, Хасан Казбекович, — напомнил водитель-телохранитель.

Черноволосый закурил, с силой вдавил кнопку

21

стеклоподъемника, пустил в окно колечко дыма, после чего раздраженно выдохнул в затылок сидевшего за рулем:

— Вот суки, а? Русским языком им говорю: не могу вам теперь баксами платить. Вон, с пацанами сегодня тер: малышевцы, — Хасан Казбекович имел в виду так называемую малышевскую оргпреступную группировку, одну из сильнейших в Питере, — и то со своих бизнесменов по шесть тридцать берут. А эти гондоны штопаные только «зеленью» хотят. Где я ее теперь возьму, а? Еще и угрожают — мол, в договоре не рубли, а баксы стояли.

Телохранитель деликатно промолчал — профессиональная этика не позволяла ему переспрашивать шефа о делах. Открыл дверцу, вышел из машины и, встав вполоборота, кивнул сочувственно:

— Кризис, что поделаешь, шеф...

— Кризис, кризис... У этих русских кризис лишь тогда кончится, когда они всю водку с пивом дожрут, протрезвеют и поймут, что работать, работать надо, а не дурака валять! Какого хрена я вообще из своего Владикавказа уехал?! Чего я в этом Питере позабыл?!

— Хасан Казбекович, я в подъезде взгляну, что и как, а вы тут посидите, — произнес телохранитель, оставляя без ответа последний вопрос.

Осмотр подъезда дома, где жил владелец роскошного «кадиллака», не вызвал подозрений. Правда, у мусорных баков стояла парочка — высокий молодой человек целовал девушку столь страстно, что позабыл даже о переполненном мусорном ведре, стоявшем у его ног.

Еще раз оценив обстановку, телохранитель подошел к лимузину, открывая дверцу хозяина:

— Все чисто, шеф!

— Да ладно тебе, смотришь за мной, как за малым ребенком, — проворчал чернявый, выходя из машины. — Кого мне в этом городе бояться? У кого на меня здесь рука поднимется?

Хлопнув дверцей, он двинулся к черному проему подъезда. Телохранитель шел впереди.

Внезапно со стороны мусорки послышался какой-то шум, и впереди идущий резко обернулся: девушка, только что целовавшаяся с молодым человеком взасос, оставила свое занятие и почему-то двинулась наперерез, доставая сигаретную пачку.

— Простите, у вас зажигалки не найдется? — спросила она.

— Не курю, — ответил телохранитель и тут же боковым зрением заметил, как молодой человек, быстро высыпав на землю содержимое ведра, извлек из груды мусора нечто черное и продолговатое, напоминающее автомат...

Рука телохранителя инстинктивно потянулась к подмышечной кобуре, но девушка оказалась проворней: в руке ее невесть откуда появился небольшой никелированный пистолетик...

Короткий хлопок прозвучал почти неслышно, и телохранитель, так и не успевший достать оружие, отброшенный силой выстрела, отлетел к стене: на лбу его, как раз между бровями, чернела круглая точка.

А девушка, бросив пистолетик, пригодный лишь для ближнего боя, уже отскочила в сторону, давая молодому человеку возможность прицельной стрельбы из автомата. Все произошло настолько быстро, что владелец роскошного «кадиллака» даже не успел отреагировать, — после короткой автоматной очереди он, обливаясь кровью, рухнул навзничь.

Дальнейшие действия парочки отличались четкостью и профессиональной продуманностью. После контрольных выстрелов в головы жертвам киллеры выбросили оружие, предварительно затерев отпечатки пальцев, и, убыстряя шаг, направились через проходной двор в сторону улицы Рубинштейна, где их уже поджидала молочного цвета «семерка» с водителем. Еще минута — и неприметный «жигуль» растворился в автомобильной толпе на Невском проспекте...

...Милиция прибыла к месту происшествия спустя пятнадцать минут — жильцы дома, заслышав стрельбу, сразу же позвонили на пульт ГОВД. Личности убитых были установлены по найденным в карманах документам (кстати, деньги, ценные вещи и оружие не прельстили убийц, что прямо свидетельствовало о заказном характере преступления).

Хасан Казбекович Темирканов, один из богатейших людей Питера, связанных с «большой нефтью», обладал удостоверением помощника депутата Государственной Думы, что, впрочем, не мешало этому человеку, имевшему две судимости, проходить в оперативных разработках в качестве авторитета по кличке Хас-Осетин.

А убитый с ним Иван Прокопович Сивицкий, бывший командир разведроты элитной дивизии Дзержинского, числился его личным телохранителем.

Прокурор района, который появился во дворике на улице Рубинштейна в сопровождении милицейских и эфэсбэшных чинов спустя два часа, с ходу заявил невесть откуда взявшимся журналистам: налицо заказное убийство. Впрочем, это было понятно и без его заявлений.

Что поделать: после августовского кризиса 1998 года в России вновь открылся сезон киллерских отстрелов. И вновь, как и во времена кровавого передела собственности начала — середины девяностых, поимка и наказание убийц оставались маловыполнимой задачей...

Раннее субботнее утро — не лучшее время для продуктовых оптовых рынков. А уж тем более спустя всего лишь несколько недель после начала кризиса...

Небольшой подмосковный рынок открывался в

шесть утра. По аллейке, заставленной типовыми торговыми палатками, неторопливо катили тяжело груженные «Газели». Продавцы открывали свои киоски, выгружали картонные коробки, пересчитывали товар, щелкали кнопками калькуляторов. Бомжи, старушки-пенсионерки и беспризорные дети уныло бродили вдоль палаток, выискивая в мусорках пустые бутылки, а то и что-нибудь съедобное.

Первые посетители появились лишь в половине восьмого — это были мужчины, и почти все, как один, — грязные, небритые, благоухающие водочным перегаром. Они словно сонные мухи перемещались от палатки к палатке и, едва не засовывая головы в открывшиеся амбразуры окошек, задавали один и тот же вопрос:

— Девоньки, похмелиться есть?

К счастью страждущих, найти опохмел на этом рынке не было самой большой проблемой. Едва ли не половина ларьков торговала левой водкой. Цены выглядели завлекательно: «кепка», то есть бутылка с обыкновенной пробкой, — десять рублей, «винт» — двенадцать.

Пересчитывая металлическую мелочь и мятые купюры, алкаши складывались на спасительную дозу и, купив в палатке реанимационную поллитровку, тут же выползали с территории рынка, чтобы скорее с ней расправиться.

К десяти утра алкаши попёрли, как рыба на нерест. Поддельной водкой торговали в буквальном смысле по всему рынку: и в тех ларьках, где продавали исключительно сигареты, и там, где специализировались на продаже консервов, и там, где торговали тампаксами со сникерсами, и даже в палатках азербайджанцев-цветочников. Опытные завсегдатаи даже пытались сбить цены: мол, не продашь «кепку» за девять — пойду к конкуренту. Некоторые соглашались, тем более что конкурентов у каждого виноторговца было более чем достаточно.

Вскоре появились и мелкие оптовики. В отличие от грязных ханыг, эти не торговались и, отсчитав деньги сразу за сто — триста поллитровок, живо грузили стеклянно звенящие коробки с надписями «Тампакс» и «Стиморол» в багажники своих малолитражек.

Уже после обеда на территорию рынка въехали две машины: молочная «девятка» и бежевая «шестерка». Первый автомобиль остановился у входа, блокируя таким образом выезд, а «шестерка» медленно катила по главной аллее. Не доезжая до конца, машина притормозила, и из салона выпрыгнуло трое коротко стриженных амбалов.

— Боже, опять бандиты! — выдохнула торговка из палатки с надписью «Товары для дома», спешно выгоняя на улицу очередного алконавта.

— Какое там! — отозвалась ее товарка с соседней точки. — Недавно работаешь, ничего еще не знаешь! Эти еще хуже, чем бандиты! Это менты!

И впрямь: в тот день на оптовом рынке проводился плановый рейд УЭПа — Управления по борьбе с экономическими преступлениями. После принятия Думой известного постановления о госмонополии на производство и продажу спиртного такие рейды практиковались едва ли не по всем российским рынкам.

Вне сомнения, сотрудники УЭПа владели какой-то оперативной информацией (то есть доносами стукачей) и потому, минуя череду однотипных киосков, бодро направились к палатке с надписью «Товары для дома».

Один милиционер встал у окошка, а второй, белобрысый, достав из кармана удостоверение, постучал в дверь.

— Откройте, милиция! — деревянным голосом произнес уэповец.

За дверью послышалось бутылочное дзиньканье.

— Что вам надо?

— Плановая проверка.

26

— Извините, мы сегодня не торгуем, — ответила находчивая продавщица, поспешно выставляя в окошке табличку «Закрыто на сан. день».

— Но мы все равно хотели бы осмотреть ваше рабочее место! — не сдавался борец с экономической преступностью.

— Не имеете права, частная собственность! — не сдавалась продавщица.

— Открывай, сука старая, а то сейчас дверь на хрен высадим! — живо отреагировал милиционер.

Делать было нечего — пришлось открывать. Сунув в лицо торговке служебное удостоверение, оперативник выгнал ее из палатки, подозвал двух сослуживцев и принялся за тщательный обыск.

Результаты превзошли все ожидания: в ларьке, торгующем «товарами для дома», было обнаружено восемь картонных коробок «Столичной», четыре — «Московской», три — «Золотого кольца» и три — «Привета». Отсутствие акцизных марок, грубо приклеенные этикетки, перекособоченные пробки — все это свидетельствовало о том, что обнаруженная водка разливалась в кустарных условиях и, естественно, является фальшивой.

— Ну что, придется уголовное дело заводить, — довольный собой, заявил белобрысый уэповец. — Откуда у тебя столько неоприходованной водки?

— Для собственных нужд, — вновь нашлась продавщица.

— Ха, неужели одна все выпьешь? Триста сорок-то бутылок! — Сотрудник явно издевался над ней.

— Племянник через неделю женится, это ему на свадьбу. — Продавщица все еще надеялась вывернуться. — Приходите и вы, гостям всегда рады.

— А дома не хранишь потому, что комнатка маленькая? — усмехнулся тот.

— Нет, не поэтому: мужик у меня пьющий. Боюсь, чтобы с дружками своими все не вылакал. Вы же сами знаете, как у нас пьют-то!

Ответ прозвучал весьма правдоподобно, однако мент не отставал:

— А почему без акцизов?

— Такую купила.

— Где?

— Да с машины на станции продавали...

Сотрудник милиции прищурился:

— А вот я сейчас с десяток свидетелей организую, они и покажут, что водку в твоем киоске покупали. А заодно и племянника твоего по всей программе пробьем: есть ли заявление в загс, когда подано и все такое... И уж поверь, мы тебя потом на полную катушку раскрутим, еще и за лжесвидетельство ответишь. Ну, так что скажешь?

Аргументы выглядели неоспоримо, тем более что у этой продавщицы никогда не было не только племянника, который собирался жениться, но и мужа — пусть даже и крепко пьющего.

— Мальчики, но ведь весь рынок такой торгует! — взмолилась продавщица.

— Доберемся и до других, — холодно ответил милиционер, испытующе глядя на собеседницу. — Подделками, понимаешь ли, торгуешь, народ травишь, деньги бешеные гребешь... Торгаши гребаные! Кровопийцы на теле трудового народа! — Казалось, что сотрудник сам себя заводит. — А нам в отделе уже третий месяц зарплату не платят!

Последняя фраза была ключевой — даже недалекая торговка мгновенно поняла ее незамысловатый подтекст. Прикрыв поплотнее входную дверь, продавщица произнесла заговорщицким шепотом:

— Виноватая я: бес попутал... А потому готова пострадать материально. Ну, типа штраф заплатить... А можно не через сберкассу, а прямо тут, а?

— Сколько? — казенным голосом спросил мент.

Продавщица выгребла из кармана фартука разномастные банкноты и, отсчитав пятьсот рублей, протянула собеседнику:

— Больше не могу...

— А больше и не надо, — великодушно позволил милиционер. — Хотя... — он жадно взглянул на ящики с водкой, — обожди-ка. Дай-ка я у тебя несколько бутылок «Столичной» возьму. На экспертизу, а? — Он нагло усмехнулся...

Спустя несколько минут белобрысый уже выходил из палатки «Товары для дома». Закурил, подозвал одного из коллег и, указав глазами на киоск, произнес негромко:

— Вот повезло нам... Дура припыленная, работает недавно, нашей таксы еще не знает. — Он громко расхохотался. — Пятьсот дала, прикидываешь?..

Через пять минут уэповцы сидели в салоне «шестерки», обсуждая план дальнейших действий.

— Ребята, сегодня надо хоть кого-нибудь для плана закрыть, — поучал старший опергруппы, засовывая изъятые поллитровки под водительское сиденье. — А то неправдоподобно получается: рейд, постановление правительства, то да се... И ни с чем вернемся. Мне Калаш рассказывал, — говоривший назвал местного уголовного авторитета, «державшего» этот оптовый рынок, — что неделю назад тут какие-то азерботы объявились. Никому не платят, цену всем перебивают, да и борзые очень. Совсем нюх потеряли, гады! Давай их и закроем!

— И то правда, — согласился один из коллег. — На какой, говоришь, точке они торгуют?

...Рейд по выявлению лиц, незаконно торгующих спиртным, выдался для сотрудников Управления по борьбе с экономическими преступлениями на редкость удачным. Кроме азербайджанцев, злостных нарушителей постановления правительства, уэповцы арестовали еще двух торгашей — несчастных бабушек пенсионного возраста, вышедших на рынок с десятком поллитровок «Московской», разлитой в Осетии. Правда, азербайджанцы пытались было откупиться, но милиционеры, продемонстрировав редкую для органов МВД принципиальность, отказались даже от долларов. Бабушки, не получавшие пенсию с мая, естественно, откупиться не могли, впрочем, к этому их никто и не понуждал. Оперативникам требовалось другое: показать видимость работы по выявлению нарушителей, что и было сделано.

На планерке, проведенной в конце дня, начальник отдела похвалил старшего опергруппы, поставив задачу для следующего рейда: минимум три нарушителя. Впрочем, все уэповцы, от сержанта до начальника, прекрасно понимали: бутлегерство — а именно так называют незаконные производство и продажу спиртного — неискоренимо, как неискоренима любовь россиян к дешевому алкоголю и извлечению нетрудовых доходов. Лови не лови мелкооптовых торговцев, а фальшивая водка все равно будет продаваться на каждом углу.

Подпольные водочные синдикаты ворочают сотнями миллионов долларов, имеют своих людей в правительстве, лоббируют собственные интересы в средствах массовой информации и даже содержат в Осетии собственных боевиков. А потому главное — не бороться с этими синдикатами глобально, а рапортовать наверх: в результате оперативно-розыскных действий задержано столько-то, конфисковано столько-то...

А уж если торгаши хотят жить спокойно, делиться надо. И овцы сыты, и волки целы... Теперь эта древняя мудрость звучит так...

После «черного понедельника» семнадцатого августа тысяча девятьсот девяносто восьмого года жизнь в России постепенно возвращалась на круги своя, в дикие и кровавые времена начала девяностых. Лидеры оргпреступных группировок, лишившись прежних, относительно легальных источников доходов, вроде банков, трастовых компаний, казино, рынков и фирм, вновь деятельно принялись за передел собственности — той, что еще приносила хоть какой-то доход. Бандиты среднего и низового звена, страшась «сокращения кадров», вспомнили о традиционном ремесле: рэкете, вышибании долгов, заказных убийствах.

Россия неудержимо скатывалась в пучину криминального беспредела.

Органы МВД оказались явно не готовыми к такому повороту событий. Кто, кроме каких-нибудь фанатиков из МУРа, полезет под бандитские пули, если офицеры месяцами не получают зарплату и пайковые, если в следственных кабинетах замерзают батареи, если семьям погибших милиционеров не выплачивают регулярно пенсии? Да и тотальная продажность ментов давно вошла в поговорку.

ФСБ также не оправдывала надежд: отток классных специалистов в частные фирмы, интриги между главками, кабинетная чехарда последних лет — все это постепенно выкрошило зубчатку механизма некогда грозного союзного КГБ. Лубянка погрязла в политических играх: офицеры спецслужб, начисто забыв о служебных инструкциях и профессиональном долге, раздавали телевидению скандальные интервью, сводили друг с другом счеты.

Ситуация усугублялась полным параличом власти: законы, с трудом принятые Думой, по-прежнему не работали.

И правительственные аналитики, и журналисты, и рядовые налогоплательщики были едины во мнении: после августовского кризиса организованная преступность стала для российской государственности опасностью номер один. Но бороться с этой опасностью не было ни сил, ни средств, ни по большому счету желания. Власть неотвратимо погружалась в летаргию. Это было подобно смертельной дремоте засыпающего на морозе: стремительное течение несет к неминуемой развязке, истрачены вера и воля, и в мозгу обреченного лишь слабо пульсирует: «Будь что будет...»

И только немногие вспоминали: еще с начала девяностых годов среди среднего и высшего звена российского криминалитета ходили смутные и тревожные слухи о какой-то глубоко законспирированной правительственной структуре, созданной для физического уничтожения высокопоставленных бандитов. Подобная организация действительно существовала в начале девяностых: так называемый «13-й отдел», созданный для защиты закона незаконными методами, без оглядки на Генпрокуратуру, Министерство юстиции и Верховный суд, умело регулировал процессы в криминальном мире, при необходимости верша свой собственный суд. Впрочем, в середине девяностых «13-й отдел» был ликвидирован как неконституционный — очень уж опасным и обоюдоострым оказался никем не контролируемый меч державы.

И правительственные аналитики, и журналисты, и рядовые налогоплательщики все чаще и чаще задавались вопросом: что делать?

Но ответа на этот вопрос так и не находили...

Глава первая
Удар Кобры

Впервые за последние примерно лет десять Савелий Говорков имел возможность отдохнуть по-настоящему. С полгода назад он завершил одно удачное дело, в котором был ранен в грудь и тем не менее, даже с такой раной, сумел задержать опасного рецидивиста, имевшего за плечами не одно заказное убийство.

Это дело ему поручил генерал Богомолов год назад. Юрий Кобревский, по кличке Кобра, попал в поле зрения «конторы» Богомолова совершенно случайно, и если бы не этот случай, то, вполне возможно, он до сих пор бы убирал неугодных высокопоставленному чиновнику из правительства России банкиров и бизнесменов.

Этот чиновник стоял так высоко, что Богомолову было на самом высоком уровне приказано не арестовывать его, а просто убрать, организовав несчастный случай.

Все было осуществлено столь искусно, что назначенный Генпрокуратурой следователь по особо важным делам развел руками и закрыл дело с резолюцией «несчастный случай», а погибшему были устроены роскошные похороны, на которых присутствовали почти все члены Кабинета министров страны. В некрологе об умершем говорилось как об очень «талантливом организаторе, внесшем огромный вклад в развитие банковской системы страны».

Найти Кобревского удалось чисто случайно. Он

был одиноким волком и всегда действовал без помощников и ассистентов. В лицо его не знал даже этот высокопоставленный заказчик. Все контакты с ним проходили через тройной заслон Интернета. Именно поэтому его так трудно было вычислить. Однако было ясно, что преступления — дело рук одного и того же убийцы: настолько характерен был его почерк.

К тому же он, будучи вполне уверен в безнаказанности, стал оставлять на трупах своих жертв визитную карточку, на которой было только одно слово: «Кобра».

Люди генерала Богомолова в буквальном смысле сбились с ног, пытаясь выйти на след убийцы, но все было тщетно. Тогда-то генерал и решил привлечь к этому делу Савелия Говоркова.

Трудно сказать, какую роль сыграли опыт и знания Бешеного, а какую Божье Провидение, но факт остается фактом: вмешался господин Случай.

Но известно, что Случай помогает только тем, кто его действительно ищет и ждет...

Взявшись за это дело, Савелий первым долгом засел за изучение всех документов, нарытых следственными бригадами, занимавшимися преступлениями Кобры. Потратив на них больше двух недель, Савелий пришел к выводу, что в этих документах нет даже намека на подсказку, с чего начинать ему самому. Савелий понял, что здесь нужен какой-то совершенно оригинальный подход к делу.

Но какой?

Савелий взял небольшой тайм-аут и постарался максимально отвлечься от мыслей о Кобре. Прошло несколько дней, и однажды он, как обычно просматривая газеты, наткнулся на статью одного довольно известного журналиста, пишущего на криминальные темы. Этот эрудированный писака сетовал на то, что современные розыскники и сыщики не используют опыт известных героев писателей-классиков. В качестве примера он привел

Шерлока Холмса, которого его вечный помощник Ватсон снабжал выдержками из криминальной хроники большинства крупных газет.

Журналист был уверен, что опытный детектив всегда сумеет в куче шелухи отыскать зерно истины в любой публикации о преступлении.

Почему-то эта статья запала Савелию в голову и не давала покоя, пока он всерьез не взялся за изучение всех последних материалов о криминале в периодической печати. А чтобы работа двигалась успешнее, он решил воспользоваться Интернетом. Савелий не сомневался, что там найдет страничку, в которой аккумулированы все статьи о преступлениях, опубликованные по всей стране. Он оказался прав: страничка Интернета называлась «Криминальная Россия».

Дни шли за днями, Савелий внимательно изучал этот раздел Интернета, но ничего заслуживающего внимания не находил. Однажды для разрядки он вошел в файл объявлений и минут через десять наткнулся на следующее сообщение:

«Прошу откликнуться парня, на левом плече которого наколота змея.

Милый, мне так понравилась ТА ночь, что я до сих пор не могу прийти в себя. Мне было так хорошо с тобой, что после ТОЙ ночи я не могу смотреть ни на одного мужика. Пожалей меня, бедную и несчастную! Подари хотя бы еще один часик!

Твоя Мышка».

Далее шел электронный адрес.

Трудно сказать, почему Савелий обратил внимание именно на этот вопль женской души. То ли сработала интуиция, то ли привлекли внимание слова о наколке в виде змеи, то ли оттого, что дело не двигалось, но он решил повидаться с этой сексуальной страдалицей.

Внимательно составив нейтральное послание, он отправил его по указанному адресу электронной почты и стал ждать.

Мышка откликнулась почти сразу. К удивлению Савелия, тон ее ответа был очень сдержанным, и Савелий даже хотел отказаться от продолжения общения, но тут в голову пришла мысль, что таких шутников, как он сам, наверняка нашлось немало и потому девушке просто надоели пустые ответы. Немного подумав, он вновь послал свое сообщение, которое почему-то подписал так:

«Тот, который хочет проглотить свою Мышку».

Почему он так подписался? А шут его знает! Подписался, и все!

На этот раз девушка прислала такое восторженное письмо, словно он только что вручил ей ключи от трехкомнатной квартиры. Чего только не было в ее послании! Восторг, слова любви, укор за долгое молчание и тут же извинение за назойливость... Короче говоря, обычный девичий треп.

Пробежав это длинное послание, Савелий с облегчением наткнулся на главное, находящееся в самом конце: адрес! Тут же сообщив, чтобы ждала, он добавил: «Еду!»

Через несколько минут он уже двигался на своей бирюзовой «шестерке» в сторону компьютерной незнакомки.

Вполне вероятно, что некоторые его близкие в этот момент, услышав маловразумительное объяснение такому поведению Савелия, покрутили бы многозначительно у виска указательным пальцем. И были бы правы: Савелий и сам не мог объяснить, почему так поступил. Но всегда ли нужны объяснения поступков?

Вот и Савелий не стал копаться в причинах своих действий. Сейчас, внимательно наблюдая за дорогой, он думал только об одном: какую зацепку может дать эта бедная девушка, даже если интуиция его не подвела?

Господи, о чем он думает? Какая зацепка? Чистый бред! Настоящий бред сивой кобылы! Он вдруг стал громко хохотать и был вынужден даже прижать свои «Жигули» к обочине. Хорошо, что дорога оказалась пустынной и никто не мог видеть истерику Савелия! Истерика продолжалась недолго: закончив смеяться, Савелий покачал головой:

«Что с тобой, парень? Неужели переутомился? Что сказал бы теперь твой Учитель?»

Слова тибетского Учителя мгновенно возникли в сознании Савелия, словно старец услышал своего ученика:

«ЗАШЕЛ В ТУПИК — НЕ ПАНИКУЙ, ОСТАНОВИСЬ И ВНИМАТЕЛЬНО ВЗВЕСЬ ВСЕ ШАНСЫ СВОИ, ВСЕ ВОЗМОЖНОСТИ ОТХОДА ИЛИ ПОПЫТАЙСЯ НАЙТИ ДРУГОЙ ПУТЬ...»

— А если другого пути не видится? — спросил Савелий, не заметив, что начал разговаривать с Учителем вслух, словно тот находится рядом.

«ЗНАЧИТ, ПЛОХО СМОТРИШЬ, БРАТ МОЙ! — Савелию показалось, что он даже улавливает укоризненную интонацию Учителя. — ОТЧАЯНИЕ ПРИВОДИТ К ПОРАЖЕНИЮ! НУЖНО ВЕРИТЬ В СОБСТВЕННЫЕ СИЛЫ! ПОБЕДА ЛЮБИТ ТОЛЬКО СИЛЬНЫХ И НЕ ДАЕТСЯ СЛАБЫМ!»

— Но как можно быть сильным, если не видишь врага своего? — в отчаянии воскликнул Савелий.

«А ТЫ ПЫТАЛСЯ ЕГО УВИДЕТЬ?»

— Как можно увидеть невидимку? — с грустью спросил Савелий.

«ПЛОТЬ ОБЫЧНОГО ЧЕЛОВЕКА НЕ МОЖЕТ БЫТЬ НЕВИДИМОЙ! — возразил Учитель и многозначительно добавил: — СЛЕДЫ ОСТАЮТСЯ НЕ ТОЛЬКО ОТ НОГ ЧЕЛОВЕКА...»

— Следы остаются не только от ног... — машинально повторил Савелий. — К чему вы, Учитель?

«ДУМАЙ, РАЗМЫШЛЯЙ, ПОМНИ... — Голос Учителя становился все слабее и слабее. — ДУМАЙ, РАЗМЫШЛЯЙ, ПОМНИ... И ЗНАЙ: Я — В ТЕБЕ, ТЫ — ВО МНЕ...»

Голос Учителя совсем пропал, но Савелий почувствовал такой прилив сил, ощутил в себе такую уверенность, словно УЖЕ знал, как должен поступать дальше. Он повернул ключ зажигания и рванул машину вперед.

Вскоре Савелий стоял перед дверью квартиры компьютерной незнакомки и нажимал звонок. Буквально через секунду дверь распахнулась.

Вероятно, любой человек, разговаривая с незнакомцем по телефону, бессознательно пытается представить себе образ собеседника. В этом помогает тембр голоса, интонация, акцент, лексика, и нет ничего удивительного в том, что иногда созданный образ почти полностью совпадает с тем, что он видит перед собой: голос, как и отпечатки пальцев, может принадлежать только данному человеку.

Но можно ли создать образ человека только по нескольким его посланиям? Савелий и не пытался этого сделать. Тем не менее, увидев перед собой «компьютерную» незнакомку, он с удовлетворением отметил, что она вполне соответствует невольно создавшемуся в его сознании образу.

Мышка была невысокого роста, миловидная блондинка с довольно округлыми формами тела. На вид ей было не больше тридцати лет. Ожидая своего «любимого», она оделась в коротенький полупрозрачный голубенький пеньюарчик, сквозь который просвечивали пышные груди с возбужденно торчащими сосками и ажурные трусики. Ноги обтягивали черные колготки «Голден леди» с ажурным узором на бедрах.

Увидев незнакомого мужчину, она, к удивлению Савелия, нисколько не смутилась и спокойно спросила его:

— Вы кого-то ищете, молодой человек?

— Вы не поверите, но я ищу вас! — ответил Савелий и улыбнулся своей открытой, немного простоватой, но совершенно неподражаемой улыбкой.

— Меня? — Девушка чуть растерялась.

Если бы она почувствовала в его голосе похоть или издевку, то, вполне вероятно, тут же захлопнула бы перед ним дверь, но у стоящего перед ней парня было столько обаяния, а его голубые глаза смотрели так открыто и чуть смущенно, что непонятное доверие к нему победило.

— Вы, наверное, шутите... — жеманно произнесла она и смущенно опустила глаза.

— Нисколько, — серьезно возразил Савелий и шепотом добавил: — Мышка...

— Откуда... — попыталась воскликнуть девушка и тут же осеклась: вероятно, в ее голове промелькнуло, что стоящий перед ней незнакомец каким-то образом связан с ее «любимым». — Он что, не смог приехать и вас послал сказать мне об этом? — растерянно спросила она.

Сначала Савелий подумал воспользоваться ее случайной подсказкой, но почему-то не захотел.

— Понимаете... — Он запнулся, не зная, как обратиться к девушке: Мышка в данном случае уже не подходила.

— Меня зовут Кристиной, — представилась незнакомка.

— А я — Борис! — Он с улыбкой протянул ей руку.

Девушка машинально ответила на рукопожатие и даже не выдернула руку, когда Савелий задержал ее чуть дольше, чем следовало при первом знакомстве.

Девушке и в голову не могло прийти, что для Савелия это рукопожатие означает вовсе не желание пофлиртовать с миловидной незнакомкой и даже не знаковый жест знакомства, а нечто большее. Дело в том, что за секунду до рукопожатия в его голове вдруг снова промелькнули слова Учителя:

«СЛЕДЫ ОСТАЮТСЯ НЕ ТОЛЬКО ОТ НОГ ЧЕЛОВЕКА...»

Странно, почему именно сейчас вспомнилась эта фраза Учителя? Не зря же мозг напомнил об этих словах... Господи! Что с тобой, Савелий? «СЛЕДЫ ОСТАЮТСЯ НЕ ТОЛЬКО ОТ НОГ ЧЕЛОВЕКА...» Это же так просто! Человек оставляет после себя не только следы, запах, но и некий энергетический отпечаток, а Савелий, обладающий способностями, которыми наделил его Учитель, может, вернее сказать, обязан распознать энергетику человека, даже если он давно в этом месте отсутствует. Интересно, сколько времени сохраняется энергетический след человека после его ухода?

— Понимаете, Кристина, — начал Савелий, взяв девушку под руку и одновременно прикрывая за собой входную дверь, — бесцельно блуждая по дремучим дебрям Интернета, я вдруг наткнулся на ваше отчаянное обращение к потерявшемуся человеку... — Он говорил тихо, убедительно и без какого бы то ни было намека на насмешку. — Не знаю почему, но мне вдруг захотелось увидеть ту женщину, которая испытала такое сильное чувство за одну только встречу... Захотелось узнать, что же это за мужчина, который смог внушить такое сильное чувство такой обаятельной женщине, как вы... Причем всего за одну-единственную встречу, и даже не назвав своего имени...

Кристина слушала незнакомца и никак не могла понять, почему она слушает его, вместо того чтобы просто выгнать. Она смотрела ему в глаза и почему-то вспоминала того, ради кого совершила столь отчаянный поступок, как обращение к Интернету. Плавная и участливая речь незнакомца завораживала ее, но последние слова чем-то задели.

— Почему не назвал? — обиженно возразила она. — Его зовут Змей... — Она произнесла это так просто, словно это действительно было именем, причем вполне обиходным, однако, произнеся его вслух, девушка вдруг смутилась и добавила: — Вам этого не понять...

— Но почему Змей? — спросил Савелий.

— Как — почему? — искренне удивилась Кристина. — У него же на плече наколота змея...

Савелий внимательно «сканировал» ее слова, мысли, образы, и постепенно перед его взором сложился портрет ее «любимого». Савелий совершенно точно был уверен, что никогда не встречал этого парня: совершенно незапоминающееся лицо, невысокий рост, хрупкое телосложение. И этот облик совершенно не сочетался с образом зловещего убийцы-наемника. В какой-то момент Савелий даже ощутил безнадежность и бесперспективность своего появления в квартире компьютерной незнакомки.

— А что это была за змея? — неожиданно спросил он.

— Змея как змея... — Девушка пожала плечами. — С капюшоном таким... — Она довольно смешно изобразила ладонями капюшон вокруг своей головы.

— Кобра! — воскликнул Савелий.

— Может быть. — Она вновь пожала плечами и брезгливо поморщилась. — Я совсем не разбираюсь в этих тварях!

Выброс адреналина в кровь Савелия был столь сильным, что в висках застучали тысячи молоточков. Он продолжал автоматически что-то говорить, но всю свою энергетику направил на «знакомство» с энергетикой Кобры, а то, что это был он, Савелий уже нисколько не сомневался.

Его усилия, несмотря на то что Кобра был в этой квартире несколько недель назад, не пропали даром: Савелию удалось «прочитать» одну важную информацию, и это уже был самый настоящий след, который теперь давал возможность обнаружить искомую дичь: Кобре понравилась эта девушка, точнее сказать, ее квартира как возможное запасное убежище, и он решил не терять Кристину из виду...

— Простите, Борис, о чем вы задумались? —

Кристина помахала розовой ладошкой у самого носа Савелия и рассмеялась: — Да что же мы с вами тут стоим? Давайте пройдем на кухню, я угощу вас отличным кофе... Вы не против? Я вас очень прошу. Мне как-то одиноко сегодня, я уж думала — не махнуть ли мне куда-нибудь поразвлечься, и вдруг такой гость. Вам говорили, что вы очень привлекательный? Ну, идемте же, идемте! Ничего, что я так вызывающе одета?

Савелий пошел за ней, глядя по сторонам, — квартира как квартира. Плакаты с изображением Аллы Пугачевой на серебристых обоях, обилие всяческих пуфиков, ковриков, безделушек. Типичная обстановочка для множества молодых, изнеженных, закомплексованных, но тем не менее отчаянно жаждущих своего Героя женщин. Такие женщины напоминают чем-то неуловимым Ассоль из «Алых парусов» Грина...

Так... Телефон, телевизор с видео, большой компьютер, установленный почему-то на кухне...

Савелий продолжал читать ее мысли, — впрочем, для этого и не требовалось каких-то сверхъестественных усилий:

«Какой обаятельный парень... Интересно, какой он у него... Господи, о чем я думаю?.. А что, интересно, смогла бы я вот так с ходу отдаться вдруг мужчине, которого вижу впервые? Этому — да, наверное...»

Савелий усмехнулся. На кухне Кристина включила кофемолку. Усадив своего нежданного гостя на табурет, пододвинула к нему поближе тарелку с восточными сладостями и, закурив, проворковала:

— Так, значит, вы со Змеем не знакомы? Ну как, составили впечатление о женщине, испытавшей сильное чувство от одной-единственной встречи? А как я вам, нравлюсь?

— Вы обворожительны, Кристина, — просто сказал Савелий.

— И вы мне тоже сразу понравились, — разливая по чашечкам кофе, заявила блондинка. Они не спеша выпили кофе, покурили. Кристина молчала, весьма откровенно разглядывая Савелия, скользя взглядом то по его губам, то по бицепсам. И вдруг, безо всякого перехода, как будто так и должно быть, уселась к нему на колени и прошептала на ухо:

— Борис, давайте займемся делом. Я ужасно голодна... Хочешь меня?

Савелий почувствовал, как медленно, но верно занял боевое положение его приятель — Кристина так и ерзала по нему, щекоча его лицо рассыпавшимися платиновыми волосами. Она взяла его руки и положила их на свои упругие груди, потом впилась влажными губами в его губы. После долгого поцелуя вскочила с колен Савелия и стала изображать что-то вроде стриптиза, поводя бедрами и не спеша стягивая с себя ажурные колготки вместе с трусиками.

Закончив незамысловатый стриптиз, подошла к Говоркову уже совершенно обнаженной. Ее голубенький пеньюар лежал на клавиатуре компьютера. Надо признать, девушка была в этот момент чертовски хороша. И вот она уже снова села к Савелию на колени, лицом к нему, сама расстегнула на нем брюки, стянула их вниз, затем взяла его плоть в правую руку, приподнялась, сладострастно охнула и ввела ее внутрь себя.

Савелий ткнулся губами в ее ключицу, не без удовольствия ощущая, насколько узким был вход в ее горячий, влажный и столь нетерпеливый рай.

Немного посидев без движений, словно давая ему освоиться в ее глубинах, Кристина принялась двигаться по его бедрам, обняв Савелия руками за шею и явно испытывая наслаждение от этих движений. Сначала двигалась медленно, как бы растягивая удовольствие, но вскоре, потеряв контроль, стала ускорять свои движения, их темп становился все быстрее и быстрее...

— О-о! Я сейчас приплыву, Боренька!.. Да!.. Да!.. Еще!.. Еще!.. Вот оно!.. Я плыву!.. О-о-о! Господи!.. — В экстазе Кристина стала подпрыгивать на нем, все убыстряя и убыстряя ритм.

Наконец девушка пролилась своим нектаром и в изнеможении прижалась лицом к плечу Савелия. Но вскоре очнулась, сделала несколько плавных движений, после чего соскользнула вниз:

— Мне было так хорошо, что мне захотелось отблагодарить твоего приятеля... Только не думай, я не с каждым смогла бы ЭТО сделать, — тут же заметила она, нежно лаская его все твердеющую и твердеющую плоть, потом с надеждой добавила: — Поверь, я правду говорю...

— Верю... — кивнул Савелий, затем ласково прикоснулся рукой к ее затылку и осторожно нажал: ее ласковые руки действовали столь возбуждающе, что терпеть уже не было сил, а разговоры начинали раздражать...

Кристина действительно хотела еще что-то сказать, но его приятель, ткнувшись в ее влажные губы, заставил раскрыть рот и протиснулся до самого упора. Савелий проделал это столь деликатно, что девушка сама двинулась ему навстречу, словно желая проглотить его, а ее пальчики принялись нежно ласкать его яички. Действия девушки были столь профессиональны, что трудно было поверить в ее слова о жесткой избирательности...

Но Савелию в этот момент было совершенно все равно: им уже полностью завладела страсть обладания. Он закрыл глаза и, постанывая от изнеможения, почувствовал, как постепенно отрывается от стула и начинает парить в воздухе. Ему казалось, что он совершенно перестал чувствовать свое тело и вся его энергетика сосредоточилась в одном месте: месте сотворения жизни. Наконец, напряжение достигло своего апогея, и Савелий громко вскрикнул:

— Да-а-а, Господи!.. Да-а-а!..

Его струя была столь мощной, что девушка едва не захлебнулась от этого потока и с огромным трудом успела сделать один глоток, потом другой...

Когда нервное вздрагивание его плоти постепенно утихло, Кристина нежно подхватила последнюю капельку своим розовым язычком и взглянула на Савелия.

— Ну как тебе ЭТО? Понравилось, только честно? — допрашивала Мышка своего гостя минут пять спустя.

— Конечно, понравилось, — искренне ответил Савелий. — И конечно, честно... — Он осторожно отстранился от девушки. — Но, Кристина, извини, теперь мне пора бежать... Я тебе или позвоню, или напомню о себе через Интернет. Поверь, совсем нет времени. Ну а вообще-то я тебе, конечно, благодарен за такой сюрприз... А про твоего Змея скажу, что он полный дурак, что оставил тебя... Я позвоню скоро, обещаю...

На самом деле он вовсе не собирался напоминать Кристине о себе, во всяком случае, пока не вычислит Кобру...

Дальнейшее, как говорится, было делом техники. Несколько дней Савелий наблюдал за подъездом дома Кристины из кабины своей машины. Почему-то он был уверен, что Кобра вот-вот должен появиться здесь. И на этот раз интуиция его не подвела: киллер появился на пятый день ожидания.

Кобра подъехал на такси и остановился не у подъезда Кристины, а на углу дома, и поэтому Савелий увидел его лишь в тот момент, когда Кобра вышел из машины и стал осматриваться вокруг.

«Осторожный, гад! — промелькнуло в голове Савелия. — Действительно Кобра...»

Чтобы случайно не попасться на глаза убийце, Савелий стал медленно опускаться с сиденья вниз. Возможно, это было ошибкой и Кобра успел заметить его маневр, а может быть, это была с его стороны обычная осторожность, тем не менее Кобра вдруг замедлил шаг, остановился, словно раздумывая о чем-то, и, продолжая бросать по сторонам пронзительные взгляды, решительно направился к соседнему подъезду.

Черт бы побрал этого хитрого подонка! Неужели он действительно почувствовал угрозу или это чистая профилактика? И как он не догадался проверить все подъезды этого дома? А вдруг тот, в который направился Кобра, окажется проходным? Но Савелий даже и в мыслях не держал взять кого-нибудь себе в помощь.

Напрасно он не послушался Андрюшку Воронова, который предлагал подежурить с ним и в этот день. Савелий отказался не потому, что помощь Воронова ему была не нужна, а потому, что в тот день у дочери друга был день рождения, и Савелий буквально силой отправил его домой, пообещав приехать позже с поздравлениями и подарками.

Опасаясь упустить киллера, Савелий улучил момент, когда тот смотрел в сторону подъезда, быстро выскочил из машины, пригнулся за ней, но дверью хлопать не стал, чтобы Кобра не услышал. От машины до убийцы было метров двадцать, не более, а от того до подъезда не более десяти метров.

Прячась за стоящими машинами, Савелий стал быстро и бесшумно передвигаться короткими перебежками к подъезду. Когда Кобра уже открывал дверь, Савелий успел оказаться метрах в пяти от него. Не успела дверь за ним захлопнуться, как Савелий быстро подскочил и прислушался: через мгновение он услышал хлопанье второй, внутренней двери подъезда. Решив, что Кобра вошел внутрь, Савелий вытащил свой «стечкин» и осторожно приоткрыл дверь.

Тамбур между первой и второй дверями был довольно просторным, но света не было, а войти после дневного солнечного света в полумрак все равно что оказаться слепым. В голове промелькнула мысль, что он сам наверняка воспользовался бы этим обстоятельством. И в следующее мгновение сильный удар по руке выбил у него оружие.

«Надо же, попался!» — мелькнуло в сознании Савелия, и тут же он сделал шаг в сторону, понимая, что следующее действие противника должно быть направлено лично против него: сначала избавиться от угрозы оружия, потом заняться и самим его владельцем.

Он оказался прав: Кобра, выбив у него пистолет, действительно попытался нанести удар ножом в шею Савелия и промахнулся из-за его неожиданного рывка в сторону. Однако Савелий все еще не видел противника, а тот его отлично видел. Следующий удар ножа был направлен точно в грудь Савелия. Вполне возможно, что это оказался бы последний бой в его жизни: нож направлялся точно в сердце, но его спасла записная книжка. Скользнув по ней, лезвие ткнулось в ребро и вошло внутрь. Савелий дернулся, холодное хрупкое лезвие со звоном сломалось в районе ручки.

То ли глаза Савелия успели привыкнуть к темноте, то ли боль от ранения обострила его ощущения, но в следующее мгновение он сбил с ног своего противника своим коронным, двойным ударом маваши.

Удар ногой наотмашь пришелся Кобре точно по носу, а это одна из самых болезненных точек у человека. Киллер громко вскрикнул, его откинуло на стенку, глухо стукнулась о нее голова, и он медленно сполз на кафельный пол.

Превозмогая боль и шатаясь, Савелий подошел к бесчувственному телу противника, вытащил из его брюк ремень, связал за спиной ему руки, потом подхватил за плечи и поволок к своей машине. Прохожие никак не реагировали на странную парочку, и только одна старушка, не заметив связанных рук, одобрительно поцокала языком:

— Правильно, настоящий товарищ никогда не бросит своего друга в беде...

Сидящие с ней рядом на скамейке товарки с лицами, ставшими от времени похожими на печеные яблочки, заулыбались. Вдруг одна из них всплеснула руками и затараторила, заставив Савелия на миг оглянуться. То, что он услышал, на несколько секунд буквально парализовало его, но он заставил себя двинуться дальше, тряхнув головой, — он не мог поверить в услышанный бред, но и подумать у него не было времени.

— И вот, Матрена, мне Никитишна сказала, что эту... Кристинку-то из сорок второй, на пустыре зарезали! Во жуть какая! Говорит, сразу в реанимацию повезли, а уж поздно. Жалко девку, хорошая девка была... Медсестра вроде. Так замуж-то и не вышла, все в больничке своей горбатилась. Можа, на фатеру хто позарился? Одна ить жила-то.

— Да ты что, Кузьминишна! Хто ж из-за квартеры-то человека жизни лишит? Это каким же извергом надо быть!

— Ну, не знаю, што да как... Знаю, что Никитишна врать не станет. В обчим, не вернуть Кристинку-то. Был человек — и нет человека...

Затащив Кобру на заднее сиденье, Савелий на всякий случай связал еще и шнурки его ботинок между собой. Затем снял с себя ремень, сделал из него петлю и накинул на шею Кобре, а конец закрепил к ручке дверцы: если Кобра очнется и попытается освободиться, то петля затянется еще туже. И только после этого, усевшись за руль, Савелий достал мобильник и быстро набрал номер Богомолова.

— Константин Иванович, я... взял... Кобру! — прерывистым голосом выдавил он, услыхав голос генерала.

— Что с тобой, Савелий? — встревожился тот.

— Я... ранен...

— Где ты?

— В машине... адрес... Куста... — Договорить он не успел, потому что потерял сознание.

Его голова уткнулась в руль, но мобильник остался в руке включенным...

— Савелий! — выкрикнул Богомолов, но трубка молчала, хотя в ней и слышались какие-то звуки.

Понимая, что с Бешеным неладно: хорошо еще, если он только потерял сознание, а если и того хуже? — генерал быстро связался со своими спецами, вызвал их к себе со сканером. Не прошло и десяти минут, а генерал вместе с несколькими сотрудниками и «скорой помощью» уже мчались к Кустанаевской улице. Пеленгаторы не ошиблись: машина Савелия стояла в том самом месте, которое они и засекли...

— А знаешь, крестник, — сказал Богомолов, когда навестил Савелия в окружном военном госпитале на следующий день, — профессор, делавший тебе операцию, сказал, что ты родился в рубашке...

— В ночной? — чуть слышно прошептал Савелий.

— Надо же, он еще шутит! — изумился генерал. — Между прочим, шутник мой дорогой, нож этой сволочи задел твое правое предсердие, и если бы лезвие не сломалось, перекрыв кровотечение, ты бы был сейчас на том свете!

— Все там будем... рано или... поздно... — сразу погрустнев, сказал Савелий, вспоминая свой визит к Кристине и их неожиданную бурную молодую страсть.

Вспомнил голубой пеньюарчик, запах духов «Шанель», ее бесстыжие ласки... Неужели старушки не врали и Кристину действительно кто-то зарезал? Ох, сейчас нельзя обо всем этом думать — и так голова раскалывается. Да и кем она была для него? Так, случайная знакомая, которой он вдруг понравился. Не объяснялся же он ей в любви, в конце-то концов, — у него есть настоящая любимая, которая, правда, так далеко сейчас.

«Ладно, со временем разберусь, — подумал

он. — Я же совсем ничего об этой Мышке не знаю. Жалко, все равно жалко, если ее больше нет на свете».

И опять сказал вслух:

— Все там будем... рано или поздно...

— Лучше поздно! — подытожил генерал. — А ты помолчал бы лучше, дружочек: профессор сказал, что тебе нельзя сейчас много разговаривать... И вообще, сказал, чтобы к тебе никого не пускали.

— А вы?

— Я — генерал! — Богомолов хитро усмехнулся. — А за дверью Воронов стоит...

— Так что же вы... — встрепенулся Савелий и тут же сморщился от боли.

— Да лежи ты спокойно, неугомонный! — недовольно прикрикнул генерал. — Увидишь своего братца! Ты лучше скажи: куда хочешь отправиться на отдых? Наше руководство решило: за поимку столь опасного преступника оплатить целый месяц твоего отдыха в любой точке земного шара, — торжественно произнес он, затем хитро подмигнул и добавил: — На двоих...

— В таком случае остров Кипр...

— Вот и хорошо: там мне тоже нравится! — согласно кивнул Богомолов. — Как только профессор разрешит, звони своей Веронике Остроумовой и дуйте отдыхать! Она где сейчас, в Америке?

— Сегодня прилетает... из Англии! Если позвонит, не говорите... что я... ранен, хорошо?

— Договорились! Ладно, пойду, пожалуй, а то мне Воронов всю печенку проест! Выздоравливай, крестник!

— Мухтар постарается...

Глава вторая

Кипрское вино

Месяц любви... Много это или мало? Для кого как... Иной пресыщенный красотками-фотомоделями «новый русский», наверное, ухмыльнулся бы, услышав такой вопрос. Зачем посвящать целый месяц своего драгоценного времени одной женщине, когда можно за эти же тридцать дней осчастливить своим вниманием двух, трех, а то и больше длинноногих девиц, столь падких на вечнозеленые американские банкноты.

И все-таки секс — это одно, а любовь — что-то совсем другое. Это когда тебя переполняет счастье при виде любимого человека, когда ты не только не устаешь от разговоров с ним, но и готов бесконечно длить эти беседы, когда обычная постель словно по волшебству превращается в усыпанное лепестками роз любовное ложе, когда, в конце концов, ты не можешь насытиться ласками и прекрасным телом любимого человека. Да, если ты по-настоящему влюблен, тогда и месяц любви пролетит незаметно.

Обычно сдержанный и напряженный, Савелий с трудом уговорил себя расслабиться после истории с Коброй и Кристиной. Он уже знал, что девушку на самом деле убили и что делом занимается один его знакомый, очень серьезный следователь. Он сообщил Савелию, что убийц ищут и что в деле замешана одна крупная риэлторская контора. Короче, следствие ведется, ну а Говоркову все сообщат,

51

когда он вернется из отпуска. Так что пусть он летит в жаркие страны и спокойно себе отдыхает...

«Отдыхать так отдыхать, — решил он, — и к тому же у Вероники как раз окно между ее выставками и учебой. Когда нам еще выпадет возможность побыть целый месяц вдвоем?»

Савелий улыбнулся и с глубокой нежностью посмотрел на девушку, которая спала рядом с ним в кресле авиалайнера. Ровно и монотонно гудели моторы. Иссиня-черные волосы Вероники красиво рассыпались по обивке кресла. Даже во сне она была прекрасна. Савелий заботливо задернул шторку иллюминатора, чтобы на лицо любимой не падал солнечный свет, и стал вспоминать ее рассказ о выставке в престижнейшей лондонской галерее Хейуарда.

Теперь, как понял Савелий, Вероника рисовала какие-то геометрические фигуры в стиле оп-арт, и самое интересное — ее работы произвели в Англии настоящий фурор. У нее сразу же купили пять картин по три тысячи фунтов за каждую. Несомненно, Вероника добилась успеха в своем деле. Кстати, она очень помогла своим родителям деньгами и рассказывала, что ее мать даже заплакала от счастья и гордости за свою дочь.

«Приятно, — думал Савелий, — когда твоя девушка не только красива, но еще добра, умна и талантлива».

Конечно, в жизни Савелия были очень разные женщины и все они были по-своему замечательны. Но сейчас он, кажется, действительно не на шутку влюбился. Ему было очень приятно наблюдать, как внимательно слушает Вероника каждое его слово, какими по-детски восторженными глазами смотрит на него, как ласково называет его Савушкой. Да, они не просто нравились друг другу. Кажется, это была любовь, возможно, самая большая в жизни бойца-одиночки Савелия Говоркова...

Прилетев в Айа-Напу, Савелий и Вероника получили свой багаж и вскоре уже переступали порог четырехзвездочной гостиницы «Адамс Бич». Над Кипром вставала огромная луна.

— Ну как, нравится? — спросил Савелий, бегло осмотрев скорее по привычке, чем по необходимости, просторный гостиничный номер.

Включил торшер.

— Савушка, милый, да мне бы и в шалаше с тобой было хорошо. А тут просто здорово. Пойду приму душ с дороги. — Вероника поцеловала Савелия в губы, одарив его при этом призывным взглядом вдруг потемневших от желания глаз, и, рассмеявшись, упорхнула в ванную.

Савелий достал из сумки купленную в аэропорту бутылку красного кипрского вина, открыл и разлил вино по бокалам, прислушиваясь к плеску воды. И только он сделал первый глоток, Вероника позвала его голосом, в котором угадывалась дрожь волнения:

— Савушка... Иди сюда ко мне. Чего же ты ждешь?

Савелий распахнул дверь и увидел свою красавицу во всем великолепии ее наготы: идеальной формы груди, безукоризненно стройное тело, темный треугольник волос внизу живота, а главное — эти зовущие, горящие страстью, сумасшедшие глаза.

— Ну, иди же ко мне... Савушка, любимый... — тихо проговорила девушка и неожиданно стыдливо потупилась.

У Савелия закружилась голова, в висках застучало, он шагнул к Веронике под теплые струи воды и обнял ее. Опустился перед ней на колени и медленно, отводя своими сильными руками ее слабые руки, стал целовать ее бедра, живот. Вероника застонала от наслаждения. Ее била мелкая дрожь. Савелий поднялся и стал целовать ее груди, слегка покусывая напрягшиеся острые соски. Наконец их губы слились в поцелуе. Вероника, сдаваясь его мощному напору, повернулась к Савелию спиной.

Он принялся целовать ее розовые ушки, жадно гладя ее груди и живот. Потом вдруг подхватил ее на руки и осторожно, боясь уронить драгоценную ношу, понес девушку в комнату, где в мягком полумраке их ждали белеющие простыни огромной двуспальной кровати. Савелий хотел погасить свет, потянулся было к торшеру, но Вероника слабо запротестовала:

— Не надо, Савушка... Я хочу видеть всего тебя... Видеть твое тело, твои сумасшедшие голубые глаза, в которых мне хочется просто утонуть...

Савелий лег с ней рядом. Девушка начала покрывать все его тело поцелуями — в глаза, в губы, в ключицы, скользя ниже и ниже. Вот она с необыкновенной нежностью коснулась губами его шрама на животе, а вот уже осторожно провела язычком по его раскаленной и сладко набухшей плоти.

По телу Савелия прошла судорога. В гостиничном номере воцарилось молчание. И когда наконец настал МОМЕНТ ИСТИНЫ, когда случилось ЭТО, Савелий, совершенно не в силах больше сдерживаться, громко застонал и заметался на кровати, но Вероника никак не хотела его отпускать и молча приняла в себя все его естество.

Немного отдохнув и утолив жажду терпким, сейчас особенно приятным кипрским вином, влюбленные снова потянулись друг к другу.

— Как ты делаешь ЭТО, Ника, — шептал Савелий, — Господи, я просто потрясен!

— Ах, Савушка, я так тебя люблю, — шептала Вероника, — я готова с тобой на все... Понимаешь, на ВСЕ... Чего бы ты еще хотел?! А хочешь, вот так попробуем? Если действительно хочешь, конечно...

Он лежал навзничь, а она осторожно уселась сначала ему на живот, потом приподнялась над ним, рукой ввела в себя остолбеневшую плоть и заявила:

— Если тебе интересно, сообщаю — это моя любимая поза. Поза «наездницы»...

И тут она начала буквально «объезжать» его, гарцевать на нем. Видимо, эта поза устраивала ее больше всех остальных — Вероника вскрикивала, стонала, потом замерла, очевидно испытав оргазм. И с громким стоном повалилась на грудь Савелия, не слезая с него. Потом, не говоря ни слова, вынула его неугомонного приятеля из влагалища, осторожно ввела его в свою попочку и стала опускаться на него, впуская все глубже и глубже...

«Вот это да», — успел подумать Савелий и тут же с криком выплеснулся своим любовным нектаром...

Так они и не сомкнули глаз до самого рассвета, и утомленные, и освеженные любовной битвой.

Уснули только под утро. Савелий, чувствуя счастливую легкость во всем теле, подумал, засыпая:

«Да... Если я — мастер боевых искусств, то Ника — богиня искусства любви... Ни разу, кажется, до этого я не испытывал ничего подобного. Какая славная... Подумать только — у нас впереди целый месяц. Самый приятный эпизод в моей жизни! Но эпизод ли? Нет, скорее это нечто большее...»

Утром Вероника проснулась одна — Савелия рядом не было. Какое-то время она лежала неподвижно, вспоминая восхитительные подробности прошедшей сказочной ночи, потом тихо рассмеялась и открыла глаза. В дверном замке щелкнул ключ, и на пороге возник ее дорогой Савушка с большой меховой черепахой в руках.

— Доброе утро, — как-то немного застенчиво, словно стесняясь чего-то, проговорил он, — это тебе.

— Какой же ты милый, Савушка! Ну просто прелесть! — Девушка резво соскочила с кровати и обняла любимого. — И черепаха тоже прелесть!

И вообще все прекрасно и замечательно! Ой! А что это во рту у черепахи? Это ты положил? — Вероника вынула из меховой пасти с тряпичными ярко-желтыми зубами маленькую коробочку и тут же ее раскрыла.

В лучах солнца ослепительно вспыхнули бриллианты в золотых серьгах. Вероника замерла, не в силах оторвать взгляд от такой красоты, потом взвизгнула от восторга и кинулась в объятия Савелия.

— Серьги с бриллиантами! Да такие красивые. Они, похоже, антикварные, Савушка! Ты, получается, уже сбегал в ювелирный, чтобы меня порадовать? Вот спасибо! У меня никогда еще таких старинных не было! Какой у тебя превосходный художественный вкус. А можно, я их прямо сейчас примерю, а? Ура-ура-ура!

Савелий скромно стоял и улыбался. Вероника примерила серьги, повертелась в них у зеркала, потом взглянула в окно гостиничного номера:

— Боже, какой чудесный день, Савушка! И как же мы его проведем?

— Как пожелаешь, Ника, — просто сказал Говорков. — Приказывай.

И этот день, и ряд последовавших за ним они провели вместе, почти не отходя друг от друга. Со стороны, наверное, они были похожи на обычных европейских туристов — вели себя скромно, без лишней развязности, присущей вообще-то прибывающим на Кипр «новым русским», — гуляли повсюду, держась за руки, и говорили, говорили. О чем? Обо всем на свете, но главным образом конечно же о своей любви. Вспоминали свою первую встречу, вспоминали о разлуках, радовались тому, что вместе. Савелий хоть немного расслабился. Иногда, впрочем, он для поддержания боевой формы делал замысловатые физические упражнения, поднимал тяжести в гостиничном номере, бегал по утрам вдоль линии прибоя.

Он помнил, что отдых однажды закончится и его снова ждут серьезные испытания, ставкой в которых может быть его собственная жизнь.

Савелий часто вспоминал слова своего Учителя: «ПОМНИ И ВСЕГДА ПОВТОРЯЙ: ТЫ — ВО МНЕ, Я — В ТЕБЕ! ВОССТАНАВЛИВАЯ СИЛЫ, НЕ ЗАБЫВАЙ, ЧТО НАСТАНЕТ ДЕНЬ, КОГДА ТЕБЕ ПОНАДОБЯТСЯ И ВЕСЬ ТВОЙ ДУХ, И ВСЯ ТВОЯ ЭНЕРГИЯ. ГОТОВЬСЯ К ЭТОМУ ДНЮ».

Вероника много рисовала, иногда с самого раннего утра. Тогда они вдвоем уходили на пляж. Савелий загорал, то сидя в шезлонге, то лежа на горячем песке, обмениваясь с любимой ласковыми словами, а Вероника стояла за мольбертом.

Они носили одинаковые белые брюки и майки, оба сильно загорели. Пожив некоторое время в Айа-Напе, они решили перебраться в курортный городок Лимассол, удививший их обилием полупустых, но всегда открытых ресторанчиков. В этом городе они сняли великолепный номер с видом на море и белую песчаную косу, причем сняли в самом дорогом отеле «Четыре сезона».

Они пробовали суп и еще массу причудливейших блюд из осьминогов, различные сорта местных вин. Целовались на скале Афродиты, летали на вертолете над древним городом Пафосом, где, по слухам, когда-то родилось такое занятие, как проституция, бродили меж пальм, олеандров и кактусов. Побывали в аквапарке. Один раз даже ловили осьминогов, наняв для этого рыбацкую лодку, — правда, почти все время в этой лодке они провели не рыбача, а неистово любя друг друга.

Незаметно пролетели две недели отдыха.

Тем временем выяснилось, что на Кипр, как раз в эти дни, приезжает один очень популярный в России певец, чтобы снять свой новый клип и дать один-единственный концерт. Вероника загорелась желанием побывать на этом концерте. Савелий, вообще-то равнодушно относившийся к любым звездам эстрады — хоть к русским, хоть к западным, — на этот раз, естественно, сделал все возможное, чтобы уважить просьбу своей возлюбленной.

И они неброско, но модно одетые пришли посмотреть на это представление. Действо происходило у громадного бассейна, наполненного до краев неестественно синей водой. Весь бассейн и вся сцена были увешаны сотнями крохотных фонариков, которые перемигивались в такт негромко звучащей музыке.

Пока играл магнитофон, перед импровизированной сценой суетились люди в синей униформе, подключали какие-то провода, пробовали микрофоны, громко обменивались непонятными репликами:

— Вася, поддай еще реверку... И холла, холла побольше... Отлично!

— Раз, раз... Семнадцать... Восемнадцать... Во, нормалек... Экраны готовы?

— Через полчаса начинаем. Костя, тут вход на большой джек...

— Да, я знаю. Звук в мониторах прибавьте...

Вероника была уверена, что оделась относительно скромно. На самом деле она была самой красивой здесь и выглядела в этот вечер еще привлекательнее, чем обычно. Затянутая в черное шелковое платье, подчеркивающее соблазнительные формы ее точеной фигурки, сделавшая какую-то немыслимую прическу и надевшая по случаю концерта бриллиантовые серьги — подарок Савелия, — она сидела за столиком, не обращая ни малейшего внимания на жадно-похотливые взгляды и мерзкие причмокивания бритоголовых парней из «новых русских», решивших убежать на время от своих проблем и русских осенних холодов сюда, где пальмы, кактусы и жара.

Толстые «голдовые цепуры» поверх черных маек, малиновые пиджаки да «мобилы» в унизанных перстнями руках четко указывали на социальное положение большинства из них.

«Или банкиры, или бандюги, — думал Говорков, окидывая спокойным пристальным взором голубых глаз собравшихся, — что, впрочем, в наши времена почти одно и то же. Ну и пусть. Конечно, вон тот двухметровый бычок с серьгой в ухе уж очень нагло вылупился на Нику. Но ведь не запретишь же ему смотреть, в самом деле».

— Савушка, что с тобой? — заметив перемену настроения у своего любимого, нежно спросила Вероника. — Не нравятся они тебе, да? Жирные все какие-то... А полстраны без зарплаты голодает. Я газету читала...

— Ладно, пусть сидят себе... Пока... — поморщившись, сказал Говорков и заставил себя улыбнуться девушке.

Вероника вызывающе, на виду у всех, поцеловала его в губы, и поцелуй у них получился долгим и страстным. Она легонько погладила его по руке, словно призывая не нервничать, — на концерт ведь пришли.

Внезапно занавес на сцене разошелся, громко ударили гитары и ударные. Началось шоу. Вспыхнули цветные огни. Звезда российской эстрады — кудрявый красавец с томными накрашенными глазами, окруженный кордебалетом в удивительных нарядах и павлиньих перьях, — выскочил к микрофону и запел свой самый известный шлягер, простирая руки к бешено аплодирующему залу. Нехитрый мотивчик трогал за душу.

— А здорово поет, — с уважением, перекрикивая грохот музыки, заявил Савелий, который видел в жизни больше трупов и крови, чем эстрадных концертов.

— Я его очень люблю! — крикнула восторженная Вероника и тут же рассмеялась: — Но тебя больше, Савушка, родной!

Певец разошелся не на шутку. Он уже соскочил со сцены в зал и пошел между столами, умудряясь при этом танцевать и петь в радиомикрофон, не сбивая дыхания. Люди дружно хлопали в ладоши. Вдруг произошло нечто из ряда вон выходящее: тот самый двухметровый амбал с серьгой в ухе, который так нагло разглядывал Веронику, вырвал из рук эстрадной звезды радиомикрофон, вскочил на столик и начал что-то истошно орать.

Все замерли. Пьяный в доску, амбал ревел что-то хрипатым голосом. Кажется, песню — «Нинка, как картинка, с фраером гребет...». Потом амбал начал неудержимо блевать — и на радиомикрофон, и на окружающих, и даже на смертельно побледневшего певца, который совсем растерялся в этот миг.

— Где же секьюрити? — взвизгнула какая-то дико наштукатуренная старушка в пестром платье, сидевшая неподалеку от Вероники.

Девушка же смотрела в упор на Савелия. Он все правильно понял: какая-то бешеная волна вынесла его из-за столика, он подлетел к пьяному амбалу и каким-то неуловимым ударом в переносицу сбил его с ног, успев выхватить из рук микрофон. Встал в позу «богомола» и быстро осмотрелся по сторонам — все вокруг сидели неподвижно. Амбал ворочался у ног Савелия, изрыгая проклятия:

— Ну все, шибздец тебе... Сука! Ты же мне нос сломал! Гнида... Бля буду, все, тебе не жить!

Дружки амбала — бритоголовые парни с лицами, не облагороженными интеллектом, — вскочили было помочь корешку, но тут же сели обратно на пластмассовые белые стулья.

Савелий успокаивающим жестом поднял вверх обе руки и громко произнес:

— Все в порядке, почтенная публика! Инцидент исчерпан, концерт продолжается! — после чего вручил бледному певцу микрофон.

Савелий уже хотел было удалиться, но тут звезда эстрады начал быстро говорить:

— Старик, спасибо! Не забуду. Как тебя отблагодарить-то?

Савелий подумал и сказал:

— Слушай-ка, поешь ты здорово, признаюсь. Моя подруга очень уж любит твои песни. Может, посвятишь одну специально ей? Зовут Вероникой, мы вон там сидим.

Певец согласно закивал и, спросив еще что-то у Говоркова, побежал за сцену переодеваться. Ну а Савелий, равнодушно перешагнув через тело поверженного им амбала, вернулся к своей девушке. И сразу же пригубил предложенного ему Вероникой красного вина. Друзья амбала еле привели того в чувство, подняли на ноги и куда-то увели. Один из них оглянулся на Говоркова, сверкнув фиксой, и глухо выругался сквозь зубы.

Певец опять вышел на сцену, удачно подшутил над происшествием и потом, уже на полном серьезе, поблагодарил «ветерана афганской войны, который просил не называть его имени, за своевременную помощь». И, как было условлено, посвятил одну из лучших своих песен «очаровательной Веронике, спутнице нашего героя».

Концерт вскоре закончился, причем все второе отделение у сцены дежурили те самые секьюрити, которые неизвестно где шатались во время злополучного инцидента.

Савелий и Вероника возвращались в отель, до которого им оставалось уже шагов пятьсот.

— Ловко ты ему! — восхищалась девушка. — Спасибо за песню, Савушка! И вообще ты у меня самый лучший.

— Да ну, зря я это, — недовольно пробормотал Говорков, — не люблю по пустякам силы расходовать. Но что мне было делать? Нам чуть не испортили праздник...

Они шли по узким переулкам, освещенным несколькими фонарями. И тут кто-то окликнул Савелия на чистом русском языке:

— Эй, мужик, обожди. Разговор есть.

Савелий загородил собой Веронику и повернулся лицом к говорящему, моментально оценив ситуацию. К ним вразвалочку и неторопливо подходили три субъекта явно бандитской наружности. Савелий узнал их — конечно, это были дружки амбала, которому он сломал нос. У одного из них во рту хищно блестела фикса.

— Что надо, ребятки? — спокойно спросил Савелий.

— Ты зачем нашего братана обидел? Самый крутой, что ли? Перед своей телкой в брюликах выё... — Говоривший не успел выругаться, потому что Савелий резко нанес ему страшной силы удар под дых.

Бандит сложился пополам, разевая по-рыбьи рот в попытке глотнуть воздуха.

— Савушка, осторожно! — крикнула Вероника.

Но Савелий и так знал, что ему нужно делать. Он выпрыгнул на месте и ловким ударом ноги вышиб у одного из нападавших сверкнувший в свете фонарей нож-выкидуху. Выпрыгнул еще раз и ударил другой ногой бандита в челюсть, да так, что раздался громкий хруст, — бритоголовый отлетел на пару метров и смачно впечатался в стену дома, а затем медленно, словно повидло, сполз на землю.

Третий бандит — как раз тот самый, фиксатый, — похоже, кое-что понимал в боевых искусствах. Он начал прыгать перед Савелием, сразу же распознавшим стиль «пьяной обезьяны». Стиль опасный, но смотря для кого. Савелий присел и неуловимым движением правой руки саданул бандита ребром ладони по кадыку. Тот рухнул на асфальт и задрыгал ногами. Между тем первый нападавший, успев очухаться, бросился на Савелия с воплем:

— А, сука афганская, я те счас урою!!! — метнулся к Савелию в высоком прыжке.

Однако Савелий все время был начеку: вовремя пригнулся и, когда бандит перелетал через него, успел ударить кулаком ему в пах. Бандюга взвыл от боли и повалился рядом со своими корешами.

— Так-то вот, — отдышавшись, сказал Говорков и повернулся к Веронике.

Девушка всплеснула руками:

— Савушка, кто они? С тобой ничего не случилось?

— Да что ты, — рассмеялся Савелий. — Это не бойцы. Так, мелочь... Надеюсь, больше мы с этой поганью не встретимся.

...В эту ночь — последнюю ночь их пребывания на Кипре — Вероника отдавалась Савелию со всей страстью, на которую только была способна. Опять они не спали до утра, потому что оба прекрасно понимали, что вот и заканчивается отведенный им судьбою месяц любви, что потом они снова расстанутся, и когда встретятся снова, трудно даже предположить. Ее ждала учеба, а Савелий уже девятого октября должен был вернуться в Москву. И сейчас, пока неумолимое время не разлучило их, они стремились проникнуть друг в друга как можно глубже, одарить друг друга той небывалой нежностью, которая даст им силы двигаться дальше по жизни, любя и помня эту любовь всегда.

— Я хочу от тебя ребенка, — прошептала Вероника. — Ты слышишь, Савушка? Хочу сына, такого же, как ты. Так не хочется расставаться с тобой. — Она вдруг всхлипнула. — Мой милый, мой единственный... Савушка...

— И я люблю тебя, — говорил Савелий, обнимая подругу. — И тоже не хочу с тобой расставаться. Только не нужно разводить сырость!.. — Он улыбнулся и вытер бежавшую по щеке слезу. — Если бы только все в этом мире зависело от наших желаний...

Савелий с наслаждением вдыхал аромат ее волос, жадно целовал мокрые от слез глаза девушки, ее горячие, разбухшие от поцелуев губы. А она в эту прощальную ночь словно сошла с ума — изобретательность ее ласк, казалось, не имела границ.

В какой-то момент Вероника захотела, чтобы он вошел в нее стоя. Савелий прижал ее к холодной стене номера, а она обняла его за талию стройными ногами. Не каждый мужчина может долго заниматься сексом в этой трудной позе, но Савелий и спустя десять — пятнадцать минут неутомимых движений ни капельки не устал. К тому же Вероника была легкой, словно пушинка. Как громко она стонала!

«И пусть, — думал Савелий, — какое нам дело до обслуги отеля. Не маленькие, должны понимать, отчего люди кричат по ночам в своих номерах...»

В эту ночь они испробовали, наверное, все, что было известно им о сексе. И нет ничего удивительного в том, что под утро оба надолго забылись сном без сновидений и спали до трех часов дня.

Проснувшись, они долго лежали, сжимая друг друга в объятиях. Но все на этом свете когда-то заканчивается. Савелий и Вероника наконец поднялись с любовного ложа, собрали вещи, упаковали чемоданы. По русскому обычаю, посидели «на дорожку». И двинулись в путь.

Через несколько часов «Боинг-737» уже мчал их в сторону России.

В самолете Вероника достала большой блокнот и немного застенчиво стала показывать Говоркову наброски, сделанные во время отдыха. Тут были и кипрские пейзажи, и портрет маленького голубоглазого мальчика, очень похожего на Савелия («Я надеюсь, у нас все-таки будет сын», — задумчиво обронила девушка), и две-три геометрические картинки («Надоел мне этот оп-арт, хоть и хорошие деньги приносит», — вздохнула Вероника).

Но больше всего Савелию понравился набросок, изображающий двух взявшихся за руки влюбленных, бегущих к морю. Он догадался, конечно, кто эти влюбленные, и ласково поцеловал Веронику. А она, словно решив его удивить, перевернула страницу блокнота — там была точная копия понравившегося ему наброска, которую она и подарила ему на память о времени, проведенном вместе.

В проходе между креслами прошла стюардесса, предлагая пассажирам сделать заказ. Савелий и Вероника переглянулись и в один голос заказали лучшего кипрского вина.

— Слушай, как же я забыл прикупить несколько бутылочек с собой? — сокрушался Савелий.

— Ничего! — сказала Вероника, вынимая из сумки бутылку вина в оплетке. — Зато я не забыла. Вот, возьми, Савушка, любимый... Когда ты мне позвонишь?..

Полет продолжался. Ровно гудели двигатели. Самолет все дальше уносил влюбленных от места, напоминавшего земной рай. Уносил в Россию, напоминающую потревоженное осиное гнездо. В земной ад...

Глава третья
Кремлевский курсант

На влажные московские бульвары, на скверы и парки медленно, как бы нехотя опускались желтые листья. Набрякшая влагой листва падала плавно и тяжело, точно рубль на валютной бирже. Что поделать — вот уже третью неделю Россия живет в новом времяисчислении: до семнадцатого августа и после. Шуршит под подошвами дешевое золото листвы, шуршат в бумажниках обесцененные рубли, и никто не знает, когда это закончится и закончится ли вообще...

Крутобокий серебристый «линкольн», отблескивая голубоватыми пуленепробиваемыми стеклами, прошуршал шинами по мокрому асфальту и остановился перед величественным гранитным подъездом на Котельнической набережной.

«Росгазнефтьинвестбанк» — значилось на золоченой табличке слева от двери. Водитель — массивный шкафообразный мужчина с покатыми борцовскими плечами, налитыми гуттаперчевыми кулаками и характерным прищуром по-лягушачьи выпученных глаз — привычно взглянул в зеркальце заднего вида, оценивая обстановку. Позади, метрах в пятнадцати, застыл темно-бордовый джип, хищного вида «шевроле-тахо». И в эту же минуту в держателе на приборной панели зазуммерил мобильный.

— Виталик, ты уже на месте? — послышался из трубки начальственный баритон, и водитель, непонятно почему вздрогнув, поспешил ответить:

— На месте, Александр Фридрихович.

— Скажи, чтобы встречали. Я — загружен. Выхожу через пять минут.

Наверняка понятие «загружен» для водителя «линкольна» не требовало перевода, процедура подобных встреч была отработана, а потому дальнейшие его действия отличались расторопностью и профессионализмом. Сперва он, позвонив по мобильнику в темно-бордовый джип, коротко бросил:

— Через пять минут будет, загружен.

Затем, игнорируя правила парковки, нагло въехал прямо на тротуар, так чтобы задняя дверца лимузина пришлась как раз напротив выхода из банка. А из джипа уже выходила троица молодых людей. Первый встал рядом с массивной банковской дверью, второй занял позицию у капота «линкольна», а третий уселся в лимузин рядом с водителем, оставив дверцу полуоткрытой.

Подобные маневры не могли не насторожить службу безопасности банка — меньше чем через минуту рядом с «линкольном», словно из-под земли, вырос гориллоподобный мужик с шевроном «Охрана» на рукаве черной куртки, но молодой человек, каменным истуканом застывший у капота, одной короткой фразой отмел его от серебристого лимузина.

Ожидать пришлось чуть дольше, чем было обещано, — по всей вероятности, у Александра Фридриховича в Росгазнефтьинвестбанке были дела, требовавшие больше пяти минут. Тяжелая дубовая дверь гранитного подъезда плавно открылась лишь через четверть часа после звонка. Заметив фигуру хозяина с небольшим кейсом в руках, водитель и охранники изготовились, словно псы, ожидавшие команду «фас».

Тот, что стоял у дверей подъезда, приблизился к Александру Фридриховичу вплотную, так чтобы в случае возможной стрельбы успеть прикрыть его своим телом. Тот, что стоял у капота, сразу же повернулся лицом к набережной — чтобы контролировать подъезжающие машины других клиентов банка. Тот, что сидел рядом с водителем, мгновенно вскочил, предупредительно открывая заднюю дверцу, однако взгляд его цепко фиксировал случайных прохожих, оказавшихся в эту минуту рядом с гранитным фасадом.

Впрочем, сам Александр Фридрихович — высокий седеющий мужчина с явно военной выправкой, грубоватыми, но привлекательными чертами лица и маленькими, глубоко посаженными глазками — не очень-то и спешил нырнуть в бронированную капсулу своего дивного лимузина. Небрежно поставил на сиденье изящный кожаный кейс, прислонился к машине спиной и, сунув руки в карманы длиннополого пальто, чем-то неуловимо напоминавшего шинель, едва заметно улыбнулся каким-то своим мыслям. То ли информация, полученная им в Росгазнефтьинвестбанке, внушала оптимизм, то ли содержимое кейса, полученного там же, позволяло надеяться, что все образуется, но улыбка получилась спокойной, уверенной и откровенно надменной.

— Александр Фридрихович, вам сегодня в Шереметьево, к мадридскому рейсу, через четыре часа приземляется, а вы говорили, что еще в Интерагробанк надо заехать... — напомнил было охранник, но хозяин неожиданно резко оборвал его:

— Сам знаю! Иди в свой джип...

Меньше чем через минуту серебристый «линкольн», тяжело съехав с бордюра, покатил в сторону Нового Арбата, где находился офис Интерагробанка...

Хозяин «линкольна» немного нервничал, шевелил губами и все время похлопывал ладонью по драгоценному кейсу. Иногда, заметив в людской толпе нищих, бомжей и прочий полуголодный человеческий мусор, он довольно ухмылялся. Наверное, радовался своему высокому положению.

* * *

...В тот день, восьмого сентября тысяча девятьсот девяносто восьмого года, Александр Фридрихович, исколесив едва ли не пол-Москвы, посетил четыре банка и шесть крупных фирм. И всюду история повторялась: короткий визит в офис, звонок на мобильник водителю и грамотные действия телохранителей после появления хозяина с атташе-кейсом в руках — каждый раз новым. Правда, водитель, чье место было отделено светонепроницаемой стеклянной перегородкой, не мог видеть, что всякий раз, усевшись в салон, хозяин перекладывает из кейсов в небольшой пластиковый чемоданчик тугие пачки серо-зеленых банкнот. К концу дня чемоданчик распирало от долларов.

В девятнадцать сорок пять серебристый «линкольн» плавно, словно океанский лайнер, причалил к бордюру рядом со стеклянной коробкой Шереметьево-2 — как раз к прибытию самолета из Мадрида. Видимо, Александру Фридриховичу не хотелось нырять в людской водоворот у входа, и потому встретить прибывающего было поручено водителю Виталику и двум охранникам из темнобордового джипа, весь день следовавшего в кильватере лимузина.

Встреча не заняла слишком много времени — спустя минут двадцать мужчины, рассекая людскую толпу могучими плечами, как ледокол рассекает льдины, бережно подвели к «линкольну» перезрелую грудастую женщину с внешностью разбогатевшей вокзальной буфетчицы. Тяжелые золотые сережки с неестественно большими бриллиантами говорили о дурной склонности к демонстрации своего богатства, длинное черное платье с огромными алыми розами воскрешало в памяти цыганские наряды, а многочисленные морщины, плохо скрываемые густо наложенным гримом, свидетельствовали, что их обладательница прожила слишком бурную жизнь.

69

Плюхнувшись на сиденье рядом с Александром Фридриховичем, от которого остро пахло его любимым одеколоном «Драккар нуар», женщина звучно чмокнула его в щеку и произнесла с чувством:

— Здравствуй, Сашенька! Что же ты сам жену не встречаешь? Неужели не соскучился?

Удивительно, но встреча с женой не вызвала у хозяина лимузина абсолютно никаких эмоций. Он поневоле сравнил эту толстую и глупую женщину со своей длинноногой секретуткой Викой, которую поимел на днях на столе в своем офисе, и внутренне чертыхнулся. Но ведь и Люся когда-то была чертовски хороша.

«Что делает с нами возраст!» — горестно подумал он.

Поморщившись и промокнув влажную от поцелуя щеку белоснежным платком, Александр Фридрихович вымолвил:

— Люся, я тебе уже сто раз говорил: мои люди это делают лучше. А если на тебя кто-нибудь нападет?

— Мог бы и с ними подойти, — показательно обиделась та.

— Хватит сантиментов. Ты уже в Москве, и это главное, — искоса взглянув на жену, произнес Александр Фридрихович. — Как долетела? Как отдохнула?

— Ой, ты что, так хорошо там, так хорошо, ввек бы оттуда не уезжала! — восторженно защебетала Люся. Туристические впечатления переполняли ее, недавняя курортница явно не знала, с чего начать, но собеседник неожиданно осадил ее вопросом:

— Так чего же вернулась? Оставалась бы в своем Коста-Браво, дальше бы жизни радовалась... птичка Божия.

— Да я бы еще на недельку-другую и задержалась, — честно призналась та, — да там по телеви-

70

зору разные ужасы рассказывают — мол, кризис у нас в Москве, едва ли не революция скоро.

— Да кому в этой Москве революцию-то делать? Проституткам с Тверской да торгашам с Коньково? — хмыкнул Александр Фридрихович.

— Говорят, бакс с шести до четырнадцати рублей прыгнул, — не сдавалась Люся. — Неужели правда?

— Да, есть такое... Так и живем, сверяя время по сигналу точного доллара, — согласился мужчина и, снисходительно улыбнувшись, добавил: — Знаешь, есть такой закон физики: если где-то чего-то убыло, в другом месте обязательно должно прибавиться. Закон сообщающихся сосудов. Как говорят — вода дырочку найдет.

И, явно не желая объяснять, что конкретно имеется в виду, поставил на сиденье пластиковый чемоданчик, щелкнул замочками, приподнимая крышку, — взору Люси предстали пачки стодолларовых купюр.

— Что это?

— Деньги, — спокойно прокомментировал мужчина.

— Чьи?

— Вообще-то американские. Но если они в моем чемодане, стало быть, мои.

— И сколько?

— Два с половиной «лимона». И завтра столько же заберу. Четвертый день по Москве езжу, нал собираю. Ничего, ты у меня в очереди за хлебом стоять не будешь...

— Так ведь по телевизору говорят, что в Москве долларов совсем не осталось! Все проклятые банкиры скупили!

— Для меня всегда будут, — отрезал Александр Фридрихович. — Я же говорю: если в одном месте убыло, значит, в другом прибыло... — и раздраженно добавил: — Неужели непонятно?

То ли предпоследняя фраза требовала глубокого

осмысления, то ли вид двух с половиной миллионов долларов действовал завораживающе, но недавняя пассажирка самолета из Мадрида молчала до самой Москвы — на лице ее отобразилась работа мысли. И лишь когда «линкольн» пересек кольцевую автодорогу, только и сумела, что вспомнить последний аргумент:

— Так ведь по телевизору говорят...

— Ты еще радио послушай да газеты почитай, — не скрывая иронии, резко перебил мужчина. — Что тебе не нравится? По курортам ездишь, все твои желания исполняются, все твои родственники...

Он не успел договорить — неожиданно в кармане зазуммерил мобильник.

— Алло, — отвернувшись от глупой жены, произнес Александр Фридрихович.

— Кажется, я не туда попал, — неуверенно проговорил чей-то знакомый голос.

— Лебедь, ты?

— Я...

— Да, ты туда, куда надо, попал. Это я, Немец...

— А я уж думал...

— Откуда звонишь, из сауны?..

— Ну... — Тот вдруг икнул.

— Я так и понял — опять водяру пьешь...

— А что еще делать? Кризис в стране...

— Что значит — кризис? Это у дураков и у ленивых кризис, а нормальные люди работать должны, а не пьянствовать.

— Работать? — с ухмылкой переспросил тот.

— Ну, если тебе и твоим уркам не нравится слово «работать», скажу по-другому: делом заниматься!..

— Каким делом-то?

— Что значит — каким? Каким всегда занимались. Своим делом...

— Своим? — Парень явно начал трезветь.

— Да, вот именно. Ты лучше скажи, когда и где по нашим делам соберемся?..

— Четырнадцатого октября, в Ялте...

— Раньше бы надо...

— Раньше никак не успеть: людей трудно будет собрать...

— И еще целый месяц, как я понял, ты водку жрать будешь или вновь коксом обдолбаешься. — Он усмехнулся. — Что, не так, что ли?

— Я свое дело знаю... — чуть обидчиво буркнул тот.

— А ты не забыл, что завтра сделать должен?..

— Лебедь никогда и ничего не забывает! — хвастливо ответил говоривший на другом конце провода.

— Вот и хорошо! В наших же интересах... Все, Витек, пока!

Щелкнув кнопкой мобильника, Александр Фридрихович отключил аппарат, сунув его в карман пиджака.

— Ну, клоуны, — в сердцах проговорил он, обращаясь скорей к самому себе, нежели к Люсе. — Тоже мне, праздник нашли, чтобы водяру трескать. Кри-и-изис, — глумливо передразнил он недавнего абонента.

— Это твои бандиты звонили? — зачем-то осведомилась Люся.

— Не бандиты, а уважаемые бизнесмены, — с досадой поправил мужчина.

— У них что, неприятности?

— Небольшие... Но разрешимые. В очень скором времени.

Люся с трудом подавила тяжелый вздох:

— Да, чувствую, сейчас тако-ое начнется!

— Не начнется. Во всяком случае, у меня. Меня эти кризисы не касаются. Пусть боится вон то быдло. — Мужчина кивнул в сторону тротуара, где змеилась длинная очередь к обменному пункту валюты, и, заметив в глазах собеседницы непонимание, в третий раз за сегодняшний день повторил: — Я ведь говорю: если в одном месте убыло...

Тем временем «линкольн» выкатил на Маяковку, свернул на Садовую, медленно заехал во двор сталинской многоэтажки и остановился перед ярко освещенным подъездом. Телохранители профессионально быстро посыпались из джипа — один побежал в подъезд, другой — во двор, еще один остановился позади лимузина.

— Все, приехали, — поджал губы Александр Фридрихович.

— Саша, почему ты все-таки меня в аэропорту не встретил? — подчиняясь какому-то непонятному импульсу, спросила Люся. — Ты что... не любишь меня?

— Конечно, не люблю, — спокойно подтвердил тот. — Я ведь тебе об этом уже сто раз говорил. Или на своем испанском курорте мало любви получила?..

Даже те, кто знал Александра Фридриховича Миллера достаточно поверхностно, были уверены: вряд ли этот человек может не то что кого-то любить — просто относиться к людям с симпатией и дружелюбием. Лицо Александра Фридриховича, обычно спокойное, как дамба, редко выражало какие-либо чувства.

Улыбка появлялась на этом лице лишь в двух случаях: или когда всем вокруг было скверно и лишь ему, господину Миллеру, более известному под кличкой Немец, хорошо, или когда он ставил кого-то из окружающих в крайне неудобное положение. Ему неважно было, кто перед ним: министр, депутат Государственной Думы, законный вор, секретутка или даже собственная жена Люся. Важно было лишь торжествовать победу над любым человеком. А победу Немец понимал лишь как собственное полное превосходство и полное унижение противника.

С одной стороны — он, Александр Фридрихович, с другой — остальное человечество. А между ним и остальными — невидимая стена, эдакая толщь прозрачной брони, как в его «линкольне». Таким он, умный, жесткий и целеустремленный прагматик, начисто лишенный сантиментов, привык видеть мир. Всю свою сознательную жизнь Миллер стремился подчинить себе окружающих и немало преуспел в достижении этой цели.

Третий ребенок в многодетной семье немцев Поволжья, сосланных в тысяча девятьсот сорок первом году под Омск, Александр Фридрихович сызмальства познал, что такое нужда и лишения. Голодное детство, где самым большим счастьем было поесть досыта, убогое существование в диком колхозе, где приезд кинопередвижки «из района» становился событием, достойным обсуждения на несколько недель, плюс ко всему принадлежность к неблагонадежной нации (родители отмечались в спецкомендатуре аж до пятьдесят седьмого года).

Как ни странно, но единственным способом вырваться из этого унизительного прозябания стал призыв на срочную службу в армию. Теплая одежда, гарантированное трехразовое питание, обогащение жизненного опыта, а если повезет, то и возможность обратить на себя внимание людей сильных и влиятельных. Разве это плохо?

И потому, получив повестку в районный военкомат, юноша, обдумывающий свое будущее, отнесся к неизбежному повороту судьбы со спокойной радостью. В отличие от большинства колхозных сверстников, детей потомственных бездельников и алкоголиков с явными признаками вырождения, Миллер уже к восемнадцати годам нарисовал себе дальнейшие жизненные перспективы. И не было в этом рисунке нисходящих линий, только — восходящие; не было изгибов — только прямые.

Говорят: «везет сильнейшим». Так оно, наверное, и есть — даже успех, который на первый взгляд выглядит случайным, куда чаще выпадает на долю людей с сильным характером, трезвым рассудком, знающих, чего они от жизни хотят и что для этого следует предпринять.

Саша Миллер всецело соответствовал всем этим качествам. И наверное, именно потому ему повезло: сразу же после окончания учебки молодой боец случайно обратил на себя внимание капитана из штаба Забайкальского военного округа. И недаром: кроме массы достоинств, младший сержант Миллер обладал редким даром каллиграфиста, — глядя на его письма, трудно было поверить, что эти неправдоподобно правильные буквы, удивительно ровные, округлые и текучие, написаны живым человеком, а не напечатаны в гарнизонной типографии.

Так Миллер оказался в строевом отделе штаба Забайкальского военного округа на должности писаря.

В любом штабе округа Советской Армии строевой отдел всегда находился на привилегированном положении. Отдел этот — микроскопическая структура из пяти-шести человек, в которой воля командующего обретает письменную форму приказа. Пусть начальник строевого всего лишь капитан. Любой офицер, от прапорщика до генерал-лейтенанта, получив вызов в строевой отдел, подтягивается и внутренне напрягается: что ждет, повышение или опала? Какой приказ командующего объявит ему сегодня товарищ капитан?

Именно потому с людьми из строевого отдела не принято ссориться, даже если это солдат-сверхсрочник, младший сержант, выполняющий ничтожные обязанности писаря-делопроизводителя, или даже тот, что убирает там...

С Миллером никто и не ссорился. Равно как и он ни с кем. Спокойный, уравновешенный, казенно-приветливый, ровный со всеми — таким запомнился он и сослуживцам-сверхсрочникам, и отцам командирам. Да и чего ссориться? Хорошая, интеллигентная работа в тепле да уюте: перекладывай себе бумажки, подшивай папки, заполняй формуляры своим замечательным почерком. Ни изматывающих марш-бросков, ни ежедневной чистки оружия, ни строевой подготовки.

Штаб округа — это не грязные ремонтные мастерские, не танкодром и не захудалая «точка», затерянная в бескрайней сибирской тайге. Именно там молодой писарь начал активно заниматься своей карьерой: чтобы угодить командирам, он умудрялся поставлять им молоденьких блядей, каждую из которых предварительно «пробовал» сам. Придя в армию прыщавым и застенчивым онанистом, он вскоре отлично усвоил все преимущества штабной работы.

В штаб постоянно названивали местные девчонки, и Миллер часами висел на проводе, болтая с ними. С одной из них он вскоре переспал. Довольный тем, что стал наконец-то мужчиной, Миллер сам себе выписывал увольнительные и заводил один роман за другим. Девки были от него без ума и, когда он завел в ближайшем городке что-то вроде блатхаты, косяком повалили туда. Ему ничего не стоило так заморочить им головы, что они даже стали принимать активнейшее участие в тайных оргиях на этой квартире.

Миллер приводил своих дружбанов-командиров к девочкам, и там все они вместе сначала смотрели редкую в то время порнушку по видаку, а потом выпивали и занимались разнузданным сексом с возбужденными малолетками. Командиры еще больше зауважали писаря Сашу: кто же откажется от сладенького? Да, такая служба давала редкую возможность обратить на себя внимание, завязать знакомства, могущие пригодиться в дальнейшем.

Так оно и случилось: прослужив полтора года,

Миллер, понимая, что беспартийному не хрена ловить в СССР, сперва вступил в партию, а затем, заручившись соответствующими рекомендациями, подал документы в военное училище, и не какое-нибудь, в элитное московское общевойсковое. Наверное, во всех военных вузах СССР, вместе взятых, не училось столько детей генералов и полковников Генштаба, как в этом; сам факт окончания «придворного» военного училища гарантировал успех в продвижении по службе.

Экзамены на «кремлевского курсанта» Александр Фридрихович сдал без проблем и, проучившись пять лет, закончил училище с отличием. Уже тогда в его сознании четко обозначился водораздел: «с одной стороны — я, с другой — все остальные». И именно тогда в его характере выкристаллизовались черты, выделявшие его среди других: железная воля, сверхъестественная трудоспособность, несокрушимая логика мышления и голый прагматизм поступков.

У Миллера никогда не было друзей — только знакомые, которых он разделял на «полезных сейчас» и «тех, кто может быть полезным в будущем». Сострадание, сентиментальность, простая человеческая открытость — это было не для него. Единственной слабостью Александра Фридриховича было полное отсутствие слабостей. Он никогда не курил, почти не употреблял спиртного (правда, никогда не отказывая в угощении людям полезным и влиятельным), а если в отпуске и бегал по бабам, то очень осторожно и умеренно, так чтобы никто не узнал.

В отличие от большинства курсантов, Миллер читал не только уставы и теоретиков марксизма-ленинизма, но и классиков мировой литературы и философии. Понравившиеся изречения он старательно выписывал своим нечеловечески красивым почерком в толстый блокнот в кожаной обложке, с которым почти никогда не расставался.

Больше всего в этом блокноте было цитат из Библии и почему-то Шопенгауэра. Этот мрачноватый философ, во-первых, был предельно циничен в своих афоризмах, а во-вторых, он тоже был немцем, что очень нравилось Миллеру. Вот несколько характерных для Шопенгауэра мыслей: «Ни с кем не следует быть слишком уступчивым, слишком добрым», или: «Едва мы успели подружиться с кем-нибудь, он тотчас же оказывается в нужде и уже целится перезанять у нас», или: «Если подозреваешь кого-либо во лжи, притворись, что веришь ему; тогда он наглеет, лжет грубее и попадается».

Вообще в этом блокноте были собраны афоризмы буквально на каждый случай. Например, на отдельную страничку Миллер выписывал льстивые для начальства фразы, на другую — такие, которые могли бы показать людям всю якобы ученость и незаурядный ум бывшего армейского писаря.

Впрочем, фиксирование чужих мыслей на бумаге было лишь тренировкой памяти: почти все свои записи Александр Фридрихович мог запросто цитировать наизусть, например, на заседании партбюро, куда он входил со второго курса.

Столь редкий набор положительных качеств в лице одного человека не мог не обратить на себя внимания начальства, и после распределения Миллеру вновь повезло: совершенно неожиданно для себя он получил фантастическое назначение на должность адъютанта начальника штаба Белорусского военного округа.

Есть лейтенанты, и есть Лейтенанты. Есть лейтенанты — Ваньки-взводные, и есть Лейтенанты — адъютанты начальников с большими звездами. Между ними непреодолимая пропасть. К первым штабные капитаны да майоры обращаются: «Слышь, ты, сделай то-то и то-то». Ко вторым — исключительно по имени-отчеству и со льстивым придыханием. А уж если такой адъютант пользуется особым расположением товарища генерала...

Товарищ генерал, непосредственный начальник лейтенанта Миллера, являл собой законченный тип высокопоставленного болвана, тупым усердием выслужившего свое место. Про таких говорят: свое место он высидел задницей, а не умом. Однако новый адъютант понравился с первого взгляда: исполнительный, старательный, немногословный и очень понятливый.

Товарищ генерал никогда не отличался умением разбираться в людях — куда ему было рассмотреть в молодом офицере прожженного честолюбца и карьериста, давно уже разделившего весь мир «на себя» и на «всех остальных»! А вот беспрекословное подчинение не могло не подкупить этого ограниченного солдафона. И потому он старательно пропихивал своего порученца наверх: сперва — на капитанскую должность в штаб, затем — в академию.

Конечно, не только подчинением подкупал Миллер старого генерала — он вовремя и очень услужливо преподносил своему начальнику дорогие подарки, посылал ему, как бы невзначай, наиболее шустрых поблядушек, помог в строительстве персональной дачи, которая была возведена на ворованные деньги в рекордно короткие сроки. Когда престарелый генерал скоропостижно умер, Миллер путем сложных махинаций сумел наложить лапу на генеральскую дачу, продал ее недорого какому-то «деловому» и присвоил деньги.

В восемьдесят третьем году майор Миллер, блестяще закончив академию, получил распределение в Группу советских войск в Германии, естественно — на штабную должность. Такое распределение выглядело странным: этнических немцев, даже офицеров, в ГСВГ старались не посылать. Однако в глазах начальства товарищ майор был прежде всего активным членом коммунистической партии, блестящим офицером, до мозга костей советским человеком, а уж потом — немцем.

Все складывалось как нельзя лучше. Александр Фридрихович шел по жизни нагло и уверенно, с неудержимостью тяжелого танка. Восходящая линия успеха была начертана в жизненном графике на много лет вперед: через несколько лет — начштаба полка, потом — командир полка и парторг дивизии, а потом, может быть, и повыше...

К сорока пяти годам Миллер твердо рассчитывал занять место в высшем эшелоне советского военного истеблишмента; люди, хорошо знавшие его, не сомневались, что так оно и случится.

Однако неожиданно грянула перестройка с ее свободами, и уже в тысяча девятьсот восемьдесят седьмом году Миллер, точно проанализировав возможные перспективы, впервые за свою жизнь растерялся. Цели, к которым он стремился едва ли не половину жизни, оказались ложными. Так часто бывает на окружных учениях: получает штаб полка донесение разведки об обнаруженном объекте, высылает несколько взводов диверсантов для его уничтожения, а объект-то оказывается ложным, эдакой ловушкой для легковерных дурачков. В результате диверсанты в условном плену, а командиры, отдавшие приказ выйти к объекту, готовятся к генеральскому нагоняю, далеко не условному.

Александр Фридрихович, прирожденный прагматик, был не настолько глуп, чтобы не понять очевидного: для захвата жизненных высот нынче вовсе не обязательно иметь безукоризненную репутацию грамотного офицера и члена КПСС. Высокие должности не гарантировали жизненных благ; понятие «успех» больше не отсвечивало парадным блеском генеральских погон и лаком служебных «Волг», а впервые предстало в чистом, незамутненном виде. Синонимом успеха, власти и даже счастья стало исключительно богатство.

Миллер понял: эпоха советского аквариума с гарантированной кормежкой, где выращенные в тепличных условиях рыбки жрут самосильно друг друга и вяло интригуют за вкусного червячка, закончилась. В океанской стихии первоначального накопления капитала выживают не глупые караси, а зубастые пираньи. Теперь все решает хватка: кто больше ухватил, тот и обеспечил себе плацдарм для дальнейшего продвижения по жизни.

А ухватить в ГСВГ было что...

Армия постепенно разваливалась, а после присоединения ГДР к ФРГ и вовсе очутилась за гранью полного разложения и деморализации. Зарплата военнослужащих ГСВГ исключительно в немецких марках, красивая буржуазная жизнь, а главное — возможность украсть, что плохо лежит. А в Группе советских войск в Германии плохо лежало абсолютно все, и Александр Фридрихович был одним из первых, кто понял, какие редкие возможности открывает служба в Центральной группе войск.

Карьерные устремления, желание стать генералом, стремление к сохранению имиджа грамотного, честного офицера — все это было забыто подполковником Миллером. Тогда, в конце восьмидесятых, словосочетание «честный офицер» становилось анахронизмом; во всяком случае, в Группе советских войск в Германии. Куда чаще звучало «офицер-вор», «офицер-растратчик»...

В том диком бардаке, который предшествовал началу вывода войск в Союз, в ГСВГ воровали почти все, сообразно званию, занимаемой должности и степени причастности к материальным ценностям. Воровство прапорщиков и лейтенантов ограничивалось не военной прокуратурой, а воровством вышестоящих генералов и полковников. Разница была лишь в том, что генералы воровали железнодорожными составами, а прапорщики — чемоданами.

Летчики военно-транспортной авиации специализировались на переправке в СССР «ауди», БМВ и «мерседесов», угоняемых по всей Западной Европе.

Снабженцы тащили со складов оружие: тонны патронов, мин, взрывателей, фугасов; все это охотно приобреталось арабскими и курдскими террористами, которые постоянно рыскали вокруг советских военных баз. Бедным солдатикам доставалось немного: загнать налево десяток камуфляжей, пару баков солярки или краденый автомат.

Свой первый миллион рублей подполковник Миллер заработал за неделю: продал в соседнюю Польшу два десятка «УРАЛов», стоявших на консервации с тысяча девятьсот восьмидесятого года, и четырнадцать тонн спирта. «УРАЛы» были списаны как пришедшие в негодность (командир части, зампотех и особист были в доле), а спирт якобы пошел на технические нужды. Второй миллион был заработан за три дня — Александр Фридрихович загнал немцам целый понтонный мост. Третий, четвертый и пятый — и вовсе за два часа: немцы очень интересовались ломом цветных металлов, а на гарнизонном стрельбище наблюдалось невиданное скопление стреляных гильз...

Подсчитав гешефт и сопоставив его с деньгами, заработанными за все время службы в Советской Армии, Александр Фридрихович понял: он на верном пути. А поняв, решил продолжать в том же духе.

Очень помогло знание языка, который этнический немец Миллер знал безукоризненно: за короткое время он оброс клиентурой, как корабельное днище ракушками. Товарищ подполковник предпочитал действовать через подставных лиц — младших офицеров, прапорщиков и даже солдат-сверхсрочников: он никогда не подписывал документы и в случае провала оставлял за собой право демонстрировать благородное негодование. Очень скоро работа Миллера была сведена к минимуму: сидя в кабинете, он заполнял своим замечательным каллиграфическим почерком последнюю страничку записной книжки, на которой были только три графы: «Получил», «Отдал» и «Должны».

Самодисциплина, осторожность и умение ладить с людьми помогали избегать неприятностей. Александр Фридрихович не транжирил заработанное на шнапс, как большинство офицеров, но вкладывал их в самый ценный на то время товар — зеленые бумажки с портретами американских президентов на одной стороне и достопримечательностями Вашингтона — на другой. Впрочем, не отказывался он и от местных разноцветных бумажек с портретами деятелей немецкой науки, культуры и истории.

Миллер потихонечку собрал впечатляющую коллекцию порножурналов и видеокассет. Об этой коллекции не знал никто, кроме него самого и его тогдашней любовницы — хрупкой, белокурой и аккуратной немочки Аннет.

Кроме порно да, пожалуй, севрского фарфорового сервиза, Миллер так ничего и не приобрел в Германии. Второй точно такой же сервиз он подарил Аннет — первой и последней женщине, которую, кажется, искренне любил. Сервиз стал для него чем-то вроде талисмана, особенно после тяжелой истории с его немецкой любовницей. Забеременев от Александра Фридриховича, она умерла во время родов. Ребенок умер, так и не успев появиться на свет.

Узнав об этом, подполковник-миллионер озлобился еще больше. Только фарфоровый сервиз порой напоминал ему о неудавшейся семье. Иногда Миллер становился сентиментальным, пил чай из тонкой фарфоровой чашечки и вспоминал покойную Аннет. Но это было крайне редко и только наедине с самим собой — людей, окружавших его, подполковник презирал, всех, кроме одного — Толика Серебрянского. Этого человека Миллер уважал и даже немного побаивался.

Офицер Серебрянский, кареглазый и горбоносый, крайне осторожный человек, однажды удивил Миллера своими рассказами о том, как ему приятно потрошить трупы — он был военврачом. Миллер, не желающий заводить приятельские отношения с кем бы то ни было, сразу распознав в Серебрянском жестокого, хладнокровного маньяка-садиста, тем не менее сблизился с ним. Такие люди встречались ему нечасто.

Оба офицера не пили спиртного и на дух не переносили табачного дыма, что также привлекало их друг к другу.

«Да, нужный человечек, — думал Миллер, слушая леденящие кровь циничные признания военврача-маньяка, — если когда-нибудь встретимся, он мне может пригодиться».

Но зачем пригодиться, для чего? Пока что было неизвестно. Кроме того, у Миллера сейчас были заботы и поважнее — деньги, деньги и еще раз деньги. Подполковник накопил к этому времени уже очень солидную сумму. И потому, вернувшись после вывода войск в Союз, уйдя в отставку и став, таким образом, частным лицом, он ощущал себя куда лучше, чем иные генералы Генерального штаба.

Вскоре господин Миллер перебрался в Москву, к своей давнишней любовнице Люсе, бывшей продавщице «Военторга» (женитьба на ней гарантировала столичную прописку), и, открыв собственную фирму, деятельно занялся бизнесом: доллары и марки, привезенные из Германии, следовало приумножить. Фирма покупала в ФРГ пользованные ксероксы, доводила их до ума, после чего продавала как новые. Затем появилась еще одна фирма, покупавшая и продававшая все: от туалетной бумаги и просроченных консервов до металлопроката и технологических разработок. Затем появилась еще одна фирма, затем еще одна...

И, как следствие, спустя каких-то полгода в офис к Александру Фридриховичу завалилось несколько мрачных бритоголовых уродов, тех, которых на первой волне кооперативного движения называли модным заграничным словом «рэкетиры». Правда, в начале девяностых в Москве на смену этому термину пришел другой — немного угрюмое, зловещее, но такое родное и привычное для русского уха слово «бандит».

«Какая у тебя «крыша»? — последовало сразу после пренебрежительного «здрасьте».

— Трудно так сразу сказать, — весело ответствовал отставной офицер, прекрасно понимая, что подразумевают вымогатели, — но думаю, что это бетонные перекрытия, толь, шифер...

Диалог продолжался недолго, и спустя пять минут незваные гости были спущены с лестницы: Александр Фридрихович, бывший в свое время кандидатом в мастера спорта по вольной борьбе, всегда отличался завидными физическими статями.

Удивительно, но именно этот момент стал в послеармейской жизни Миллера переломным! К тому же, как выяснилось, подобным «наездам» подверглись едва ли не все компаньоны по бизнесу, и подавляющее большинство из них согласились идти под бандитскую «крышу». Грамотно просчитав постсоветскую ситуацию в Москве, да и вообще в России, бывший подполковник Советской Армии понял, что являлось на тот момент наибольшим дефицитом: безопасность.

Богачи-скороспелки, все эти бывшие комсомольские секретари, официанты, снабженцы, кладовщики, партработники да недоучившиеся студенты, обалдевшие от быстрых и легких денег, имели, казалось, все, кроме одного: ощущения собственной защищенности. Милиция, суды, прокуратура — все это в условиях дикого рынка продавалось и покупалось.

В России почти не осталось структур, что могли бы противостоять оргпреступным группировкам. Рынок услуг по защите жизни и собственности оказался незаполненным, Александр Фридрихович осознал это одним из первых. А осознав, решил действовать, пока его не опередили.

Торгово-закупочный бизнес, бэушные ксероксы, продаваемые под видом новых, мелкие биржевые махинации — все это было забыто. Дела сворачивались, вырученные деньги копились в несгораемых шкафах в подвале на подмосковной даче Миллера. Александр Фридрихович, вспомнив изречение товарища Сталина, что «кадры решают все», налаживал принципиально новое дело — рекрутировал под свои знамена будущих сотрудников собственной охранной фирмы.

Вот тут-то и пригодились несомненные организаторские способности отставного офицера и старые армейские связи: Миллер собрал костяк будущей структуры в течение каких-нибудь трех месяцев. А выбирать было из кого: недавние командиры разведрот и десантно-штурмовых батальонов, прошедшие Афганистан, Карабах и Приднестровье, профессиональные убийцы из спецназа ГРУ, высококлассные аналитики и прогнозисты Генерального штаба, отправленные на «гражданку» специалисты военных НИИ...

Просматривая документы кандидатов в охранную структуру, всегда спокойный Миллер не мог удержаться от улыбки самодовольства: конверсия и сокращение армии сулили замечательные перспективы в деле подбора кадров.

После регистрации устава и оформления соответствующих лицензий вновь созданная структура, получившая подкупающее название «Центр социальной помощи офицерам «Защитник», начала действовать.

Однако очень скоро Александр Фридрихович осознал справедливость старой как мир истины:

«Против лома нет приема — окромя другого лома». Охранная фирма Миллера предлагала бизнесменам «комплексные услуги по обеспечению безопасности бизнеса, жизни и здоровья», то есть те же услуги, которые навязывали бизнесменам лысые татуированные «крышники».

Подавляющее большинство «бобров», то есть бизнесменов, давно уже были разобраны многочисленными оргпреступными группировками российской столицы, а те, что по недосмотру еще оставались самостоятельными, не очень-то спешили доверить свой бизнес, свои жизни и свое здоровье пусть и бывшим офицерам элитных частей, но все-таки людям посторонним. А коли так, навязывать «комплексные охранные услуги» приходилось силой и хитростью.

Схема вырисовывалась сама по себе: сперва к несговорчивому бизнесмену приходили крепкие ребята с военной выправкой, демонстративно сбрасывали на пол телефоны, факсы и компьютеры, предлагая платить двадцать процентов прибыли. На размышления давалась неделя. За день до назначенного срока в офисе появлялись другие крепкие ребята, тоже с военной выправкой, и за пятнадцать процентов вежливо обещали избавить перепуганного коммерсанта от первых. Если не помогало и это, первые или вторые крепкие ребята имитировали бандитский «наезд», и, когда несговорчивый бизнесмен мысленно прощался с жизнью, неожиданно появлялись третьи крепкие ребята, тоже, естественно, с военной выправкой и в образцово-показательном рукопашном бою побеждали наглых вымогателей.

В отличие от первых и вторых, эти отличались скромностью, желая и впредь получать за свои геройства всего ничего, каких-то двенадцать или даже десять процентов. В большинстве случаев схема срабатывала: в начале — середине девяностых российские бизнесмены были еще настолько глупы и неопытны, что просто не могли не купиться на очевидную туфту.

Таким образом частная охранная структура, призванная защищать честных предпринимателей от бандитских посягательств, исподволь превратилась в оргпреступную группировку. Правда, от большинства столичных бандитов людей Миллера отличала не только профессиональная выучка, но и железная дисциплина; невыполнение приказа, как и в армии, расценивалось как предательство и пособничество врагу.

Естественно, профессиональные вымогатели не могли не отреагировать, тем более что вскоре миллеровцы, почувствовав силу, принялись потихоньку наезжать на «чужих» бизнесменов, переадресовывая «налог на охрану» на себя. Первой отреагировала ухтомская группировка, возмущенные бандиты забили «воякам» стрелку на Дмитровском шоссе. «Вояки» на стрелку не приехали, что было расценено ухтомцами как признание поражения.

Впрочем, торжествовали они зря: едва кавалькада бандитских иномарок на обратном пути подъехала к Московской кольцевой, путь ей внезапно преградил огромный бензовоз. Взрыв был ужасен: в радиусе километра из окон повылетали стекла; видимо, кроме бензина, автоцистерна была заряжена и тротилом. Пять человек погибли в огне, еще семеро были доставлены в ожоговый центр...

Последовало еще несколько разборок, правда, без пиротехнических эффектов. Затем в течение нескольких недель при загадочных обстоятельствах погибли несколько не в меру борзых бандитов среднего уровня, предлагавших «разобраться с вояками». Все это заставило говорить о «защитниках» всерьез.

«Вояки» вроде бы заняли свою нишу в мире Москвы бандитской, но умный Миллер понимал, что до полной победы еще далеко.

Россия середины девяностых представляла собой огромную теневую структуру «крыш», «бригад» и общаков (собственно говоря, представляет и поныне). Притом одни «крыши» в большинстве случаев перекрывали другие, что напоминало китайскую пагоду с кровлями, блинами уложенными друг на друга.

«Общаки», как вольные, так и зоновские, незримо связывались между собой на манер сообщающихся сосудов, и лидеры криминалитета всех мастей, как могли, регулировали этот процесс.

Мафиозный мир всегда стремится к равновесию, это общеизвестно. Нарушение в системе кровообращения криминальной экономики нарушало столь хрупкое равновесие. И уж если с «защитниками» не получилось договориться с позиции силы, оставалось договориться полюбовно. Тем более что криминальная ситуация в России не течет плавно, а летит, несется со скоростью пули, выпущенной из спецназовского автомата «Кедр», и выигрывает тот, кто раньше других оценит новые веяния.

Старые, «нэпманские» «воры в законе» постепенно уходили в небытие; те, кто еще оставался в живых, воспринимались как нечто мифологическое, легендарное, эдакие ходячие экспонаты истории советского ГУЛАГа. Татуировки-символы, жесткая система условностей, феня, понятная лишь посвященным, теперь, во второй половине девяностых, навевали невольные сравнения с масонскими ложами времен Пьера Безухова да розенкрейцерами.

На смену им пришли бывшие спортсмены-единоборцы — каратисты, таэквондисты, самбисты, боксеры, кунгфуисты, кик-боксеры. Однако к концу девяностых бывшие завсегдатаи спортзалов, сменив пропахшие потом кожаные куртки на дорогие костюмы консервативного покроя, посчитали, что имидж добропорядочного предпринимателя, идущего в фарватере экономических реформ, куда выгодней, чем имидж угрюмого бандита.

Недавние гангстеры занялись законопослушным бизнесом, выдвижением в Государственную Думу и спонсированием концертов симфонических оркестров — для поднятия репутации. Правда, многие по традиции все еще содержали эдакие средневековые дружины, вооруженные автоматическим оружием, но дружины эти, сидя без дела, потихоньку заплывали жиром.

Однако и немногие оставшиеся в живых «нэпманские» воры со своей густо татуированной «пристяжью» и бандиты, перекрасившиеся в коммерсантов, просмотрели появление новой волны. Невиданное в истории СССР сокращение милиции, спецслужб и особенно армии выдвинуло на криминальную арену совершенно новый исторический тип российского мафиози, за плечами которого не длинный шлейф судимостей и репутация «правильного блатного», не семь чемпионских званий по боксу или штанге, а беспорочная служба в элитных структурах Министерства обороны, КГБ или МВД, участие в боевых операциях и высокие правительственные награды.

Профессионального убийцу могло подготовить только государство. И, подготовив тысячи таких убийц, безжалостно выбросило их на улицу.

Сам Александр Фридрихович Миллер и подавляющее большинство людей из его «охранной структуры» были типичными представителями мафиози новой формации. Практически все московские бандиты признавали «Центр социальной помощи офицерам «Защитник» серьезной боевой единицей.

Их боялись, с ними считались, и в том, что вскоре Миллер завел знакомства среди лидеров московского криминалитета, как «законных воров», так и «спортсменов», не было ничего удивительного. Раздел сфер влияния, долевое участие в легальных проектах, глобальные вопросы тактики и стратегии — о таких вещах куда лучше беседовать в приятельской атмосфере сауны или дорогого ресторана, чем на стрелке в районе Можайского шоссе.

Правда, сперва на Немца и его людей, бывших офицеров элитных частей, смотрели с опаской — тому были веские причины.

С середины девяностых среди московских бандитов начали циркулировать упорные слухи о какой-то глубоко законспирированной структуре, «то ли ментовской, то ли конторской», якобы созданной для физического уничтожения лидеров криминалитета.

Структуру эту нарекали по-разному: и расплывчато-поэтически — «Белая стрела», и кинематографически — «Неуловимые мстители», и словно в скверном милицейском детективе — «Возмездие». Звезда Миллера, взошедшая на небосклоне мафиозной Москвы неожиданно для многих, безукоризненные армейские биографии его людей и особенно формальный статус «охранной фирмы», бывший очевидным камуфляжем, давали многим повод косвенно причислять бывшего образцово-показательного штабного офицера Министерства обороны, активного члена КПСС к одному из силовых подразделений этой загадочной организации. Естественно, сам Александр Фридрихович не подтверждал, но и не опровергал подобные домыслы, и такая загадочность придавала ему еще больший вес.

К середине 1998 года карьера бывшего подполковника Советской Армии достигла наивысшей отметки. Под опекой «Центра социальной помощи офицерам «Защитник» находилось несколько банков, более десятка крупных фирм и за две сотни средних. Люди Миллера участвовали в комбинированных «крышных» операциях, вроде «охраны» таможенных терминалов и рынков, участвовали в реализации осетинской водки и продаже проституток на Запад, контролировали бензиновый бизнес, гостиницы и туристические фирмы...

Кроме всего остального, именно он, Немец, придумал поставлять на Запад видеокассеты с интригующим логотипом «Русский секс».

Давний любитель порно, он сразу просек, чего не хватает западному порнорынку. Вложив сравнительно небольшие деньги в производство этих нехитрых фильмов, Немец уже спустя год получил от их продажи колоссальный доход. И конечно же этот доход подтолкнул его и дальше заниматься этим бизнесом. Надо ли говорить, что всех понравившихся ему русских порнозвезд он велел поставлять ему для развлечений.

Владелец уже пяти запасных блатхат, он постоянно трахал на одной из них накачанных наркотиками актрис и манекенщиц, причем обожал фиксировать все эти оргии на видеокамеру. Где хранятся эти кассеты, знал, разумеется, только сам Миллер. Еще он собирал — на всякий пожарный — чужие загранпаспорта, выкупая краденые у щипачей по вполне сходной цене, о чем тоже почти никто не знал.

Еще бы — то, что сделали «вояки» с этими борзыми ребятками, откровенно отдавало садизмом: одного из них, по кличке Муха, люди Миллера похоронили живьем на старом кладбище, сунув его в черном пластиковом мешке под тяжелую могильную плиту. Другого, по имени Равиль, привезли в заброшенный гараж, сунули его непутевую башку в тиски и просто-напросто ее расплющили. Друзья его позже нашли, но что тут сделаешь — мозги — отдельно, глаза — отдельно. Страшно смотреть.

Был еще такой бандит по кличке Волк — так его втолкнули в электролизную камеру на алюминиевом заводе. Только сизый дымок остался от Волка. Жуткая смерть настигла братьев Шадриных — одному в жидком азоте заморозили руки и ноги, после чего медленно отпилили их ножовкой, а то, что осталось от него, бросили в лесной муравейник. Другого связали и бросили в вентиляционную шахту кинотеатра — через несколько дней от него только высохшая оскаленная мумия осталась.

Всеми казнями руководил лично Миллер, каллиграфическим почерком отмечая в своем блокноте, как, когда и за что был убран такой-то. После каждой казни он еще усерднее брызгал на себя одеколоном «Драккар нуар», к запаху которого давно привыкли все работающие на Немца.

Как это ни странно, но на хозяине фирмы, созданной для охраны честных налогоплательщиков от бандитских посягательств, сходились многие концы российской организованной преступности. Немца, а именно под этой кличкой Александр Фридрихович был известен в столице, прочили едва ли не в единоличные теневые хозяева Москвы. Авторитет его был несокрушим, а жесткость решений приводила в трепет не только врагов, но и приближенных. Достаточно было даже беглого взгляда на этого человека, чтобы понять: этот не остановится ни перед чем, этот пойдет по трупам.

Все было бы хорошо, если бы не проклятый кризис. За первые три дня после семнадцатого августа Александр Фридрихович понес на семь с половиной миллионов долларов прямых убытков (косвенные он даже и не считал). За последующую неделю — еще столько же. Выждав несколько дней, Немец принял единственно правильное решение: извлечь из подконтрольных фирм и банков суммы, вложенные для легальной прокрутки, перекинув их на иные операции.

Александр Фридрихович всегда отличался редким качеством оборачивать плюсы в минусы; такие, как Миллер, даже свой проигрыш получают через кассу. А потому, собрав всю наличку, которую только можно было собрать, хозяин охранной фирмы оперативно вложил ее в продукты питания вроде муки, крупы и соли — товары, которые наряду со спичками и керосином традиционно закупаются в России во время любых глобальных катаклизмов.

И не ошибся — за первую неделю сентября Миллер наверстал четверть потерянного. Он вообще никогда не ошибался в расчетах.

Правильно говорят: если в одном месте убыло, значит, в другом прибыло. Но эта прибыль была временной, сиюминутной. Классический вопрос «Что делать?» не давал жить спокойно; будущее терялось в послекризисном мраке.

Было очевидно: после кризиса в России жизнь больше никогда не будет такой, какой была до него. И уже намечались первые тенденции отката к прошлому. Бывшие гангстеры, неожиданно лишившись источников легального бизнеса, заявляли претензии на бизнес других бывших гангстеров, таковых источников еще не лишившихся. Провинциальные бандиты, которые, следуя московской моде, еще недавно лелеяли имидж законопослушных дельцов, пересыпали свои бизнесменские костюмчики нафталином, вешая их в шкафы до лучших времен. На смену им вновь приходила привычная рабочая униформа начала девяностых: короткая кожанка-«бандитка» и спортивный «адидас».

Все возвращалось на круги своя...

Именно потому Александр Фридрихович и принял предложение своего компаньона Виктора Лебедевского, «законного вора», известного в Москве под птичьей кличкой Лебедь, собраться подальше от столицы, в Ялте, чтобы обсудить наболевшее, а главное, выработать тактику дальнейших действий. Надо сказать, Немец имел зуб на этого уральского бугая, который, по слухам, был коронован на «вора в законе» своими дружками-кавказцами.

Лебедь, сделавший большие деньги на импортных лекарствах, никак не хотел уступить долю в своем бизнесе ему, Миллеру. А Немец отлично понимал, каких гигантских сумм он лишается из-за примитивной тупости этого урки. И разумеется, ситуацию нужно было изменить в пользу Немца, причем как можно быстрее. Лебедь попросту стоял у него на пути, а это означало, что недолго им осталось быть компаньонами.

Бывший кадровый офицер, всю жизнь прослуживший по штабам, всегда относился к татуированным криминальным авторитетам пренебрежительно, контактируя с ними лишь в силу крайней необходимости. Встреча в Ялте, запланированная на четырнадцатое октября, как раз и была крайне необходимой, и для Миллера прежде всего. Кризис поднял со дна российской жизни всю грязь, накопившуюся за последние десять лет, замутнив не только главный фарватер, но и притоки.

А крупная рыба, как известно, лучше всего ловится в мутной воде; кто-кто, а Немец знал это много лучше других...

Глава четвертая
Бег по кругу

Говорят, старость — самое печальное время жизни. Ревматические боли перед сменой погоды, постепенное выпадение оставшихся зубов и волос, пасмурное небо над головой, брюзжание на погоду, на не приносящего пенсию почтальона и хулиганов-внуков...

Все это верно, но лишь отчасти...

...Этот коттедж на Рублевском шоссе, сразу же за Московской кольцевой автодорогой, ничем не привлекал к себе внимание проезжающих. В отличие от роскошных жилищ «новых русских», министров и генералов, селившихся тут в изобилии, скромное двухэтажное здание за высоким кирпичным забором не поражало ни размахом, ни вычурностью стиля, ни обилием архитектурных излишеств. Типовой двухэтажный особняк, каких в Подмосковье многие сотни.

Однако те немногие избранные, которым выпало побывать внутри, легко убеждались в справедливости мысли: истинный комфорт не может быть публичным. Доказательством тому служили и толстые стены со звукопоглощающими экранами, нашпигованные самой современной электроникой, и детально продуманная, хотя и несколько старомодная, обстановка, и атмосфера истинного уюта, которой нынешние хозяева жизни давно уже предпочли крикливую показуху.

Но особенно впечатляла система безопасности: полтора десятка наружных видеокамер тускло отсвечивали объективами по периметру четырехметрового забора, черепичная крыша щетинилась разнокалиберными антеннами, а охранники, почему-то облаченные не в привычную черную униформу, а в одинаковые серые костюмы и такие же плащи, хотя и не впечатляли посетителей рельефными бицепсами шварценеггеров, но работали на удивление грамотно. Серенькие телохранители не бросались в глаза, тем не менее ощущение защищенности создавали, как и должно настоящим профессионалам.

Впрочем, работы у охранников было немного. Во двор можно было попасть, лишь миновав металлические ворота, открываемые бесшумным электромотором, или через калитку в тех же воротах, но и ворота, и калитка открывались лишь по нескольку раз в неделю.

Человек неискушенный, обрати он на этот невыразительный с виду коттедж пристальное внимание, наверняка мог подумать, что в нем поселили главу Международного валютного фонда, приехавшего в Россию инкогнито для предоставления льготных кредитов.

Любитель политических тайн и сенсаций, наверное, решил бы, что здесь расположены надземные этажи засекреченного спецбункера правительства, построенного на случай третьей мировой войны.

Преданный читатель гангстерских романов мог бы предположить, что в этом скромном с виду доме живет какой-то высокопоставленный мафиози.

Однако все эти домыслы были очень далеки от истины.

В тщательно охраняемом коттедже на Рублевском шоссе встречал старость обыкновенный пенсионер, формально лицо частное и неофициальное.

В отличие от большинства людей своего возраста, обитатель этого дома никогда не страдал ни отложением солей, ни ревматизмом, ни выпадением зубов и волос. Он не брюзжал на хулиганов-внуков потому, что таковых у него не было. Он не поносил не приносящего пенсию почтальона, казалось, деньги совершенно не волновали его. И по причине скверной погоды он тоже не злился. Так уж получилось, что человек этот никогда не задирал голову, силясь рассмотреть, что или кто над ним; всю свою жизнь он смотрел только впереди себя...

Несмотря на явно почтенный возраст, хозяин рублевского коттеджа выглядел моложаво и подтянуто. Отсутствие резких морщин, размеренные, выверенные движения, вескость произносимых фраз — все это невольно располагало к себе любого, кто общался с ним. Безукоризненный костюм, в который хозяин облачался даже тут, в загородном доме, подчеркивал спортивную стройность фигуры. Старомодные очки в тонкой золотой оправе выгодно оттеняли интеллигентность лица. Но больше всего обращал на себя внимание взгляд за голубоватыми линзами очков: ощупывающий, пронизывающий и немного ироничный. И тот, кто хоть однажды ощутил его на себе, невольно утверждался в мысли, что глаза эти, словно рентгеновские лучи, просвечивают, пронизывают черепную коробку и от них ничего нельзя утаить.

Ни охранники, ни прислуга, ни редкие посетители не знали его имени и фамилии, да и не стремились узнать. Прокурор, а именно под таким устрашающим псевдонимом был известен этот человек в узком кругу высшего политического истеблишмента России, до первого августа занимал одну из ключевых должностей в аппарате Кремля. Для среднестатистического российского налогоплательщика его фамилия, имя и отчество не сказали бы ровным счетом ничего, потому что почти никогда не упоминались в официальной газетной хронике, не звучали с экранов телевизоров, но тем весомей казалось место, еще недавно занимаемое им у кормила государственной власти.

Впрочем, структура, во главе которой в свое время стоял Прокурор, и сама никогда не стремилась к саморекламе: о существовании глубоко засекреченной спецслужбы «КР» даже в высших эшелонах власти знали лишь единицы.

Сфера интересов этой загадочной структуры была всеобъемлющей и определялась простыми, но убедительными словосочетаниями: внутригосударственная разведка, государственный контроль и государственная безопасность. Конечно, сходными проблемами занималась и Федеральная служба безопасности, и Федеральное агентство правительственной связи и информации, однако, в отличие от «КР», ФСБ и ФАПСИ, никогда не были службами законспирированными. К тому же органы и сами нуждались в постоянном контроле, да и не только они одни...

В любой уважающей себя стране существуют подобные структуры, чаще всего вынужденные действовать во внеконституционных рамках; ведь те, кто угрожает безопасности государства, изначально не придерживаются никаких законов!

Именно потому «КР», созданная в середине восьмидесятых, и получила карт-бланш, именно потому Прокурору, стоявшему во главе этой структуры с первого дня основания, и были даны в свое время сверхполномочия, притом на самом высоком уровне...

Постсоветское бытие, к счастью, складывалось не только из мерзостей русской жизни, вроде бандитских разборок, террористических актов да бессмысленных кавказских войн. Существовал и другой мир — работящий, создающий те материальные ценности, без которых невозможно каждодневное существование; мир, в котором, пусть мучительно и с великим трудом, растили и учили детей, писали стихи, возводили дома, занимались честным бизнесом...

И в том, что мир этот еще не был полностью парализован нынешним беспределом, не был ввергнут в пучину всеразрушающей анархии, во многом была заслуга Прокурора и подконтрольной ему структуры.

Так продолжалось до конца июля тысяча девятьсот девяносто восьмого года, пока нынешний хозяин рублевского коттеджа не подал на самый верх подробный аналитический меморандум с прогнозом, выглядевшим предельно неутешительно: в недалеком будущем Россию постигнут тяжелые времена. Прокурор даже предоставил несколько рекомендаций, как смягчить надвигающийся кризис. Меморандум был подан двадцать первого июля, а двадцать третьего последовала ответная реакция, совершенно неожиданная: структуру «КР» распустить, дела сдать, кабинеты в четырнадцатом корпусе Кремля опечатать.

Мотивация выглядела малоубедительно: во-первых, для бедной России слишком накладно тянуть сразу две мощные спецслужбы, которые дублируют друг друга. Функции контроля частично передавались в ФСБ, в УРПО — Управление по разработке и пресечению деятельности преступных организаций; во-вторых, сами прогнозы были признаны стратегически неверными, пессимистическими, искажающими реальную картину.

Как известно, приказы не обсуждают, их выполняют. А тем более, если приказы подписываются на высочайшем уровне. И потому Прокурору не оставалось ничего иного, как подчиниться. Текущие дела были переданы на Лубянку, так же, как и архивы (правда, предварительно и с дел, и с архивов бывший глава секретной спецслужбы распорядился снять электронные копии). Сотрудники «КР» спешно покидали секретные базы, разбросанные по всей России.

Памятуя о прошлом высоком статусе руководителя конспиративной контролирующей структуры, кремлевское руководство определило ему солидную пенсию, льготы и этот особняк (по сути, государственную дачу) в пожизненное пользование.

Однако недавний высокопоставленный чиновник и в отставке оставался столь же деятельным и влиятельным, как и прежде; рычаги теневой власти по-прежнему были в его руках. А потому его устрашающий псевдоним во всех местах концентрации высшего российского руководства и теперь произносился исключительно шепотом и с оглядкой: и на Варварке, и на Старой площади, и на Огарева, и на Лубянке, и даже в самом Кремле...

Сдать дела формально вовсе не значит навсегда отрешиться от них. Прокурор, прагматик и практик до мозга костей, понимал: послекризисная Россия, как никогда прежде, нуждается в совсекретной контролирующей структуре. Формально распущенная «КР» сохранила и денежные средства, и кадровый костяк; ведь в свое время нынешний обитатель казенного особняка подбирал не просто профессионалов, а профессионалов, лично преданных ему. А потому, перебравшись за Московскую кольцевую, бывший глава совсекретной службы продолжил то, чем занимался на последнем этаже четырнадцатго корпуса Кремля.

Сюда, в подмосковный коттедж, по-прежнему стекались информационные ручейки, сливаясь в полноводную реку; сюда сходились невидимые нити манипуляции сильными мира сего; здесь составлялись прогнозы и принимались важнейшие решения, влияющие на судьбы России.

Человек неискушенный, плохо знающий Прокурора, наверняка бы задался вопросом: а для чего ему, уважаемому пенсионеру, заниматься тем, от чего его отстранили? Наслаждайся спокойствием и тишиной, поливай георгины да пописывай мемуары в стол.

Однако решение бывшего лидера «КР» исполнять свои обязанности и на покое появилось не в силу инерции, не из любви к власти и даже не из-за профессионального честолюбия. Для тех немногих людей, знавших Прокурора близко, он представлялся эдаким персонифицированным органом государственного контроля; а ведь настоящий контроль никогда не работает за деньги, только за идею. И потому отойти от дела, которому он посвятил большую часть жизни, было выше его сил...

Огромные антикварные часы, стоящие на каминной полке, пробили семь, и Прокурор, щелкнув компьютерной мышкой, откинулся на спинку глубокого кожаного кресла. Погладил сидящего на спинке кресла огромного сибирского кота, которого совсем недавно нашел мирно дремлющим на крыльце коттеджа, да и неожиданно для себя оставил при себе. Кот почему-то успокаивал Прокурора и к тому же был крайне неприхотлив.

Два раза в день Прокурор лично кормил его отборной говяжьей печенкой, забывая за этим простым занятием обо всех проблемах. А проблемы, как он знал по опыту, всегда сами напомнят о себе. Прокурор встал из кресла, заварил кофе и стал не спеша размешивать его в чашке серебряной ложечкой. Выпив чашечку кофе, он вскрыл очередной блок «Парламента», достал из него новую пачку. Снова сел в кресло, щелкнул зажигалкой «Зиппо» и с удовольствием закурил.

Вот уже четвертый день кряду он сидел в коттедже, никого не принимая и никуда не выезжая. Первые недели российского кризиса, как он и предугадывал, породили настоящий информационный ураган. Сообщения выглядели отрывочными, запутанными, противоречивыми, и бывший глава совсекретной структуры проводил перед монитором компьютера по десять — двенадцать часов в сутки, сопоставляя, анализируя и размышляя. Любая отрывочная информация сама по себе ничего не стоит; информация становится ценной только тогда, когда она систематизирована; так беспорядочная с первого взгляда мозаичная россыпь складывается в умелых руках в цельную картинку.

Картина первых дней неприятно впечатляла: главной проблемой России вновь становилась организованная преступность. Ни крах реформ, ни обвал рубля, ни даже отсутствие четкой программы выхода из кризиса не шли ни в какое сравнение с тем, что ожидало страну в недалеком будущем.

Как можно реформировать экономику, если она насквозь криминальна? Какой смысл поддерживать падающий рубль, выбрасывая на валютный рынок новые миллионы долларов, с трудом полученных от международных кредитных организаций, если завтра или послезавтра доллары эти, отмытые через мафиозные структуры, осядут в зарубежных банках? И о какой антикризисной программе можно говорить в государстве, где коррумпированы все или почти все?

Перед Россией замаячил очередной передел собственности наверняка более кровавый и беспардонный, чем тот, что сопутствовал приватизации. Перспектива вырисовывалась предельно мрачная. Не вызывало сомнений, что мафиози серьезного уровня наверняка развяжут новый виток гангстерских войн, а бандиты рангом поменьше, не желая лишаться прежних доходов, примутся за старое ремесло, с которого и начинали: выбивание долгов, заказные убийства, похищения с целью выкупа и примитивное вымогательство.

На МВД надежды мало — ни для кого не секрет, что в милиции прогнило все, что только могло прогнить. На ФСБ также не стоит рассчитывать — рыцари плаща и кинжала, прельстившись долларами олигархов, в очередной раз погрязли в сомнительных и мелочных политических интригах.

А крайним, как и обычно, окажется среднестатистический российский гражданин; неспособность властей обуздать разгул преступности окончательно подорвет в его глазах и без того шаткий авторитет государства...

Есть ли из сложившейся ситуации хоть какой-то разумный и приемлемый выход?

Пружинисто поднявшись из-за стола, Прокурор неторопливо подошел к камину, подбросил в пылающее жерло очага несколько сосновых чурок, поправил кочергой тлеющие головешки и, взяв с каминной полки ключ, вставил его в заводное отверстие часов, прокрутил несколько раз.

Эти огромные антикварные часы, стоявшие на каминной полке, сделали бы честь любому музею. Массивный позолоченный корпус привлекал к себе взгляд не только эмалевым циферблатом величиной с суповую тарелку, по которому медленно проползали ажурные стрелки. Старинный хронометр венчала изящная скульптурная группа: золоченая фигурка охотника с ружьем наперевес и золоченая фигурка волка со вздыбленной шерстью и хищным оскалом. Разжималась часовая пружина, едва слышно тикал механизм, цепляли друг друга зубцы шестеренок, стрелки переползали с цифры на цифру, и, сообразно ходу времени, по кругу передвигались фигурки охотника и волка.

В этом бесконечном круговом движении Прокурор видел глубокую метафору: один всегда убегает, другой всегда догоняет. Так было прежде, так есть ныне и так будет всегда.

Но кто здесь охотник, а кто жертва?

Стрелок гонится за хищником или, наоборот, волк за охотником?

Впрочем, вот уже несколько столетий фигурки эти, догоняя друг друга по нескончаемому кругу, так и не могут встретиться...

— М-да, время всегда движется за счет того, что один догоняет другого и не может догнать, — негромко изрек Прокурор.

Закурив вновь, хозяин особняка долго и неотрывно смотрел на часы.

Мозг Прокурора вполне можно было сравнить с самым совершенным компьютером, при условии, если бы компьютеру были свойственны самые неожиданные параллели и самые невероятные парадоксы. Вот и теперь, глядя на бесконечную погоню золоченых фигурок охотника и волка друг за другом, бывший глава совсекретной структуры «КР» морщил лоб, — видимо, какая-то неожиданная, нестандартная мысль озарила его. Сигаретный пепел неслышно осыпался на текинский ковер, но Прокурор не замечал этого, словно завороженный, он созерцал золоченые фигурки...

Волк догоняет стрелка или стрелок волка?

Это не важно. Важно другое: охотник и жертва не могут существовать друг без друга. И пока они в движении, время не остановится.

Бросив недокуренную сигарету в камин, Прокурор подошел к висевшей на стене у окна старинной гравюре: парусник среди бурных волн, чайки и темные скалы вдали. Нажатие потайной кнопки, и парусник, чайки и скалы плавно отъехали в сторону, и взору хозяина предстал аккуратный темно-серый сейф в небольшом углублении за гравюрой. Набрав многозначный код и крутанув несколько раз никелированную ручку, Прокурор открыл тяжелую дверку.

В сейфе лежали не деньги, не оружие и не пачки с документами. В недрах потайного хранилища помещалось несколько сот пронумерованных компьютерных CD-дисков; видимо, информация, записанная на них, была настолько серьезной, что даже тут, в тщательно охраняемом коттедже, ее не следовало держать на рабочем столе.

Спустя несколько минут Прокурор сидел перед экраном монитора, то и дело щелкая мышкой.

CD-диск, привлекший внимание обладателя золотых очков, содержал подробнейшее досье на человека, чьи сканированные фотографии помещались тут же: спокойное, непроницаемое лицо с сетью тонких, почти невидимых паутинных морщинок, тяжелый взгляд немного прищуренных серых глаз, тонкие поджатые губы, высокий лоб...

Прокурор читал вдумчиво, неторопливо, едва слышно шевеля губами. Иногда снимал с переносицы очки в золотой оправе, протирая их безо всякой нужды синей бархоткой, — видимо, просто хотел сосредоточиться, хотел еще раз осмыслить прочитанное, и манипуляции с очками помогали ему собраться с мыслями.

В электронном досье сообщалось следующее:

«Код 00189/341 — «В»

Совершенно секретно.

Нечаев Максим Александрович, 1962 г. р., русский. Бывший старший лейтенант КГБ — СБ РФ — ФСБ.

Оперативный псевдоним — Лютый.

Женат с 1985 г., вдов с 1992 г. Супруга — Нечаева (в девичестве — Наровчатова) Марина Андреевна, погибла в Подмосковье вместе с сыном Павлом в результате бандитского нападения.

Нечаев М. А. родился в г. Москве.

Отец: Александр Александрович, инженер завода им. Лихачева, скончался в 1991 г.

Мать: Екатерина Матвеевна, урожденная Алейникова, чертежница ВНИИ тяжелого машиностроения, скончалась в 1991 г.

После окончания средней школы № 329 г. Москвы Нечаев М. А. поступил в строительный техникум. Получив специальность водителя большегрузного автомобиля, год работал шофером самосвала в объединении «Мосметрострой».

В 1981 г. призван на срочную службу в армию, службу проходил в погранвойсках Северо-Западного погранотряда, Эстонская ССР, п. Кунда. В 1982 г. вступил в КПСС. В 1983 г. с блестящими характери-

стиками командования поступил в Высшую Краснознаменную школу КГБ при Совете Министров СССР. В 1987 г. окончил 1-й контрразведывательный факультет по специальности «военная контрразведка».

В 1990 г. вышел из КПСС.

С 1987 по 1990 г. работал оперуполномоченным КГБ в г. Ленинграде, международный аэропорт Пулково, в 1990 г. предпринял неудачную попытку поступления в аспирантуру Высшей Краснознаменной школы КГБ СССР, на 1-ю спецкафедру; специализация — контрразведывательная деятельность.

В 1990 г. присвоено очередное звание — старший лейтенант.

В 1989-1990 гг. — оперуполномоченный оперативно-аналитической службы 2-го Главного управления КГБ СССР.

В октябре 1990 г. уволен из КГБ в запас за проступки, несовместимые с моральным обликом офицера спецслужб.

С января 1991-го по сентябрь 1992 г. по контракту находился в г. Тбилиси, выполняя специальные задания режима Президента Грузинской Республики Звиада Гамсахурдиа. После свержения Гамсахурдиа перебрался из г. Тбилиси в г. Зугдиди, оттуда — в г. Грозный. В октябре 1992 г. вернулся в Москву.

После этого подвергся прессингу преступной группировки Валерия Атласова (Атласа). С ноября 1992 г. — оперуполномоченный «13-го отдела». После убийства жены и сына перенес тяжелую душевную травму. В составе опергруппы «13-го отдела» участвовал в многочисленных операциях по физической ликвидации лидеров организованной преступности. После ликвидации «13-го отдела» как антиконституционной организации вошел в тесный контакт с «вором в законе» Коттоном, он же — Найденко Алексей Николаевич (см. досье).

Осужден по ст. 77 УК РФ на пять лет лишения свободы с отбыванием срока наказания в исправительно-трудовом учреждении строгого режима, в *мае 1994 г. помилован по ст. 85 УПК РФ со снятием судимости.*

Прошел курс специальной подготовки на базе «КР» № 1. Нечаев М. А. (Лютый) сыграл решающую роль в ликвидации устойчивой оргпреступной группировки Ивана Сухарева (Сухого — см. досье) и воспрепятствовании распространения в России и ближнем зарубежье мощного психотропного наркотика «русский оргазм».

В июле — октябре 1995 г. принимал деятельное участие в изучении системы московских подземелий и предотвращении серии террористических актов, подготавливаемых службой безопасности финансово-промышленной группы «Эверест».

В 1996 г. по заданию «КР» был внедрен в московскую криминальную среду, для создания устойчивого оргпреступного сообщества, т. н. сабуровскую криминальную группировку (см. архив, регистрационный № ЕТ 3892083-96-«о», код «Король крыс»). После уничтожения подконтрольной Нечаеву ОПГ большинства мафиозных сообществ Москвы сабуровская оргпреступная группировка была сознательно подставлена под удар РУОПа, МУРа и ФСБ и полностью разгромлена.

В настоящее время проживает в пределах г. Москвы, место проживания не установлено. Известен лишь электронный адрес (e-mail) — nta@mail.sitek.ru.

Источник постоянного дохода: банковские счета №...

Характер в основном мягкий, но временами бывает крайне неуравновешен и склонен к жестокости.

Интеллигентен, начитан, умен.

Обладает хорошими организаторскими способностями. Проницателен. Способен мгновенно принимать правильные решения...»

— Ну что, Максим Александрович, — иронично произнес читавший, вглядываясь в фотографию героя компьютерного досье, — придется потревожить вас еще раз...

109

Отсутствие адреса не смутило Прокурора: зная электронный адрес искомого человека, связаться с нужным абонентом — не проблема.

Спустя несколько минут Прокурор, поднявшись из-за стола, вновь подошел к камину, взглянул на золоченые фигурки и спросил самого себя:

— Кем же вам, господин Лютый, теперь суждено стать? Охотником или волком? Ничего, бегать-то все равно придется по кругу...

Мужчина не может быть безоружным, не имеет права. Безоружный мужчина — не мужчина вовсе. Любой мужчина по своей природе склонен к конфликтному утверждению себя, а оружие — весомый аргумент в таком конфликте, особенно когда аргументы словесные исчерпаны. Стремиться к победе, к физическому уничтожению противника для мужчины естественно так же, как для женщины — рожать детей. Кинжал, штык-нож, пистолет, граната — своего рода продолжения руки, делающие ее сильней.

Другое дело, что считать оружием, а что не считать.

В руках дилетанта самый современный пистолет или выкидной нож не более чем бесполезный металлолом. В руках же человека искушенного средством обороны или нападения может стать все, что угодно: обрывок подобранной на улице проволоки, перегоревшая электролампочка, шнурок от ботинка, карманная зажигалка, даже задубевший сигаретный окурок... Если же в руки такого человека попадает настоящее оружие, то трепещите враги!

Но истинный профи не только тот, кто метко стреляет, грамотно отрывается от преследования, безукоризненно владеет компьютером и автомобилем; не только тот, чей удар кулаком превращает челюсть противника в мешок толченых ракушек. Профессиональный боец прежде всего человек мыслящий, на все сто процентов использующий жизненный опыт, как свой, так и чужой. Он умеет принимать нестандартные решения, а главное — ничем не выделяется из толпы; в нем невозможно заподозрить личность неординарную...

...В просторном полуподвальном тире было сумрачно и влажно. Тир этот, в силу своей принадлежности МВД, до недавнего времени заведение режимное и закрытое, несколько лет назад распахнул двери для всех желающих: есть у человека нарезной ствол с соответствующим разрешением, есть деньги для абонентской платы и приобретения патронов, — пожалуйста, приходи и тренируйся сколько душе угодно! Не по консервным же банкам в лесу стрелять.

Пятого сентября девяносто восьмого года на огневом рубеже этого тира стоял единственный стрелок — невысокий, но крепко сбитый и жилистый мужчина лет тридцати пяти. Простые, правильные, но не запоминающиеся черты лица, уверенная манера держаться, внутреннее спокойствие, сквозящее в каждом его движении. О подобных людях в милицейских ориентировках обычно пишут: «особых примет не имеет». Столкнешься с таким на улице и через пять минут забудешь, как он выглядит: мало ли в Москве тридцатипятилетних мужчин среднего роста и без особых примет?!

Впрочем, опытный наблюдатель наверняка обратил бы внимание на его взгляд: глубоко посаженные серые глаза были окружены сетью почти невидимых паутинных морщинок, как у человека, которому приходится долго и пристально вглядываться в даль.

Огромные шумозащитные наушники закрывали почти полголовы стрелка, напоминая бутафорские шлемы из фантастического фильма об инопланетянах. Мишени — ломкие черные силуэты на молочном фоне — появлялись в глубине тира лишь на десять секунд, и притом в самое неожиданное время.

За эти секунды следовало поразить мишени максимальное количество раз.

Выстрел!.. Еще один!.. Еще!..

Стреляные гильзы беспорядочно отлетали в стороны, отдача отбрасывала пистолет вверх, но рука стрелка уверенно сжимала оружие — дорогой вороненый «зиг-зауэр».

Еще один выстрел!.. Еще!.. И еще!..

Спустя десять секунд обойма была расстреляна полностью, и стрелок, опустив оружие, обернулся к инструктору: мол, все ли в порядке?

Инструктор безмолвствовал, и лишь в глазах его читалось плохо скрываемое восхищение. Мишени были поражены все до единой. Теперь стрелку оставалось лишь собрать стреляные гильзы и, поставив подпись в журнале, отправляться наверх.

Спустя пять минут снайпер, сняв наушники и спрятав оружие в подмышечную кобуру, уже расписывался в журнале посетителей тира.

— Максим Александрович, — откашлявшись в кулак, осторожно обратился к стрелку инструктор. — Можно вас спросить?

— Пожалуйста, спрашивайте, — любезно разрешил тот.

— Вы к нам только второй месяц ходите, а стреляете как Бог. Где вы так стрелять научились? Небось в спецслужбах каких-нибудь?

— Приходилось, — ответил тот, кого инструктор назвал Максимом Александровичем.

— Воевали, наверное?

— И воевать приходилось.

— Наверное, не только по мишеням стрелять?

— И это тоже пришлось, — немного помрачнев, ответил снайпер.

— А теперь что, в отставку отправили? Или в запас? — Здоровое любопытство распирало инструктора, однако опасение нарваться на грубый ответ вынуждало задавать вопросы с подчеркнуто извинительной интонацией.

Никакой грубости не последовало.

— Неужели я похож на человека, которого могут отправить в запас или тем более в отставку? — неожиданно весело парировал Максим Александрович и, заметив недоумение в глазах собеседника, снизошел до объяснения: — Я всегда сам решал, где мне оставаться: в запасе, действующем резерве, отставке... или в строю...

Мужчина, демонстрировавший в тот день отличную стрельбу из «зиг-зауэра», не соврал. Максим Александрович Нечаев, известный в специфически узком кругу российских спецслужб под оперативным псевдонимом Лютый, никогда, ни при каких обстоятельствах не позволял манипулировать своей судьбой; не искал в жизни путей легких, пустых и эффектных, всегда оставаясь самим собой.

«Человек — кузнец своего счастья».

Банальные, стертые от длительного употребления афоризмы тем не менее во многом верны; впрочем, такие афоризмы всегда можно продолжить. Человек — кузнец не только своего счастья, но в первую очередь своего несчастья.

Для Лютого счастье означало прежде всего свободу выбора, свободу принимать решения самостоятельно, без оглядки на кого бы то ни было.

Электронное досье, записанное на CD-роме Прокурора, бесстрастно фиксировало вехи жизненного пути Нечаева. Все записанное соответствовало действительности: и служба во 2-м Главном управлении КГБ, и наемничество во время гражданской войны в Грузии, и работа в совсекретном «13-м отделе», и гибель жены и сына, и так называемая «Красная Шапочка» — специальная зона под Нижним Тагилом, предназначенная для бывших сотрудников Прокуратуры, МВД, КГБ и спецслужб.

Были и другие вехи, другие этапы большого пути: спецшкола «КР», исследование подземелий

Москвы, участие в неконституционных операциях по уничтожению мафиозных структур...

О последней подобной акции, получившей с легкой руки Прокурора кодовое название «Король крыс», в российской столице до сих пор ходили легенды. Стараниями Прокурора и конспиративной структуры «КР», подконтрольной тогда этому высокопоставленному чиновнику официально, Максим был грамотно внедрен в среду московского криминалитета. В короткое время сабуровская оргпреступная группировка, во главе которой оказался Нечаев, подмяла под себя едва ли не всю криминальную Москву. После того как одни бандиты были ликвидированы руками других бандитов, информация на сабуровских оказалась на Петровке, Шаболовке и Лубянке.

Результаты выглядели блестяще: сперва сабуровские разгромили конкурирующие ОПГ, а затем МУР, РУОП и ФСБ — сабуровскую группировку. По Москве пошли слухи, что Нечаев, один из самых влиятельных сабуровских мафиози, якобы погиб в перестрелке с ментами.

Но это было не так, слухи были не чем иным, как тонко запущенной дезинформацией. После разгрома сабуровских Нечаев, получив от Прокурора безукоризненные документы на другое имя, поселился в тихом подмосковном городке.

Жизнь Лютого наконец потекла плавно и размеренно. У него было все, чтобы радоваться бытию: деньги, свободное время, отсутствие проблем, уверенность в собственных силах, Наташа, в конце концов.

Видя, как сильно привязалась она к Максиму, ее дядя, известный в воровском мире авторитет по кличке Коттон, разрешил им пожить какое-то время вдвоем, понимая, что они все-таки немного стесняются проявлять чувства при свидетелях.

Наташа, подарив Лютому самое дорогое, что есть у девушки, — свою девственность, теперь постоянно искала повод уединиться с любимым человеком. Но в гостиницу они больше не ездили — Коттон дал им ключи от пустовавшего дома на окраине деревни. Наташа горячо благодарила дядю Лешу. Лютый теперь никуда не спешил и тоже расслабился. А Наташа хотела как можно быстрее познать все таинства любовной науки и, надо признать, была неутомимой труженицей в постели. И утром, и днем, и ночью она горячо отдавалась Максиму, постоянно шепча ему слова любви. Наташа расцвела прямо на глазах и еще больше похорошела.

Можно даже сказать, что в этом скромном деревенском домике у них прошел как бы медовый месяц. Груди и бедра Наташи еще больше округлились, наливаясь сладкой любовной истомой. В бурных ласках и бесконечных оргазмах прошло несколько недель. Любовь — это прекрасно, но такая жизнь казалась Лютому подозрительно легкой. Да, они были влюблены друг в друга, все было хорошо...

Но эта невыносимая легкость бытия уже начинала раздражать Нечаева — прежде всего буржуазным спокойствием и легкой предсказуемостью. Боец по натуре, Максим не мыслил себя вне борьбы, вне конфликтов. Скорее всего, потому он по-прежнему поддерживал боевую форму.

Дважды в неделю Лютый наведывался в тир МВД, всякий раз отстреливая нормативные десять патронов. Пятикилометровый кросс каждое утро; бассейн, спарринг-партнеры, тренажеры, штанга — в каждый наезд в Москву.

Он был в курсе всего: последних политических скандалов и новостей компьютерного мира, изменений автомобильной моды и тенденций развития бизнеса. Он много читал, читал несколько книг одновременно, не говоря уже о газетах и журналах. Конечно, Лютый не доверял телевидению, но все-таки старался следить за новостями. Иногда смотрел боевики на видео. Наташа искренне недоумевала, зачем Лютый настойчиво изучает книги по анатомии и психологии человека, листает толстенные энциклопедические справочники, заучивает наизусть дорожные карты Москвы и Подмосковья. Будучи в общем-то молоденькой и наивной девушкой, она полагала, что отныне все приключения Максима закончены. Что они — ей очень хотелось этого — будут впредь неразлучны. Сам же Лютый ни на миг не забывал, кто он такой, и работал, работал, работал...

Он мог с одинаковой компетентностью рассуждать о скорострельности автоматического оружия, принципах составления бизнес-планов и новинках репертуара Большого театра.

Он тренировал свою память: запоминал лица, тексты, номера автомобилей, тонко подмечал мелкие детали быта, на которые обычный человек и внимания-то не обратит: какие окна в доме напротив гаснут раньше, а какие позже; какие газеты в городке раскупаются быстро, а какие не очень; сколько шагов от его подъезда до гаража и от гаража до бензозаправки, какие марки автомобилей покупаются в Подмосковье чаще других, а какие реже...

Он знал: все это — и окна, и газеты, и многое другое — вряд ли когда-нибудь пригодится ему в жизни. Пригодится другое: умение все подмечать, все запоминать и, сопоставляя отрывочную, бесполезную на первый взгляд информацию, складывать ее в цельную картину.

Правда, Максим не знал еще, как скоро снова востребуются его навыки. Но интуиция подсказывала: рано или поздно он вновь встретится с Прокурором и от этого человека в очках с тонкой золотой оправой вновь последует какое-то предложение.

Но окончательный ответ — принять это предложение или отвергнуть — Лютый оставлял за собой. Больше всего на свете Нечаев ценил свободу выбора, свободу оставаться самим собой. Сильного человека трудно заставить делать то, что ему не по нутру, это общеизвестно. И пусть даже потерь у такого человека зачастую случается куда больше, чем приобретений...

— Максим Александрович, вы по-прежнему прекрасно выглядите, с чем вас и поздравляю. Говорю совершенно искренне: очень рад видеть вас вновь.

С того времени, как Лютый видел Прокурора в последний раз, высокопоставленный кремлевский чиновник ничуть не изменился. Все та же ненавязчивая предупредительность истинного интеллигента, все тот же холодный блеск старомодных очков в тонкой золотой оправе, все та же ироничная улыбка человека, знающего наперед абсолютно все.

Правда, теперь его статус, судя по всему, серьезно изменился: а то с чего бы в письме, посланном Лютому по компьютерной сети, руководитель совсекретной структуры предложил встретиться не в официальном кремлевском кабинете, а в домашней и непринужденной обстановке коттеджа на Рублевском шоссе?

— Спасибо, — сдержанно поблагодарил Нечаев и вопросительно взглянул на собеседника.

Прокурор прекрасно понял немой вопрос.

— Да, Максим Александрович, теперь я лицо частное и неофициальное. Обычный собесовский пенсионер.

— Судя по всему, участь бывшего члена Политбюро товарища Гришина, умершего в очереди в отделе социального обеспечения, вам не грозит, — с едва заметной иронией предположил Лютый и, скользнув глазами снизу вверх, с ковра на камин, зафиксировал взгляд на антикварных часах с золочеными фигурками охотника и волка.

— Никому не дано узнать о собственной смерти: ни о времени, ни о месте, ни о причинах, — философски изрек Прокурор, и Нечаев, прекрасно знавший все интонации этого человека, сразу же насторожился.

Однако хозяин кабинета, отметив про себя настороженность гостя, не спешил перейти к изложению сути дела, ради которого Лютый и был приглашен в загородный коттедж. Неторопливо закурил свой «Парламент», погладил кота, подошел к камину и, указав взглядом на часы, неожиданно поинтересовался:

— Нравится?

— Да, — признался Максим.

— Когда-то эти часы стояли в кабинете наркома внутренних дел, генерального комиссара государственной безопасности товарища Николая Ивановича Ежова, — задумчиво сообщил хозяин особняка. — Изготовлены в единственном экземпляре. Англия, вторая половина восемнадцатого века, мастер Гамильтон из Бирмингема.

Казалось, информация, прозвучавшая в первые минуты беседы, откровенно случайна и ничтожно мала. Констатация Прокурором очевидного, своего ухода из большой политики, ни к чему не обязывающие слова о непостижимости будущего, историческая справка о том, где и когда были сделаны эти часы и у кого в кабинете они когда-то стояли...

Однако Лютый мгновенно прозрел глубинную внутреннюю связь: фраза о непостижимости человеком времени, места и причин собственной смерти, брошенная как бы невзначай, и упоминание бывшего шефа советской политической полиции, действовавшего не только вне формальных законов государства, но и общепринятой морали, — все это наталкивало на совершенно определенные размышления.

Впрочем, Прокурор не форсировал беседу. Стряхнул сигаретный пепел в камин, еще раз взглянул на золоченые фигурки часов и, мягко опустившись в кресло, вкрадчиво изрек:

— Не далее как вчера вечером я в который уже раз просматривал ваше досье. И знаете, нашел в вашей жизни некоторые внутренние закономерности.

— А я всегда считал, что сам предопределяю свою судьбу, — возразил Нечаев, достал из кармана пиджака пачку «Мальборо лайтс» и закурил.

— Не только вы, но и обстоятельства, которые... м-м-м... не всегда зависят от вас. Так уж получалось, что вы всегда или догоняли кого-нибудь, или уходили от погони. Как волк и стрелок на этих часах.

— Только никак не могу понять: кто на этих часах охотник, а кто жертва? — Максим вопросительно взглянул на собеседника.

— И не надо понимать.

— В чем же тогда смысл этой погони?

— Один догоняет другого, и именно потому время движется, не останавливаясь никогда.

Фраза прозвучала достаточно туманно, обтекаемо, однако Лютый решил не уточнять, что же имеет в виду собеседник. А Прокурор, сделав непродолжительную, но многозначительную паузу, продолжал, и теперь в его голосе неожиданно засквозили деловые интонации.

— Так вот, я о вашем досье... Помните свою службу в «13-м отделе»?

— Да.

— Нет! Сама идея-то «13-го отдела» верная, идея на все времена: глубоко законспирированная организация, созданная для уничтожения мафиози, избавить от которых общество законными методами не представляется возможным. Эдакий тайный и всемогущий орден рыцарей плаща и кинжала, физическая расправа над...

— ...другими рыцарями плаща и кинжала? — мгновенно отреагировал Максим, поняв, что не ошибся в недавних предположениях о теме предстоящей беседы.

— Вот именно. А теперь, Максим Александрович, присядьте к компьютеру, я вам кое-что покажу.

Информационная сводка за последние две недели, с которой Лютый ознакомился лишь сугубо поверхностно, тем не менее впечатляла: киллерские отстрелы и вымогательство, отмывание «грязных» денег и махинации с государственным имуществом, производство фальшивого спиртного и коррупция на самых высших этажах власти... И все это в удесятеренных масштабах по сравнению с докризисной эпохой.

— А теперь несколько вопросов. — В голосе Прокурора зазвучал металл. — Я буду спрашивать, а вы отвечайте только «да» или «нет». Мне нужен мгновенный ответ без размышлений. Вы готовы?

— Да, — кивнул Максим.

— Считаете ли вы, что в условиях теперешнего бандитского беспредела Россия способна выйти из кризиса?

— Нет, — твердо ответил Лютый.

— Считаете ли вы, что криминальную экономику реально реформировать?

— Нет.

— Считаете ли вы, что МВД и ФСБ способны бороться с организованной преступностью?

— Нет.

— Считаете ли вы, что единственный выход — возродить методы «13-го отдела», где вам в свое время выпало счастье или несчастье служить? Методы, повторяю, совершенно неконституционные, незаконные... Но тем не менее эффективные. Да или нет?

— Да, наверное, — немного замешкавшись, ответил Лютый.

— Вот и я того же мнения. К этому мы еще вернемся... А пока еще один вопрос: как вы считаете, в чем причина нынешнего всплеска организованной преступности?

Нечаев снова промедлил с ответом. Вдавив окурок сигареты в дно хрустальной пепельницы, он обратил внимание на ее идеальную чистоту. Прокурор в силу своей давней привычки предпочитал бросать окурки в камин. Максим подумал еще мгновение и негромко сказал:

— Когда я был курсантом Высшей школы КГБ, нас учили: первопричина любой преступности в несовершенстве экономики: безработица, низкий жизненный уровень... А нынче в России кризис.

— Замечательно! — с легким сарказмом перебил Прокурор. — Так я и думал. Получается: дайте каждому россиянину по сто тысяч долларов, и мафиозные сообщества исчезнут сами по себе? Тогда следующий вопрос: как вы думаете, Максим Александрович, почему где-нибудь в Иране, Пакистане, Египте, Тунисе, Вьетнаме и Лаосе, то есть странах, где уровень жизни еще ниже, чем в России, и уж наверняка ниже, чем в процветающих Америке или Италии, мафии в привычном понимании слова нет и быть не может? Ведь Штаты богаче какого-нибудь Вьетнама, но во Вьетнаме мафии нет, а в США есть. Почему так? Не знаете?

— Если честно, я об этом как-то не задумывался, — признался Максим.

— Тогда скажу я: потому что в этих странах даже мелким воришкам публично рубят руки, потому что там сажают их на кол, потому что в нищих государствах Юго-Восточной Азии их торжественно расстреливают на переполненных стадионах, перед телекамерами, потому что даже дальние родственники преступивших закон покрываются несмываемым позором.

— Публично рубить бандитам конечности — это же средневековые методы! — последовало возражение.

— Зато эффективные. В основе любого преступления — ощущение безнаказанности. Если общественный запрет не влечет наказания, это провоцирует преступника на дальнейшие нарушения. Если ребенок один раз попадет пальцем в розетку и его ударит током, вторично он туда не полезет: закон психологии. В России, где столетиями царят принципы беспредела, где до сих пор популярны народные герои вроде Стеньки Разина, кстати создателя первой в истории страны оргпреступной группировки, где любимым лозунгом всех времен были слова «Грабь награбленное!», можно навести порядок, лишь выработав у населения жесткую систему условных рефлексов. Нарушил закон — отвечай. А чтобы другим неповадно было, отвечай публично. Так и вырабатываются рефлексы. А в России таких рефлексов нет... увы, так сложилось исторически. Первая и вторая сигнальные системы, как в опытах физиолога Павлова. Вы понимаете, куда я клоню?

— Вы собирались вернуться к разговору о «13-м отделе»? — ответил-напомнил Лютый.

— Именно так. Да, верная, богатая идея, идея на все времена, — повторил Прокурор и, едва заметно прищурившись, добавил: — Но есть в ней два серьезных изъяна... Во-первых, негодяи, оставшиеся в живых, зачастую не понимали, почему и за что именно убивали их коллег. Во-вторых, террор осуществлялся разветвленной организацией. Что неправильно.

— Почему неправильно? — не понял Нечаев.

— Потому что любая подобная структура, состоящая даже из нескольких человек, рано или поздно начинает разлагаться. Бесконтрольность действий порождает ощущение собственной исключительности, чувства вседозволенности и безнаказанности, то есть то, что ныне принято называть беспределом. Но государственный беспредел ничем не лучше бандитского.

— Где же выход? — Безукоризненные логические построения Прокурора очевидно захватили Лютого.

122

— Выход теперь может быть только один — террор. Правда, выборочный. Но безжалостный и беспощадный. И обязательно — с официальным извещением всех заинтересованных сторон: кто ликвидирован, за какие преступления, какая структура берет на себя ответственность за смерть того или иного мафиози.

— Как при наркоме внутренних дел товарище Ежове, которому когда-то принадлежали эти часы? — Максим коротко кивнул в сторону антикварного хронометра. — Но к чему тогда привел выборочный террор? Сперва — к тридцать седьмому году, то есть террору тотальному, затем — к аресту и расстрелу и самого товарища Ежова, и тех, кто выполнял его приказы. Кстати говоря, тоже с извещением всех заинтересованных лиц, публичным и официальным, через печатный орган ЦК ВКП(б) газету «Правда»: кто уничтожен и за какие преступления.

— Все правильно, — любезно согласился собеседник. — Кроме двух моментов. Во-первых, НКВД по большей части уничтожал мнимых врагов народа, а структура, о которой мы пока беседуем лишь в сослагательном наклонении, занялась бы ликвидацией врагов настоящих. Или вы не согласны с тем, что бандит, мафиози, вымогатель — народу самый настоящий враг?!

— Согласен. — Нечаев кивнул. — А во-вторых?

— А во-вторых, большая структура и не нужна. Структура вообще не нужна никакая, ни большая, ни маленькая. Достаточно нескольких десятков убийств, совершенных за короткое время одним-единственным человеком, но приписываемых данной структуре. Я все рассчитал: одного-единственного человека достаточно, чтобы имитировать существование подобной организации. Плюс пять-шесть неофициальных интервью с милицейскими и эфэсбэшными чинами, которые якобы сами встревожены разгулом антимафиозного экстремизма, плюс несколько газетных публикаций, по возможности больше тумана, но обязательно какое-нибудь эффектное, красивое название структуры, которая якобы берет на себя ответственность за избирательный террор. Ну, та же «Белая стрела», о существовании которой так долго говорили бандиты.

— Может быть, «Черный трибунал»? — почему-то предложил Нечаев.

Видимо, упоминание в беседе о товарище Ежове, славном сталинском чекисте, бывшем во время Гражданской войны членом многих революционных трибуналов и развязавшем в середине тридцатых черный террор против населения СССР, натолкнуло бывшего старшего лейтенанта КГБ на такое название.

— «Черный трибунал»? А что, отлично, — жестко улыбнулся Прокурор. — Слово «трибунал» всегда звучит устрашающе, вызывая невольные ассоциации со столами, застланными революционным кумачом, с кожанками и маузерами чекистов да пятиминутными заседаниями, на которых оглашался весь список и выносился один-единственный приговор: расстрел как высшая степень социальной защиты. А черный цвет — он всегда черный. Беспросветный. От черного цвета веет трауром и безнадежностью. — В глазах Прокурора заблестели злые огоньки. — А теперь представим: при невыясненных обстоятельствах погибает высокопоставленный гангстер. Взрывов, стрельбы, автомобильных погонь с визгом тормозов и прочих дешевых кинематографических эффектов не требуется, во-первых, чтобы не порождать в обществе нездоровый ажиотаж, не нервировать и без того издерганный народ, а во-вторых, чтобы не привлекать к себе внимания МВД, ФСБ и Генпрокуратуры. Но уже на следующий день его соратники получают уведомление: «за многочисленные преступления... имя-рек... приговорен к высшей мере социальной защиты — физической ликвидации». А далее — зловещая подпись: «Черный трибунал». Загадочно и действенно, что и требуется. Не надо огласки: ведь эти уведомления предназначаются для оставшихся в живых мафиози, а не для правоохранительных органов. Кому надо, те поймут... — Он сделал паузу. — А теперь самое главное... Максим Александрович, на роль исполнителя у меня есть одна-единственная кандидатура. Признайтесь, вы ведь догадываетесь, кого я имею в виду?

— Догадываюсь, — понимающе вздохнул Лютый.

— Какое же у вас мнение?

Нечаев, к удивлению Прокурора, промолчал.

С одной стороны, Лютый не мог не согласиться с доводами собеседника — так или иначе, но альтернативы террору не было.

Но с другой...

Кто-кто, а бывший офицер КГБ, бывший оперативник «13-го отдела», созданного для защиты законов незаконными методами, понимал: террор, какими бы красивыми лозунгами он ни прикрывался, обычно порождает ответный террор. Так камень, брошенный в воду, всегда вызывает круги, и те, отражаясь от берега, идут в обратном направлении. Понимал он и то, что ответный террор всегда бывает еще более жестоким. Тут как в физике: всякое действие вызывает противодействие...

— Техника, документы, оперативные прикрытия и информационная поддержка? — коротко осведомился Лютый, сознательно оттягивая главные вопросы.

— Не проблема. Деньги, транспорт, средства связи, а главное, информационная база по-прежнему в нашем распоряжении. Хотя служба государственного контроля «КР» официально распущена, это ровным счетом ничего не меняет. — Он говорил таким уверенным тоном, словно ответ был заранее продуман им. — С середины восьмидесятых, то есть с момента создания «КР», мы всегда действовали автономно, оставаясь еще большим государством в государстве, нежели КГБ. Что-то еще? Какие вопросы могут волновать Лютого? — осведомился Прокурор.

— Да, я хотел бы задать несколько вопросов, — откашлявшись, произнес Максим, понимая, что тянуть больше не стоит.

— Пожалуйста, хоть двадцать, — снисходительно улыбнулся Прокурор.

— Насколько я понял, вы теперь лицо частное и неофициальное. Как говорится, собесовский пенсионер... Я правильно понял?

— Совершенно верно, — подхватил собеседник. — И даже предвижу ваш следующий вопрос: для чего мне, лицу частному и неофициальному, это понадобилось? И вообще, кто дал мне такие полномочия? Вы это хотите узнать?

— Да. — Лютый твердо взглянул в глаза собеседнику.

Тем не менее взгляд Прокурора не выражал ничего, кроме мягкой снисходительности; обычно так смотрит старый учитель на способного, но нерадивого ученика.

— Максим Александрович... Во-первых, позволю напомнить вам очевидное: быть на пенсии и быть не у дел — далеко не одно и то же. Государство всегда нуждалось и нуждается в тайном контроле и корректировке ситуации, а в настоящее время особенно. — Прокурор быстрым и пронзительным взглядом взглянул на него. — И все нити, позволяющие собирать любую необходимую информацию и влиять на многие процессы в России, да и не только в ней, по-прежнему в моих руках. — Он снисходительно улыбнулся. — Так что считайте, ничего в моей жизни не изменилось. Поймите: я никогда не работал ради власти, ради славы или ради корысти. Контроль не может существовать только ради контроля. Главное-то — идея... А что касается полномочий... — Он сделал эффектную

126

паузу, закурил сигарету и с удовольствием глубоко затянулся. — Да, официальных полномочий у меня теперь нет. И я, опальный чиновник, не могу вам приказывать. — Сделав еще одну затяжку, Прокурор тяжело вздохнул и, помолчав немного, напряженно взглянул на собеседника. — Но ведь мы все живем в одной стране! Мы — одна большая семья, и Россия — наш дом. — Несмотря на явный пафос, говорил он серьезно и убежденно. — Каким бы грязным и загаженным этот дом ни был, другого у нас нет и не будет. А очистить этот дом от грязи можем только мы с вами, а не приходящая домработница. Если вы разделяете мои взгляды, какая разница, кому они принадлежат: человеку, наделенному официальной властью или отстраненному от нее? Неужели все дело лишь в полномочиях? Да и власть, как вы сами понимаете, бывает не только официальной. Так что ответите?

— Что ж, я согласен, — чуть подумав, медленно проговорил Нечаев и твердо добавил: — Согласен... Тем не менее у меня тогда есть еще два вопроса. Во-первых: как бы удачно мы ни действовали, физически ликвидировать всех мафиози нереально, не так ли?

— Естественно. Преступность невозможно искоренить, но регулировать ее можно и должно, — твердо ответил Прокурор. — Наша цель — не физическая ликвидация мафиози как класса, а создание у них устойчивого рефлекса. Точно такого же, как у павловских собак. Следующий вопрос?

— Кого, по легенде, должна представлять эта террористическая псевдоорганизация? Государство?

— Ни в коем случае. Якобы частная инициатива честных работников Генпрокуратуры, офицеров МВД и ФСБ, которым надоело жить в атмосфере бандитского беспредела. Такова легенда, которой мы будем придерживаться. Именно так, и никак иначе, «Черный трибунал» и будет подан широким мафиозным массам.

127

— А я лично? Кого буду представлять я? Вас, частное лицо? Структуру «КР», которая по-прежнему целиком подконтрольна вам? Якобы честных офицеров, которым надоело жить в криминальном заповеднике? Или еще кого?..

Ответа Лютый не получил: Прокурор сознательно проигнорировал этот вопрос, и Нечаев понял: больше эту тему затрагивать не следует, по крайней мере сегодня.

— У вас есть еще какие-нибудь вопросы? — вкрадчиво поинтересовался Прокурор.

— Да. Самое главное: кто будет определять меру вины? И меру наказания? — Напряженно глядя на собеседника, Максим задал вопрос, который, естественно, был для него наиболее важным.

— Мы с вами и будем определять. Только не надо говорить о том, что вину гражданина вправе признать один лишь суд. — Прокурор брезгливо поморщился. — Вы слышали хоть об одном высокопоставленном российском мафиози, осужденном решением российского суда?

Лютый молча пожал плечами.

— Я так и думал... Вот и я не слышал. Так где вы собираетесь получить пачку приговоров на элиту бандитской России, в народном суде Солнцевского района? Собственно говоря, любое решение суда — палка о двух концах. Максим Александрович, представьте: у некоего абстрактного человека злокачественная опухоль. Спасти его может только решительная операция, однако больной противится, боясь и не понимая, что это единственная возможность сохранить жизнь. Что остается делать? Остается приковать его к операционному столу наручниками, разрезать и удалить опухоль. И тем самым действительно спасти ему жизнь! Но ведь формально деяния такого хирурга подпадают под сто двенадцатую статью Уголовного кодекса, гласящую о том, что это «умышленное причинение средней тяжести вреда здоровью». Плюс отягчающие обстоятельства: во-первых, причинение насилия, опасного для здоровья, во-вторых, использование скальпеля, который может быть квалифицирован как холодное оружие. И больной, выживший благодаря своевременной операции, может проходить в суде как пострадавший. — Он усмехнулся. — Но это так, к слову. Так вот, к чему я клоню: Россия больна. Тяжело больна. Но небезнадежно. Спасти ее может только решительное хирургическое вмешательство. И должны найтись такие хирурги, которые не только способны убрать эти метастазы, но и могут взять на себя всю ответственность. Потому что криминал прорастает всюду, как те самые метастазы, о которых я говорю! Итак, спрашиваю еще раз: согласны ли вы стать таким хирургом?

— Да, — твердо ответил Лютый.

— Максим Александрович. — Прокурор приложил руку к груди. — Я не сомневался в вашем ответе. Видно, линия судьбы у вас такая: вы или догоняете кого-то, или уходите от погони. Как волк и охотник на этих часах. Один всегда убегает, другой всегда догоняет. Так было прежде, так есть ныне и так будет всегда. — Прокурор твердо опустил руку на стол, словно ставя на этом точку. — В этом есть нечто символичное, не так ли? Но за счет такого бесконечного движения время не останавливается и не остановится никогда.

Нечаев хотел было спросить: какой смысл в беге, если он происходит по кругу? И как сопоставить эту метафору с совершенно конкретным предложением собеседника: если и не ликвидировать российскую преступность целиком, то хотя бы выработать у нее условный рефлекс? Но, встретившись с холодным взглядом собеседника, полоснувшим его словно бритвенным лезвием, решил не задавать подобных вопросов. Как знать, может быть, он, Лютый, сам отыщет ответ?..

Глава пятая

Лики смерти

Никому не дано узнать о собственной смерти — ни о дате, ни о месте, ни о причине, ни о сопутствующих обстоятельствах.

Смерть может подкараулить жертву в самых неожиданных местах: на людном проспекте, в тишине офиса, в салоне автомобиля, на станции метро, в постели любовницы, на лестничной клетке, на прогулочном катере, в гостиничном номере, даже в собственной постели.

Смерть настигает человека по будням и в праздники, по утрам и вечерами, днем и ночью. Смерть, если она насильственная и заказная, может появиться в облике почтальона, привокзального нищего, водопроводчика из домоуправления, скромного банковского посыльного, случайного прохожего, таксиста, инспектора ГИБДД, уличного продавца, даже священника, а иногда — и это самое страшное — в облике близкого друга или даже близкого родственника...

Явление смерти всегда непредсказуемо и неожиданно. Ведь смерть — событие, имеющее отношение к любому другому, только не к нам самим.

Так размышлял Максим Нечаев, возвращаясь с первой ликвидации приговоренного.

По предложению Прокурора первой жертвой «Черного трибунала» стал высокопоставленный столичный мафиози Дмитрий Караваев, более известный под кличкой Парторг. Бывший освобожденный комсомольский секретарь, ставший владельцем преуспевающей риэлторской конторы, он уже в начале девяностых собрал под свои знамена вышедших в тираж спортсменов-силовиков и занялся далеко не законопослушным бизнесом.

Бригада Парторга деятельно выявляла одиноких стариков и старушек, имевших несчастье обитать в центре Москвы; после приватизации и переоформления жилищ на подставных лиц квартировладельцы бесследно исчезали, а сами квартиры продавались «на законных основаниях». Бывший комсомольский функционер действовал осторожно и предельно осмотрительно: у него были свои люди в паспортных столах, в домоуправлениях, в отделениях милиции и нотариальных конторах и даже в межрайонной прокуратуре.

По агентурной информации, число жертв «черного риэлтора» перевалило за две сотни, однако привлечь негодяя к уголовной ответственности не представлялось возможным как из-за полного отсутствия свидетелей, так и из-за весомого положения Парторга в ухтомской оргпреступной группировке, в общую кассу которой Караваев делал регулярные и щедрые «членские взносы».

Первое исполнение приговора, как и следовало ожидать, прошло у Максима гладко и без особых хлопот. Он грамотно отследил машину криминального бизнесмена при помощи радиомаяка и, дождавшись Парторга в подъезде, где жила его любовница, Лютый приветливо воскликнул:

— Димка?! Ну, привет, дорогой мой! Ты что, тоже живешь тут?..

Почему-то Лютому запомнился взгляд Парторга, полный искреннего недоумения.

Мог ли в тот момент Караваев предполагать, что этот невысокий сероглазый мужчина, назвавший его по имени, и есть его собственная смерть? Жирный, огромный Парторг в длинном белом плаще метнулся в сторону, уронив на пол пакет с подарками для любовницы.

— Что такое? Вы... ты... кто ты такой? — пробормотал он.

Лютый быстро шагнул к «черному риэлтору», ухватил его за рукав плаща и заглянул ему прямо в глаза, отметив странное несоответствие детского личика Парторга с его бульдожьей, квадратной челюстью.

Спустя мгновение короткий оглушающий удар фалангами согнутых пальцев за правое ухо свалил мафиозного коммерсанта на холодный цемент пола. Парторг упал навзничь, а Максим быстро достал из кармана бутылку «Столичной», влил ему в рот чуть ли не четверть, профессионально встряхивая безвольное тело, чтобы жидкость прошла в желудок, затем извлек из внутреннего кармана одноразовый шприц с загодя набранной дозой синтетического яда и вколол жертве микроскопическую дозу под язык. Отсутствие на теле следов инъекции не должно было оставить патологоанатомам никаких шансов.

Оглядевшись вокруг, Лютый вздохнул, вновь взял в руки бутыль «Столичной», щедро полил грудь и лицо Парторга спиртным. Это было сделано интуитивно, исходя из чисто русского менталитета, на случай непредвиденных свидетелей, которые наверняка, учуяв запах спиртного, тут же заметят: мол, дружбан, сволочь такая, пить совсем не умеет, вырубился, гад, придется домой к жене волочь.

Обнаружив в кармане убитого ключи от минивэна, припаркованного у подъезда, Нечаев открыл машину, втиснул обмякшее тело на водительское сиденье, захлопнул дверцу, после чего неторопливо двинулся в соседний двор, к темно-серому «форду-эскорту», одной из машин, на которых он последние три дня отслеживал передвижения Парторга...

* * *

Через несколько часов из факса в риэлторской конторе «Славянский стиль», принадлежавшей погибшему, выползло послание следующего содержания:

«Именем закона гр. Караваев Дмитрий Владимирович за совершение тяжких преступлений против честных россиян — руководство оргпреступной группировкой, незаконное отчуждение имущества, вымогательства, многочисленные убийства, совершенные с особой жестокостью, — приговаривается к высшей мере социальной защиты — физической ликвидации.

Так как правосудие не способно защитить граждан от бандитизма, мы, честные офицеры силовых структур, вынуждены сами обезопасить наших соотечественников.

Преступление никогда не останется безнаказанным.

ЧЕРНЫЙ ТРИБУНАЛ».

Шприц с остатками яда и пустая бутылка полетели в Москву-реку; возможные отпечатки пальцев в салоне мини-вэна были вытерты ветошью; факс, по которому посылалось сообщение, не имел постоянного номера: Нечаев предусмотрительно подсоединил аппарат к первым подвернувшимся разъемам в телефонном щитке где-то в Люблине. Отсутствие следов не оставляло никаких шансов для следствия.

Ликвидация Парторга заняла ровно семь минут, подготовка к ней — около трех суток...

Еще шестнадцатого сентября на компьютер Лютого упало зашифрованное электронное сообщение: как и было оговорено, Прокурор отослал Нечаеву и копию оперативного дела на будущую жертву, и прочую необходимую информацию: приблизительный распорядок дня, круг знакомых, типичные маршруты передвижения по Москве, любимые места отдыха, координаты друзей и любовниц, даже сканированную копию истории болезни из районной поликлиники (у Парторга был порок сердца).

Трехступенчатая кодировка, обычно практикуемая в «КР», исключала хакерский взлом, приди кому-нибудь в голову желание расшифровать послание Прокурора.

На следующее утро, семнадцатого сентября, детально ознакомившись с электронным письмом, Нечаев отправил Прокурору ответное сообщение, правда совсем короткое:

«Нужен карбюратор на ВАЗ-21011 и хорошая магнитола».

Не прошло и двух часов, как он получил на пейджер (один из многих, специально приобретенных для работы) информацию следующего содержания:

«С десяти до двенадцати заберите у Самойлова в ларьке номер шестнадцать нужные вам запчасти».

Это сообщение означало, что в тайнике на автомобильной свалке, расположенной неподалеку от гаражного кооператива в Измайлове, Нечаеву, с поправкой на текущее время, то есть с часу до трех, необходимо было забрать заказанные ампулы с ядом, радиомаяк и приспособление для улавливания источника радиоимпульса («с поправкой на время» означает, что пользоваться необходимо сообразно элементарным правилам конспирации, то есть в шифровке указывалось время с поправкой «плюс 3»).

Радиомаяк, прикрепленный под днище караваевского «понтиак-трансспорта», давал замечательную возможность отслеживать передвижения минивэна по Москве и Подмосковью. Одежда, в изобилии продаваемая в магазинах «сэконд хэнд», и грим из магазина театральных принадлежностей позволяли любой шпионский маскарад.

Безукоризненные документы страховали от непредвиденных неприятностей с милицией. Несколько автомобилей, любезно разбросанных людьми из «КР» по московским автостоянкам, делали слежку совершенно незаметной.

Особая формула синтетического яда не должна была оставить у врачей и тени сомнений: смерть наступила от банального инсульта.

Обычно Парторг ездил с охраной, однако к постоянной любовнице, проживавшей на Ленинградском проспекте, как правило, отправлялся один. Нечаев уже знал, что его оппонент обычно приезжает к женщине в пятницу вечером, покидая квартиру лишь ранним субботним утром.

Чем, естественно, и не преминул воспользоваться.

Можно было утверждать со стопроцентной уверенностью: смерть Парторга официальные органы дознания спишут на естественные причины. К тому же, если верить истории болезни, Караваев страдал врожденным пороком сердца. Да и не с руки ментам заниматься классическим «висяком»! Ну загоняла мужика ночью девка, затрахала, сучка, до смерти, вот утром сердце и не выдержало. Вот до чего доводит неумеренность в сексе!

Теперь, сидя за рулем невзрачного «форда» и детально анализируя происшедшее, Лютый в который уже раз убеждался в справедливости старой истины: сколько бы ни готовился человек к смерти, сколько бы ни перестраховывался, однако она все равно настигнет жертву, и произойдет это очень неожиданно. Во всяком случае, для жертвы. Тем более если смерть эта предопределена кем-то заранее.

Хотя ликвидация прошла блестяще, Максим не чувствовал радости. Скорее наоборот, он ощущал некое внутреннее неудовлетворение; подобное ощущение посещало его крайне редко. Может быть, потому, что пришлось ликвидировать человека, лично ему, Лютому, не сделавшего ничего дурного? Может быть, потому, что предсмертный взгляд покойного, искренне удивленный, запомнился Нечаеву так некстати?

Сосредоточенно глядя на бампер впереди идущей машины, Максим попытался было осознать причину своего теперешнего состояния, но сделать это было тяжело. Течение мысли было вялым, какие-то незначительные детали происшедшего прокручивались в сознании — неприятные, тонкие, переливчатые, как радужная бензиновая пленка на поверхности воды, — вот, к примеру, вспомнилось, что у Караваева была массивная квадратная челюсть, что падал он так тяжело и грузно, что волосатые сосисочные пальцы царапнули стену подъезда. И вновь вспомнился взгляд — вопросительный и недоуменный...

Неожиданно в голове скользко зазмеилось: «Ты, Максим, палач».

А ведь так оно и есть.

Согласившись на предложение Прокурора стать исполнителем, Лютый превратился в палача. Ведь палачи тоже уничтожают людей, которые, как правило, не сделали им самим ничего дурного, людей, с которыми прежде сталкиваться не приходилось. Палачи не знают ни жалости, ни сострадания: лишить жизни приговоренного быстро, безболезненно и неожиданно для самой жертвы и есть высшее проявление палаческого искусства.

«Форд» нырнул в туннель под Таганкой, и Максим нервно щелкнул рычажком, включая подфарники.

А почему, собственно, палач? Почему не хирург? Кому придет в голову обвинять врача, ампутирующего пораженные гангреной конечности больного, в сознательном членовредительстве! Отсекая безнадежно пораженные болезнью ткани, хирург спасает человеческую жизнь. А месть? Разве некому в этом большом городе отомстить за жертвы Парторга? Ведь «черный риэлтор» ради своего благополучия не останавливался ни перед чем, буквально шел по трупам! Ведь в числе отправленных на тот свет по приказу этого ублюдка были и старики, и даже дети, прописанные на нужной ему жилплощади. Первый же прокол в делах Парторга, никогда не оставлявшего в живых свидетелей своих преступлений, стал его последним проколом. Кто-то видел (Нечаев не мог знать кто, этого в информации Прокурора не было), как была зверски убита последняя жертва Парторга, девушка. Ее зарезали на пустыре, а позже пытались перепродать ее квартиру.

Пора было бандитам знать, что на всякую силу найдется другая сила!

Нечаев закурил «Мальборо лайтс», вспоминая имя девушки, — кажется, Кристина. Да, точно, Кристина. Вот хотя бы за нее он и отомстил. Интересно, если Парторг и Кристина встретятся на небесах, что она скажет этому ублюдку с детским личиком?!

Как странно порой распоряжается судьба жизнями людскими! Разве мог Нечаев, даже на миг, представить, что он отомстит вместо Савелия за смерть нежной и доброй Кристины?

Воистину пути Господни неисповедимы!

Размышления Лютого прервал зуммер мобильника, висевшего на креплении на приборном щитке.

— Алло, — произнес Нечаев, выворачивая руль влево.

Звонил Прокурор. Это было несколько странно: ведь в прошлый раз, оговаривая детали предстоящих ликвидаций, хозяин особняка на Рублевке акцентировал внимание на том, что встречаться они будут редко и лишь в случае крайней необходимости. Общеизвестно: большинство провалов исполнителей происходит именно в момент контакта с заказчиком.

— Максим Александрович? Доброе утро. Вы

137

уже освободились? — невозмутимо спросил он, словно речь шла о повседневной занятости человека.

— Да, — ответил Лютый и действительно почему-то подумал, что слово «освободились» собеседник произнес таким тоном, будто бы подразумевал не недавно исполненное убийство, а рутинное рабочее совещание.

— Вот и прекрасно. Через два часа жду вас у себя. Всего доброго...

Осенний ветер, тяжелый от дождевых капель, яростно ломился в оконные стекла особняка, за которыми темнел унылый кирпичный забор. Водосточные трубы гудели как фаготы низко и печально. И лишь сухой треск сосновых поленьев в чреве камина создавал ощущение уюта и комфорта; и лишь едва различимое тиканье каминных часов с фигурками охотника и волка наводило на мысль, что осеннее ненастье преходяще, временно.

Как, впрочем, и все остальное...

На журнальном столике дымились две чашечки кофе, и хозяин коттеджа, рассеянно помешивая напиток серебряной ложечкой, поднял глаза на гостя.

— Максим Александрович, вы не задавались вопросом, почему роль охотника я предложил именно вам? — Прокурор, утопавший в глубоком кожаном кресле, смотрел на Нечаева спокойно и чуточку иронично.

Лютый молчал. Вовсе не потому, что вопрос этот не приходил ему в голову. Просто сейчас ему очень не хотелось говорить ни о прошедшей ликвидации, ни тем более о своей роли в ней.

— Надеюсь, Максим Александрович, вы, как профессионал, в полной мере осознаете возможности «КР»? Надеюсь, вы понимаете, какие люди осуществляют государственный контроль? — Взглянув на собеседника вопросительно и не дождавшись ответа, хозяин загородного особняка продолжил: — Но вы не такой, как все...

— Чем же я отличаюсь? — не понял Максим.

— Понимаете ли, господин Нечаев, в каждом из нас дремлет убийца. — Он быстро взглянул в глаза Лютому. — Да-да! Только не все мы это осознаем, подавляем в себе естественный инстинкт уничтожить тех, кто мешает нам жить. Или просто тех, кто слабее нас. Подавляем, выискивая оправдания: неотвратимость уголовного наказания, мораль, совесть, религиозные убеждения... В конце концов, те, кто мешают нам жить, могут оказаться сильнее, предусмотрительнее, изворотливее, умнее нас. Могут нанести упреждающий удар. Но если бы в один прекрасный день было объявлено: идите, люди, режьте врагов, стреляйте, вешайте, топите — можно все и за это не будет никакого наказания! Более того, не будет и опасности...

— Похоже, мы уже близки к этому времени, — неожиданно вставил Лютый. — И я... — Максим хотел было поделиться своими недавними соображениями, но Прокурор вдруг энергично перебил его:

— Вот о вас как раз и речь... Вам приходилось убивать людей и до этого. Вам давались самые высокие полномочия. Вы знали, что, убив человека, вы не понесете наказания. Скорее наоборот: любой на вашем месте ощутил бы в себе ласкающий жар удовлетворенного инстинкта убийства. Это если выражаться высоким штилем. — Прокурор хитро улыбнулся. — Так вот, Максим Александрович, в отличие от многих других, вы никогда не находили в человеческой смерти удовлетворение. Вы никогда не убивали людей потому, что хотелось, потому, что искали радость в их мучении, или даже потому, что эти люди просто мешали вам жить. Всегда, во всех ситуациях вы убивали исключительно по необходимости. Как, впрочем, и сегодня, — твердо заметил он. — Именно поэтому, на мой взгляд, вы — идеальный ликвидатор. Дело вовсе не в специальной подготовке, аналитическом складе ума и умении мгновенно выбирать из тысяч решений единственно правильное, то есть в том, чего вам не занимать. Дело в подходе к проблеме. Но для идеального ликвидатора вы слишком совестливы. Вы задаетесь вопросами, ответы на которые получены задолго до вас. Я даже могу предположить, о чем вы думали несколько часов назад.

— О чем же? — с возрастающим напряжением в голосе спросил Нечаев.

— Наверняка вы подумали, что понятие «ликвидатор» сродни понятию «палач», — произнес Прокурор, и Лютый в который уже раз подивился проницательности этого человека. — А думать об этом не надо, надо просто делать свое дело. Считайте, что я — теоретик, а вы — практик. Защищать законность можно и должно незаконными методами, путем выборочного террора против тех, для кого закон не писан. Вы ведь согласны с таким утверждением?

Максим многозначительно промолчал, и Прокурор, не дождавшись ответа, продолжил:

— В прошлый раз я уже говорил вам: наши встречи следует свести к минимуму. Вас не должны видеть даже в радиусе десяти километров от этого особняка. Но сегодня утром мне почему-то показалось, что вы не до конца осознали роль, на которую согласились, и потому я предложил встретиться именно теперь, после первой вашей успешной ликвидации. Я, впрочем, и не сомневался, что она будет успешной.

Нечаев не очень понимал, как он должен реагировать на слова собеседника.

Закурив, Прокурор пустил в потолок колечко дыма и, мягко улыбнувшись, добавил:

— Максим Александрович, раз и навсегда забудьте слово «палач». Вы — хирург-практик, задача которого ампутировать пораженные метастазами ткани. Вы — человек самой гуманной в мире профессии, хотя, к сожалению, и не бескровной. Диагноз ставится мной, диагностом-теоретиком, и пусть каждый из нас и остается при своем: у теоретика чистые руки, а у хирурга чистая совесть. Вас устраивает такая формулировка? Или я в чем-то не прав?..

— Нет, почему же, вы правы, — согласился Лютый и с усмешкой добавил: — Вы всегда правы...

— Вот и отлично. Что ж, Максим Александрович, профессионального цинизма, присущего настоящим хирургам, у вас еще не наблюдается. Ничего, дело наживное. Зато у вас есть иное, не менее ценное качество: в смерти другого человека вы не ищете удовлетворения. Смерть ради смерти — это не для вас. А теперь, — поднявшись из кресла, хозяин особняка включил компьютер, — давайте поговорим о следующих пациентах «Черного трибунала». Фамилия Миллер вам ни о чем не говорит?

— Нет.

— Он же Немец. Очень любопытная личность. Бывший подполковник Генерального штаба Советской Армии. Целеустремленный, умный и циничный прагматик, — включая компьютер, начал Прокурор.

После этих слов с языка Нечаева едва не сорвался вопрос: «Как и вы?»

Однако собеседник, казалось, умел читать мысли гостя.

— Однако все его замечательные качества направлены лишь на достижение полной, неограниченной власти над людьми. И он хорошо понимает, что в наше время дает такую власть: деньги. Вот, взгляните...

Конечно же Прокурор был прав: хирургическое вмешательство невозможно без крови, но и существование России в нынешней ситуации невозможно без радикального вмешательства.

Эта формула казалась Лютому справедливой на сто процентов, и, приняв ее, он забыл о своих недавних треволнениях.

Прокурор, циник и прагматик, отлично понимал очевидное: мало безукоризненно владеть каким-либо ремеслом, надо еще подобрать для этого ремесла нужное определение. Пусть даже это и ремесло профессионального ликвидатора.

А почему, собственно, ликвидатора? И почему ремесло? Тяжелый, кровавый, но необходимый для общества труд!..

Следующей жертвой Максима стал влиятельный азербайджанский мафиози Джамал-Кемал Гашим-заде, специализирующийся на наркоторговле и известный в российской столице под соответствующей занятию кличкой Гашиш.

Это был настоящий наркобарон с обширнейшими связями, человек крайне жестокий и своевластный. Его бешеный темперамент стал причиной смерти множества бедолаг, втянувшихся в наркотический омут. Как известно, за удовольствие надо платить. Наркотики — очень дорогое удовольствие. Гашиш не любил ждать, когда его жертвы раздобудут нужную сумму. Он просто подсаживал на иглу тех, у кого была хоть какая-то недвижимость. Наркоманы безропотно подписывали дарственную на его имя, после чего Гашиш с легким сердцем позволял им сдохнуть от передозировки. Таким образом, сдавая или продавая квартиры или даже целые дома, Гашиш заработал огромные деньги. Когда-то начинавший в столице с мелкой торговли анашой, сейчас Гашиш с друзьями развернулся вовсю.

Он наладил каналы, по которым в Москву хлынули кокаин, героин, опиум, даже ЛСД, не говоря уже про экстази, которым Гашиш любил побаловаться и сам. Этот наркобарон собственноручно прикончил нескольких своих должников, зверски измываясь над ними. Он отрезал у них уши, носы, выкалывал глаза, выжигал у них на коже раскаленным прутом цитаты из Корана. Гашиш органически ненавидел русских, которые постоянно ставили ему преграды на пути к богатству. Кроме того, русские урки убили в тюрьме его брата.

Прежде чем убить человека русской национальности, Гашиш отдавал дань своей слабости: насиловал связанных по рукам и ногам пленников. Причем насиловал не только женщин, но и мужчин, детей и даже людей преклонного возраста. Убитых подручные Гашим-заде зарывали, растворяли в кислоте, заливали бетоном, тщательно скрывая малейшие следы. Они были уверены в собственной безнаказанности.

Наиболее сильным удовольствием, после расправы по полной программе над русскими, у Гашиша было постепенное растление малолетних детей, и здесь у него не было избирательности по национальному признаку. В этом удовольствии он придерживался только одного правила: правила собственного желания.

Еще только начиная накапливать свое богатство, он использовал для удовлетворения своей похоти самый простой способ: обманом завлечь жертву. Увидев какого-нибудь ребенка без взрослых, он заманивал при помощи игрушек или конфет к себе в машину, вывозил за город и там предавался разврату. Причем, боясь, что когда-нибудь эти развлечения до добра не доведут, он оставлял для сохранения своей жизни маленькую лазейку. Гашиш никому из детей не причинял физическую боль!

Уединившись с очередной жертвой в глухом лесу, он принимался играться с ребенком так искусно, что в нем видели только «доброго дядю, с которым весело». Когда ребенок вдоволь навеселился и насмеялся, он угощал его сладким чаем, в который подмешивал сильное успокоительное. Причем экспериментальным путем нашел такую дозу, что ребенок не засыпал, а просто становился безвольным: наибольший кайф Гашиш получал, когда жертва все видела, все ощущала, но не могла ни кричать, ни сопротивляться.

Доведя ребенка до такого состояния, Гашиш спокойно раздевал его, беспрестанно нежно лаская, потом раздевался сам и приступал, как он называл, «к пиршеству души и тела». Он смазывал миндальным маслом девочке или мальчику их промежности и попочки и осторожно, стараясь не вызвать кровотечения, начинал ласкать. Доведя себя до сексуального экстаза, он выплескивал свою жидкость в детский ротик...

Потом, успокоившись, не торопясь одевался, тщательно протирал ребенка специальным дезинфицирующим раствором, одевал его и отвозил в город, где старался незаметно высадить ребенка из машины.

Через некоторое время ребенок приходил в себя или его кто-нибудь обнаруживал, но он ничего вразумительного не мог сказать: где он был все это время? С кем? Некоторые из счастливых родителей, обрадовавшись найденному чаду, тут же везли его домой, давая себе клятву никогда не оставлять ребенка одного, а некоторые везли свое дитя в больницу, чтобы там его осмотрел специалист.

Получилось так, что, когда подобные случаи участились, пару-тройку раз пропавших и найденных детей привозили к одному и тому же доктору: Геннадию Михайловичу Ротмистрову. Он обратил внимание, что трусики каждого из обследованных детей издавали еле уловимый запах одного и того же вещества. Поначалу он не обратил на это внимание, а просто записал в журнал осмотра, но, когда обнаружил этот запах и у других детей, он задумался...

Третьим привезенным к нему ребенком оказалась восьмилетняя девочка, и Ротмистров принялся за более тщательное обследование. Мазок, взятый

144

из горлышка девочки, в буквальном смысле поразил детского врача: в нем обнаружились следы мужской спермы. Он тут же доложил по начальству, а те, в свою очередь, оповестили о страшном открытии доктора в органы дознания.

Ступенька за ступенькой эта информация достигла и организации Прокурора...

А Гашиш, уверовав в свою безнаказанность, наглел все больше и больше. Он вложил немалые деньги в собственный частный детский дом на пятнадцать подростков, в который самолично отбирал симпатичных сироток. Во главе этого дома он поставил свою любовницу из солнечного Таджикистана Гульнару, которая была до сумасшествия предана ему, — что, прикажи он ей покончить с собой, она сделала бы это, не задумываясь ни на секунду.

Гульнара знала о его пристрастии к детям и не находила в этом ничего предосудительного: ее детство, с семи лет, прошло под сексуальным присмотром ее отчима. Причем тот не был таким нежным и внимательным к ней, как Гашиш к обитателям детского дома, а изнасиловал ее в первую же ночь, когда родную мать отвезли в роддом.

Однако Гашиш не только жаждал сексуальных игр с детскими телами, но с не меньшим удовольствием предавался утехам и с молоденькими девушками. Действовал он почти по той же схеме, что и с детьми: запав на какую-нибудь понравившуюся ему красотку, Гашиш, критически относясь к собственной привлекательности, подсылал к ней одного из своих телохранителей, двухметрового красавца, лицом напоминающего Алена Делона, и тот отлично справлялся с поставленной ему задачей.

Вскоре девица оказывалась в загородном особняке Гашиша, где ее постепенно опаивали «нектаром Гашиша», вводя в состояние беспамятства, но дееспособности, потом сажали на иглу, даже пальцем не прикасаясь к ее телу, а когда она становилась зависимой от наркотиков и готова была отдаться кому угодно за дозу, ее вводили «в круг общения», часами, днями, неделями насилуя ее по очереди...

Гашиш со временем настолько обнаглел, что завел в подвале одного из своих домов настоящий гарем из отборных красавиц, которые за укол в вену готовы были пресмыкаться перед ним, целовать ему ноги, исполнять все прихоти своего повелителя. А что им оставалось делать?

Гашиш входил к ним в подвал в золотом халате, ухмылялся и заявлял с сильным акцентом:

— Что, заждалис, дарагыэ, хазаинэ? Ломка нэ хочишь — ыды суда, дэля будэм дэлать. Ломка хочишь — на сэбэ пэняй, нэ дам героин, да?

Он заставлял красавиц изображать перед ним настоящее лесбийское шоу. Однажды смеха ради приволок в подвал огромного черного дога, который перетрахал всех девушек, пока не устал.

Но наиболее жуткое время для этих пленниц наставало тогда, когда Гашиш сам до одури обкуривался. Он свирепел, ругался на своем языке, сверкая налитыми кровью глазами, бил девушек кожаной плеткой, а иногда и палкой. А одну взял за горло и просто задушил собственными руками, чтобы другие не вздумали ему сопротивляться.

Причем каждая девушка — а они с течением времени из красавиц превращались в настоящих дурнушек — работала. Гашиш по совету друзей заставлял своих рабынь шить, сучить шерсть, плести веревки. Он вообразил себя чуть ли не султаном брунейским, который, как известно, является одним из богатейших людей на планете. А раз у него так много денег, думал Гашиш, почему все его желания не должны выполняться?

Правоверный мусульманин, по нескольку раз на день возносивший свои молитвы Аллаху, Гашиш был убежден, что не совершает перед Аллахом никаких преступлений, — ведь он же только неверных насилует и убивает. А неверные — разве это люди?

Раз в месяц Гашиш ездил домой в Баку, где его знали как богатого и очень порядочного бизнесмена. Он никогда не забывал привозить своим престарелым родителям подарки, в том числе шитье, пряжу, вязаные вещи, которые были созданы руками его пленниц. Гашиш закатывал пышные пиры для своих бакинских друзей. Кроме того, он много путешествовал, осторожно строя свои отношения с западными и восточными партнерами по наркобизнесу.

В последнее время у наркобарона, похоже, совсем съехала крыша — он заставил все свое окружение принять ислам и вообще ударился в религию. Что не мешало ему вести дела, приумножать капитал и с завидной для прочих наркоторговцев регулярностью поставлять в Москву, Санкт-Петербург и другие российские города опиум, кокаин, мескалин, героин и другие наркотики.

Несколько раз на его жизнь покушались конкуренты — один раз взорвали его навороченный белый «мерс», причем в огне заживо сгорел его самый лучший телохранитель, тезка хозяина, Джамал. Не рассчитали. Второй раз, темной летней ночью, сгорел один из его домов, куда Гашиш почему-то в самую последнюю минуту передумал ехать.

Гашиш быстро вычислил, кто мог настучать конкурентам о его передвижениях, и в считанные часы жестоко наказал стукача и основных своих конкурентов. Их смерть была ужасной — трех провинившихся перед наркобароном людей заживо сварили в огромном чане. После чего конкуренты Гашиша притихли и не рисковали вставать у него на пути. Ну а сам Джамал-Кемал к своим сорока пяти годам уже пресытился и красивыми женщинами, и кровью, и наркотиками, все больше погружаясь в религиозную паранойю. Мало ел, мало спал, словно чувствуя, что только неустанными молитвами пока спасается от возмездия, которое его обязательно настигнет. По мобильнику он теперь говорил мало, каким-то вялым и безжизненным голосом, словно чувствовал, что его жизнь подходит к концу. Ледяное дыхание смерти он слышал теперь днем и ночью.

Тем не менее не оставлял окончательно плотских забав со своими «сиротками», хотя там и появлялся все реже и реже.

Больше всего Гашиш любил париться в бане, в силу неизвестных причин предпочитая роскоши элитных саун с профессиональными минетчицами и изысканной кулинарией общее отделение народных Сандунов с изощренным матом, воблой и «Останкинским» пивом. То ли потому, что именно в общей бане, как в никаком другом месте, реализуется принцип всеобщего равенства, то ли потому, что сандуновский пар превосходил все остальные...

Отследить азербайджанца-наркоторговца было делом несложным: Гашим-заде сообщил друзьям о своем намерении отправиться в Сандуны по мобильному телефону и даже назвал точное время — семь вечера. Как известно, мобильный телефон хорош всем, кроме одного: в режиме ожидания звонка он является радиопередатчиком, который несложно запеленговать.

Естественно, Нечаев располагал портативной аппаратурой для прослушивания «трубы».

Без четверти семь Максим уже открывал шкафчик в раздевалке Сандунов. На его руках были тонкие телесного цвета перчатки из специальной резины. Заметить их было практически невозможно.

Дождавшись, пока Гашиш и телохранители разденутся и отправятся в парилку, Максим как бы невзначай уронил пачку «Кэмэла» и незаметно задвинул ее ногой под шкафчик с одеждой высокопоставленного мафиози — любителя общей парной.

Кому из окружающих людей могло прийти в голову, что в контейнере, мастерски замаскированном под сигаретную пачку, лежат вовсе не сигареты, а ядовитые соли, испарения которых, пропитав одежду, способны вызвать скоропостижную смерть ее обладателя?..

Нечаев прошел в парную, зафиксировал Гашим-заде и, выждав положенные десять минут, вернулся в раздевалку. Уронил расческу, поднял вместе с ней и смертельную «сигаретную пачку», сунул ее в свинцовый контейнер, лежащий в сумке, и, со вкусом выпив законную после бани бутылку пива, вышел из Сандунов.

Сидя в салоне черной «девятки», Нечаев наблюдал, как спустя два часа при выходе из бани Гашиш неожиданно схватился за сердце. «Скорая помощь», примчавшаяся спустя десять минут, оказалась бесполезной: врачам оставалось лишь констатировать смерть от обширного инфаркта.

Каково же было удивление друзей покойного, когда спустя сутки они получили зловещее послание, в котором ответственность за убийство Джамала-Кемала Гашима-заде, по прозвищу Гашиш, брал на себя «Черный трибунал»! Еще больше удивились банщики, когда на следующее же утро новенький шкафчик был изъят из раздевалки какими-то странными субъектами в милицейской форме (в том, что это были не милиционеры, не сомневались даже банщики) и увезен в неизвестном направлении...

Естественно, две смерти подряд от рук загадочных террористов сильно встревожили цвет московской мафии. Приближенные погибших задавались естественным вопросом: что это за «трибунал» такой, что за люди его представляют, кем и по какому принципу выносятся приговоры, кто именно исполняет их, и вообще, чья это инициатива — частная или государственная?

И почему этот «Черный трибунал» действует

столь непривычно: не проще ли было прибегнуть к услугам киллера-снайпера или грамотного взрывника?

Милиция и Прокуратура, если и догадывались об истинных причинах смерти своих потенциальных клиентов, вмешиваться не спешили. Зачем «висяки», к чему портить статистику, для чего распылять силы на выявление истинной причины смерти своих извечных оппонентов? Ведь в протоколах осмотра тела и свидетельствах причины ухода из жизни указываются правдоподобно и недвусмысленно: инсульт, инфаркт...

Кто будет оспаривать очевидное? Да и зачем, если из жизни уходят откровенные подонки?

А мафиози между тем гибли все чаще и чаще...

...Бывшие военнослужащие Российской армии Галкин и Балабанов, прибыв в столицу девятого октября для встречи с Александром Миллером, по кличке Немец, владельцем охранной фирмы «Центр социальной помощи офицерам «Защитник», поселились в некогда престижной гостинице «Космос». Галкин и Балабанов контролировали в Средней России нелегальную продажу оружия, вывозимого из Чечни, — Немец ожидал от них получения немалой суммы денег. Он давно хорошо знал этих людей: толстенький рыжий Балабанов когда-то служил с ним в Германии, по хозяйственной части, а Галкина он помнил еще по оргиям в Забайкальском военном округе. Когда-то длинный как жердь и вечно не просыхающий от водки Галкин был его командиром. Бывало даже, что они вместе трахали одну телку. Эх, забавные были денечки.

Много позже Галкин сам разыскал поднявшегося, по слухам, Миллера в столице и чуть ли не бросился к нему в ноги, умоляя дать работу — в армии он уже полгода не получал зарплаты. Миллер решил поручить ему какое-то мелкое дельце, свел его с Балабановым. К его немалому удивлению, эта парочка крепко спелась, а дельце принесло Миллеру ощутимый доход.

Он дал этой странной парочке еще одно задание — и опять они выполнили его по высшему разряду! Спелись они вместе или спились, для него было не столь важно: Немец понял, что это надежные люди, и даже поручил им такое ответственное дело, как продажа оружия. «Сладкая парочка» ни разу его не подвела.

Сейчас они провернули особо масштабную операцию, и Миллер подумывал даже о поощрении этих балбесов. Пусть бегают еще быстрее.

По прибытии в Москву они сразу же позвонили Немцу, сообщив, что у них все хорошо, товар куплен, надо бы завтра встретиться. Немец повесил трубку мобильника, потирая руки.

На следующий день в результате неосторожности в гостиничном номере произошел пожар, и бывшие военнослужащие задохнулись угарным газом. Естественность пожара сомнений не вызывала: патологоанатомы обнаружили в крови погибших изрядное количество алкоголя. Да и деньги, которые они с собой привезли, оказались целы.

И естественно, никто не вспомнил, как за несколько часов до пожара к ресторанному столику, за которым сидели Галкин и Балабанов, подсел невысокий сероглазый мужчина, «помнивший» отставного майора Олега Галкина по его службе в ракетных войсках стратегического назначения.

Сероглазый возник весьма кстати, как случайный прохожий на пустынной улице: деньги у бывших военнослужащих подходили к концу, подниматься в номер не хотелось, а выпить еще хотелось очень. Вояки нажрались быстро, и внезапно подвернувшемуся знакомому пришлось тащить их в триста сорок первый номер на себе. Коридорной не было на месте — пришлось отлучиться по звонку. А спустя полтора часа триста сорок первый номер неожиданно загорелся; видимо, перед сном любители ресторанных застолий решили покурить...

...«Законник» новой формации (иначе говоря — «апельсин»), Владимир Кокушкин, по кличке Кока, выбросился с девятого этажа собственной квартиры, что по улице Академика Янгеля. Правда, самого момента падения никто не видел, но предсмертная записка Коки не оставляла сомнений в том, что он лично свел счеты с жизнью. Что и подтвердила графологическая экспертиза: прощальную записку мог написать только Кокушкин...

Что могло заставить Коку покончить с собой? Даже несмотря на кризис, дела его были в полном порядке: он вовремя перешел на легальный бизнес, открыл собственное казино, пару магазинов в центре Москвы. Вполне уважаемый человек, к тому же здоровый как бык. Все у Коки было путем — жена-красавица, три любовницы-фотомодели, ежемесячные поездки за кордон, целый парк автомобилей. Правда, он никак не мог получить мандат в Госдуму, но получил бы и его, несомненно. У братвы пользовался уважением. Вор все-таки, хоть и «апельсин». Всегда вовремя вносил долю в общак. Правда, недавно ОМОН серьезно «наехал» на водочный заводик, которым единолично владел Кокушкин, но ведь с этим делом уже разобрались...

Жена, узнав о смерти своего ненаглядного бизнесмена, срочно вылетела с Багамских островов в Москву, поревела, занялась похоронами, а однажды вынула из почтового ящика загадочный конверт. Вскрыла, прочитала, побежала звонить бандюге-любовнику...

...Особо опасный рецидивист Андрей Коновалов, по кличке Кэн, выйдя на свободу, сразу же окунулся в смертельный наркотический омут. Больше всего на свете Кэн любил героин. Столько лет воздержания, и тут на тебе, хоть целый день торчи. И доторчался: спустя всего лишь месяц после откидки умер от передозировки. Но опять же Кэн был очень опытным наркоманом — товар ему поставляли самый что ни на есть лучший, денег на это он не жалел. Любил повторять: «Качество, пацаны, качество и еще раз качество!»

Кэн любил, вколовшись, гонять по ночной Москве на бешеной скорости, врубив на полную мощность Новикова или Круга. Обдолбанный, он иногда сбивал на улицах запоздалых прохожих, но это его как раз и забавляло. Он, как и Гашиш, и Парторг, и прочие персонажи современной бандитской Москвы, был уверен, что все его художества останутся безнаказанными. Кэн отправил на тот свет, как минимум, два десятка человек — последних троих расстрелял, ширнувшись, на разборке.

Опыт опытом, а передозировка для большинства наркоманов вещь все равно, видимо, неизбежная. Хоронила Кэна братва с большими почестями. Даже надгробие впечатляло — Кэн, высеченный в белом мраморе.

«Как живой, в натуре», — растроганно говорили бандюги, складывая венки.

Все эти смерти можно было бы посчитать естественными, если бы не одно обстоятельство: в течение трех дней близкие погибших получили письма, из которых становилось ясно, что ответственность за убийства мафиози брал на себя «Черный трибунал»...

Глава шестая

«При загадочных обстоятельствах...»

Не называть вещи своими именами, говорить одно, а подразумевать другое — так в России повелось издавна.

Слово «мусор» вовсе не обязательно означает груду грязных, ни к чему не пригодных вещей. «Мусор» в общероссийском понимании — это прежде всего злобный и алчный хам в форме мышиного цвета, наделенный почти неограниченной властью над другими людьми, а уж потом ненужный хлам.

Под понятием «внутренние органы» россияне не обязательно подразумевают детали человеческого организма, ответственные за кровообращение, дыхание, пищеварение и выведение продуктов жизнедеятельности. «Внутренние органы» — это государственная служба, сверху донизу наполненная «мусорами», а уж потом — сердце, легкие, желудок да кишечник.

Есть в русском языке и такое устойчивое словосочетание: Большой Дом. Понятие это не всегда означает внушительное по размерам сооружение. Любому россиянину известно: Большой Дом — это здание, расположенное, как правило, в самом центре города, в котором находится «контора».

Где находится Большой Дом в Москве, знают все: на Лубянской площади. Какая контора там расположена, также всем известно: экс-КГБ, именуемый ныне Федеральной службой безопасности.

И чем она занимается, тоже ни для кого не секрет.

Но лишь немногие знают, что еще с начала восьмидесятых годов «контора» эта была вынуждена взять несвойственную для себя функцию борьбы с организованной преступностью. В то время дублирование комитетом многих милицейских функций выглядело вполне оправданно и закономерно: в отличие от МВД, советские спецслужбы практически не затронула коррупция. Да и профессионализм лубянских оперативников, следователей и аналитиков традиционно был на несколько порядков выше, чем в милиции.

Так были созданы Управление «В» и группа «Фикус», разросшиеся к началу девяностых в собственный главк, чуть позже реорганизованный в УРПО.

Генерал-майор ФСБ Константин Иванович Богомолов, занимавший в этой структуре одну из ключевых должностей, всегда пользовался в Большом Доме заслуженным авторитетом. И не только потому, что Константин Иванович оставался одним из немногих высших офицеров, служивших в «конторе» еще в советские времена.

Честный, принципиальный, скромный, Богомолов никогда не участвовал ни в закулисных политических играх, ни в грязных интригах сильных мира сего. Он не любил иносказаний, не умел говорить одно, подразумевая нечто иное. И даже недруги, которых у Богомолова было немало, признавали как неоспоримые качества его высочайший профессионализм и редкую преданность порученному делу. А потому самые сложные, самые деликатные и запутанные задания нередко поручали на Лубянке именно этому человеку.

В начале октября тысяча девятьсот девяносто восьмого года Хозяин (так на Лубянке издавна именуют директора ФСБ), вызвав Богомолова в кабинет номер один, поручил товарищу генералу разработку и ведение одного из таких дел...

Половину кабинета Богомолова занимал стол — огромный, красного дерева, затянутый темно-зеленым сукном. Стол этот невольно вызывал ассоциации с футбольным полем — не только цветом, но и размерами. Факс, несколько телефонов, правительственная «вертушка» с гербом уже не существующего СССР на наборном диске, машинка для уничтожения бумаг, компьютер и принтер занимали ничтожно малую часть этого стола; остальное пространство предназначалось для подчиненных хозяина кабинета, собираемых здесь дважды в неделю на плановые совещания. Но сейчас подчиненных не было, и хозяин этого кабинетного великолепия, генерал-майор ФСБ Константин Иванович Богомолов, сидевший во главе стола, сосредоточенно просматривал оперативные сводки за последние несколько недель.

Как и предсказывали лубянские аналитики и прогнозисты, кризис семнадцатого августа породил очередной передел собственности и, как следствие, новый виток гангстерских войн. Оперативные донесения воскрешали в памяти бандитский беспредел, сопутствовавший первому этапу приватизации: «наезды» на фирмы и банки «по жесткому варианту», кровавые расправы над несговорчивыми бизнесменами, рэкет, похищение людей, убийства не в меру принципиальных судей, прокуроров и сотрудников МВД.

Такое развитие событий не удивляло — криминальный всплеск предсказывался сразу после наступления кризиса, так же как в свое время первая волна беспредела — после глобального перераспределения собственности начала девяностых.

История развивается по спирали — с этим утверждением Константин Иванович был согласен на все сто. Нет ничего такого, что когда-то, давно или недавно, уже не происходило. Для любого явления существует собственное лекало, по которому и вырисовывается кривая его развития.

А потому, чтобы спрогнозировать будущее и попытаться управлять теми или иными процессами, достаточно лишь вспомнить, когда подобное было раньше. С чего начинался процесс и чем завершился? Что противодействовало людям, стоявшим за некими событиями, и что им помогало? Как действовали эти люди в типических ситуациях?

Тихо шуршали перекладываемые листы бумаги, и Богомолов, читавший оперативные сводки внимательно и предельно вдумчиво, едва заметно шевелил губами.

...Девятнадцатого сентября, в девять часов пятьдесят минут, во дворе по адресу Ленинградский проспект, дом сорок девять, сотрудниками ГИБДД был обнаружен автомобиль «понтиак-трансспорт», госномер О 499 00, в салоне которого находился труп владельца, гр. Караваева Д. В., тысяча девятьсот шестьдесят второго года рождения, известного в Москве по кличке Парторг, владельца риэлторской фирмы «Славянский стиль», специализирующейся на насильственном отчуждении приватизированных квартир.

Анализ ткани одежды покойного определил следы алкоголя, предположительно водки или спирта.

Патологоанатомическое вскрытие выявило причину смерти — отравление неизвестным синтетическим ядом.

Опрос соседей ничего не дал. Отравление произошло при загадочных обстоятельствах...

...Двадцать восьмого сентября, в двадцать два часа тридцать минут, при выходе из Сандуновских бань скоропостижно скончался гражданин Джамал-Кемал Гашим-заде, тысяча девятьсот пятьдесят четвертого года рождения (уголовная кличка Гашиш). Являлся одним из лидеров азербайджанской преступной группировки, специализирующейся на торговле всевозможными растительными наркотиками.

Патологоанатомическое вскрытие не выявило явных причин смерти. Предположительная причина — обширный инфаркт...

...Десятого октября, приблизительно в двадцать три часа тридцать минут, в триста сорок первом номере гостиницы «Космос» при загадочных обстоятельствах произошло самовозгорание. Сотрудники службы пожарной охраны, прибывшие к месту происшествия через полчаса, обнаружили в номере трупы гражданина Галкина О. А., тысяча девятьсот шестьдесят четвертого года рождения, бывшего майора Российской армии, и гражданина Балабанова В. Н., тысяча девятьсот шестьдесят шестого года рождения, бывшего капитана-интенданта.

По оперативной информации, погибшие Галкин О. А. и Балабанов В. Н. прибыли в Москву на встречу с влиятельным криминальным авторитетом гр. Миллером А. Ф. (кличка Немец), официально — владельцем охранного агентства «Центр социальной помощи офицерам «Защитник».

Смерть граждан Галкина О. А. и Балабанова В. Н. наступила в результате отравления угарным газом. Причины пожара устанавливаются...

Да, история повторяется дважды: большой передел всегда чреват большой кровью. В борьбе за сферы влияния одни гангстеры льют кровь других гангстеров, что, впрочем, далеко не ново.

Новым стало другое.

Прежде, уничтожая конкурентов, бандиты не стремились к конспирации. Наоборот: смерть «партнеров» по криминальному бизнесу описывалась со всеми кровавыми подробностями: врагам в назидание.

Некоронованного короля Москвы Тимофеева,

по кличке Сильвестр, курганские бандиты взорвали в собственном «мерседесе» на 3-й Тверской-Ямской.

«Законного вора» Длугача, по кличке Глобус, пристрелили у входа в дискотеку.

Эти казни не оставляли и тени сомнений: если машина взрывается, то уж явно не «в результате самовозгорания»; если человек погибает по причине проникающего огнестрельного ранения, то пуля, выпущенная из снайперского карабина, наверняка не шальная, — ее траектория тщательно выверялась загодя!

Но теперь все было совсем наоборот — в оперативных сводках лейтмотивом звучало: «при загадочных обстоятельствах». Было очевидно: и смерть высокопоставленного московского бандита Караваева, по кличке Парторг, и смерть азербайджанского мафиози Гашим-заде, по кличке Гашиш, и «самовозгорание» в гостинице «Космос», в результате которого погибли двое далеко не самых законопослушных граждан, явно не результат внутриклановых разборок.

Нынешние события вычерчивались не по привычным лекалам бандитских противостояний: именно такого мнения придерживалось и высшее лубянское руководство, поручившее Богомолову установить подлинные причины загадочных смертей в криминальном мире...

Размышления Константина Ивановича прервал телефонный звонок.

— Алло! — сухо бросил Богомолов в трубку.

Телефон отозвался голосом начальника референтуры подполковника Рокотова:

— Товарищ генерал, старший оперативник майор Симбирцев оставил для вас агентурное сообщение.

— Занесите ко мне в кабинет, — распорядился генерал и почему-то подумал, что это сообщение наверняка имеет отношение к оперативной сводке.

И, как всегда, не ошибся: профессиональная интуиция редко подводила Константина Ивановича.

Спустя несколько минут он, вскрыв светонепроницаемый конверт с грифом «Совершенно секретно. Особой важности», разворачивал бумажный листок.

В агентурном сообщении значилось следующее:

«Старшему уполномоченному
Управления по разработке и пресечению
деятельности преступных организаций
Федеральной службы безопасности РФ
майору Симбирцеву Т. Ю.

Считаю необходимым довести до Вашего сведения следующее:

Как стало известно, 11 октября 1998 г. владелец охранного агентства «Центр социальной помощи офицерам «Защитник» Миллер А. Ф. (кличка Немец) получил от неустановленного адресата заказное письмо, где сообщалось: ответственность за убийства Галкина О. А. и Балабанова В. Н. берет на себя некая тайная террористическая организация под названием «Черный трибунал».

Суть дальнейшего содержания письма такова: если государство не способно обуздать разгул в стране организованной преступности, это можно и должно делать силами честных офицеров спецслужб во внесудебном порядке.

Полагаю, что существование тайной террористической организации, какими бы лозунгами она ни прикрывалась, способно нанести удар по престижу ФСБ как структуре, действующей в строго конституционных рамках.

О чем и сообщаю.

11 октября 1998 г.
Сек. агент Адик».

Богомолов знал этого Адика: отставной подполковник МВД, отвечавший за безопасность в преступной группировке, действующей под «крышей» охранной структуры «Защитник», был завербован опытным оперативником УПРО майором Тимофеем Симбирцевым десять месяцев назад.

Вербовка, как чаще всего случается, произошла на компромате: в бытность свою милиционером Адик продал налево сто пятьдесят граммов кокаина, ранее проходившего в качестве вещественного доказательства по уголовному делу, а после закрытия дела подлежащего уничтожению. Правда, это выяснилось много позже, когда вороватый мент с почетом отправился на заслуженный отдых, однако ровным счетом ничего не меняло: с санкции начальства майору Симбирцеву ничего не стоило передать дело в прокуратуру, и бывший сотрудник МВД, переметнувшийся в сомнительную охранную контору, неминуемо загремел бы на печально известную ментовскую зону «Красная Шапочка», что под Нижним Тагилом. А можно было сотворить нечто и похуже: деликатно стукнуть работодателям-мафиози, что Адик не только на них работает. А чтобы мафиози поверили, устроить утечку документации, подбросить копии агентурных донесений из Центральной агентурной картотеки. Без сомнения: «Красная Шапочка» по сравнению с местью Немца показалась бы отставному менту раем земным.

Однако в УПРО великодушно простили проступок Адика, решив: ну ошибся человек, с кем в МВД не случается?! Пусть лучше отставной милиционер гуляет на воле, пусть радуется жизни, пусть даже отвечает в мафиозной структуре за безопасность! Но с условием регулярной передачи на Лубянскую площадь всего, что может заинтересовать «контору».

Адик после вербовки сильно изменился, даже внешне: отпустил длинные волосы, стал носить косичку-хвост на затылке, как Стивен Сигал. Правда, в отличие от голливудского супермена, у сексота были хитрые, заискивающие масленые глазки. Но дело свое он знал.

Адик оказался сексотом ценным и исполнительным: многочисленные проверки показывали, что он никогда не гнал дезинформацию, никогда ничего не путал. И нынешнее агентурное сообщение не оставляло сомнений в стопроцентной подлинности информации.

— Нам еще террористов не хватало, — внимательно перечитав агентурное сообщение, пробормотал Богомолов неприязненно. — М-да. Дожили. «Черный трибунал». «Белое братство». Орден меченосцев. Рыцари плаща и кинжала...

Отложив донос отставного подполковника, генерал вновь придвинул к себе оперативную сводку, взял алый маркер и подчеркнул в абзаце о пожаре в гостинице «Космос» слова: «...при загадочных обстоятельствах произошло самовозгорание».

Если это действительно убийство, закамуфлированное под несчастный случай, налицо высочайший профессионализм исполнителя. А коли так, преступление грамотно спланировано и блестяще осуществлено...

Кем?

Как ни крути, получается, что «Черным трибуналом».

Но что это за трибунал и кто уполномочил его в демократической стране приговаривать людей к казни без суда, следствия и защиты пусть даже таких откровенных негодяев, как все эти погибшие?!

Конечно, Константин Иванович не раз и не два слышал о тайном подразделении спецслужб, якобы созданном для физической ликвидации криминальных авторитетов и лидеров бандформирований. И естественно, относился к подобным слухам со здоровым скепсисом. Все это отдавало дешевыми газетными сенсациями, воскрешением в памяти любимого домохозяйками телесериала «Ее звали Никита».

Кто-кто, а генерал спецслужб знал наверняка: ни тут, в Федеральной службе безопасности, ни в Региональном управлении по борьбе с оргпреступностью, ни в Московском уголовном розыске такой структуры нет и никогда не было. Правда, оставалась еще одна возможность: совсекретная служба государственного контроля «КР», до недавнего времени подчиненная Прокурору (о котором Богомолову, как и всем на Лубянке, не было известно практически ничего), всегда находилась вне зоны досягаемости ФСБ.

Но ведь «КР» была распущена еще в начале августа, Прокурора выперли на пенсию, и с тех пор о нем никому ничего не было известно. По одним слухам — уехал из России, по другим — сидит на даче, пописывает мемуары...

К тому же и во времена своей деятельности «КР» была спецслужбой прежде всего аналитической, контролирующей, но никак не исполнительной, карающей.

Стало быть, ликвидация бандитов незаконными методами могла быть лишь частной инициативой сотрудников одной из силовых структур: милицейской или лубянской.

Какой именно?

Закурив, Богомолов отложил бумаги в сторону и, пододвинув пепельницу, задумался.

«Руку МВД» генерал отмел сразу. Многолетняя практика показывала: сотрудникам правопорядка куда проще, а главное, выгоднее договориться с бандитами мирно, нежели объявить им войну на тотальное уничтожение. Впрочем, гангстеризм выгоден ментам стратегически: исчезни сегодня оргпреступность как явление, а бандиты как класс — что завтра делать с РУОПом? Останется распустить Шаболовку, распихав лихих сыскарей на должности постовых милиционеров, а амбалис-

163

тых собровцев пристроить физруками в группы здоровья.

Стало быть, физической ликвидацией занимались люди, так или иначе причастные к Лубянке: или действующие сотрудники, или лица, уволенные в действующий резерв, или отставники.

Первые и третьи отпадали.

У штатных сотрудников для подобной самодеятельности нет ни свободного времени, ни технического оснащения, ни доступа к постоянно обновляемой информационной базе, ни — что самое главное! — средств. Ведь любая война стоит денег, а зарплата в ФСБ, даже у старших офицеров, чудовищно мала... У отставников свободного времени, конечно, больше, но, естественно, отсутствует все остальное. Да и силы уже не те...

Тщательно проанализировав ситуацию, Богомолов уже спустя минут сорок нарисовал для себя приблизительный портрет исполнительного звена «Черного трибунала». По всей вероятности, это несколько десятков младших офицеров действующего резерва КГБ — СБ РФ — ФСБ, по каким-то причинам ушедших в бизнес и преуспевших в нем. Скорее всего, с опытом проведения нелегальных операций как в России, так и за ее пределами.

Вне сомнения, люди это решительные, осмотрительные и весьма неглупые: как говорится — люди с чистыми руками, горячим сердцем и холодной головой. И конечно, с серьезной, но скрытой поддержкой в высших эшелонах власти.

Но если такая глубоко законспирированная структура действительно существует, непонятно, для чего отправлять друзьям погибших мафиози послания, за что и почему они казнены? Для чего светиться, зачем брать на себя ответственность? Зачем пугать будущие жертвы? И чего ради сознательно подставляться под удар? Ведь преступные сообщества наверняка начнут собственное следствие.

Далее...

Сегодня этот самый «Черный трибунал», решив навести в стране порядок целиком незаконными методами, ликвидирует исключительно лидеров криминалитета. Но кто знает, может быть, завтра эти загадочные люди, почувствовав собственную силу, посчитают, что россиянам мешает жить не только мафия, но и некоторые члены правительства, которых они посчитают коррумпированными, какие-нибудь депутаты Государственной Думы... или же Президент?

Кто и по каким критериям определяет объекты ликвидации?

И кто может гарантировать, что подобные методы борьбы не ввергнут страну в пучину тотального террора, как в тридцать седьмом году?!

Для ответов на эти вопросы информации было слишком мало. Информации всегда недостаточно. Да и много ли можно надумать, сидя в тиши лубянского кабинета? Теперь, как никогда прежде, генерал нуждался в помощнике, которому мог бы поручить любое, самое деликатное задание, в исполнителе, которому доверял бы всецело и безоговорочно: в сборе информации и в осуществлении оперативных мероприятий.

Такой человек у него был!

С силой впечатав окурок в пепельницу, Богомолов потянулся к перекидному календарю и, прошуршав страницами назад, остановился на девятом октября, пятнице.

«Прилетает С. Гов.» — значилось под этой датой.

Константин Иванович улыбнулся каким-то собственным мыслям, придвинул к себе телефон и, едва набрав номер, услышал знакомый голос:

— Слушаю.

— Савелий? Здравствуй, дорогой. Когда прилетел со своего Кипра?

— Еще в пятницу утром, — послышалось из трубки.

165

— Как Вероника?

— Учится. Наверное, месяца два видеться не будем. А то и больше. — В голосе собеседника прозвучала печаль.

— Значит, холостякуешь? А что мне не звонишь?

— Да вот с Андрюшей Вороновым решили на рыбалку смотаться. Чего в Москве сидеть, этими кислыми физиономиями любоваться?

— Неужели на рыбалку? — не поверил Богомолов. — Так холодно ведь!

— Если есть клев, настоящий рыбак никогда не станет жаловаться на погоду!

Судя по жизнерадостным интонациям абонента, Богомолов справедливо решил, что рыбалка наверняка удалась.

— Савелий, извини, что я тебя беспокою. Встретиться надо, — поджал губы Богомолов.

— Когда? Где? Что-то важное? — сразу же посерьезнел собеседник.

Хозяин кабинета взглянул на часы.

— У меня сейчас совещание намечается... Позвони на мобильный часика через три. Надеюсь, к этому времени освобожусь. Сможешь?

— В девятнадцать пятьдесят пять? — по-военному точно переспросил Савелий.

— В двадцать ноль-ноль, — округлил Богомолов. — Номер мой, надеюсь, еще не забыл?

— Обижаете, Константин Иванович! Разве могу я забыть ваш номер? Да и вас самого...

В дождливые осенние дни огни окон и витрин, рано зажженные бесчисленные фонари расплывчато отражаются на асфальте московских проспектов, бульваров и улиц. Над бездной этих отражений, точно по глубоким черным каналам, с шуршанием проносятся автомобили, разбрасывая на тротуары грязные брызги. Бегут, крутятся, сталкиваются у дверей магазинов, закусочных и станций метро набрякшие влагой зонтики. Дождевая мгла отдает сыростью, плесенью, бензиновой гарью и мокрой листвой, серое небо сочится холодной влагой. Мерцают огненные блики рекламы, призывающей обнищавших граждан ходить в рестораны, отдыхать на курортах Таиланда, смотреть японские телевизоры и кататься на американских джипах.

В такие минуты кажется — так было прежде и будет всегда, и не плавила асфальт летняя жара, и не висело над Москвой незамутненное облаками небо, и не гуляли молодые мамы с нарядными детишками в парках, не работали праздничные аттракционы, а пляжники не жарились на берегу Москвы-реки...

Серо, тускло, уныло...

Лишь проститутки, выстроившиеся вдоль Тверской, дежурно улыбаются водителям притормаживающих машин. Им не до капризов природы, не до воспоминаний о безвозвратно ушедшем лете. Они работают. Их много, а клиентов с лишними деньгами мало — предложение явно превышает спрос. Вот и приходится мерзнуть на октябрьском холоде в обтягивающих мини-юбках, во всех ракурсах демонстрируя предлагаемый товар, вот и приходится торговать этим товаром по откровенно демпинговым ценам, вот и приходится улыбаться опостылевшим клиентам, которые давно уже все на одно лицо. И не только лицо...

Невысокий мужчина в длинном черном пальто, выйдя из здания телеграфа, осмотрелся по сторонам, скользнул взглядом по электронным часам, потом посмотрел на свои наручные «командирские» — большая стрелка, оторвавшись от цифры «11», медленно и почти незаметно поползла вверх, маленькая почти коснулась цифры «8» — и пробормотал негромко:

— Еще четыре минуты...

И чтобы не мешать входящим и выходящим из дверей, отошел в сторонку, на ходу доставая из кармана черную коробочку мобильника, вытянул антенну.

Казалось, во внешности этого человека нет ничего примечательного. Коротко стриженные светло-русые волосы, глубоко посаженные прозрачно-голубые глаза, спокойная, уверенная манера держаться. Однако рельефный шрам на щеке свидетельствовал о том, что мужчине довелось побывать в переделках, а пронзительный, словно придавливающий взгляд говорил о несокрушимой воле и мощной внутренней энергии.

Это и был тот самый Савелий Кузьмич Говорков, которому три часа назад названивал генерал ФСБ Константин Иванович Богомолов...

Бывают люди, которых называют только по имени и фамилии: Вася Петров, Петя Николаев, Коля Васильев. Таких большинство.

Бывают люди, к которым принято обращаться исключительно по имени-отчеству: Иван Иванович, Юрий Михайлович, Борис Абрамович.

Немало и таких, к фамилиям которых обычно прибавляют слова «товарищ» или «господин».

Однако встречаются и те, кто откликается исключительно на клички: «Слышь, Шнурок, мотай за пивом!» или: «Утюг, на нас тут конкретно «наехали»!».

Но уж если к человеку за его неполных тридцать три года обращались и по имени, и по отчеству, и по воинскому званию, если у такого человека целых три прозвища, если по странам и континентам он путешествует под разными именами, то это наводит на мысль о невероятных извивах его жизненного пути.

Так уж сложилось, что Савелий Кузьмич Говорков был известен еще и как Сергей Мануйлов, Зверь, Тридцатый, Рэкс, Бешеный...

Судьба ниспослала Говоркову немало тяжелейших испытаний. В шестьдесят восьмом, когда Савелию еще не исполнилось и трех лет, он лишился родителей и был отправлен в детский дом. Потом рабочее общежитие, армейский спецназ, Афганистан, контузии и ранения, вновь Афганистан и очень много потерь друзей и близких — немало людей его поколения прошло через подобную школу...

И дальнейшая жизнь не раз ставила Говоркова перед новыми испытаниями: грязный навет, из-за которого бывший «афганец» очутился в зоне строгого режима, дерзкий побег из-за колючей проволоки, реабилитация...

Вскоре Бешеный, теперь по собственному желанию, вновь отправился в Афганистан, где был тяжело ранен и в бессознательном состоянии попал в плен. Собрав остаток сил, он чудом сумел захватить вертолет и бежать. Ранение оказалось тяжелым, и смерть дышала в затылок беглецу, но, к счастью для Говоркова, его спасли тибетские монахи, среди которых он и обрел своего Учителя.

Пройдя Посвящение, он вернулся в Россию, где вновь окунулся в борьбу со злом и несправедливостью.

К счастью, в борьбе этой Бешеный был не одинок: в лице генерала ФСБ Константина Ивановича Богомолова и своего друга детства капитана Андрея Воронова, ставшего его названым братом, Савелий обрел надежных союзников.

...Большая стрелка на «командирских» часах наконец коснулась цифры «12», маленькая уперлась в цифру «8». Набрав на мобильнике номер Константина Ивановича, Савелий приложил аппарат к уху.

— Вас слушают, — донеслось из мембраны официально-сдержанное, и Говорков сразу же узнал голос референта УПРО подполковника Роко-

169

това, а узнав, понял: Константина Ивановича на рабочем месте еще нет.

— Здравствуйте, товарищ подполковник, это Савелий, — поприветствовал Бешеный генеральского помощника и на всякий случай попросил: — Соедините, пожалуйста, с Константином Ивановичем.

— Еще не появлялся. Конец дня, обычный бардак в любимом ведомстве. Совещание у Хозяина продлится минимум до половины девятого. Товарищ Богомолов просил передать, чтобы в двадцать два ноль-ноль вы были на точке номер четыре. Именно там он и будет вас ждать.

— Спасибо, всего хорошего, — попрощался Бешеный и, спрятав мобильник в карман, принялся спускаться по ступенькам.

Времени до встречи было предостаточно, и Савелий решил прогуляться по центру столицы.

Словно не замечая ничего вокруг, он улыбался каким-то своим мыслям...

Ну и пусть моросит надоедливый дождь, ну и пусть хлюпают под ногами лужи! У природы нет плохой погоды, Москва прекрасна в любое время года. Да и нечасто выпадает случай просто так, без определенной цели побродить по центру любимого города. Когда выпадет еще возможность просто так прогуляться?

Вряд ли скоро, ведь не зря Константин Иванович предложил увидеться и побеседовать именно сегодня, не откладывая в долгий ящик! Наверняка для встречи есть серьезные причины.

Неожиданно внимание Бешеного привлекла сценка, типичная для Тверской.

У тротуара, мигая сигналами аварийной остановки, застыла серебристая БМВ седьмой серии. Опущенное стекло правой дверцы позволяло рассмотреть владельца дивного лимузина — широкоплечего амбала с короткой стрижкой и толстым веснушчатым носом картошкой. Рязанский такой мужик, из деревенских. Его толстые губы, казалось, раз и навсегда застыли в недоверчивой такой улыбочке: «Знаем, знаем, мол... Наших не проведешь!» Пальцы, украшенные массивными перстнями, по-хозяйски лежали на деревянном руле.

Рядом с машиной стояла довольно красивая девица в блестящей куртке, обтягивающей огромный бюст, в умопомрачительно короткой юбке и черных ажурных колготках на длинных ногах.

Что ж, картина обычная: клиент договаривается о цене с центровой проституткой. Да и что за клиент, тоже ясно: типичный бандюга после тяжелого трудового дня решил прикупить на ночь телку, чтобы снять профессиональный стресс.

— Сколько? — донеслось из салона.

— Пятьдесят баксов час, — с бесстрастностью автоответчика привычно бросила путана и поспешила добавить: — Можно в рублях.

— По какому курсу?

— А по какому дашь?

— Ну, даешь пока что ты, — утробно загоготал владелец «бимера». — Ты же и берешь... Ладно, по одиннадцать пойдет?

— По одиннадцать в вокзальном туалете онанизмом занимайся! — Несомненно, подобная котировка доллара выглядела в глазах проститутки предельно низкой.

— А ты по какому хочешь?

— По курсу Центробанка.

— По такому курсу я могу целую ночь Министерство финансов во все дыры драть! — вновь загоготал клиент. — Ладно, не гони пургу! Давай по шестнадцать и прыгай в тачку. Я те конкретно говорю: теперь никто больше не предложит. Кризис, бля!

Проститутка постепенно повышала долларовую котировку с курса Центробанка до курса Тверской, клиент — наоборот, старался снизить. По всей вероятности, дело шло к консенсусу. Чтобы

171

получше рассмотреть товар, бандюга даже вышел из машины. Деловито тронул торчащие груди, шлепнул широкой ладонью по заднице, девка профессионально кокетливо вильнула бедрами.

— А как напьешься, драться не будешь? — поняв, что компромисс неизбежен и даже желателен, полюбопытствовала девица.

— Не с-сы, Маруся, я Дубровский! — ощерился бандюга. — Вместе бухнем, я не жадный.

Несколько часов спустя Савелий и сам не мог сказать, почему он задержался рядом с серебристой БМВ. Может, потому, что торговля шла слишком эмоционально, как продажа скумбрии на одесском Привозе, может, потому, что грудь у проститутки действительно была весьма выдающихся размеров. А может, и потому, что рядом с машиной неожиданно появился какой-то невысокий бородатый мужчина, внешность которого показалась Бешеному неуловимо знакомой. Это был явный завсегдатай магазинов «сэконд хэнд»: рваная болоньевая куртка, линялые джинсы со следами споротых карманов, стоптанные солдатские ботинки, вязаная лыжная шапочка, потертые кожаные перчатки. По виду типичный бич, бывший интеллигентный человек, которого любовь к спиртному низвергла на самое дно жизни.

Однако Савелий готов был поклясться: где-то он уже видел этого человека... Но где?

Приблизившись к БМВ, бородатый произнес просительно, словно боясь, что его прогонят:

— Господин хороший, можно, я вам стекло протру? Три рубля всего! Трубы горят, трешки всего не хватает!

Бандюга хотел было послать бича на хрен, но тот, не дожидаясь разрешения, неожиданно ловко достав из кармана ветошь и аэрозольный баллончик ярко-красного цвета, уже шустрил тряпкой по лобовому стеклу.

Автовладелец даже не удостоил его ответом,

лишь рукой махнул: «Ладно, хрен с тобой, наводи марафет, коли такой трудолюбивый!»

Сделав несколько шагов назад, чтобы не привлекать внимания проститутки и будущего клиента, Говорков внимательно взглянул на бича. Нет, определенно он его где-то когда-то встречал!

В течение какой-то минуты лобовое стекло было выдраено до витринного блеска. Обладатель «бимера», всецело поглощенный диалогом с девкой, стоял к бородатому спиной и потому не мог видеть, как тот, спрятав красный баллончик, мгновенно извлек из внутреннего кармана другой, поменьше, и зачем-то прыснул из него на руль.

Завершив торг на курсе восемнадцать рублей за доллар, бандюга кивнул проститутке: мол, иди в салон. Бросил бичу десятку, хлопнул дверцей, включил поворотник и медленно отвалил от бордюра.

Бешеный и сам не мог себе объяснить, для чего он запомнил номер этой БМВ, почему сразу не остановил такси, чтобы ехать на встречу с Богомоловым, для чего двинулся вслед за бичом. Может быть, потому, что действия этого человека выглядели слишком странными для уличного мойщика стекол?!

Проводив бандитский «бимер» долгим, пристальным взглядом, бич словно преобразился. Он уже не был похож на себя прежнего, это был совершенно другой человек. Он выпрямился, став как будто бы крупнее. В лице также произошли некие изменения. Борода выглядела уже будто бы накладной, бутафорской. Морщины исчезли, скулы не смотрелись такими острыми, казалось, даже нос стал короче.

Если бы не подчеркнуто бомжовый вид, можно было утверждать определенно: вслед БМВ смотрел настороженный, хладнокровный и расчетливый человек лет тридцати пяти и уж наверняка не бич, страждущий опохмелиться!

Савелий поспешил спрятаться за фонарным столбом: если неизвестный ему знаком, то где гарантия, что он первым не опознает Говоркова?!

А мойщик, достав из внутреннего кармана куртки конверт, подошел к почтовому ящику, висевшему на стене, опустил письмо, после чего мгновенно исчез в людском водовороте...

«Точкой номер четыре» называлась конспиративная квартира на улице Лесной, в районе метро «Новослободская». В последнее время Константин Иванович чаще встречался с Савелием именно там. Слишком уж много лишних глаз и лишних ушей завелось на Лубянке. Что поделаешь, время такое... А ведь тема беседы с Бешеным предполагала полную, стопроцентную секретность!

Конспиративная квартира была небольшой, но уютной: две комнаты, обставленные старенькой, но хорошо сохранившейся мебелью, видеодвойка с небольшим экраном, салатный торшер на деревянной ножке. Тяжелые портьеры весьма кстати скрывали уличный пейзаж: так уж получилось, что окна квартиры выходили на Бутырскую тюрьму.

Константин Иванович был краток и деловит. Коротко обрисовав ситуацию с загадочными убийствами московских мафиози, он привлек внимание собеседника к главному.

— Каковы бы ни были цели «Черного трибунала», организация эта прежде всего занимается террором и тем самым ставит себя вне закона. — Взгляд генерала был тяжелым и злым. — Закон можно и должно защищать только законными методами. Вину любого вправе определить лишь суд, и только суд может назвать гражданина преступником. Расправа вне суда, вне следствия, без права подсудимого на защиту ничем не отличается от практики сталинских репрессий. Кроме того, неизвестно, по какому критерию эти загадочные люди отбирают свои жертвы. — Богомолов поморщился. — Сегодня они деятельно уничтожают бандитов, завтра примутся за политиков, которых посчитают опасными для будущего страны. А послезавтра?

— Да, Константин Иванович, я полностью согласен с вами, — внимательно выслушав Богомолова, ответил Савелий. — Но в то же время, и их можно понять: что еще остается делать? Законы не работают, милиция не справляется, суды бессильны...

— Я все понимаю, — печально отозвался Богомолов. — Но понять — это одно. А простить — другое. Убийство всегда остается деянием, уголовно наказуемым, независимо от того, кто жертва: фрезеровщик завода «Серп и молот» или откровенный мерзавец, сколотивший богатство на крови и слезах сотен людей. К тому же неизвестно, где истоки «Черного трибунала» и во что все это может вылиться.

— Хотите сказать, что эти люди имеют поддержку в высших эшелонах власти? — догадался Бешеный.

— Естественно. Не думаю, что это инициатива частных лиц. Исполнители, как я уже сказал, скорее всего, наши бывшие коллеги с Лубянки. А прикрытие... — Богомолов поджал губы, — даже и предположить не могу.

— Но почему этот самый «Черный трибунал» не убивает бандитов в открытую? — последовал совершенно резонный вопрос. — Ведь ясно, что они не сами подохли! Почему нет ни одного свидетеля? Не проще было бы пристрелить их или взорвать? Почему в оперативных сводках постоянно подчеркивается: «при загадочных обстоятельствах»? И зачем отправлять друзьям покойных все эти устрашающие послания?

— Как всегда, ты задаешь самые трудные и важные вопросы... — Богомолов вздохнул с огорчением. — Честно признаюсь: не знаю, Савелий, — тихо проговорил генерал. — Не знаю. Если бы знал, я бы тебе обо всем этом по-другому рассказывал.

Стиль мышления Говоркова всегда импонировал Константину Ивановичу. Вот и теперь, выслушав генерала, Бешеный среагировал моментально:

— Какова моя задача?

— Обожди, не торопись. — Богомолов взглянул на часы и, потирая красные от недосыпания глаза, продолжил: — До полуночи время еще есть. Давай-ка не спеша посидим, кофе попьем, подумаем... Кофе хочешь?

— Лучше чай, — улыбнулся Савелий. — И если можно, с лимоном.

— Можно. Здесь все можно. А я все-таки кофе. У меня это единственный способ борьбы со сном, — вздохнул Константин Иванович, отправляясь на кухню.

Пока хозяин конспиративной квартиры ставил чайник, пока колдовал над микроскопическим фаянсовым заварником, Говорков включил телевизор. «Дорожный патруль» канала ТВ-6, как и обычно, передавал сводку происшествий за последние сутки: убийства, ограбления, изнасилования, автомобильные катастрофы.

— Сегодня, в двадцать часов сорок пять минут, на Котельнической набережной произошла автомобильная катастрофа... — бесстрастно начал диктор.

Камера дала крупный план: подломившийся от удара столб уличного фонаря лежал на крыше серебристого БМВ, продавив ее наискосок. Передок лимузина был разворочен, из искореженного радиатора валил густой пар. Остатки выбитого лобового стекла болтались на резиновых уплотнителях. Из раскрытой дверцы свисало туловище водителя с залитым кровью лицом.

Говорков едва не вскрикнул от неожиданности: это была та самая БМВ, которую он каких-то три часа назад видел на Тверской! Ошибки быть не могло: и номер машины тот же, и лицо погибшего водителя он запомнил — рязанское такое лицо... Теперь на лице этом, с толстым веснушчатым носом картошкой, застыло что-то вроде недоумения: «Что такое? Неужели наших повели?»

— ...водитель автомобиля БМВ-750, — продолжал вещать диктор, — двигаясь со скоростью около ста сорока километров в час, на мокром асфальте не справился с управлением и совершил наезд на осветительную мачту. — Голос ведущего «Дорожного патруля» продолжал оставаться бесстрастным даже тогда, когда он заговорил о смерти. — От полученных травм сидевший за рулем Георгий Динин, тысяча девятьсот шестьдесят четвертого года рождения, и пассажирка Елена Наполова, тысяча девятьсот семидесятого года рождения, гражданка Белоруссии, скончались на месте происшествия...

— Константин Иванович! — Сорвавшись со своего места, Савелий побежал на кухню. — Быстрей сюда!..

— Что случилось? — поспешил к нему навстречу встревоженный Богомолов.

— Товарищ генерал, по телевидению, в «Дорожном патруле», только что передали об аварии и гибели людей, которых я видел незадолго до нашей встречи...

— Вот как? — спокойно вздохнул генерал. — Бывает... Но почему это на тебя так подействовало? Ты был знаком с кем-то из погибших?

— Не совсем... — протянул Савелий и подробно рассказал о том, чему ему пришлось быть очевидцем...

Черная «ауди» с буквами «ОО» на номере, свидетельствующими о принадлежности машины к

Лубянке, медленно пробиралась по загруженной автомобилями Тверской: не помогали ни проблесковый маячок на крыше, ни прокладывающая путь «Волга» сопровождения. Что поделать: время вечернее, а Тверская одна из самых загруженных в часы пик московских улиц.

— Так, говоришь, он тебе знакомым показался? — пытливо глядя на Савелия, спросил Богомолов.

— Где-то я его видел, голову даю на отсечение! Но вот где, не могу вспомнить. Думаю, что и лыжная шапочка, и убогий наряд, и особенно накладная борода — обычный камуфляж.

— Но камуфляж очень грамотный, — справедливо оценил генерал ФСБ, глядя в затылок водителя, и тут же пояснил свою мысль: — Если даже ты этого человека не узнал. А фоторобот мог бы составить?

— Попробую. Константин Иванович, никак не могу в толк взять, что это за аэрозоль у него был, которым он на руль попшикал?

— Я уже распорядился, чтобы патологоанатомы с трупом по полной программе поработали. Эксперты проверят салон и особенно руль на химические реактивы, кроме того — кожу, — отозвался Богомолов. — Кстати, первые результаты будут через полчаса. Теперь самое главное — чтобы почтовый ящик до нас не трогали. Иначе трудновато будет...

— А кто погибший? Бандит?

— Да. Типичный «отморозок», из новых, из молодых, да ранних. Так называемый чистильщик из темниковской оргпреступной группировки. Чистильщик — это у бандитов что-то вроде контрразведчика. Как армейский СМЕРШ во время войны. Грамотные стали, сволочи...

К счастью, письма из почтового ящика извлечь не успели. И уже к часу ночи, просветив все изъятые конверты специальной аппаратурой, эфэсбэшники обнаружили искомый.

Как и предполагал Константин Иванович, работал профессионал. И адрес на конверте, и само письмо были набраны на компьютере и отпечатаны на струйном принтере, что исключало графологическую экспертизу. Отсутствие отпечатков пальцев, естественно, исключало экспертизу дактилоскопическую.

В письме, адресованном некоему Михаилу Антоновичу Козинцу (по данным лубянской картотеки, одному из лидеров темниковской оргпреступной группировки), сообщалось следующее:

«Именем закона гр. Динин Георгий Николаевич за совершение многочисленных тяжких преступлений против честных россиян — убийства, разбои, грабежи, вымогательство в особо крупных размерах — приговаривается к высшей мере социальной защиты — физической ликвидации.

Гр. Динин четырежды привлекался к судебной ответственности, однако после запугивания потерпевших, свидетелей обвинения и народных заседателей всякий раз уходил от ответственности.

Так как правосудие не способно защитить граждан от бандитизма, мы вынуждены сами обезопасить наших соотечественников.

Точно так же мы будем поступать и впредь.

ЧЕРНЫЙ ТРИБУНАЛ».

К двум часам ночи подоспели и первые результаты экспертов-криминалистов.

И патологоанатомы, внимательно изучившие кровь, плазму и кожу рук погибшего, и химики, исследовавшие поверхность руля, были едины во мнении: гражданин Георгий Динин погиб в результате отравления каким-то неизвестным синтетическим ядом.

— Все понятно, — помрачнев, резюмировал Богомолов, — этот неизвестный, которого ты никак не можешь вспомнить, опрыскал руль ядовитым аэрозолем, кожа рук мгновенно впитала отраву... Умер за рулем на скорости, и машина, потеряв управление, врезалась в уличный столб. Знаешь, какая у нас в России самая большая беда? — неожиданно спросил генерал.

— Знаю. Дураки и дороги, — улыбнулся Бешеный.

— Увы, не только. Самое большое наше несчастье в том, что мы избегаем называть вещи своими именами. Говорим одно, подразумеваем другое.

— То есть? — не понял Говорков.

— Не надо красивых фраз. Не надо говорить о конспиративной организации, которая вершит самосуд. Все гораздо проще, и этому есть другое определение.

— Какое?

— Заговор. Да, Савелий, это заговор против суда и следствия. Против государственности и законов!.. А это уже никак и ничем оправдать нельзя! Даже самыми высокими порывами...

— На все сто согласен с вами, Константин Иванович, и предлагаю как можно быстрее подключиться к делу! — Тон Савелия был сухим и деловитым...

Глава седьмая
Встреча в Ялте

Главное в жизни — не светиться, не выставлять свое богатство напоказ. Эту простенькую, но справедливую истину бывший подполковник Советской Армии Александр Фридрихович Миллер усвоил еще со времен курсантской юности и штабистской зрелости. Практик до мозга костей, он всегда считал, что в жизни куда важнее «быть», чем «казаться».

Те, кому надо, всегда узнают, что представляет собой тот или иной человек. А те, кому не надо...

Тем и знать не положено.

Именно потому, организуя рабочую встречу с компаньонами по криминальному бизнесу, Немец меньше всего желал привлекать к себе внимание. Длинные кавалькады бандитских лимузинов, зрелище, весьма обычное на подмосковных шоссе в середине девяностых, вызывали у Александра Фридриховича лишь брезгливую улыбку. А шумные воровские сходки в пятизвездочных отелях где-нибудь на Кипре или на Лазурном берегу заставляли его сомневаться, все ли в порядке с мозгами у этих «новых русских воров»?

Встречу, назначенную на четырнадцатое октября, по предложению Миллера было решено провести скромно, в провинциальной и тихой Ялте.

В этом был свой резон.

С одной стороны, Украина все-таки не Россия, а стало быть, Крым вне зоны досягаемости российских силовых структур. К тому же появление нескольких десятков человек вполне оправдывается курортным статусом города. В самой Ялте и особенно рядом с ней масса мест, где под предлогом юбилея или любого иного праздника можно собрать человек двадцать.

С другой стороны, Крым не суровое Заполярье, не безжизненная промышленная зона Урала. Дивные горные ландшафты, Черное море, на которое можно смотреть часами, обилие увеселительных заведений...

День двенадцатого октября, понедельник, начался у Александра Фридриховича, как обычно: ровно в восемь утра он появился в приемной своего офиса, привычно кивнул секретарше и направился в свой кабинет.

Кабинет Александра Фридриховича выглядел холодным и безжизненным, даже несмотря на дорогую стильную мебель, изящные гравюры на стенах и роскошный ковер на полу. Мертвым и неуютным делали его и темно-серые стены, придававшие интерьеру вид официально-казенный, и компьютер с переплетением идущих от него кабелей, и тяжелый грубый сейф в углу, и огромный стол для совещаний, невольно воскрешающий в памяти документальные фильмы двадцатилетней давности о партийных лидерах высшего звена. Однако бывшему армейскому подполковнику очень нравилась атмосфера казенности: он находил ее строгой и дисциплинирующей.

Усевшись за рабочий стол, Миллер откинулся на спинку кресла, чуточку расслабил узел галстука. Взглянув в бизнес-блокнот, быстро прикинул, какие дела ему предстоит сделать до обеда и сколько времени для этого потребуется.

Первым делом Александр Фридрихович вызвал порученца и телохранителя Виталика. Вопросы хозяина звучали лаконично, он предпочитал телеграфный стиль общения с подчиненными. Потому ответы порученца звучали столь же кратко и деловито, как и вопросы.

Виталик смотрел на хозяина, встав по стойке «смирно» и выпучив по-лягушачьи глаза. Иногда лихорадочно приглаживал пятерней волосы.

— Билеты на самолет взял?

— Да.

— Места забронировал?

— Еще неделю назад.

— Как я велел?

— Да.

— Где?

— В санатории имени Кирова.

Еще в начале сентября, планируя крымскую встречу, предусмотрительный Миллер решил не селиться ни в престижной «Ореанде», ни в шумной «Ялте»: слишком людно, слишком суетно. Да кроме того, интуристовские гостиницы еще с советских времен плотно опекаются «конторой». А попадать в поле зрения СБУ (Службы безопасности Украины) в планы Александра Фридриховича не входило.

Что может быть спокойней скромного профсоюзного санатория! Сезон закончился, отдыхающих — раз-два и обчелся. Переночевать — в самый раз, а встретиться с нужными людьми можно и в загородном ресторане.

Легкий кивок головы, и телохранитель Виталик бесшумно испарился из кабинета. А хозяин, нажав кнопку селектора внутренней связи, попросил секретаршу разыскать Вадима Алексеевича Шацкого, бывшего подполковника МВД, ответственного в «Центре социальной помощи офицерам «Защитник» за внутреннюю безопасность.

Шацкий появился спустя несколько секунд, как будто знал, что босс потребует его именно в это время.

Тема предстоящей беседы с отставным милиционером была куда серьезней, чем рутинный разговор об авиабилетах и бронировании мест в санатории.

Позавчера в гостинице «Космос» произошло ЧП: в дыму пожара задохнулись двое людей, напрямую связанных с Миллером. Отставные военные деятельно занимались криминальной коммерцией: брали у людей Немца небольшие партии стволов и патронов, вывозимых из Чечни, Дагестана и Северной Осетии, и продавали оружие и боеприпасы бандитам в областных центрах российского Нечерноземья. Немец всецело доверял этим людям, притом настолько, что даже отдавал им ПээМы и АКСы без предоплаты, «на реализацию».

(Кстати, отставники работали на свой страх и риск и в случае провала не могли рассчитывать на помощь поставщика.)

Обычно деньги возвращались вовремя. Должники наверняка расплатились бы и теперь, если бы не пожар в «Космосе»...

Узнав о смерти торговцев оружием позавчера, Немец лишь зло выругался: нажрались, сволочи, пьяными в постелях курили, туда вам и дорога. Но кто мне теперь деньги вернет?! Однако дальнейшие события заставили его забыть о денежных потерях: вчера во второй половине дня телохранитель Виталий Тесевец принес Миллеру заказное письмо на его имя с оплаченной доставкой.

Письмо было передано Тесевцу каким-то юнцом из ближайшего почтового отделения. Вскрыв конверт и прочитав набранное на компьютере послание, Александр Фридрихович сперва подумал, что это чья-то неуместная шутка или глупый розыгрыш. Ответственность за убийство Галкина и Балабанова брала на себя некая тайная организация со зловещим названием, от которого веяло средневековой инквизицией.

«Именем закона... — читал про себя Миллер, — за совершение многочисленных тяжких преступлений... к высшей мере социальной защиты... ЧЕРНЫЙ ТРИБУНАЛ».

То, что это не шутка и не розыгрыш, Миллер осознал очень скоро. Может быть, потому, что внутренне готовил себя к подобному повороту событий? А осознав, среагировал мгновенно: во-первых, поручил Вадиму Алексеевичу Шацкому выяснить, что может представлять собой этот самый «трибунал», а во-вторых... Об этом говорить было еще рано, тем более отставному подполковнику МВД.

Вадим Алексеевич — мягонький, сдобненький, приторный, с хитрыми маслеными глазками — чем-то неуловимо напоминал официанта, ждущего от богатых кутил щедрых чаевых. Несмотря на милицейское прошлое, было в облике и манере этого человека что-то униженное, просительное, заискивающее. Зайдя в кабинет и приняв приглашение сесть, он опустился лишь на самый краешек кресла, удерживая спину строго перпендикулярно полу, так чтобы вскочить по первому окрику хозяина.

— Ну, что скажешь? — тяжело, исподлобья глядя на Шацкого, спросил Немец. — Смотреть противно на твой хвост... Состриг бы ты его к черту!.. — Он цыкнул языком. — Ну?

— Графологическая экспертиза исключена... — начал было бывший милиционер.

— Этот вывод делает честь твоему профессионализму... Какая к бесу экспертиза, если и адрес, и текст набраны на компьютере! — перебил Миллер нетерпеливо.

— На конверте обнаружены несколько групп отпечатков пальцев: ваши, мои, вашего телохранителя Виталия Тесевца и еще неустановленные... Судя по всему, курьера и работников почты. На самом письме следов не зафиксировано. — Сглотнув набежавшую слюну, собеседник искоса взглянул на босса. — Удалось выяснить, что письмо отправлено

185

позавчера с Главпочтамта. Установить личность отправителя не представляется возможным.

— Еще что?

Шацкий позволил себе улыбнуться, едва заметно и скромно, как может улыбаться лишь настоящий профессионал, знающий себе цену.

— Мы, оказывается, не первые...

— В смысле? — Александр Фридрихович с удивлением уставился на подчиненного.

— Стало известно: почти две недели назад, а если точнее — двадцать восьмого сентября на пороге Сандуновских бань скончался некто Гашимзаде...

— А, Гашиш? — перебил Немец, довольно осклабившись. — Весьма наслышан, весьма. Редкая гнида. Приятную новость мне сообщил! И что, сам подох или помог кто?

— Официальный диагноз — обширный инфаркт. Весьма правдоподобно: перепарился в бане, вот сердце и не выдержало. Однако на следующий день его приближенные получили аналогичное нашему послание. Почти слово в слово. И та же самая подпись: «Черный трибунал»... — наслаждаясь своим триумфом и напряженностью момента, вымолвил Вадим Алексеевич.

Вопреки ожиданиям Шацкого, на Миллера это сообщение особого впечатления не произвело.

— Поня-ятно, — процедил он. — Хорошо, Вадим, а сам ты как думаешь, этот «Черный трибунал» — он что, действительно может быть?

— Вполне.

— А на каком уровне?

— Вряд ли это чья-то самодеятельность.

— МВД?

— Вероятно.

— ФСБ?

— Еще более вероятно.

— Поня-ятно... — вновь протянул Александр Фридрихович, так и не поясняя, что же именно

186

ему понятно. — Ладно, Вадим, а сам ты как... веришь, что того же Гашиша завалили не конкурирующие бандиты, а именно «Черный трибунал»?

Шацкий лишь руками развел. Мол, хрен с ним, с поганым азером... А Балабанов с Галкиным кому мешали? Денег из номера никто не взял, да и пристрелить их пьяных было куда проще... Факты говорят сами за себя.

— Что мне теперь делать, Александр Фридрихович? — выждав приличествующую ситуации паузу, полюбопытствовал Шацкий. — Продолжать поиски?

— А что ты собираешься искать? — прищурился Немец. — Но главное как?

— Может, незаметно прощупать людей покойного Гашиша?

— Им наверняка известно не больше нашего.

— Что же тогда?

— Ничего. Ждать, кто станет следующим. Да, вот еще... Сегодня двенадцатое, а четырнадцатого я вылетаю в Крым. Отправляйся-ка завтра в Ялту, в санаторий имени Кирова. Посмотри, чтобы все чисто было. Арендуешь машины в «Интуристе», затем отправишься в Ливадию, найдешь ресторан «Тифлис». Тоже посмотришь. Четырнадцатого встретишь в Симферополе, в аэропорту... — Миллер отмахнулся: — Ну, не мне тебя учить! Все, свободен. Хотя обожди!

Шацкий, уже было вскочивший из-за стола, обернулся к хозяину:

— Что?

— Послушай... Как ты думаешь, зачем эти «трибунальщики» рассылают тексты приговоров: «За многочисленные преступления... к высшей мере социальной защиты...» Ну, и так далее. Ведь концы лишние, следы как-никак... А?

На челе бывшего мента отразилась усиленная работа мысли.

— Для устрашения, наверное. Ну, чтобы другим неповадно было... Я так думаю...

— Вот именно! — с неожиданной экспрессией воскликнул Немец. — Именно для устрашения!.. Для того чтобы держать в узде тех, кто еще жив. Мол, будете себя неправильно вести, придет бука, плохой дядя с большим черным пистолетом и... — Вытянув указательный палец, говоривший изобразил губами звук выстрела. — Для того чтобы всех в страхе держать... — Миллер покачал головой. — Неглупо, очень неглупо.

Выпроводив Шацкого, Немец взял мобильник и набрал номер компаньона, «нового русского вора» Лебедя, с которым на паях занимался фармацевтическим бизнесом.

Уроженец Северного Урала, трижды судимый рецидивист Виктор Лебедевский появился в Москве в конце восьмидесятых, сделав большие и быстрые деньги на первой приливной волне экспорта дешевых медикаментов в красивых глянцевых упаковках. Бизнес пошел блестяще, делец обрастал связями как среди столичных коммерсантов, так и в среде мафиози, преимущественно «пиковых», то есть воров с Кавказа. По слухам, «лаврушники», вопреки всем «понятиям», якобы «короновали» Лебедя высоким званием «вора в законе». Сам неофит этого не отрицал, но и не опровергал, однако от контактов с «нэпманскими», традиционными ворами упорно уклонялся, что позволяло последним считать Лебедевского «апельсином», то есть вором-скороспелкой.

Миллер говорил с компаньоном приветливо, но несколько развязно, хотя весь вид его, напряженный и сосредоточенный, никак не соответствовал тону беседы. При этом он машинально прыснул на себя любимым одеколоном «Драккар нуар».

— Лебедь?..

— Да... Кто говорит? — не узнал тот.

— Привет, дружбан, Миллер на проводе... Трешь, мнешь — как живешь? Яйца катаешь — как поживаешь? — Бросив несколько ни к чему не обязывающих фраз, Александр Фридрихович перешел к делу: — Ну что, не надумал мне свою долю продать?..

— Пока нет!

— Нет? Почему?..

— Самому не в тягость...

— Ну и зря, я ведь тебе больше предлагаю, чем твой пай стоит...

— Наплевать на деньги: мне это дело душу греет!.. — начал заводиться Лебедь.

— Ладно-ладно, не горячись, послезавтра в Ялте встретимся и, как говорят твои татуированные друзья, перетрем тему...

— Где встретимся?..

— А ты как думаешь?..

— Например, в «Интуристе»...

— Нет, в самой Ялте я не хочу: слишком приметно. Есть там один неплохой ресторанчик в Ливадии, с любимой тобой грузинской кухней, «Тифлис» называется. Скорее всего, там и встретимся... Согласен?

— Как скажешь...

— Вот и хорошо! Давай, до встречи! Успехов тебе, дорогой...

Нежелание Лебедя уступить долю в аптечной коммерции разозлило Миллера. Кто-кто, а Немец знал: всегда, во все времена существовал и существует бизнес, неподвластный кризисам и скачкам доллара. Бензин, продукты питания, спиртное, табачные изделия и конечно же лекарства — все это покупалось и будет покупаться даже в более нищей стране, чем современная Россия.

Да и что тут удивительного: и в эпоху упадка, и во времена расцвета в любой стране будут ездить на машинах, пить алкоголь, закусывая его хотя бы самой немудреной пищей, курить сигареты и, естественно, болеть.

Понятно, Немец сильно был раздражен упрямством Лебедя.

189

«Чем бы его взять? — думал Миллер. — Он же девять лет за решеткой провел, морда уральская. «Наехать» на него тоже нельзя — мне не с руки. Подкупить? Он, говорят, до девочек охотник. Может, в Ялте ему девок подогнать, а потом по новой подъехать, когда он кайф словит? Попробовать можно. А что это даст? Кто его знает, может, что-нибудь и даст. Или наобещать ему золотые горы? Он ведь не дурак, по-своему хитер. — Миллер смачно выругался трехэтажным матом. — Такие бабки из-за него теряю! А может, шантажнуть его внаглую? Как-то увязать с его кавказской коронацией на «вора в законе»? А?»

Впрочем, Александр Фридрихович, который, словно опытный шахматист, всегда просчитывал ситуации на несколько ходов вперед, уже очень скоро знал, как заставить Лебедевского стать посговорчивей.

Незадолго до обеда Миллер вновь позвонил по мобильнику. Но на этот раз интонации Немца были не начальственно-покровительственными, как в разговоре с Шацким, и не фамильярными, как в беседе с Лебедем, а сдержанными и подчеркнуто уважительными.

— Алло? Анатолий Ильич?.. Добрый день. Надо бы с тобой встретиться... Да-да, по поводу Ялты... Когда вылетаю? Послезавтра, а встретиться лучше всего сегодня... Где?.. Во сколько? — Миллер взглянул на часы. — Хорошо, через полтора часа, в «Рэдиссон-Славянской»... Всего хорошего.

Спустя двадцать минут Александр Фридрихович вышел из кабинета.

— Вика, если будут звонить, скажи, что я уже в Ялте, — небрежно бросил он секретарше...

Что представляет собой Ялта летом, в разгар сезона, знают все. Стада потных курортников с лупящейся от загара кожей бредут от пляжей к столовым и от столовых к винно-водочным магазинам, шелестят пальмовые листья над головами, стрекочут цикады в траве, ласково плещутся волны у набережной. Но все эти звуки перекрывает назойливая музыка, гремящая из распахнутых дверей кафе и ресторанов.

Однако в середине сентября последние отдыхающие пакуют чемоданы и отправляются восвояси, до следующего сезона. Умолкают цикады, море уже неласковое, штормит угрюмо и грозно.

На город-курорт опускается осенняя тишина...

Тут выясняется, что определение «город-курорт» не совсем справедливо. Ялта прежде всего город-лакей. А как еще назвать место, где девяносто девять процентов населения существует исключительно за счет обслуживания курортников?! Господа разъехались, и осиротевшие лакеи слюнявят пальцы, подсчитывая чаевые. Бармены, официанты, таксисты, продавщицы и профессиональные квартирные хозяйки бесцельно слоняются по улицам и набережным и, пересчитывая в уме заработанное за лето, прикидывают: хватит ли этих денег до следующего сезона?

Потому можно не сомневаться: любой приехавший на курорт осенью будет окружен куда большим вниманием и лаской, чем летом. Ничего удивительного: люди привозят с собой деньги, которые наверняка останутся в кассах ресторанов, в кошельках официантов и проституток...

Санаторий имени Кирова, где поселился Немец со своей свитой, относился в городе к категории средних, не слишком престижных. Не «Ай-Даниль» и уж тем более не Форос...

Но мультимиллионер Миллер, способный арендовать на несколько лет хоть «Ореанду», хоть весь Ливадийский дворец, сознательно избрал местом проживания именно такой санаторий: зачем светиться, к чему привлекать внимание, зачем создавать вокруг себя нездоровый ажиотаж? Да и пробыть в Ялте он собирался недолго: неделю максимум.

Минимальный комфорт небольших комнат, напоминающих номера провинциальной гостиницы, скрашивался великолепным видом на набережную, а скверная кухня — близостью к ночному клубу «Черное море». Замечательные музыканты, известная всему городу вокалистка Катя, несравненная исполнительница классического рок-н-ролла, обходительная прислуга...

Впрочем, для обстоятельной беседы с компаньонами «Черное море» не годилось. Для встречи Вадим Шацкий арендовал ресторан «Тифлис» в пригороде Ялты — поселке Ливадия.

Скорее всего, место встречи было избрано самолюбивым Миллером не случайно, а с явным подтекстом. Пятьдесят четыре года назад в Ливадийском дворце проходила историческая Ялтинская конференция, на которой решалась судьба послевоенной Европы.

Конечно, масштабы и состав грядущей сходки не шли ни в какое сравнение со встречей «большой тройки». Однако результаты нынешней ялтинской конференции (Немец сознательно избегал пошлого уголовного слова «сходка») в будущем могли повлиять на судьбы многих людей...

Ранним вечером четырнадцатого сентября в «Тифлисе» собралось человек двадцать. Семеро представляли Москву и Среднюю Россию, трое — Питер, двое — Урал, по одному — Минск, Киев, Одессу и Тбилиси.

Публика впечатляла разношерстностью. Под одной крышей оказались люди, еще недавно бывшие непримиримыми врагами как в силу принципиального различия во взглядах на жизнь, так и из-за былой межклановой вражды. Что поделать, разразившийся кризис вынудил пойти на перемирие даже самых бескомпромиссных противников.

Здесь были и калужский водочный король по прозвищу Плафон с мелко трясущимся тройным подбородком, и прожженный уркаган Старый из Владимира, нарочито просто и скромно одетый, и Вова Синий из Екатеринбурга со своей вечной кривой усмешечкой, и больше известный душещипательными песнями для братвы, чем своими делами, Семен Серпуховской в своем неизменном, надвинутом на уши кепаре.

Бросался в глаза великолепный белый костюм молодого грузинского вора Амирана, сверкали в электрическом свете его толстые золотые цепи на шее и крутые часы «Ролекс» на левой руке.

Стол ломился от традиционных сациви, шашлыков, лобио, от икры двух цветов и прочей снеди. Среди всего этого дымящегося великолепия рядами стояли бутылки с минералкой — как известно, на деловых переговорах бандиты не пьют.

Женщин, естественно, не было — всему свое время. По залу ресторана сновали на полусогнутых перепуганные официанты, прекрасно понимающие, кого обслуживают.

На стенах висели безвкусно подобранные картины, ярко горели над внушительными пальмами в деревянных кадках большие хрустальные люстры.

Тихо играла музыка.

Представители традиционного криминалитета поражали обилием татуировок на руках, синих, как морские волны. Заслуженные рецидивисты, блюстители блатных традиций, по большей части молчали, то и дело бросая на недавних недругов пронзительные, режущие взгляды.

Бандиты из «организованной спортивности» в присутствии «синих» вели себя скромней, чем обычно, правда, изредка выходя на улицу для переговоров по мобильникам, они давали волю эмоциям.

Впрочем, ни «синие», ни «спортсмены» не были в «Тифлисе» главными: и те и другие понимали это слишком хорошо. Александр Фридрихович, занимавший подчеркнуто скромное место с края стола, приковывал к себе невольное внимание и тех и других.

Конечно, белый костюм Амиранчика был хорош, но он уступал великолепному синему двубортному костюму Немца от «Хьюго Босса». Да и часики у Александра Фридриховича были покруче, чем «Ролекс», — его запястье украшал изящный механизм от «Картье» — золото и бриллианты. Даже неискушенным было понятно, каких бешеных денег стоят такие часики. Специалист хмыкнул бы от удивления — такие часы могли себе позволить едва ли с десяток людей на всем земном шаре.

Как всегда, от Миллера одуряюще остро пахло его любимым одеколоном «Драккар нуар».

Он сидел совершенно спокойно, обводя беглым взглядом собравшихся, и только иногда громко похрустывал суставами, разминая пальцы холеных рук. В общем, скромно сидящий Немец тем не менее выглядел лучше всех. К тому же всем своим поведением он давал бандитам понять, кто здесь на самом деле главный.

Зная, что Немец не выносит табачного дыма, некоторые из приехавших на сходку убрали подальше сигареты.

Что ж, все правильно: сила любой мафиозной группировки, каких бы принципов она ни придерживалась, определяется только двумя факторами — количеством стволов и числом подконтрольных бизнесменов (а следовательно, денег). И того и другого у Немца было куда больше, чем у любого из собравшихся.

...Часто бывает: собираются люди, чтобы обсудить наболевшее, все понимают цель встречи, но никто не берет на себя права начать. И тот, кто произносит ожидаемые слова первым, обычно становится хозяином положения.

Так было и на этот раз: когда собравшиеся наконец обменялись принятыми в таких случаях любезностями и запас ни к чему не обязывающих фраз закончился, Миллер незаметно для гостей перевел разговор на главное.

Его слова были, как всегда, детально продуманы и несколько раз отредактированы и потому немного напоминали речь коммунистического лидера былых времен.

Коротко осветив последствия кризиса, сообщив об убытках, которые потерпели все без исключения, Миллер подчеркнул главное:

— Нам нельзя воевать друг с другом. Если мы считаем себя умными, то должны забыть былые распри. Есть еще бизнес, который приносит доход. Хороший, серьезный бизнес. Но чтобы выжить, мы должны оставаться вместе...

Что остаться вместе будет непросто, стало ясно уже в первый день встречи. Лебедь категорически отказался продать Немцу свой пай, хотя последний сулил за него золотые горы.

— Ты ведь сам говоришь, что есть еще бизнес, приносящий доход! Ты имеешь свою долю, я — свою. С какой стати я должен урезать свой доход?

Лебедь излагал свою точку зрения убедительно и грамотно. Миллер увеличил сумму на десять процентов, однако оппонент категорически отказался продолжать торг.

— Если я в чем-то не прав, пусть братва нас рассудит, — предложил Лебедевский в качестве последнего аргумента, после чего Александр Фридрихович понял: тема закрыта. А поняв, отправился во двор, доставая на ходу мобильный.

Тем временем нехитрая беседа о кризисе и его последствиях продолжалась. Увы, панацеи от кризиса никто предложить не мог. Лишь Лебедь произнес полусерьезно, полушутя:

— Надо кого-нибудь из братвы премьер-министром поставить. Ну, меня хотя бы.

— Зачем? — спросил кто-то.

— А я налоги собирать умею, — последовал ответ.

Время близилось к полуночи. Темы, связанные с конкретными вопросами: раздел сфер влияния, стратегия и тактика легального и нелегального бизнеса, — были закрыты, многие отложены на следующие дни.

Разговор пошел о чем угодно: новых моделях машин, модных курортах, рокировках в банковских и политических кругах, последних столичных сплетнях...

Александр Фридрихович Миллер, сидевший слева от Лебедевского, рассказывал о волне загадочных смертей, прокатившихся по Москве за последние недели.

— За этим наверняка стоит или МВД, или «контора», — убеждал Немец, подробно поведав и о пожаре в «Космосе», и о ставшей ему известной смерти Гашиша, и обернулся к Лебедю: — А ты как думаешь: «Черный трибунал» действительно существует?

Тот пожал плечами:

— Не знаю.

— Года три назад журналисты о какой-то тайной организации писали, — с недоверчивым смешком вставил один из присутствующих. — То ли «Белая стрела», то ли «13-й отдел», то ли еще что-то... Говорят, был когда-то этот самый «13-й отдел» в Москве, а потом исчез куда-то. Значит, все-таки «Черный трибунал»... Беспредел против преступности. Верится с трудом.

— Почему? — прищурился Миллер.

— Времена уже не те!

— Наверное, ментовская провокация, — недоверчиво перебил Лебедевский. — А то зачем эти приговоры рассылать? Все очень просто: перепились твои пацаны в номере, сигарету не потушили —

вот и пожар. А этим козлам из долбаного «Черного трибунала» их смерти легче всего приписать себе. Мол, видите, какие мы крутые? И потом, как ни крути, а это нарушение всех законов. А если на поверхность всплывет, прикидываете, какой кипиш начнется? Да элементарный депутатский запрос из Думы — головы и погоны на хрен полетят!

— Значит, не веришь? — негромко переспросил Миллер.

— Да байки все это! — отмахнулся Лебедь. — Придумали, чем народ пугать. Ладно, братва, у меня на сегодня сауна в «Ореанде» на всех заказана. Правда, бассейн там для всех номеров общий, да ничего, телок голых напустим, будут, как русалки, плескаться! Немец, ты идешь?

— Да нет, спасибо, — поблагодарил Александр Фридрихович и, бросив всем «до завтра», вышел из зала.

Усевшись в арендованную в «Интуристе» машину, Миллер попросил Виталика выйти, достал из внутреннего кармана мобильный и с сосредоточенным видом принялся кому-то названивать...

Глава восьмая
«Черный трибунал»-2

Максим Нечаев узнал о предстоящей встрече в Крыму двенадцатого октября.

Оперативная информация, полученная по компьютерной сети от Прокурора, была на редкость скупой: «авторитет новой волны» Александр Миллер, по кличке Немец, предложил компаньонам встретиться и обсудить послекризисные реалии, приглашение это получили практически все люди, связанные с Немцем прямо или косвенно, в том числе и Виктор Лебедевский, известный в Москве под птичьей кличкой Лебедь, которого и надлежит уничтожить.

К зашифрованному электронному письму прилагалось несколько графических изображений будущей жертвы, психологический портрет, поведенческие характеристики, биография, копии старых уголовных дел, медицинские показания, а также особенности охраны.

Место и время будущей встречи и конкретные рекомендации по выполнению задачи отсутствовали: по всей вероятности, информация «КР» оказалась на этот раз ограниченной.

Очередная задача формулировалась так: отследить Лебедя, ликвидировать его под видом «несчастного случая» или «скоропостижной смерти» (право выбора оставалось за исполнителем), после чего отослать приближенным погибшего приговор от имени «Черного трибунала» (текст приговора, как

198

и во всех прочих случаях, стандартный, прилагался в зашифрованном электронном письме).

Почему жертвой намечен именно Лебедевский и почему ликвидировать его следует именно на крымской сходке, Лютый понял сразу.

Во-первых, смерть этого человека, весьма влиятельного в мафиозных кругах, должна была продемонстрировать собравшимся: кольцо вокруг криминальной элиты неумолимо сжимается и от возмездия не застрахован никто.

Во-вторых, избрав местом покушения Ялту, «Черный трибунал» как бы демонстрировал: приговор настигает жертву не только в России, но и за ее пределами.

Правда, непонятным оставалось другое: почему бы не уничтожить того же Миллера? Ведь, судя по компьютерному досье Прокурора, этот мафиози «новой волны» активно претендовал на звание некоронованного короля Москвы.

Лютый внимательнее вчитался в биографию Лебедя.

«Так, сорок четыре года, двенадцать лет провел по тюрьмам, и зонам, считался там поначалу «мужиком», но «стремящимся»; после предпоследней отсидки купил себе коронацию у известных кавказских «воров в законе», причем очень уважаемых в уголовной среде. Последний раз сидел за разбой, был уже «шерстяным», «смотрящим» своей хаты... Москвич... — Максим всмотрелся в графическое изображение Лебедя. — Да, с таким придется повозиться! Мощная бычья шея, низкий лоб, глубоко посаженные глаза...»

Нечаев вылетел в Симферополь первым же рейсом. Необходимо было прибыть на место раньше жертвы: оценить ситуацию, провести рекогносцировку, прикинуть возможные пути для отхода.

Ялта встретила Лютого затяжным осенним ненастьем. По небу проплывали тяжелые низкие обла-

199

ка, волновалось море, разбрызгивая водяную пыль на асфальт набережной, ветер рвал из рук прохожих зонтики. Похоже, погода испортилась окончательно.

Иногда между фиолетово-свинцовыми тучами пробивались белесые, режущие глаз солнечные лучи, и тогда на какое-то время создавалось впечатление, что дождь, непогода, слякотный асфальт — явление временное, проходящее, как и все неприятное в жизни. Казалось, сейчас налетит с моря ветер, вмиг разметает тучи и солнце к радости горожан воссияет над городом...

Но впечатление было обманчивым: в октябре дождливых дней в Крыму куда больше, чем солнечных.

Первым делом Нечаев снял на неделю квартиру: селиться в гостинице, где обязательно заполнение анкеты (пусть даже данных подложного паспорта), — шаг слишком рискованный и неосмотрительный. Главное, не оставить следов.

Приняв с дороги душ и переодевшись, Максим отправился на прогулку: неторопливо прошелся по набережной, покормил хлебом чаек, с удовольствием пообедал в уличном кафе и, вернувшись домой, уселся за кухонным столом с чашечкой кофе, размышляя, с чего начать.

Первым делом надлежало установить место сбора. Без сомнения, сходка должна была проходить в каком-нибудь ресторане или кафе. Для подобных сборищ кабаки, как правило, арендуют под благопристойным предлогом какого-нибудь торжества вроде дня рождения. Сходка назначена на четырнадцатое, но ведь одного или даже двух дней для подобного мероприятия явно недостаточно!

Вооружившись телефонной книгой, Лютый принялся обзванивать все ялтинские рестораны. Легенда выглядела вполне правдоподобно: мол, он бизнесмен из Симферополя, хочет арендовать для банкета на три или четыре дня хорошее заведение, вроде вашего, зал нужен минимум на три дня: с четырнадцатого по шестнадцатое октября.

То ли интонации звонившего «коммерсанта» звучали убедительно, то ли ялтинские рестораторы все, как один, оказались на грани разорения, но Максиму пришлось приложить немало дипломатии, чтобы мягко отшить кабацких администраторов, распинавшихся об изысканной кухне и замечательной культуре обслуживания в своих заведениях.

Первые результаты обескуражили: абсолютно все кабаки Ялты с четырнадцатого до шестнадцатого октября оставались свободными. Ни в одном из них не планировалось никаких торжеств.

Подобная информация могла бы смутить любого, только не Лютого. Никогда не забывая о том, что «отсутствие результата — тоже результат», Максим расширил сферу поисков до масштабов Большой Ялты и уже через пятнадцать минут знал: на период с четырнадцатого по семнадцатое октября некими лицами арендованы два ресторана: «Центральный» в Гурзуфе и «Тифлис» в Ливадии.

Незадолго до наступления темноты, загримировавшись с помощью ставших привычными накладных усов и бородки и захватив привезенный с собой небольшой атташе-кейс с подслушивающей аппаратурой, Максим отправился в поселок Гурзуф.

Отыскать в маленьком городке ресторан с названием «Центральный» труда не составляло. Но, едва взглянув на обшарпанные стены, немытые стекла и липкие столики, Лютый понял: в этой забегаловке не стали бы собираться даже местные хулиганы. И действительно: как объяснил визитеру скучающий бармен, «Центральный» еще неделю назад был арендован на четырнадцатое местным мелким торговцем, выдававшим замуж дочку.

Стало быть, оставался «Тифлис» в Ливадии...

Надеждам Лютого суждено было сбыться: на

просьбу сдать ресторан в аренду под «долгоиграющий» банкет с четырнадцатого октября и далее администратор «Тифлиса», жуликоватого вида грузин с пронзительными черными глазами, лишь руками развел:

— Нэ могу, дарагой! Ужэ заказан! Из Масквы балшиэ луды прыэжают!

— Неужели так много?

— Вах, чэловэк двадцать... или, можэт, трыдцать дажэ!.. Тожэ всэ бызнэсмэны! Из Москвы, из Пытэра, Одэссы, Мынска... Дажэ моы земляки из Тбылысы будут! Сказалы — на пять днэй мынымум! Дажэ дэнэг впэрод далы...

— А поужинать хоть у вас можно? — весело спросил Лютый, понимая, что «бызнэсмэны» и есть те самые люди, место сбора которых он разыскивал.

— Ы паужынат, и пазавтракат! Дарагой, есть харошы сацывы, точно такой, как в Тбылысы гатовят!..

Зал ресторана был пуст и полутемен — в этот будний вечер Максим оказался единственным посетителем. Пока официант ходил за сациви, лобио, долмой, «Аджалеши» и прочими изысками кавказской кухни и кавказского виноделия, Нечаев проворно извлек из кейса высокочувствительный микрофон и надежно примостил его в кадке с декоративной пальмой. Элемента питания хватало минимум на неделю, а следовательно, все, происходящее в «Тифлисе», попадало под контроль. Микрофону в дальнейшем было суждено так и прорастать в кадке — не возвращаться же специально в Ливадию, чтобы извлечь его.

Поужинав и расплатившись, Максим вышел из ресторана. Неторопливо прошелся по осенним улочкам, свернул к Ливадийскому дворцу и, усевшись на влажной от недавнего дождя скамеечке, поставил на колени атташе-кейс с приемным устройством. Осмотрелся, щелкнул золочеными замочками, надел наушники, подкрутил колесико настройки...

— ...заказал на пятьдесят гривен, а на чай только две дал! — донесся из наушников негодующий голос официанта.

— ...нэт дэнэг — пуст в сталовой кушаэт! — резюмировал жуликоватый администратор.

Слышимость была превосходной: казалось, диалог ведется в двух шагах от Лютого.

Таким образом, место предстоящей встречи было определено, микрофон установлен, а это означало, что отследить Лебедя не самая сложная задача. Теперь предстояло выбрать наиболее подходящий способ ликвидации приговоренного.

Любое убийство можно представить в шести вариантах. Первый — убийство, представленное как несчастный случай, второй — убийство, представленное как самоубийство, третий — убийство, представленное как исчезновение, четвертый — убийство, представленное как естественная смерть, пятый — убийство якобы по неосторожности и, наконец, шестой — убийство, представленное как собственно убийство.

Максиму Нечаеву подходили лишь первый и четвертый варианты.

Однако решить, каким именно способом удобнее всего ликвидировать Лебедевского, можно было, лишь выяснив, где он остановится, сколько людей и в каком режиме будут его охранять, каким образом и по каким маршрутам он собирается передвигаться по городу, наконец, каким образом он намерен проводить в Ялте досуг. Ведь не все же время Лебедь будет о делах говорить! Высокий статус бывшей всесоюзной здравницы обязывает «оторваться» хоть на несколько дней!

А потому оставалось ждать наступления четырнадцатого октября.

Как обычно, Максим не терял времени даром:

оставшиеся двое суток ушли на изучение Ялты и особенно Ливадии.

Какие номера троллейбусов и маршрутных такси идут с улицы Кирова на улицу Московскую? Сколько магазинов, ресторанов и кафе на ялтинской набережной работают круглосуточно? Госномера частных автоизвозчиков на единственной в Ливадии стоянке такси? Какой дорогой ехать от «Тифлиса» до Ялты удобнее и быстрее всего?

Может быть, большая часть этой информации в будущем окажется бесполезной, может быть, пригодится лишь один процент, но ведь именно этот процент может и оказаться решающим!

Откуда «Тифлис» получает продукты? Какие увеселительные заведения в городе могут привлечь внимание склонного к кутежам Лебедевского? Где собираются ялтинские проститутки? Какова такса? Какие дома отдыха, пансионаты и санатории в городе еще не закрыты?

Утром пятнадцатого октября Нечаева осенило: санаторий! И как это раньше не пришло ему в голову?

В городе всего лишь три приличных гостиницы: «Ореанда», «Палас» и «Ялта». Все три — в системе «Интуриста». Стало быть, все они под негласным контролем милиции и, более чем вероятно, СБУ, то есть местной «конторы». Поставив себя на место приезжих мафиози, нетрудно осознать: останавливаться в многолюдном отеле (а в Ялте они многолюдны всегда) с постоянной ротацией постояльцев, с целой армией обслуживающего персонала, с ресторанами и барами, сплошь набитыми пришлым людом, может или очень беспечный человек, или полный дебил. Ни на первого, ни на второго ни Лебедь, ни тем более Немец похожи не были.

Максим слишком хорошо понимал: успех или неуспех акции во многом зависит от того, удастся ли ему, Лютому, влезть в шкуру противника, от того, насколько глубоко проникнет он в логику возможных действий своих противников.

Поиски необходимой информации заняли всего лишь два с половиной часа. Уже к шести вечера Нечаев знал: в санатории имени Кирова в один день куплено сразу тридцать четыре путевки. Администрация лишь руками разводила: сезон давно закончен, а тут такой неожиданный, ничем не объяснимый наплыв курортников из Москвы, Питера, Екатеринбурга, Одессы, Тбилиси, Минска...

Еще позавчера днем какой-то москвич, Вадим Алексеевич, не торгуясь, заплатил за все путевки наличными долларами. Правда, отдыхающие, все, как один, несемейные мужчины, и все купили один и тот же срок, десять дней. Опять в номера будут водить девок из «Черного моря», бросать с балконов бутылки да песни срамные орать! Ничего, лишь бы платили...

Безукоризненного удостоверения сотрудника Прокуратуры города Киева, как бы невзначай продемонстрированного Лютым санаторной делопроизводительнице, глупой рыхлой бабе с жестяной прической, оказалось достаточно, чтобы выяснить, какие именно номера достались новым постояльцам.

Московского бизнесмена Александра Миллера ожидал номер пятьсот тринадцать, другой бизнесмен, Вадим Шацкий, арендовал номер пятьсот пятнадцатый. Коммерсанту Виктору Лебедевскому достался номер пятьсот девятнадцатый.

Спустя полчаса Максим Нечаев уже знал, каким образом можно проникнуть в санаторий незамеченным.

Ночной клуб «Черное море» находился в том же здании и от жилого корпуса отделялся лишь пищеблоком. В восемь вечера двери пищеблока закрывались на единственный замок. Подобрать отмычку труда не составляло, так же как и отключить примитивную сигнализацию. Пройти пустынным пищеблоком наверх, подняться на шестой этаж, при помощи отмычки же отпереть дверь в шестьсот девятнадцатый номер, где, к счастью, никто не жил, спуститься по веревке на этаж ниже...

А остальное, как говорится, дело техники...

Заснеженные горы Большой Ялты возвышались над побережьем, и вершины их расплывались в белесых облаках. Величественные контуры горных хребтов спорили со вздорной пестротой двухэтажных домиков, газетных киосков, и даже дворцовая церковь казалась легкомысленной на их фоне. Воздух был светел, прозрачен и неподвижен. На аккуратных дорожках Ливадийского парка шуршали опавшие листья — желтые, с красноватыми прожилками, они покрывали влажную после ночного тумана землю. Привычного ветра с моря не было, полуоблетевшие кроны деревьев высились спокойно, как застывшая без движения дворцовая стража.

Из уличного кафе доносилась негромкая музыка, и это, наверное, было единственным звуком, нарушавшим спокойствие и умиротворение природы.

Сидя на гнутой парковой скамеечке, Нечаев аккуратно подкручивал колесико настройки приемника подслушивающего аппарата, лежащего в атташе-кейсе. Плавно дернулись стрелки приборов, мигнула лампочка индикатора, и спустя несколько секунд из наушников послышалось:

«Года три назад журналисты о какой-то тайной организации писали. То ли «Белая стрела», то ли «13-й отдел», то ли еще что-то... Говорят, был когда-то этот самый «13-й отдел» в Москве, а потом исчез куда-то. Значит, все-таки «Черный трибунал»... Беспредел против преступности. Верится с трудом», — отозвался некто, явно не веривший в существование «Черного трибунала».

Услышав этот голос, Максим внутренне напрягся: уверенный бас принадлежал Лебедевскому.

«Почему?» — возразил кто-то.

«Времена уже не те!»

«Наверное, ментовская провокация, — резюмировал Лебедевский. — А то зачем эти приговоры рассылать? Все очень просто: перепились твои пацаны в номере, сигарету не потушили — вот и пожар. А этим проходимцам из долбаного «Черного трибунала» их смерти легче всего приписать себе. Мол, видите, какие мы крутые? И потом, как ни крути, а это нарушение всех законов. А если на поверхность всплывет, прикидываете, какой кипиш начнется? Да элементарный депутатский запрос из Думы — головы и погоны на хрен полетят!»

«Значит, не веришь?» — послышался вопрос.

«Да байки все это! — уверенно продолжал говоривший. — Придумали, чем народ пугать. Ладно, братва, у меня на сегодня сауна в «Ореанде» на всех заказана. Правда, бассейн там для всех номеров общий, да ничего, телок голых напустим, будут, как русалки, плескаться! Немец, ты идешь?»

Из наушников донесся характерный звук отодвигаемого стула, звон посуды, негромкий говор, меньше чем через минуту хлопнула дверь, и Максим, сняв наушники, выключил подслушивающее устройство.

— Значит, в «Ореанду», в сауну, — с хитрой улыбкой проговорил Лютый вполголоса.

И с приятностью подумал: какой все-таки славный город Ялта! Славный потому, что быстро притупляет бдительность, располагая к праздности и беспечности.

Такси довезло Нечаева до «Ореанды» раньше, чем туда прибыл Лебедевский, что дало Лютому возможность осмотреться. Достав из портмоне телефонную карточку и вставив в таксофон, висевший справа от входа, Максим с сосредоточенным видом принялся набирать несуществующий номер, то и дело поглядывая в сторону входной двери.

Лебедевский появился не один: его сопровожда-

207

ли двое телохранителей и трое кавказцев, вида надменного и гордого; судя по всему, для них главным предметом вояжа были не столько переговоры о послекризисных реалиях, сколько непритязательные развлечения, которые Ялта могла предоставить даже в послекризисную эпоху.

План дальнейших действий был прост.

Сперва следовало дождаться, пока Лебедевский со товарищи вдоволь насладятся в сауне банным развратом и выйдут из «Ореанды». Не будут же они там ночевать!.. Затем проследить, когда жертва отправится в санаторий имени Кирова. Посмотреть, когда зажжется в пятьсот девятнадцатом номере свет. Обождать, пока свет погаснет, и, стараясь никому не попадаться на глаза, пройти в «Черное море». Ночной клуб работает до четырех утра, что очень кстати. Окна и лоджии нечетных номеров санатория отлично просматриваются со стороны клуба, что еще более кстати.

Дальше Максима, по его замыслу, ожидала приятная расслабуха: посидеть, послушать музыку, каким-нибудь образом обратить на себя внимание — то есть создать алиби: все время сидел тут, никуда не выходил... Достаточно отлучиться всего на десять минут, где-то в половине третьего ночи, когда пьяный Лебедевский заснет сном младенца, проникнуть в санаторий через пищеблок, где-нибудь переодеться в спортивный костюм, подняться в шестьсот девятнадцатый номер и незаметно спуститься с балкона на один этаж.

Номер Лебедевского одноместный, стало быть, охрана вряд ли будет пасти его ночью. Шпингалет, запирающий балконную дверь изнутри, предусмотрительно расшатан еще вчера: минувшей ночью Максим уже отрепетировал свои действия с секундомером: сделал необходимые приготовления, осмотрел и шестьсот девятнадцатый и пятьсот девятнадцатый номера...

Спуститься на балкон пятьсот девятнадцатого,

быстро и, главное, бесшумно открыть дверь, нанести Лебедевскому оглушающий удар по голове, подтащить тело к балкону и сбросить вниз головой, на бетонные плиты под санаторием.

Летальный исход гарантирован...

А дальше — те же самые действия, но в обратном порядке: оставив дверь номера Лебедевского открытой, подняться в шестьсот девятнадцатый, захлопнуть дверь, спуститься в пищеблок, надеть на спортивный костюм пиджак, сорочку и брюки, вернуться в «Черное море». Досидеть до закрытия и по возможности снять какую-нибудь телку: мол, надоело нам тут, пошли дальше гудеть! Завести эту девицу в какое-нибудь заведение на набережной, угостить дорогим спиртным, пожать под столиком ляжку, потрогать за сиську, телефончик обязательно взять...

Как-никак, а в случае чего телка всегда сможет подтвердить: целую ночь с этим мужчинкой гуляла и бухала, все время при мне был, никуда не отлучался.

Естественно, смертью Лебедевского займутся ялтинские милиция и прокуратура. Главное — не оставить в санатории никаких зацепок: отпечатков пальцев, микрочастиц ткани спортивного костюма...

Впрочем, ялтинским ментам вряд ли с руки раскручивать эту смерть по полной программе: Крым все-таки Украина, а Лебедевский, кем бы он там ни был, гражданин России... Вскрытие непременно покажет наличие алкоголя в крови. Банальная по пьянке травма: приехал москаль в Ялту, в первый же день нажрался в «Ореанде» с блядями, решил, то же мне каскадер, в санатории с балкона на балкон перелезть, и на тебе, упал!

Не он первый, не он последний. Вон в шестнадцатиэтажном «Интуристе» каждый сезон пять-шесть падений с высоты. Как нажрутся, сволочи, так суперменами себя и воображают! Так что делаем, друзья безвременно ушедшего, тут хороним или в Москву с собой заберете?!

Таков был план Нечаева, и плану этому трудно было отказать в логической завершенности.

В распоряжении Лютого было около пяти часов: сауна в «Ореанде» работала до полуночи, и можно было не сомневаться, что жертва пробудет там до закрытия. А потому, дождавшись, пока Лебедевский в сопровождении своей охраны и многочисленных друзей спустился вниз, Максим извлек из таксофона карточку и направился на улицу.

В дверях он столкнулся с высоким, кареглазым, горбоносым мужчиной, одетым в архаического вида кожаный плащ с меховым воротником. Мужчина этот шел прямо на Лютого, и Нечаев, не желая вступать в конфликт, уступил ему дорогу.

Что-то в облике этого человека не понравилось Максиму: то ли нагловатая манера держаться, то ли вызывающе резкие движения...

Выйдя из «Ореанды», Лютый обернулся: сквозь стеклянную дверь он заметил, что кареглазый и горбоносый спускался вниз по лестнице, — в цокольном этаже гостиницы и находилась сауна, куда минуту назад проследовали Лебедь и его окружение. Впрочем, слева от сауны был ночной бар «Коралл», работавший до трех ночи.

Правильно говорят: интуиция — сокращенный прыжок познания. Проводив незнакомца долгим взглядом, Максим почему-то подумал, что этот человек наверняка имеет какое-то отношение к Лебедевскому.

Но какое?

Постояв несколько минут у двери, Максим вернулся в гостиницу. Спустился вниз, заглянул в бар «Коралл» — обладателя кожаного плаща с меховым воротником там не было. Зашел в туалет, заглянул в единственную кабинку — незнакомца не было и там. Оба гостиничных лифта не работали, и, видимо, давно. Судя по всему, человек этот проследовал в один из шести номеров сауны. Конечно, подозрительным типом можно было поинтересоваться у банщицы, сидевшей слева от входа, однако Лютый по вполне понятным причинам решил этого не делать...

— ...пацаны, бля буду, да вы совсем охренели! Сколько той жизни, поехали в «Интуру», других баб найдем!

Пьяный бас Виктора Лебедевского прозвучал столь раскатисто, что сизые голуби, сидевшие на лепном карнизе «Ореанды», мигом взлетели, хлопая мокрыми крыльями испуганно и возмущенно.

Пьянка в сауне не оправдала надежд москвича. Малолетние проститутки, снятые телохранителями по приказу Лебедевского, оказались глупыми, неопытными и вдобавок стеснительными: даже за сто долларов каждой они напрочь отказались заниматься лесбийской любовью, до зрелища которой развратный Лебедь был так охоч.

Поплескавшись в бассейне, он, весь заросший шерстью, облачился в банный халат и какое-то время глядел, как Амиран трахал одну из этих глупых сучек. Амиранчик был племянником одного из самых крутых кавказских ворюг, того самого, кто за большие деньги «короновал» его, Лебедя, на «вора в законе». Амиран тоже теперь был «в законе» и, по слухам, являлся крупнейшим банковским махинатором на территории бывшего СССР. Этот стриженный бобриком высокий грузин уже отбарабанил четыре ходки.

— Гы-гы, — ухмылялся Лебедевский, прихлебывая чешское пиво прямо из банки, — давай, Амираша, сунь-ка ты свой кожаный шприц ей до самых печенок!

— Э-э, Витек, у нее такое узкое все, — подмигнул ему Амиран, засовывая свой невероятно длинный и тонкий член в неразработанное еще лоно имитирующей страсть пухлой блондинки. —

Немного тут поколобродим, а потом и в попочке все проверим: на месте ли...

Девушка было запротестовала, но Амиран шикнул на нее, увесисто шлепнул по розовой ягодице, поставил на четвереньки и, смочив пивом из банки коричневое пятнышко ее попочки, медленно вдвинул в него свою длинную плоть.

Девушка забилась и закричала, Амиран быстро, как кролик, закачал сзади, словно насосом.

Остальные девицы обхватили своими пухлыми губками вздыбившихся приятелей у телохранителей Лебедя и у двух приятелей Амирана. Одна из малолеток, понимая, что деньги надо отрабатывать, подползла на коленях к Лебедю и взялась было за его могучую пушку, но делала это так неумело, что Лебедь спустя пару минут грубо оттолкнул ее волосатой ногой в шлепанце.

Затем выругался и допил пиво, высоко запрокинув банку. В общем-то он был возбужден, живые порнокартинки перед глазами ему отчасти нравились, но сейчас он много забашлял бы за опытную телку, такую, чтобы сама от секса с ума сходила...

Так за чем же дело стало?

— Эй, пацаны, хорош с этими жабами-неумехами елозиться, — пробасил он и начал одеваться.

Его телохранители как раз успели расправиться с малолетками и следом за хозяином начали одеваться.

С какими-то шипящими грузинскими ругательствами завершил свои утехи и Амиран.

Его приятели, правда уже совсем косые от выпитого, тоже стали одеваться.

Через несколько минут сауна опустела, девочки разбежались, бандиты двинулись к выходу. Лебедь был мрачен и всем недоволен.

Стоя у входа в гостиницу, он — стопятидесятикилограммовый бугай в темно-зеленом кашемировом пальто — переживал целую гамму чувств: зуд неудовлетворенной похоти, непреодолимое желание нажраться в хлам, а главное — звериную жажду удовольствий.

А действительно, сколько той жизни?

Ему, «законному вору» Виктору Лебедевскому, за сорок, двенадцать лет из которых он провел за колючей проволокой. Большая часть жизни фактически прожита. Еще лет десять — пятнадцать такой вот жизни со стрелками, «терками», сходками, на которых приходится общаться с хитрыми, расчетливыми и умными мерзавцами вроде Немца, с потаенным страхом за свою жизнь...

Затем — внезапный инсульт, и умрет он, богатый и авторитетный человек, и похоронят его на Ново-Хованском кладбище, и обложат могилу веночками, и поставят у типового памятника позеленевшую майонезную баночку с увядшей гвоздичкой...

Так неужели нельзя хоть раз в жизни оторваться, а? Ну и пусть завтрашнее пробуждение будет похмельным, ну и пусть будет болеть голова!

С такой сволочной жизнью, как у него, лучше думать, будто сегодняшний день — последний, и провести его надо так, «чтобы не было мучительно больно за бесцельно прожитые часы и минуты».

Несмотря на обилие выпитого, Лебедевский выглядел относительно трезво, в отличие от приятелей-кавказцев, с трудом державшихся на ногах. Даже телохранители, которым по долгу службы спиртное не полагается, были заметно навеселе.

А кого в Ялте-то бояться?

Врагов в этом тихом городе у хозяина нет и быть не может.

— Так что, пацаны, поехали со мной, а?

— Вытёк, двай звтра прдолж-жим, — проглатывая гласные, отозвался самый трезвый кавказец.

Двое других были пьяны настолько, что лишились дара речи, как минимум, до утра.

— Завтра будет завтра, а сегодня еще сегодня!

Не хотите к барухам, езжайте домой! «Спокойной ночи, малыши!» смотрите! Без вас обойдусь! — вконец обиделся Лебедь и, обернувшись к охранникам, произнес просительно: — Пацаны, ну хоть вы меня не бросайте! А-а?! Леша, Валик, поехали в «Интурист»! Там в Малахитовом зале такие шмары шика-арные встречаются!.. За все-ех плачу!

— Мы лучше п-по дамам. — Самый трезвый кавказец упрямо мотнул головой, направляясь к «Волге» с таксистскими шашечками. Его примеру последовали двое других.

— Виктор Иванович, может, в санаторий все-таки, а? — несмело предложил телохранитель Валик, когда такси с пьяными отчалило от фасада «Ореанды».

— Что я в этой дыре, в этом санатории для пролетариев забыл, а? — неожиданно вызверился Лебедевский. — Почему я, Лебедь, бля, должен ночевать в таком клоповнике? Этот Немец, бля, хрен с бугра, уже мной командует: где мне жить, сколько денег получать, сколько ему отдавать! — Он сам себя заводил. — Скоро небось будет распоряжаться, в какое время на горшок ходить и каких телок трахать! А во тебе! На-кось, выкуси! — раскатисто крикнул он и в излюбленном русском жесте рубанул себя по локтю ребром ладони. — Хер вам... Не дождетесь. Лебедь вас всех оттрахает! Так что? Поехали?

Охранники замешкались.

С одной стороны, они не могли ослушаться работодателя. Слово хозяина для них закон. С другой стороны, в «Интуристе» вновь придется пить. А настоящий телохранитель никогда, ни при каких обстоятельствах не должен употреблять алкоголь.

— Не хотите, сам поеду! — буркнул Лебедевский, демонстративно направляясь к стоянке такси. — Грохнут меня, пусть будет на вашей совести. Ну, в последний раз спрашиваю, едем?!

Возражать не приходилось, Леша и Валик, понимающе переглянувшись, с явной неохотой двинулись следом. Лебедевский открыл переднюю дверцу такси, но в этот самый момент в боковом кармане его кашемирового пальто мелодично зазуммерил мобильник.

— Алло... Да, я... Да... Помню... Хорошо... Сегодня?.. Во сколько?.. Буду! — Хлопнув дверцей, Лебедь озабоченно бросил телохранителям: — Обождите, я на минуточку...

— Вы куда, Виктор Иванович? — не понял Леша.

— Да в «Ореанду»... А вы садитесь в мотор и ждите. Я сейчас. Совсем из головы вылетело: мне тут с одним человеком надо ком... код... комфендециаль... Тьфу, бля, короче, один на один встретиться... Минут десять всего, не больше. Дождитесь!..

Конечно, сообразно законам безопасности и элементарной логики телохранители не имели права оставлять объект охраны даже на минуту, а уж тем более в незнакомом городе. Но если хозяин в приказном тоне сказал: «садитесь в мотор и ждите», если пообещал задержаться всего только на минуточку, если к тому же у него конфиденциальная встреча с каким-то человеком, — неужели охранники имеют право ослушаться работодателя?

Они имеют право лишь подчиниться: сесть в машину и ждать его возвращения.

Леша и Валик ожидали Лебедевского долго — минут сорок. Затем, отпустив таксиста, решили разделиться: Валик остался у гостиничного входа, а Леша отправился в «Ореанду» на поиски хозяина.

Швейцар, бдящий у дверей, подтвердил: мужчина, которого разыскивает телохранитель, действительно пошел вниз. Однако Лебедевского не оказалось ни в ночном баре «Коралл», ни в оздоровительном комплексе, который по требованию Валика открыла банщица, насмерть перепуганная агрессивностью охранника. Не было его и в бассейне, общем для всех шести номеров сауны. Оба гостиничных лифта не работали. В подсобные помещения «Коралла», со слов бармена, никто, похожий на Лебедя, не заходил.

Ситуация отдавала мистикой: получалось, что Лебедевский испарился в буквальном смысле слова!

— Опять на мою жопу неприятности, — пробормотал Валик, которого бесследное исчезновение хозяина перепугало не на шутку. — И кто это ему в Ялте звонить мог?

Вернувшись к Леше, он сообщил растерянно: нету Лебедя, исчез, сукин сын!

— Может, телку какую из гостиницы снял и в номера по лестнице подался? — предположил Леша наиболее вероятное.

— Может, и так... А может, и нет. Что делать будем? Ночевать тут, у входа?

— А что еще остается? Черт, ввек бы этого козла охранять не пошел бы, — горестно вздохнул Алексей. — Но куда еще бывшему офицеру податься?

— Вот и я о том же...

Над Ялтой незаметно занималось пасмурное октябрьское утро. Первые солнечные лучи робко пробивались из-за низких ватных туч. Неоновые блики ресторанной рекламы тускло отсвечивали на влажном асфальте набережной. Ветер кружил у края тротуаров пожухлые, скрюченные листья. Но море было спокойным — волнение наконец улеглось.

В половине седьмого утра на набережной появились первые дворники. Метелки с мерзким жестяным скрежетом скребли щербатый асфальт, грохотали тележки, звенели бутылки, вынимаемые из мусорных баков.

Без четверти семь тетя Зина, самая известная дворничиха на набережной, подойдя к каменному парапету, обратила внимание на какой-то странный предмет, темнеющий в клочковатом тумане у самой кромки моря. Отставив метлу и совок, она спустилась на берег, но, едва взглянув на лежащий предмет, тоненько вскрикнула...

Это было человеческое тело.

Темно-зеленое кашемировое пальто набухло морской водой. Скрюченные пальцы рук судорожно подгибались к ладоням — казалось, погибший из последних сил пытался взобраться на берег. Лицо мертвеца было до неузнаваемости разбито ударами волн о каменистый берег. Ботинок на левой ноге почему-то отсутствовал... Но больше всего впечатляла резаная рана на бычьей шее: длинная, широкая, от уха до уха...

Кровь вымыло волнами, и зрелище розоватого, уже вымокшего в соленой воде мяса отталкивало и притягивало одновременно.

— Батюшки... — схватившись за сердце, пробормотала дворничиха, — никак, утоп кто-то! Да нет, зарезали! Убили!

Милиция прибыла к месту обнаружения трупа спустя двадцать минут. Еще через пять минут появился микроавтобус молочного цвета с красным крестом на борту — труповозка из городского морга.

Уже первичный осмотр трупа дал немало. В карманах убитого обнаружили: паспорт на имя гражданина Российской Федерации, жителя города Москвы Лебедевского Виктора Ивановича, листок временной прописки в санатории имени Кирова и корешок путевки того же санатория, несколько кредитных карточек, около трех десятков визиток, мобильный телефон «Эриксон» и бумажник с деньгами: две тысячи триста пятьдесят семь американских долларов и сто двадцать пять тысяч российских рублей.

Глубокая резаная рана на горле не оставляла сомнений в умышленном характере преступления, а присутствие в карманах кредиток, мобильника и крупной суммы наличными не оставляло сомнений в том, что убийство имеет заказной, а не корыстный характер.

В заднем кармане брюк оперативники нашли обрывок старого, забытого покойным письма. Морская вода несильно размыла чернила, и милиционерам, производившим обыск, удалось прочитать начало:

«Лебедь, братуха, привет! Перезвони мне насчет транспортной конторы и...»

— Лебедь, значит... М-да. Не все то лебедь, что из воды торчит! — цинично резюмировал старший опергруппы, производившей досмотр тела.

Через час Ялтинское ГОВД связалось с Симферополем, оттуда по компьютерной сети послали запрос в Москву, и уже к полудню стало известно: погибший Виктор Иванович Лебедевский, неоднократно судимый, проходит в картотеках Московского РУОПа как мафиозный авторитет, правда отошедший с недавних времен от криминального бизнеса. По неподтвержденным данным, Лебедевский является так называемым «вором в законе», поддерживает контакты с лидерами организованных преступных группировок, совершающих тяжкие преступления на территории Московского региона.

Уже к обеду оперативники ГОВД появились в санатории имени Кирова. Опрос соседей по этажу и персонала ничего не дал. Мол, видели его вчера вечером, в сауну «Ореанды» собирался... Ночевать не явился. Для холостого мужчины дело привычное...

В оздоровительном комплексе гостиницы «Ореанда» Лебедевского запомнили хорошо — слишком шумно он там себя вел. Да, видели его: вышел где-то в полночь в сопровождении пятерых человек, а что дальше было — не наше дело. Вроде потом вернулся, забыл что-то, вроде его потом искали... А нашли или не нашли — не знаем. Вон сколько тут, в «Ореанде», людей каждый вечер бывает, за всеми не уследишь.

В шесть вечера молодой кутаисский «законник» Амиран Габуния, один из друзей погибшего, бывших с ним в сауне, получил от неизвестного адресата заказное письмо с оплаченной доставкой.

В письме сообщалось следующее:

«Именем правосудия гр. Лебедевский Виктор Иванович, так называемый «вор в законе», за совершение многочисленных тяжких преступлений против честных россиян — мошенничество, похищение людей, вымогательства в особо крупных размерах — приговаривается к высшей мере социальной защиты — физической ликвидации.

Гр. Лебедевский В. И. трижды привлекался к уголовной ответственности, однако, отбыв срок наказания, вновь возвращался к преступному промыслу.

Так как правосудие не способно защитить граждан от бандитизма, мы вынуждены сами обезопасить наших соотечественников.

Точно так же мы будем поступать и впредь.

ЧЕРНЫЙ ТРИБУНАЛ».

Наверное, если бы особо опасный рецидивист Амиран Теймуразович Габуния получил повестку в прокуратуру, он и то взволновался бы меньше. Слухи о глубоко законспирированной террористической организации, наводящей порядок в России неконституционными методами, оказались не досужими журналистскими домыслами. И, судя по всему, у этих страшных людей длинные руки: и сюда, в Крым, добрались, шэни дэда!

Спустя минут сорок о полученном приговоре узнала вся братва, приехавшая на сходку. А узнав, впала в тихую панику.

Сходку пришлось прервать — неожиданно у всех обнаружились дома срочные, не терпящие отлагательства дела.

У кого-то заболел старенький дядя, у кого-то

219

конкуренты «наехали» на любимого подшефного бизнесмена, у кого-то возникли серьезные неприятности с налоговой полицией.

Во всех номерах санатория спешно паковали чемоданы. Телохранители наконец осознали, что хозяева смертны, а потому утроили бдительность.

Билеты на самолеты и поезда покупались на самые ближайшие часы; уголовная публика спешила смотаться от греха подальше.

Александр Фридрихович Миллер покинул Ялту одним из первых. Это выглядело вполне оправданно: крупный криминальный делец, «авторитет новой волны» и просто богатый, влиятельный человек, от которого в Москве зависит слишком многое, имел все основания бояться за свою жизнь...

— Мне уже все известно, Максим Александрович. Не трудитесь пересказывать...

Прокурор неторопливо закурил и, пустив в потолок колечко дыма, задумался...

Они не планировали эту встречу. Они вообще не собирались встречаться в ближайший месяц — и не только по соображениям конспирации. Встречи не дали бы ничего нового, а общаться можно было и по электронной почте, и по другим каналам.

Механизм действия «Черного трибунала» отлажен как часы, каждый занят своим делом: «КР», по-прежнему подконтрольная Прокурору, собирает и анализирует информацию, а Лютый — эдакий бронебойный наконечник тайной контролирующей структуры — ликвидирует тех, от кого, по мнению Прокурора, нельзя избавить общество законным путем.

Однако неожиданные события в Ялте опрокинули все расчеты.

Именно потому, вернувшись из Крыма в Москву, Нечаев в экстренном порядке связался с обитателем рублевского коттеджа и предложил встретиться.

Минут пять собеседники молчали. Хозяин особняка, задумчиво глядя впереди себя, морщил лоб, — вне сомнения, он еще и еще раз проигрывал в голове крымские события, силясь осознать их логику. Нечаев, не желая первым вступать в беседу, скромно молчал.

— М-да, — наконец прервал паузу Прокурор. — Похоже, у нас появились конкуренты.

— Скорее плагиаторы. Содрали не только идею, но и название. — Лютый был до странности спокоен.

— Формально да, — согласился Прокурор. — Но только формально, пожалуй, внешне.

— А что совпадает? Цели? Средства?

— Думаю, только средства. Не мне вам объяснять, чем первое отличается от второго. Одними и теми же средствами можно достичь совершенно разных целей. Впрочем, в средствах-то эти люди не очень разборчивы. Вы, Максим Александрович, работали так, что умышленное убийство нельзя было даже заподозрить. Скоропостижная смерть, несчастный случай, самоубийство, в конце концов... А Лебедевскому хладнокровно перерезали горло. Так делают лишь в том случае, когда хотят кого-то демонстративно напугать.

— Кого?

— Пока неизвестно. Предполагаю, что кого-нибудь из его окружения. Очевидно одно: смерти этого человека хотели не мы одни...

— Но ведь это значит, что цели обоих «трибуналов» совпали!

— Я бы не стал это утверждать, — поджал губы Прокурор.

— Террористы множатся с безответственностью кроликов. — Прикурив от предупредительно предложенной зажигалки, Лютый зло хмыкнул. — Вот уж не подумал бы, что этот самый Лебедь понадобится и нашему «трибуналу», и...

— И?.. — с напряжением в голосе перебил Прокурор

— Ну, и... второму. Самозванцам, или как их там.

— Средства и у нас, и у этих, как вы изящно выразились, самозванцев одни и те же. Или почти одни и те же. Цели разные.

— Кто же эти люди, как вы думаете? — Лютый искоса взглянул на собеседника.

— Максим Александрович, мне совершенно не хочется делать скоропалительные выводы из одного эпизода. Но думаю, те, кто стоит за лжетрибуналом, быстро ухватили, каким образом воспитывается в людях страх за свою жизнь. Поняли, что страх — лучший рычаг управления людьми.

Часы на каминной полке мелодично пробили восемь вечера, и Прокурор, следуя привычке, вставил в отверстие фигурный ключ, взводя пружину. Золоченая фигурка охотника с ружьем наперевес по-прежнему преследовала золоченого волка со вздыбленной шерстью. Стрелок догонял хищника, а хищник — стрелка...

— Получается, что стрелков стало двое, — наблюдая за манипуляциями с часами, произнес Лютый.

— А может быть, стрелок и охотник просто поменялись местами? — возразил Прокурор.

— Может быть, и так... Да, если можно, вопрос...

— Слушаю.

— Не могу понять: почему мне следовало ликвидировать именно Лебедя?

— У вас была какая-то иная кандидатура?

— А хотя бы Немец! Ведь он фигура куда более крупного калибра.

— Несомненно. Да, я не сомневаюсь: убрать в Ялте Александра Фридриховича Миллера для вас особого труда не составляло. А дальше что? А вот что: основные капиталы Миллера разбросаны по банкам Западной Европы. Огромные деньги, выкачанные из России и легализированные в Австрии, Германии и Швейцарии, в случае гибели Немца останутся на зарубежных счетах. Извлечь их оттуда не будет никакой возможности. Миллер пока нужен живым. Впрочем, нужен не только из-за денег.

— Ясно, — вздохнул Нечаев, хотя последняя реплика «нужен не только из-за денег» ясности не внесла, скорее наоборот. — Что же мне теперь делать? Кто следующий на очереди?

— Пока никто. — Отойдя от камина, Прокурор уселся на диван рядом с собеседником.

Оба закурили — Прокурор, как всегда, «Парламент», Максим — «Мальборо лайтс».

— Максим Александрович, вы неплохо поработали и заслужили отдых. Ничего не предпринимайте, держите себя в форме и будьте готовы к тому, что в любой момент вы нам потребуетесь.

— А как же... — начал было Лютый, но хозяин особняка, предугадав его вопрос, тут же ответил:

— Наши конкуренты? «Черный трибунал»-два? Пусть действуют. Нам же работы меньше. Посмотрим, кого они выберут следующей жертвой...

Глава девятая
Подсадная утка

Крутобокий серебристый «линкольн», отблескивая голубоватыми пуленепробиваемыми стеклами, медленно набирая скорость, выехал с запруженной автомобилями площади перед Внуковским аэропортом. Следом за лимузином тронулся джип охраны — агрессивного вида «шевроле-тахо».

Вечерело.

В сыром октябрьском воздухе копилась тяжелая, белесая влага. Из канализационных решеток у бордюра тротуаров валил ватный пар. Пар этот, густой, непроницаемый и зловещий, как боевой отравляющий газ, поднимался вверх, окутывал ядовито-желтые снопы электрического света под плафонами уличных фонарей.

Александру Фридриховичу Миллеру, сидевшему в «линкольне», казалось, что пар этот проникает в салон, хотя стекла машины были подняты до упора.

Несмотря на скверную погоду, на то, что ялтинскую сходку пришлось спешно свернуть, настроение у Немца было весьма бодрым. Он не испытывал ни разочарования в результатах крымского вояжа, ни даже страха за собственную жизнь. Движения Миллера были, как и обычно, точными и размеренными, интонации, с которыми он обращался к телохранителю Виталику, уверенно-повелительными, а деловитость телефонных переговоров не оставляла сомнений в том, что по возвращении в столицу Миллер продолжит свой бизнес с утроенной энергией.

Первым делом пассажир «линкольна» позвонил в офис покойного Лебедевского. Стараясь, чтобы в голосе звучала приличествующая ситуации скорбь, поинтересовался, когда доставят в Москву гроб с телом покойного, когда и на каком кладбище похороны. Поцокал языком, посочувствовал, предложил помощь. Закончив переговоры, Немец, нехорошо ухмыльнувшись, процедил сквозь зубы:

— Ну вот, Витек, говорили же тебе... Не по хавалу кусок заглотил, вор ты наш законный!

Затем Александр Фридрихович позвонил в один из подшефных банков. Узнал, как идут дела, какие события произошли за время его отсутствия, попросил назвать несколько цифр. Вопросы были рутинными, и потому звонивший задавал их с выражением скучающей вежливости:

— Что с кредитом «Интеринвесту»?.. Вернули? А со штрафными санкциями?.. Через неделю? Через неделю это будут совершенно другие штрафы! Так им и объясните...

Когда впереди «линкольна» замаячили многоэтажные массивы Солнцева, мобильник Александра Фридриховича мелодично зазуммерил.

— Алло! — привычно покровительственным тоном бросил Немец, но, едва заслышав голос звонившего, изменил интонацию на более доверительную; подобным тоном Миллер разговаривал очень и очень редко, как правило, с людьми, калибр которых считал почти равным собственному.

Абонент говорил довольно долго и, судя по всему, обстоятельно. Пассажир лимузина слушал внимательно, не перебивая. Дождавшись, пока невидимый собеседник закончит, деловито осведомился:

— Следы? Вот как?.. Я так и думал. Приятно иметь дело с профессионалом... Конечно же получили! Да, еще вчера. Анатолий Ильич, — Немец отдернул белоснежную манжету сорочки, взглянув на часы, — надо бы встретиться... Да, именно сегодня. Через полтора часа в «Рэдиссон-Славянской», идет?.. Не спешка, а оперативная необходимость. Как говорится, куй железо, пока горячо!

Когда «линкольн» пересек Московскую кольцевую, Миллер выключил телефон. Главные новости он уже знал, главную встречу на сегодня назначил, а второстепенные встречи и разговоры его, человека целеустремленного и расчетливого, нисколько не интересовали...

Единственное, что немного портило ему настроение, так это воспоминание о его недавней, как раз перед поездкой в Ялту, тайной встрече с Коттоном.

С недоверием, граничащим с презрением, Миллер относился ко всем «синим», а считался, и то по необходимости, только с бандитами новой формации. На старых авторитетов, настоящих «воров в законе», которых в России оставалось с каждым годом все меньше и меньше, Миллер не обращал внимания, полагая, что их времена уже канули в далекое прошлое. Однако и кризис, и этот загадочный «Черный трибунал» поставили перед Немцем непростые задачи.

Наслышанный о Коттоне, Немец неожиданно для себя решил разузнать, что обо всем этом скажет бывалый авторитет, навел кое-какие справки и однажды холодным сентябрьским утром прикатил на своем лимузине к Коттону.

Хозяин деревенского домика принял его не очень ласково, отказался от подарков, что поставило Немца в неловкое положение. Через какое-то время Миллер вообще пожалел, что заявился сюда. Коттон начал поучать его, как мальчишку, — его, миллиардера! Убогое убранство домика настолько поразило Миллера, что он задал хозяину глупый вопрос:

— Неужели такой человек, как он, не может особнячок посолидней себе отгрохать?

Коттон же стал говорить о том, что забываются традиции воровского мира, что преуспевающий вор из «новых» уже не торопится подогреть братков, которые чалятся сейчас по тюремным хатам, и все в таком духе.

Немец терпеливо выслушал его, осторожно задал интересующие его вопросы, но старик ничего конкретного ему так и не посоветовал. Встреча эта так ничем и не закончилась — Миллер укатил обратно в Москву, не зная, что о его визите к старому авторитету уже известно Прокурору.

Миллер был раздосадован, разозлен, еще раз убедившись, что обо всем надо думать только самому. Не доверять, никому и никогда; ни у кого не спрашивать совета.

— Тем более, — чертыхнулся он в салоне своего лимузина, — у этих старых урок...

— Ну что, Савелий, чай или кофе?

В этой маленькой кухне конспиративной квартиры на Лесной, из окон которой виднелись грозные башни Бутырской тюрьмы, Богомолов меньше всего походил на генерала одной из самых могущественных спецслужб мира. Человек непосвященный, увидь он теперь Константина Ивановича, наверняка принял бы его за радушного пенсионера, принимающего дорогого гостя: сахарница в левой руке, заварник — в правой, чашки на столе, чайник на плите...

Образ гостеприимного хозяина завершал яркий клеенчатый фартук, надетый поверх делового костюма, и Савелий, взглянув на тесемки, завязанные на талии бантиком, невольно усмехнулся.

— Так что? — еще раз спросил генерал.

— Чай, пожалуй...

227

Открыв холодильник, Богомолов извлек оттуда лимон.

— Специально для тебя купил. А я, как всегда, кофе. Знаешь, когда приходится спать по пять часов в сутки, иного допинга, чтобы взбодриться, я не представляю.

— По-прежнему много работы?

— И не спрашивай! — ответил со вздохом Константин Иванович. — Так что, Савелий, тут разговаривать будем или в комнату пойдем?

— Да тут, пожалуй... Что ни говори, а разговоры на кухне имеют свои преимущества перед кабинетными. — Усевшись за стол, Бешеный пытливо взглянул на собеседника: мол, что нового?

Богомолов перешел к делу сразу же: выложил на стол несколько фотографий и кивнул: мол, взгляни.

Первый снимок был, очевидно, сделан в изоляторе временного содержания. Черно-белые изображения лица, снятого анфас и в профиль, неровно набранная по буквам на специальной линейке фамилия внизу фотографии, хищный прищур небольших, глубоко посаженных глаз, мощный квадратный подбородок, широкая шея, невольно воскрешающая полузабытое словцо «бугай».

Вторая фотография, цветная, представляла героя в более выгодном ракурсе: тяжелый банный халат, бирюзовая гладь бассейна за спиной, равнодушно-снисходительная улыбка, две полуобнаженные молоденькие блондинки — по одной на каждом колене мужчины.

На третьей этот же человек, а точней, его труп был запечатлен на цинковом столе в морге. Первое, что бросалось в глаза, — огромная, от уха до уха, резаная рана на бычьей шее.

Савелий щелкнул зажигалкой, прикурил и долго, внимательно вглядывался в снимки — несомненно, чтобы запомнить их персонажа навсег-

...да. Наконец, вернув фотографии Богомолову, поинтересовался:

— Кто это?

— Виктор Иванович Лебедевский, уголовная кличка Лебедь, «новый русский вор», — сообщил генерал. — По слухам, купил «коронацию» два года назад за триста тысяч долларов у кавказцев. Позавчера вечером, четырнадцатого октября, в памятном для тебя городе Ялте началась криминальная сходка, а ранним утром следующего дня труп господина Лебедевского был обнаружен на набережной. Воры и бандиты, узнав об убийстве, естественно, сразу разбежались. Последний снимок и оперативная информация о крымских событиях, по нашей просьбе, получена от наших украинских коллег из СБУ.

— Так кто же этого Лебедя... «Черный трибунал»? — догадался Бешеный.

— Совершенно верно. Привычная схема: сперва исполнение, затем и письменный приговор, отправленный по почте неустановленным лицом, с полным перечнем преступлений покойного, фраза о «высшей мере социальной защиты» и никаких следов. У «Черного трибунала» может быть только один приговор — смерть. Все как обычно, — вздохнул Богомолов.

После этих слов генерала Савелий поймал себя на мысли: даже для Константина Ивановича подобные загадочные убийства стали делом обычным, рутинным...

— Судя по всему, этот самый Лебедевский среди собравшихся был наиболее опасным? — Говорков вопросительно взглянул на хозяина конспиративной квартиры.

— Думаю, нет. Сходка была инициирована Александром Фридриховичем Миллером, по кличке Немец. Богатый, коварный, расчетливый, властолюбивый, а главное, чрезвычайно умный мерзавец. Если измерять степень опасности, то равных ему в Ялте не было. Мы уже беседовали об этом типе, ты должен помнить...

— Помню, — подтвердил Савелий. — Бывший подполковник Советской Армии, блестящий офицер-штабист, ныне хозяин охранной фирмы «Центр социальной помощи офицерам «Защитник»...

— ...которая, по сути, давно уже является легализованной бандитской бригадой, — закончил Богомолов. — Если верить агентурным сообщениям, с Лебедевским Немец был в приятельских отношениях, а кроме того, их связывал общий бизнес. Фармацевтика, медикаменты, экспорт лекарственных препаратов. Ну, и многое другое.

— Но почему тогда «Черный трибунал» не избрал своей жертвой Немца? — резонно поинтересовался Бешеный.

— Не знаю, не знаю... Может быть, террористы посчитали, что убивать Немца еще рано, может быть, не имели возможности его ликвидировать, может быть, смерть Лебедевского должна была стать для всех, и для Миллера прежде всего, эдаким знаком: мол, помните — над головой каждого из вас висит топор. Но все это пока только предположения, догадки. — Помешав остывающий кофе ложечкой, Богомолов спросил неожиданно: — Помнишь, Савелий, когда я тебе звонил, ты сказал, что с Андрюшей Вороновым на рыбалку ездил и потому со мной связаться не смог?

— Помню, — ответил Говорков, не понимая, к чему клонит генерал.

— Рыбалку ты любишь, знаю... А охоту?

— Смотря на какого зверя.

— Ну, на крупного... А на птицу охотился когда-нибудь?

— Только на уток. Было дело в Пинских болотах, белорусские «афганцы» как-то пригласили, — механически ответил Бешеный.

В этот момент он пытался сопоставить рассказ о ялтинских событиях с вопросами на охотничью тему, которые, как могло показаться, Богомолов задает невпопад. Явной связи между тем и другим пока не прослеживалось, однако Савелий знал наверняка: Константин Иванович никогда не задает вопросы просто так.

— Знаешь, что такое подсадная утка? — прищурился Богомолов.

— Конечно, знаю! В заводь или в болотное окно запускается резиновая или живая уточка, и глупые селезни, желая познакомиться с ней поближе, слетаются к воде. А в камышах их караулит охотник с дробовиком.

— Вот теперь слушай внимательно. — Голос генерала ФСБ вдруг стал серьезным. — Несомненно, «Черный трибунал» рано или поздно предпримет покушение на Миллера. Если эти люди действительно взялись за борьбу с криминалитетом серьезно, если они обладают всей полнотой информации, то поймут: Немец — кандидатура идеальная. Этот человек рано или поздно станет объектом покушения; такова неумолимая логика предшествующих событий и будущих действий.

Быстрота мышления Бешеного всегда поражала Константина Ивановича. Так и сейчас, сопоставив то, что еще минуту назад казалось несопоставимым, Савелий моментально среагировал:

— То есть Миллеру отводится роль «подсадной утки»?

— Вот именно.

— Но кто же будет охотником?

Ответ генерала был для Говоркова неожиданным:

— Ты. Точнее, ты и Андрюша Воронов.

— То есть?

— Я уже все рассчитал. Следи за моей мыслью: потенциальная жертва «Черного трибунала» — Немец. То, что на него в ближайшее время будет совершено покушение, лично у меня сомнений не вызывает. И если поставить за спиной Миллера своего человека, а еще лучше двоих, наши шансы выйти на след «Черного трибунала» резко возрастают.

— А в качестве кого мы с Андрюшкой должны встать за спиной Немца? — поинтересовался Бешеный.

— В качестве людей, которым он всецело доверит свою безопасность. Подчеркиваю: всецело!..

— Предлагаете просто завалиться к нему в офис и, заполнив анкету, написать заявление: «Я, Савелий Кузьмич Говорков, прошу принять меня на должность телохранителя на полставки. Обязуюсь быть грамотным и исполнительным наймитом оргпреступности». Так, что ли? Ведь я и Андрей для него совершенно посторонние люди.

— Можно сделать так, что не будете посторонними. — Судя по интонациям Богомолова, он уже не один раз мысленно проиграл внедрение Савелия Говоркова и Андрея Воронова в мафиозную среду.

— Но как? Наверное, проще заставить этого самого Миллера добровольно передать все свое движимое и недвижимое имущество в какой-нибудь детский дом! — хмыкнул Савелий, вспомнив свое детдомовское детство.

— По всей вероятности, движимое и недвижимое имущество Миллера станет в свое время предметом конфискации, — предположил Константин Иванович, — и, естественно, перейдет в доход государства. Может быть, что-то в детские дома и перепадет. Но чуть попозже. А теперь слушай дальше: в окружении Миллера уже есть один наш человек. Вадим Алексеевич Шацкий, бывший подполковник МВД. Агентурная кличка Адик. У меня на него две вот такие папки компромата. — Генерал ФСБ поднял руку над столешницей, демонстрируя толщину папок. — В «Центре

232

социальной помощи офицерам «Защитник» отвечает за службу безопасности. Немец ему доверяет.

— Стало быть, у вас уже есть человек в окружении Миллера!

— Ты не дослушал. Если Адику доверяет Немец, это не значит, что я доверяю Адику. Доверять проворовавшемуся менту нельзя ни в коем разе. А довериться человеку, которого держишь на коротком поводке компромата, и вовсе последнее дело, — напомнил генерал ФСБ очевидное. — Но в любом случае Шацкий пока бесценен для нас.

— Тем, что поможет нам внедриться к Миллеру? — Казалось, Бешеный наконец поверил в такую возможность.

— Да.

— А если...

— Если по каким-то причинам решится сдать вас хозяину и работодателю? — угадал Богомолов вопрос собеседника. — Будем надеяться, что этого не произойдет. Впрочем, и тебе, и Андрюше все это время придется ходить по лезвию ножа, как Штирлицу в гестапо. Так что успех или неуспех операции зависит только от вас самих. Савелий, я не неволю тебя: ты имеешь полное право отказаться от моего предложения. Но пойми, на эту роль у меня нет другого человека.

Хозяин конспиративной квартиры неторопливо подошел к окну, отдернул занавеску, с треском распахнул форточку и взглянул вниз.

За окнами повис зыбкий туман. Очертания далеких домов, гаражи-ракушки, детская площадка, трансформаторная будка — все это угадывалось лишь в контурах, неверно и размыто, словно нарисованное акварелью на плотном ватмане. И лишь грязно-серые стены Бутырского следственного изолятора напротив выглядели грозно и выпукло, как бы напоминая, что вид за окном не мираж и не картина художника.

— Как говорил незабвенный Глеб Жеглов: вор должен сидеть в тюрьме, — проговорил Богомолов.

— «И будет сидеть! Я сказал!» — с усмешкой подхватил Савелий слова известного актера.

— Все правильно. Но посадить человека в тюрьму или приговорить его к высшей мере наказания в правовом государстве может только суд. Никто, ни при каких обстоятельствах не имеет права брать на себя роль судьи, никто не имеет права лишать человека адвоката, каким бы отъявленным мерзавцем такой человек ни был. Савелий, пойми: на карту поставлено слишком многое. Безопасность всех и каждого. Законность и порядок. Репутация России как демократического государства, в конце концов...

Глава десятая
Хранители тела

Александр Фридрихович Миллер никогда не читал гороскопов в бульварных газетах, никогда не обращал внимания на черных котов, перебегавших дорогу, не сторонился треснувших зеркал, горбунов и катафалков — всего, что, по мнению многих, обязательно предвещает неприятности. Приземленный прагматик, далекий от дешевого мистицизма, он верил лишь в собственный разум.

Но в злополучное утро двадцать второго октября, собираясь в офис, Немец случайно разбил чашку северского фарфора и, естественно, расстроился по этому поводу. Дело даже не в том, что чашка эта стоила дорого, и не в том, что без нее сервиз стал неполным. Драгоценный фарфор был первым крупным приобретением Александра Фридриховича еще во времена службы в Группе советских войск в Германии. Он был куплен с первого заработанного миллиона, когда подполковник Миллер загнал налево два десятка «УРАЛов» и четырнадцать тонн спирта.

Набор дорогой посуды был своего рода талисманом: Миллер почему-то считал, что именно после его приобретения карьера пошла круто вверх.

Почему-то вспомнилась его немочка Аннет. Нет, о ней лучше не думать!

А когда талисман разбивается — это всегда не к добру...

Так оно и случилось: сразу по приезде в офис у хозяина охранной структуры начались неприятности, одна хуже другой.

Первым позвонил Шацкий. Новость была скверная, хотя Вадим Алексеевич, знавший крутой нрав хозяина, старался вложить в свои интонации успокоительные нотки.

— Вчера вечером арестован ваш телохранитель Виталик Тесевец, — сообщил он.

— Вот как? Кто же его арестовал? — Миллер переложил трубку мобильного из одной руки в другую — и это действительно был скверный признак.

— В одиннадцать вечера задержан на улице Вторая Прядильная патрулем ОВД «Измайлово». При обыске у Тесевца обнаружили незарегистрированный ствол.

— Зачем ему левый пистолет? Он же всегда с собой зарегистрированный носит! — удивился Немец, не понимая, зачем Шацкий тревожит его из-за такой мелочевки. — Ты что, не знаешь, как поступить в такой ситуации? Сам ведь в мусорке служил! Свяжись с начальником, дай ему денег, сколько он захочет, а потом из Виталиковой зарплаты вычтем.

— Во-первых, я уже пытался сунуть в лапу, так не берет он. Странно. Во-вторых, ствол, найденный у Тесевца, «мокрый». Засвечен в федеральной картотеке. Да и довольно редкий, ни с чем не спутаешь, «чешска-зброевка» тысяча девятьсот девяностого года выпуска. В прошлом году в Воронеже из него был убит постовой милиционер. А Виталик, кстати, из Воронежа родом...

— А что... действительно его ствол? А если и так, зачем с ним по ночам таскаться? — нервно повысил голос Миллер.

— Об этом лучше Тесевца спросить. Только никак не получится: прокуратура подписала ордер, и он уже на сборке в «Матросской тишине». До суда под подписку вряд ли отпустят. Не думаю, чтобы

236

Виталик этого постового завалил. Зачем ему? Тут два варианта: или какая-то ошибка, или ствол ему кто-то подбросил.

— Какая разница, «ошибка», «подбросил»?! — Немец злобно передразнил звонившего. — Тьфу, зараза, сколько раз зарекался: не связываться с идиотами! — в сердцах выругался он и тут же нажал на кнопку «отбой».

Увы, эта неприятность не стала в тот день единственной.

Незадолго до обеда секретарша Вика, двадцатилетняя длинноногая поблядушка, на фоне которой Синди Кроуфорд смотрелась бы коротконогой таксой, сообщила, что пятнадцать минут назад сменщик Тесевца, Латыпов, попал в тяжелейшую автомобильную катастрофу.

По поручению Немца Латыпов в сопровождении двух бойцов поехал на «шевроле-тахо» к подшефному коммерсанту в Южное Бутово за деньгами. На обратном пути водитель не справился с управлением, и тяжелый джип, перевернувшись, впечатался в бетонную стену ограждения стройки. Латыпов в реанимации, остальные в травматологии с многочисленными переломами.

— Вика, разыщи Шацкого и ко мне срочно, — отреагировал Немец.

Читая договор «об оказании комплексных охранных услуг», Миллер поймал себя на том, что не может сосредоточиться на сути документа. Такое случалось с ним крайне редко.

Вадим Алексеевич появился в начальственном кабинете лишь спустя полтора часа. Миллер, даже не поздоровавшись, сразу же начал с повышенных интонаций:

— Где тебя носит? За два с половиной часа у нас выбыли четыре человека!

— Только что из больницы. Был у Латыпова...

— Да хрен с ним, — отмахнулся Александр Фридрихович. — Лучше скажи, что мне теперь делать? Самому за руль садиться, самому себя охранять?

— Я же не виноват в таком стечении обстоятельств, в жизни бывает всякое, — принялся оправдываться Шацкий и, понимая, что скверные новости лучше сообщать все и сразу, добавил: — И в том, что Аркаша Смирнов на тренировке руку сломал, тоже не виноват.

Аркадий Смирнов был третьим, запасным охранником Миллера.

— Ну, бля, дожили... Вы что, сговорились? — с трудом сдерживаясь, выдохнул Немец.

Шацкий пожал плечами, но промолчал.

Немец нехорошо покосился на вошедшего и, наконец взяв себя в руки, спросил:

— И что же теперь?

— Разрешите мне... — несмело начал Шацкий.

— Что тебе? Доверить тебе охранять свое тело? Да ты на себя в зеркало посмотри: почему у тебя в сорок два года брюхо, как у беременной бабы? Почему ты на седьмой этаж без одышки взойти не можешь? И вообще, когда ты в последний раз за рулем машины сидел: двадцать лет назад, когда сержантом ПМГ начинал?

— Да я... — хотел вставить тот, но хозяин не слушал.

— А хвост этот блядский на твоей башке!.. Ты что, голливудский супермен, что ли? — орал Немец, распространяя вокруг удушливые волны запаха «Драккар нуара». — Бля, ну ни на кого положиться нельзя! И это мои люди?!

Шацкий опустил голову — то ли в знак согласия со столь уничтожающей характеристикой, то ли демонстрируя обиду.

Миллер понял: он взял слишком круто. Бывший подполковник угро был блестящим оперативником, проницательным, хитрым и опытным, настоящим мастером сыскного дела. А для такого умение бить морды и водить машину с лихостью мосфильмовского каскадера навыки необязательные. К тому же в роковых стечениях обстоятельств он действительно не был виновен.

— Ладно, забыли, — примирительно бросил Александр Фридрихович. — Но кто меня охранять теперь будет? Что мне без людей делать-то? Я каждый день в Москве по сто километров накручиваю! А большинство покушений, как известно, совершаются по дороге.

— Может, с выхинского объекта снять? — несмело предложил Шацкий.

На складской комплекс в окраинном районе Выхино, что в самом конце Рязанского проспекта, в скором времени должна была прийти из Осетии огромная партия левой водки, с реализацией которой Немец связывал большие надежды. Туда же поступила и первая партия импортных медикаментов — доля покойного Лебедя, перешедшая к Миллеру.

— Из Выхина я никого снимать не буду. Слишком много на карту поставлено. А вот людей мне приличных подбери, — чуть растерянно проговорил Миллер.

— Сколько у меня времени, чтобы людей подобрать? — непонятно почему оживился Шацкий.

— Ну, две недели максимум, лучше одна!.. Только нормальных людей подбери. Профи! Из ментовского спецназа, или из армейского, или еще откуда... У тебя же все есть: связи, знакомства, опыт. Проверишь их как следует. По полной программе. Естественно, люди эти не должны даже догадываться, кто я такой и чем мы тут все занимаемся. Мне нужны не наперсники, а телохранители. И смотри: за них головой ответишь!..

Не стоит и говорить, что к злополучному стечению обстоятельств двадцать второго октября было причастно ведомство генерала Богомолова. Но если кто-нибудь об этом и знал, то только сексот Шацкий, однако по вполне понятным причинам он ни с кем не спешил делиться своими догадками.

Пистолет «чешска-збороевка», найденный у охранника Виталика, естественно, был ему умело подброшен. Сколько ни доказывал миллеровский телохранитель, что к «мокрому» стволу он не имеет никакого отношения, сколько ни грозил всему ОВД «Измайлово» жуткими карами, эти «поганые» менты были непреклонны. Восьмичасового пребывания Тесевца в изоляторе временного содержания ОВД хватило, чтобы оформить на обладателя «мокрого» ствола прокурорское постановление о «мере пресечения», каковой было принято заключение его под стражу в ИЗ № 1, известный в столице как «Матросская тишина».

Джип «шевроле-тахо», используемый в охранной структуре для поездок по городу, обычно ремонтировался в фирменном автоцентре в районе Крылатского. Небольших и незаметных на первый взгляд изменений в тормозной системе было достаточно, чтобы при экстренном торможении случилась авария.

Аркадий Смирнов, «запасной» в команде телохранителей, большой любитель восточных единоборств, вот уже больше года имел в спортклубе постоянного спарринг-партнера: высокого веснушчатого парня из Люберец. Смирнов и не предполагал, что он может иметь какое-то отношение к Лубянке. А для опытного бойца как бы по неосторожности поломать спарринг-партнеру руку или ногу — раз плюнуть.

Таким образом, в стройной структуре личной охраны Немца образовались бреши. И бреши эти необходимо было заполнить.

Получив задание Миллера подобрать людей, Шацкий уже знал, кого ему следует предложить: Савелия Говоркова и Андрея Воронова. Именно эти имена и назвал отставному менту его куратор с Лубянской площади — старший оперативник Управления по разработке и пресечению деятельности преступных организаций Тимофей Симбирцев.

В случае естественных вопросов хозяина: «Что, амбалов помясистей подобрать не мог?» или: «Сколько чемпионских званий и по какому виду спорта имеют?» — Вадим Алексеевич твердо знал, какие именно аргументы выставит в пользу именно этих кандидатов.

Люди, несведущие в особенностях тяжелого и неблагодарного ремесла телохранителя, почему-то склонны считать, что профессиональный охранник, как правило, звероподобный атлет с пудовыми кулаками и шеей, не влезающей в сорочку пятидесятого размера. Конечно, такие «гориллы» не редкость в охранных структурах, однако они способны разве что напугать своим видом банальных хулиганов. Но то, что хорошо в уличной драке, не всегда оправданно в противостоянии хладнокровному профессионалу. Большой шкаф, как говорится, громче падает; чем больше размер мишени, тем проще в нее целиться.

Есть мнение, что ценность телохранителя определяется наличием дана в каком-то виде восточных единоборств или количеством медалей, завоеванных на ринге. Подобный критерий был бы верным, если бы при покушениях нападавшие не использовали огнестрельное оружие и взрывчатку. Черный пояс по карате не спасет от пули и взрыва: автомат Калашникова или заряд пластита уравнивают шансы всех.

В свое время в Америке именно «мистер кольт» уравнял всех...

Ни Говорков, ни Воронов не обладали устрашающими мышцами культуристов, не имели громких званий чемпионов мира и победителей Олимпийских игр. Тем не менее оба владели навыками не менее ценными: безупречным умением использовать любое оружие, любую автотехнику, знанием тонкостей оперативно-розыскных мероприятий, а главное — редкой психологической устойчивостью, мгновенной реакцией, способностью быстро и грамотно ориентироваться в сложных ситуациях и принимать единственно правильное решение.

Не последнюю роль должно было сыграть и «афганское» прошлое новичков: Богомолов знал, что Миллер весьма благоволил к людям, имевшим за плечами реальный опыт боевых действий.

Второго ноября, в понедельник, Шацкий сообщил хозяину, что после деятельных поисков он наконец-то нашел подходящих для него людей.

— Кто они? — спросил Немец.

Шацкий назвал.

— Ты их проверял?

Начальник службы безопасности молча протянул папку с досье на Савелия и Андрея. В каждой лежало по нескольку фотоснимков кандидатов в телохранители, подробные автобиографии, послужные списки, результаты внегласных проверок документов, скрытого наблюдения и несанкционированной прослушки телефонов, листок сдачи нормативов по стрельбе, физической подготовке, автовождению и боевым единоборствам, медицинские карточки и даже подробное заключение психологов.

— «Афганцы», говоришь? — уточнил Миллер, внимательно ознакомившись с документами.

— Да...

— Чем до этого занимались?

— В Чечне воевали, — ответил Шацкий согласно разработанной на Лубянке легенде.

— Это хорошо... Оба детдомовцы. Значит, близких родственников не имеют. Еще лучше — в случае чего никто нам претензий не предъявит. Они знают, кто я такой?

— Нет. — Интонации Вадима Алексеевича были категоричны.

— Догадываются?

— Мы записывали их телефонные переговоры.

Могу дать прослушать кассету. — Собеседник Миллера с готовностью похлопал себя по карману. — Оба считают, что вы богатый бизнесмен. Рады случаю заработать. Родом вашей деятельности не интересуются.

— Они не пьют? — подозрительно поинтересовался Немец. — Наркотиками не балуются?

— Если и выпивают, то куда меньше среднестатистического русского мужика. В их делах есть подробное заключение нарколога. Страница тридцать пятая, — последовал бесстрастный ответ.

— Вадим, самое главное: ты за них ручаешься?

— Да, — твердо ответил Шацкий, почему-то избегая смотреть хозяину в глаза.

— Где они?

— В приемной. Я попросил их обождать.

— Давай сюда обоих...

Спустя минуту друзья предстали перед Александром Фридриховичем...

Никогда прежде Савелий Говорков и Андрей Воронов не думали, что профессия телохранителя столь унизительна для человеческого достоинства.

Взяв друзей охранниками, Миллер и особенно его жена Люся опутали их липкой паутиной мелких бытовых обязанностей, которыми Савелий и Андрей по понятным причинам не могли манкировать.

Утро начиналось с доставки в офис самого Александра Фридриховича. За рулем «линкольна», как правило, сидел Воронов, Савелий сопровождал лимузин на эскортном джипе «мицубиси-паджеро», купленном вместо разбитого «шевроле-тахо».

Затем кто-то из друзей обязательно оставался в офисе: в любой момент Миллер мог поручить охраннику съездить в какой-нибудь банк за бумагами, встретить в аэропорту или на вокзале нужного человека, даже сгонять домой за любимым галстуком.

Второй телохранитель до восьми вечера поступал в полное распоряжение Людмилы Миллер, бывшей продавщицы «Военторга», стареющей женщины с интеллектом морской свинки. Жена Немца сразу дала понять новичкам, что они — быдло, что-то вроде приходящей домработницы или дворника, по утрам подметающего мусор во дворе.

Капризам бывшей торговки, волею судеб ставшей женой «нового русского», не было предела: охранник, поступавший в распоряжение Людмилы, два раза в неделю доставлял к ней на дом парикмахера, почти ежедневно вывозил ее в бутики и в выставочные центры, привозил к ней и отвозил подруг и родственников. В общении с Савелием и Андреем госпожа Миллер никогда не снисходила даже до пренебрежительного «здрасьте»; интонации ее всегда были повелительными, как у избалованного восточного деспота, и в случае недостаточно быстрого и точного, по Люсиному мнению, исполнения приказов она заходилась в истошном крике.

— Козлы вонючие! Мразь! Дармоеды! — брызжа слюной, визжала мадам Миллер так громко, что от этого крика дрожали стекла серванта. — Одно мое слово, и вас вышвырнут на улицу! За что мой муж вам, хамье, деньги платит?! Под забором подохнете! Вас и так сюда с испытательным сроком взяли!

Андрей и Савелий, не привыкшие, когда к ним обращаются подобным образом, от бессильной ярости лишь скрипели зубами, стараясь сдержаться.

Историки утверждают, что жены римских цезарей, не стесняясь, переодевались в присутствии мужчин-рабов; матроны просто не считали их за людей. Нечто подобное практиковала и Люся Миллер: она считала вполне нормальным появляться перед телохранителями в трусах и бюстгальтере (а потом, осмелев, и вовсе без них).

Вид стареющего тела, отвисших морщинистых грудей и жидких волос на лобке внушал друзьям ни с чем не сравнимое отвращение и брезгливость...

* * *

— Мы ей только задницу не подтираем, — пожаловался Савелий генералу Богомолову во время плановой встречи. — Никогда бы не подумал, что эти скоробогатые сволочи — такое хамье. Честно говоря, сегодня утром я с трудом удержался, чтобы не проломить этому мерзавцу голову!

— Только после того, как я перережу глотку этой курве Люське! — хмыкнул Воронов зло.

— Я все понимаю, — сочувственно вздохнул Константин Иванович. — Но ведь и вы меня поймите: вы поставлены не для того, чтобы ломать череп этому негодяю... Не для того, чтобы резать глотку его охамевшей бабе. Мы, рискуя многим, внедрили вас в этот гадюшник не для ликвидации Немца, а, как ни странно, наоборот: для его защиты. А особенно поиска тех, кто рано или поздно решится на его ликвидацию. Держите себя в руках, друзья! И храните бдительность. Вы не должны имитировать охрану. Вы должны действительно охранять этого подонка. Иного способа выйти на след «Черного трибунала» у нас попросту нет...

Глава одиннадцатая
«Двойной стандарт»

Это невзрачное одноэтажное строение в районе парка на Воробьевых горах, стоящее в стороне от жилых домов, с первого взгляда вполне могло сойти за овощехранилище, пакгауз или даже общественный туалет, временно закрытый на ремонт.

Длинное, унылое, приземистое, облицованное дешевой кафельной плиткой, здание это не имело ни вывески у двери, ни привычной таблички с названием улицы, ни обозначения номера дома. Сходство со складом усиливали трехметровый кирпичный забор, ограждавший строение по периметру, глухие металлические ворота, узкая подъездная дорога и двое атлетического сложения мужчин в черной униформе с цветными шевронами «Охрана».

Но, как известно, внешность зачастую обманчива. В здании этом размещался не склад, не овощебаза и конечно же не общественный туалет. Человек неискушенный, впервые попадавший внутрь, к своему удивлению, оказывался в сауне самого высокого класса под интригующим названием «Веди-плюс»...

Впрочем, маловыразительное слово «сауна», как определение заведения, в котором моются, парятся и освежаются пивом, не вполне соответствовало кичливому комфорту, который предоставлялся посетителям этого дома без архитектурных излишеств. Создатели данного банно-развлекательного комплекса предусмотрели все или почти все: клиентов ожидали русский и американский бильярд, бар с огромным ассортиментом напитков, кухня, тренажеры на любой вкус, два бассейна с теплой и холодной водой, гейзер и конечно же комнатки для плотских утех.

Ко всем прочим услугам, там работал профессиональный массажист с медицинским образованием по имени Максим. Его руки действительно творили чудеса и вернули здоровье очень многим завсегдатаям этого чудного заведения, расположенного рядом со старым входом в метро «Ленинские горы».

Столь удобное положение делало его весьма привлекательным для любителей отлично провести свой досуг...

Это заведение, в прошлом действительно бывшее общественным туалетом, было внутри перестроено так, что превратилось в нечто среднее между кабаком для широких загулов, закрытым элитным клубом, четко свидетельствующим о социальном статусе посетителей, местом ведения переговоров нынешними хозяевами жизни и конечно же шикарным блудилищем.

И то сказать: какая же русская баня без блядства?!

Именно потому десятого ноября тысяча девятьсот девяносто восьмого года этот шикарный развлекательно-гигиенический комплекс и стал местом собрания тех, кто уже однажды присутствовал на встрече в ливадийском «Тифлисе». Немец, настояв на повторной сходке, не уставал повторять: сказав А, надо говорить Б, и уж если не удалось договориться по всем вопросам в Крыму, это непременно надо сделать в Москве.

Правда, решение текущих проблем — разделов и переделов сфер влияния, выработки новых стратегий, заключения временных союзов и постоянных договоров — заняло меньше двух часов. Все было оговорено заранее, и публичная декларация взаимных обязательств друг перед другом выглядела лишь протокольной формальностью.

Остаток вечера, как и предвидел Миллер, говорили о том, что теперь беспокоило мафиозную Москву больше всего: о загадочных убийствах, регулярно совершаемых террористической организацией со зловещим названием «Черный трибунал». Как и следовало ожидать, «трибуналу» приписывали едва ли не сказочное всемогущество; в беседе фигурировали десятки киллеров и некий загадочный координационный центр, раскинувший щупальца по всей России.

Александр Фридрихович, сидевший во главе стола, обозревал собравшихся, точно маршал, осматривающий свою армию накануне решающего сражения: все ли резервы подтянуты, все ли полки надлежаще развернуты, не зреет ли среди его подчиненных крамола...

Оснований для беспокойства вроде бы не было: после смерти Лебедевского почти все компаньоны по бизнесу, похоже, совсем приуныли и теперь окончательно созрели принять его, Миллера, безоговорочное главенство.

— Ну, хорошо, — цедил сквозь зубы молодой кутаисский «законник» Амиран Габуния, то и дело косясь на плотного официанта, расставлявшего на столе заиндевевшие бутылки со спиртным (согласно традиции, во время деловых переговоров никто из собравшихся даже не пригубил спиртного), — хорошо, вальнул этот «Черный трибунал» Лебедя. Как вальнули до этого Гашиша, Парторга, еще пару известных людей. — Видно было, что Амиран и без спиртного был на достаточном взводе. — Не понимаю, на что они рассчитывают? Чего добиваются? Всех-то не перешмаляешь!

— Всех не перевешаешь, нас двести миллионов! — мрачно пошутил кто-то предсмертными словами Зои Космодемьянской.

— «Имя нам легион», — веско уронил Немец

цитату из Ветхого Завета и тихо, словно рассуждая сам с собою, добавил: — Конечно, ликвидировать всех невозможно. Но страху нагнать — вполне реально. Разве они и нас не напугали?

Он испытующе взглянул в глаза Амирана. Тот не выдержал его взгляда и отвел взор.

Оставив собравшихся за столом, Александр Фридрихович двинулся в парную. Раскаленные камни полыхали жаром, горячий воздух обжигал кожу. Он прыснул на них эвкалиптовой настойкой, потом мятной. По небольшому помещению парилки распространилось приятное благоухание.

Несмотря на немецкое происхождение, Миллер любил париться по-русски даже в сауне. Откуда-то у него была твердая уверенность в том, что именно русский пар, сдобренный березовым или дубовым веником, помогает очиститься не только телу, но и душе освободиться от неблагоприятного воздействия как внешних, так и внутренних сил. Обмакнув несколько раз в шайку с водой веник, составленный из березовых и дубовых веток, он помахал им в воздухе, заставляя осесть раскаленный жар, затем снова сунул его в воду. Вздохнув несколько раз полной грудью, он действительно ощутил прилив сил и удовлетворенно вздохнул.

Усевшись на полку, Миллер смежил веки и, подперев голову руками, задумался...

Все шло по плану. Убийство Лебедя наглядно показало и тем, кто уже давно признал главенство Александра Фридриховича, и тем, кто считал его выскочкой: перед неожиданной, а главное, невесть откуда исходящей опасностью сам Бог требовал объединиться. Но объединение возможно лишь вокруг одного человека, которому и верные друзья, и вынужденные союзники доверились бы всецело, а противники побаивались бы его реальной силы. Человека, который мог бы противопоставить государственному беспределу что-то реальное и осуществимое. И таким человеком мог быть только он, Миллер...

В этом он был твердо уверен.

Волна жара, сдобренного парами мяты и эвкалипта, накрывала Немца с головой, так бы и сидеть тут до бесконечности с закрытыми глазами, так бы и нежиться в горячем и удивительно полезном суховее парной... Но расслабиться не получалось: Миллер знал, что теперь в его короткое отсутствие за столом наверняка ведутся разговоры, имеющие к нему самое непосредственное отношение.

Поднявшись с махровой простыни, Александр Фридрихович, почувствовав, что все его тело покрылось бисеринками пота, схватил веник и принялся нагонять на себя целительный пар. Когда пот буквально потек ручьями, Миллер приступил к тому, что на Западе называют истязательством: он вовсю, нисколько не щадя себя, стал хлестать свое ухоженное тело.

Это продолжалось несколько минут, пока на коже не выступили красные пятна, говорящие о том, что его усилия не пропали даром и жар достиг необходимого равновесия с внутренним кровяным давлением. Бросив веник в воду, Миллер вышел из сауны, бултыхнулся в бассейн с холодной водой, чтобы испытать удивительное ощущение, которому он придумал поэтическое название: колючее прикосновение водной стихии. Дело в том, что после интенсивного воздействия пара и быстрого погружения в холодную воду кажется, что вся кожа подвергается легким и приятным уколам тысяч иголок.

Миллер отлично знал, что в воду нужно опускаться медленно, чтобы вся кожа покрылась миллионом пузырьков, которые сохраняли накопленное в парилке тепло. Самым удивительным ощущением был момент, когда ты, постояв в ледяной воде некоторое время неподвижно, вдруг вздрагиваешь всем телом и в него вонзаются тысячи иголок. После этого нужно сразу выходить из воды...

Через несколько минут Миллер вернулся в зал. А за столом уже разгорался жаркий спор.

— Мы как-то с пацанами кутаисскими посидели, подумали и решили, что в Ялте этот самый «трибунал» обосрался! — горячо доказывал Амиран.

Оппонентом «лаврушника» оказался калужский водочный король, отзывавшийся на кличку Плафон, — большинство собравшихся не знали ни его имени, ни фамилии.

Это был полный краснощекий голубоглазый мужчина с нежной, как у младенца, кожей; когда Плафон говорил, его тройной подбородок трясся студнем.

— В чем обосрался-то? — глядя исподлобья, выдохнул он. — Поговорить не дали, людей разогнали.

— Ты че буровишь-то? Никто никого не разгонял, сами в штаны наложили и смылись от греха подальше, — хмыкнул Амиран. — Как ты, например...

— На меня-то налоговая «наехала», вот и пришлось домой отправляться, — последовало его неуклюжее оправдание. — А первым из Ялты кто укатил? Забыл? А я, между прочим, все помню... — Плафон ехидно усмехнулся. — И помню, что первым укатил именно ты, Амиранчик. После того как тебе в санаторий ТО письмо принесли.

— Ладно, хватит ругаться, — устало призвал к порядку публику за столом Немец, усаживаясь на свое место во главе, потом обернулся к Амирану и уточнил: — Так в чем же они обосрались?

— Лебедя, земля ему пухом, как вы помните, с перерезанной глоткой нашли. Сперва — труп, потом — письмо: мы, мол, «Черный трибунал», его и приговорили. А вспомни, Немец, как они поступили с теми пацанами, о которых ты рассказывал: якобы пожар в гостинице, якобы в дыму задохнулись... Как ни смотри, а несостыковочка у них вышла...

— В чем же несостыковочка? — задумчиво спросил Миллер.

Если бы среди них оказался кто-то более внимательный, да еще и с психологическим чутьем, то мимо его зрения не прошло бы незамеченным, что председательствующий, задавая свой вопрос, чуть напрягся.

— А вот в чем: когда два трупа находят в сгоревшем номере, ментам выгодней всего списать это на неосторожность погибших. Так? Так... Нажрались, мол, водяры, кто-то с сигаретой и заснул. В «Космосе» киллерюга сработал под несчастный случай. И здесь ментам лафа: Гашиша вроде как под инсульт можно подвести. А в Ялте — чисто конкретная «мокруха». Для ментов это настоящий «висяк». Вот и выходит, что не получилось Лебедя чисто исполнить. Потому я и считаю, что в деле с Лебедем они попросту обосрались, причем вчистую!..

Амиран что-то горячо доказывал, Плафон возражал. А Немец, откинувшись на спинку кресла, задумался.

А ведь этот грузинчик был прав на все сто: те, кто исполнял Лебедя, явно промахнулись. Там, в Ялте, не было даже намека на несчастный случай. Перерезанное горло — чего уж понятней! «Конкретная «мокруха», как изящно выразился Габуния. Стало быть, налицо не один почерк убийств, а по крайней мере два.

Амиран продолжал свои построения, и отказать ему в логике было невозможно.

— ...есть такое выражение: «двойной стандарт» называется. Это когда признается как бы две правды: одна — для одних людей, другая — для других, — пояснял Габуния. — Вот и тут такой же «двойной стандарт». Для нас — одна правда: мол, «за совершение преступлений приговаривается к

252

высшей мере». Для ментов, чтобы свои грязные хлебала в эти дела не совали. Потому пацанов не взрывали, не стреляли и не резали. Как именно исполняли, даже не догадываюсь, но работали чисто: отравление, болезнь, самоубийство. Совершенно ясно, что работали настоящие профи. А приговор этот долбаный не мусорне посылался, а пацанам, хорошо знавшим убитого. Вы заметили, что бумаги эти предназначались только им, а не ментам?.. Но вот в Ялте «двойного стандарта» не получилось! Потому ментовка с прокуратурой на уши и встали.

— Ладно, хватит, — перебил всех Немец. — Двойной стандарт, одинарный или тройной, это теперь без разницы. Лебедя-то все равно с того света не вернуть. Как и остальных. Надо что-то делать. И чем быстрей, тем лучше!

— Да ни хрена тут уже не сделаешь, — обреченно махнул рукой Габуния и потянулся к водочной бутылке. — Мы даже не знаем, что за твари собрались в этом самом «трибунале». Знали бы, можно было договориться, или откупиться, или мировую заключить. Да и вычислить их никак невозможно... Сегодня, братва, сидим, выпиваем, планы строим, а завтра кто-нибудь под машину попадет... или кирпич на голову свалится. И получите потом бумажку: «за совершение многочисленных преступлений... к высшей мере социальной защиты». И можете мне поверить, что никто не будет этим заниматься. Никто не попытается найти виновных! Никто! Такой вот «двойной стандарт»...

— Да, Андрюша, не думал, что все так повернется.

— И не говори...

Вот уже четвертый час Андрей Воронов и Савелий Говорков торчали в «линкольне», ожидая появления Немца.

В баню телохранителей не пустили, вот и приходилось дожидаться хозяина в салоне машины. Друзья то и дело выходили на воздух перекурить: некурящий Миллер совершенно не переносил запаха табачного дыма, а потому категорически запрещал курить в машине.

Незаметно сгущались сумерки. Фосфоресцирующие стрелки «командирских» часов на запястье Бешеного показывали без четверти одиннадцать, когда в раскрывшейся двери «оздоровительного комплекса» показалась знакомая фигура Александра Фридриховича.

Савелий, уже хорошо различавший настроение хозяина, сразу же определил, что тот чем-то встревожен.

Так оно и было.

— Андрей, можешь уезжать: на сегодня ты больше не нужен, — даже не оборачиваясь в сторону Воронова, бросил Миллер. — Савелий, давай за руль. Поехали.

Створка металлических ворот с тихим скрежетом отъехала в сторону, и Савелий, включив передачу, медленно вырулил из темного дворика перед приземистым зданием.

— Куда ехать? — не оборачиваясь, спросил он Миллера.

— Ты в Мытищах когда-нибудь был?

— Приходилось.

— Вот и давай в ту сторону. У МКАДа остановишься. Покажу где...

Незадолго до полуночи движение на столичных улицах затихает, и это позволяет ездить быстро и с относительным комфортом. Да и вызывающе роскошный вид «линкольна» невольно заставлял владельцев более скромных машин уступать дорогу.

Спустя минут сорок серебристый лимузин уже подъезжал к Московской кольцевой автодороге.

— Выйди на минуточку, — приказным тоном произнес Миллер.

Выходя, Бешеный заметил, что Немец набирает на мобильнике какой-то номер. Вне всякого сомнения, разговор был настолько конфиденциальным, что Миллер не счел возможным вести его даже при поднятом стекле, разделяющем водительское место и салон. Правда, обострившийся до предела слух Савелия сумел уловить лишь одну фразу, произнесенную Немцем: «двойной стандарт». Однако вырванные из общего контекста, слова эти ровным счетом ничего не объясняли.

Говорил Миллер недолго — минуты три, а закончив, приоткрыл дверцу и распорядился:

— Можешь возвращаться. Поставишь машину в гараж, но сперва заправишься. Завтра в семь утра, как обычно, встретите меня с Вороновым.

— А вы как же? — удивился Савелий.

— Сам как-нибудь доберусь, — бросил Немец отрывисто и отвернулся, давая таким образом понять, что разговор завершен.

Разворачиваясь, Бешеный заметил, как к одиноко стоящей фигуре приблизился невзрачный с виду «опель-вектра» грязно-белого цвета. Некто, сидевший за рулем, трижды мигнул фарами, и хозяин поспешил к подъехавшему автомобилю.

Как ни силился Савелий рассмотреть номер «опеля», как ни старался различить человека, сидящего за рулем, густой ноябрьский мрак не позволил ему этого сделать. Описав на пустынном шоссе правильный полукруг, «опель» неторопливо покатил в сторону Мытищ...

Глава двенадцатая

Диверсия

— Максим Александрович, давайте рассуждать абстрактно. Итак, чем в современной России законопослушный бизнесмен отличается от незаконопослушного?

— Практически ничем.

— Правильно. Дух и букву закона нарушают абсолютно все. Без этого нормальный бизнес в России по большому счету невозможен. Чем же тогда просто незаконопослушный отличается от откровенно мафиозного?

— Принципом извлечения доходов, — не задумываясь, ответил Лютый. — Степенью криминальности бизнеса. Но прежде всего системой...

— Тоже правильно. Одно дело — уклоняться от налогов, а другое — торговать оружием, наркотиками или поддельным спиртным. А система одна и та же: криминально заработанные деньги грамотно отмываются и вновь вкладываются в мафиозную коммерцию. Так и происходит круговорот мафиозных денег в природе. — Прокурор, держа тлеющую сигарету на отлете, жестикулировал ею резко и изящно, точно фехтовальщик шпагой, успевая тем не менее смахивать пепел в пепельницу. — А теперь я бы хотел задать вам вопрос, который может показаться странным и неожиданным, потому что на первый взгляд не связан с предыдущими. — Зачем-то он сделал небольшую паузу. — Максим Александрович, для чего на войне, да и в мирное время тоже, осуществляются диверсии? Сразу не отвечайте, подумайте и назовите одно лишь ключевое слово...

Вот уже полтора часа Лютый сидел в каминном зале коттеджа на Рублевском шоссе. И уже несколько раз ловил себя на ощущении, будто с той памятной беседы шестого сентября тысяча девятьсот девяносто восьмого года он и не покидал загородный дом опального чиновника. Все по-прежнему: весело трещат поленья в камине, багровые отблески пламени играют на стенах и потолке, поблескивает тонкая золотая оправа очков собеседника, дремлет на спинке кожаного кресла огромный сибирский кот, все так же бегут на каминных часах золоченые фигурки волка и охотника. И бег этот проходит по нескончаемому кругу...

Время словно растянулось: минуты превратились в часы, а часы — в сутки. Словно и не было ничего: ни хитроумно задуманных и грамотно исполненных покушений, ни поездки в Ялту, ни странного убийства Лебедя и посланного кем-то приговора от имени «Черного трибунала»...

Просто двое уже немолодых людей ненастным ноябрьским вечером ведут нескончаемый теоретический диспут на извечные российские темы: кто виноват и что делать, и вообще — кому на Руси жить хорошо?

— Так как вы определите цель диверсии? Я хочу услышать от вас только одно слово...

Лютый наморщил лоб.

— Ну, мне кажется, цель любой диверсии — подрыв.

— Именно так! — Зажатая между пальцами сигарета описала в воздухе правильный полукруг, и Прокурор заговорил, словно обрадовался ответу: — Подрыв. По большому счету любое ваше «исполнение» и есть диверсия, а стало быть, и подрыв. Подрыв оргпреступности, причем как явления. Подрыв у мафиози ощущения безнаказанности.

Подрыв уверенности в собственных возможностях. Подрыв веры в то, будто бы государство не способно бороться с криминальным беспределом. «Черный трибунал» внушает ужас? И пусть внушает, это и есть психологический подрыв. Потому диверсия прежде всего способ управления оргпреступностью. Криминал неискореним в принципе. Но им можно и должно управлять. А самый действенный рычаг управления — страх.

— Но стоит ли ограничиваться исключительно вызыванием страха? — поинтересовался Нечаев, уже догадываясь, о чем пойдет речь дальше.

И не ошибся.

— А мы и не ограничиваемся. Любая диверсия всегда многопланова; кроме нагнетания страха, мы преследуем, как минимум, еще одну цель. Поясню на простом примере: ликвидация Гашиша в Сандунах сильно напугала азербайджанских наркоторговцев в Москве — говорю о тех, до кого дошли слухи о «Черном трибунале». Пока они притихли. С другой стороны, приток наркотиков в столицу резко сократился. Наркобаронов, равных по возможностям Гашим-заде, в России не столь много, как может показаться обывателю. И хотя после его смерти ниша в наркобизнесе освободилась, тем не менее пока что-то никто не торопится ее занять.

— Мы говорили о криминальном бизнесе, — напомнил Лютый.

— Теперь самое время вернуться к этой теме. Ликвидация мафиози порождает страх у оставшихся в живых друзей и соратников. Каждый задается вопросами: не я ли следующий? Не над моей ли головой повис топор? Это и есть главный эффект. Так сказать, психологический. То, что в результате резко сворачивается мафиозная коммерция, — эффект косвенный. Экономический... Почему бы не поменять это местами?

— Имеете в виду экономическую диверсию?

— Вот именно. — Докурив сигарету, Прокурор тут же потянулся за следующей. — Еще один пример: сожгите сегодня все запасы кокаина где-нибудь в Колумбии. Что дальше? Сперва наркобароны, подсчитав убытки, зальются горючими слезами, а потом наверняка испугаются: а если завтра начнут жечь не плантации коки, а их самих?

— И, проанализировав последовательность своих действий, обнаружат слабое звено и начнут действовать осмотрительней: увеличат охрану, усилят подкуп органов правопорядка и так далее и тому подобное...

— Всего не предусмотришь... Во-первых, цепочка слишком длинная, во-вторых, не все фигуры действуют на виду, — заметил хозяин коттеджа. — К тому же тот, кто наносит удар первым, всегда в выигрыше перед тем, кто ожидает этого удара. Помните? Белые начинают и выигрывают. Знаете, Максим Александрович, какое качество определяет самбиста высокого класса? — Вопрос прозвучал еще более неожиданно, нежели предыдущий о диверсиях.

Однако Лютый, давно заметивший склонность Прокурора к парадоксам, не удивился.

— Быстрота реакции, скорость и цепкость захвата, отточенность обманных движений, арсенал неожиданных приемов, — принялся было перечислять Нечаев, но собеседник лишь досадливо покачал головой.

— Все правильно. Кроме самого главного... В схватке с самбистом высокого класса противник никогда не догадается, откуда последует бросок и захват: с левой стороны или с правой. Пока что все наши броски были с одной стороны: физическая ликвидация. А теперь попробуем напасть с другой...

Включив компьютер, Прокурор жестом пригласил Нечаева занять место перед монитором. Вставил в CD-ром диск с информацией, несколько раз щелкнул мышкой, вызывая нужный файл...

Спустя минуту на экране замерцала электронная карта Москвы.

— Видите, станция метро «Выхино»?

— Да.

— Видите, справа от Рязанского шоссе ряд строений?

— Да.

— Огромный складской комплекс. Номинально принадлежит воинской части. Раньше тут хранились боеприпасы. Теперь сдан в аренду. Вчера вечером в Выхино завезли первую партию осетинской водки. Где-то на сумму... примерно тысяч триста долларов, если не ошибаюсь. Подчеркиваю, первую партию.

— Это же целый товарный состав! — воскликнул удивленно Нечаев.

— Почти. Плюс спирт, из которого можно сделать еще один товарный состав водки.

— Да всей Москве такого количества за неделю не выпить!

— Не клевещите на москвичей, вы их явно недооцениваете! — ехидно усмехнулся Прокурор. — В отличие от Александра Фридриховича Миллера. Склады вместе с их содержимым принадлежат как раз ему.

— И вы предлагаете...

— Да, Максим Александрович, вы догадались: именно это я и предлагаю. Экономическая диверсия. Немец не ждет удара с этой стороны, что нам на руку. Но наша акция — не единственный бросок или, если угодно, удар, который нам следует нанести. Чтобы деморализовать господина Миллера, необходимо нечто демонстративно-устрашающее. — Он сделал вид, что задумался, хотя, зная его, легко было предположить, что это был очередной экспромт, своего рода домашняя заготовка. — Ну, скажем, ликвидация кого-нибудь из лю-

260

дей, особо приближенных к нему. Например, телохранителей... Ваше мнение?

— Насколько я понимаю, склады должны самоликвидироваться в результате нарушения кладовщиками техники безопасности, а телохранители умереть собственной смертью или в результате несчастного случая? Потом — приговор: «за совершение... к высшей мере социальной защиты». И подпись: «Черный трибунал».

— Все верно. Внимание МВД нам ни к чему. Главное — деморализовать Миллера, заставить его совершать ошибки.

— Имеете в виду... — начал было Лютый, вспомнив о своих смутных подозрениях, возникших после убийства Лебедевского, однако Прокурор, уловив ход мыслей собеседника, не дал ему договорить.

— Я не хочу делать никаких скоропалительных выводов. Особенно исходя из одного-единственного факта, — спокойно обронил он. — Любая диверсия дает, как минимум, два эффекта: основной и второстепенный. А тут целых три: подрыв откровенно мафиозного бизнеса — раз, деморализация противника — два...

— А три? — не понял Максим.

— Посмотрим на реакцию наших самозваных последователей. Пока они с точностью до зеркального отражения повторили ваши действия. Но после будущей диверсии им ведь придется что-то предпринять. Или вовсе ничего не предпринять... Теперь пора поговорить более детально...

Смысл тактики как науки — поставить себя на место врага и попытаться понять, каких действий он ждет от тебя, а поняв, поступить с точностью до наоборот. Самый искусный тактик тот, кто действует непредсказуемо для противника. Именно в точном выборе тактики закладывается фундамент настоящей победы...

...Почти три дня Нечаев потратил на сбор информации об охране выхинских пакгаузов. А выяснив все необходимое, понял: провести обычную диверсию совершенно нереально. Тем более попробовать разыграть нечто типа «самовозгорания» или иной случайности.

Арендуя бывшие бомбохранилища под стратегические запасы левой водки, отставной подполковник Советской Армии Миллер твердо знал, как обезопасить территорию от появления людей нежелательных. Тем, кто не имел прямого отношения к водочному бизнесу, путь даже в окрестности водкохранилища был категорически заказан.

Миллер изобрел классную систему. Во-первых, оперативники из эмвэдэшного Управления по экономической преступности не имели права проверять объект, состоявший на балансе воинской части. Во-вторых, командование воинской части, щедро прикормленное, предпочитало не соваться не в свои дела. И в-третьих, все было налажено так четко, что с проверяющими комиссиями из Министерства обороны и Военной прокуратуры у бывшего штабного офицера проблем не возникало.

Огромный прямоугольник земли, огороженный по периметру бесконечным бетонным забором, патрулировался изнутри крепко сбитыми мужиками с ротвейлерами. Четырехметровое ограждение завершалось остро заточенными штырями, переплетенными колючей проволокой. На боковых башенках радужно отсвечивали объективы видеокамер наружного наблюдения. А с наступлением темноты включались мощные прожектора, заливавшие подступы к ограждению мертвенным голубым, но весьма ярким светом.

Попасть на территорию можно было, лишь миновав двое ворот-шлюзов; именно так и заезжали внутрь КамАЗы с шестнадцатитонными прицепами.

Посетив придорожное кафе неподалеку от складов и сведя дружбу с водителями, Максим выяснил: сразу же за первыми воротами машины тщательно проверяют, затем в кабину к водителю садится кто-нибудь из охранников. Погрузка и выгрузка происходит в длинных, напоминающих авиационные ангары, дюралевых хранилищах, а шоферов из кабин не выпускают.

Что ж, меры предосторожности вполне оправданны: даже одна камазовская фура вмещает целое состояние.

Едва ли Шлиссельбургская крепость или Петропавловка охранялись в свое время тщательней, чем выхинский объект!

Посему обычная диверсионная тактика исключалась. Поставив себя на место охраняющих, нетрудно было понять очевидное: если они и ожидают какого-нибудь несанкционированного проникновения, то только через забор или въездные ворота-шлюзы. Следовало отыскать слабое звено в цепочке, найти такой аргумент, на который у охраны не найдется ответа.

Максим, всегда умевший придумывать нестандартные решения для любых, самых сложных проблем, такой аргумент нашел, хотя и пришлось ему поломать голову...

Любой современный мегаполис имеет развитую подземную инфраструктуру: катакомбы, бомбоубежища, распределительные станции метрополитена, коллекторы канализации, бесчисленные галереи с кабелями связи... А уж Москва, где потайные ходы строились едва ли не со времен Василия Темного, даст фору любой европейской столице!

Зная Москву подземную, можно незаметно проникнуть из одной точки города в любую другую, минуя ворота, мощные заборы, контрольно-пропускные пункты и прочие наземные препятствия.

Три года назад Лютый с подачи Прокурора прошел серьезный курс спецподготовки на уральской базе «КР», отрабатывая навыки ориентирования в подземных лабиринтах. К слову, не только ориентирования: курс подготовки предусматривал и отражение внезапных нападений из-за угла, и длительные преследования в подземельях, и обвалы, и ловушки, и неожиданные прорывы грунтовых вод, и даже воздействие электромагнитного поля.

Тогда Максиму удалось предотвратить направленный из-под земли террористический акт, задуманный финансовым олигархом Ольшанским для дестабилизации обстановки в Москве. Кто бы мог в те дни подумать, что знание подземного мира столицы вновь когда-нибудь пригодится Лютому?!

Невысокий мужчина в оранжевой робе строительного рабочего, сковырнув ломиком чугунный уличный люк, отодвинул его в сторону и, нагнувшись, посветил фонариком вниз. Затем, подхватив небольшой чемоданчик, с какими обычно ходят сантехники, принялся спускаться. Осмотрелся, извлек из кармана бумажный листок с переплетением разноцветных линий, внимательно изучил его и, оставив чемоданчик внизу, вновь поднялся наверх.

Обычный вечерний прохожий, привычно скользнув глазами по мужчине, стоящему у края открытого люка, наверняка бы не придал этому никакого значения. Почему? Да потому, что образ человека в униформе моментально делает его невидимкой. Самый дотошный наверняка бы подумал, что опять в Выхине что-то прорвало — то ли теплотрассу, то ли водопровод, — вот и прислали ремонтировать специалиста. Вон и длинные красные лоскутки развеваются по ветру на наспех сколоченной подставке-треноге, и знак соответствующий висит, и торопится этот рабочий управиться засветло.

Однако человек более наблюдательный, скорее всего, обратил бы внимание и на быстрые, настороженные взгляды мужчины в оранжевой робе, и на его чистые, незаскорузлые руки с аккуратно подстриженными ногтями, нетипичными для работяги, и на то, что к месту аварии человек этот приехал не на ремонтном автофургоне, а на собственной машине, черной «девятке» с тонированными стеклами...

Поправив на треноге с красными лоскутками дорожный знак «Ремонтные работы», мужчина в оранжевой робе вновь полез вниз, освещая путь фонариком.

Перекрестья труб с шипящей, булькающей водой, какие-то заржавленные коллекторы, потускневшие латунные вентили, темно-бурые скобы лестницы, намертво вделанные в бетон...

Спустя минуту «ремонтник» двинулся по подземной галерее в сторону армейских складов.

Пахло затхлостью, плесенью и мышами. Под ногами шуршали камешки, засохший мышиный помет, куски штукатурки и кирпичное крошево. Луч фонаря причудливо плясал в насыщенном влагой воздухе, перспектива галереи терялась, растворяясь в темноте, но человек шел уверенно и довольно быстро.

Этот мужчина, одетый в оранжевую робу, шел относительно недолго — минут пятнадцать. Иногда галерея раздваивалась, иногда пересекалась с другими ходами, и подземный путник то и дело сверялся со схемой. Наконец, он остановился перед небольшой ржавой дверкой. На черную щель замочной скважины легло лимонно-желтое пятно от фонаря.

Достав из кармана бренчащую связку отмычек и повозившись с минуту, «ремонтник» толкнул дверь, раздался омерзительный, до боли в зубах, скрежет давно не смазанных петель, и он очутился в небольшой комнатке типа котельной.

Взору его предстало переплетение осклизлых,

ржавых труб различного диаметра, отваливающаяся штукатурка, обнажавшая под собой голый кирпич, приборы-измерители давления и температуры, электрораспределительный щит, еще одна дверка, поменьше первой...

Еще раз сверившись со схемой, подземный путешественник удовлетворенно хмыкнул: это была распределительная подстанция городского водозабора, которая находилась точно под бывшим армейским складом.

Дальнейшие действия Максима Нечаева (проницательный читатель уже догадался) отличались быстротой, продуманностью и хладнокровием.

Достав из рюкзака небольшой газовый баллончик, он подкрутил форсунку и чиркнул зажигалкой — из сопла забил острый язык злого пламени. Спустя несколько минут дверные петли были срезаны, и после легкого удара ноги металлический щит двери почти беззвучно отвалился. Несколько крутых ступенек наверх — и Лютый очутился в тесном пространстве бетонного куба. Луч фонаря выхватил темный круг закрытого люка вверху и ржавые скобы лестницы, вделанные в бетон стены. Даже сюда, в подземелье, доносились шум голосов и звуки автомобильных моторов.

Нечаев взглянул на часы, стрелки показывали половину седьмого. От водителей, с которыми он познакомился и которые заезжали на территорию складов, он знал: охрана сменялась дважды в сутки: в семь утра и в семь вечера. Пока одна смена сдаст дежурство, а другая примет, проходит, как правило, не менее получаса, и тогда склады изнутри практически не охраняются. Полчаса — это много. Во всяком случае, достаточно, чтобы выйти наружу и, исполнив запланированное, скрыться незамеченным тем же путем.

Без пяти семь голоса наверху стихли, и Нечаев, поднявшись по металлическим скобам, осторожно приподнял люк. Справа белел высокий бетонный

266

забор. Слева серебрился огромный ангар из рифленого дюраля. Ворота ангара были приоткрыты, и в глубине его просматривались очертания большегрузной фуры.

Спустя минуту Максим, никем не замеченный, выбрался на поверхность. Вход в подземный коллектор он не стал закрывать, лишь легонько придвинув крышку люка. Подхватив чемоданчик, Лютый бесшумно двинулся в сторону открытых ворот ангара.

Внутри было темно и тихо. В воздухе витал сильный аромат спирта. Запах этот источался бочками, стоявшими в ангаре. Заглянув в заднюю дверцу фуры, Нечаев присвистнул: прицеп был доверху забит проволочными ящиками с водкой. Кабина фуры, как он и рассчитывал, была пуста. По-видимому, водитель находился в зоне наблюдения сменявшихся охранников.

— Спирт горит лучше водки, — пробормотал Лютый, щелкая застежками чемодана, — а напалм лучше спирта...

Чемоданчик, с какими обычно ходят сантехники, был доверху забит пластиковыми пакетами с напалмом. Напалм хорош всем, а особенно тем, что его невозможно потушить водой. Именно это обстоятельство и обусловило выбор Нечаевым орудия диверсии...

Лютый управился быстро: спустя пять минут и бочки со спиртом, и колеса фуры были обмазаны вязким, напоминающим клей веществом. Горловины бочек, естественно, были закрыты наглухо — это означало, что при нагревании металлических стенок горючее содержимое, по законам физики, должно было расширяться и, дойдя до критической точки, взорваться. Огромные объемы горючего гарантировали, что пожар неминуемо перебросится на соседние ангары. Оставалось лишь бросить спичку и, добежав до полуоткрытого люка, спуститься вниз, прикрыв за собой крышку...

Что и было сделано.

...В девятнадцать часов десять минут первые бочки уже пылали, и злые языки пламени жадно лизали их бока. В девятнадцать часов двадцать четыре минуты страшной силы взрыв потряс склад со спиртом — огонь мгновенно перекинулся на соседние ангары.

А в девятнадцать часов тридцать пять минут с центрального пункта складской охраны позвонили по «01».

Пожарники прибыли в двадцать часов пять минут, но погасить бушевавший огонь было решительно невозможно. Бывшие военные склады выгорели дотла, а вместе с ними сгорело и все содержимое...

Вечером вся Москва увидела в передаче «Дорожный патруль» съемки с места происшествия. Бесстрастный голос за кадром сухо информировал жителей и гостей столицы об очередном большом пожаре...

Глава тринадцатая

Понедельник — день тяжелый...

«Доносчик — как перевозчик: нужен лишь на один час...»

С этим утверждением Вадим Алексеевич Шацкий был согласен на все сто: и как бывший оперативник угро, перевидавший за свою службу немало сексотов, и как опытный, умудренный жизнью человек. Стукачей лелеют, оберегают от неприятностей лишь до того момента, пока у них есть возможность выполнять свои малопочтенные обязанности. Разоблаченный же стукач никому не нужен.

За свою жизнь Вадим Алексеевич, человек умный и осторожный, почти не совершал серьезных ошибок. Крупно прокололся он лишь однажды, когда, будучи подполковником МВД, позарился на сто пятьдесят граммов кокаина, подлежавших уничтожению по акту и обязательно при понятых.

Кокаин был продан налево, и потому никаких документов по его уничтожению, естественно, составлено не было. Случилось это за несколько месяцев до его ухода на пенсию...

Но кто бы мог подумать, что об этом факте станет известно проклятым чекистам?!

Роковая ошибка обошлась Шацкому слишком дорого: шантажируя возбуждением уголовного дела и прочими неприятностями, ФСБ вынудила его к сотрудничеству. А написав курирующему его оперативнику Симбирцеву первое донесение, отставной подполковник влип окончательно. Тот давний факт присвоения кокаина еще следовало доказать. Да и времени прошло немало.

В конце концов, можно было попробовать по старым каналам повлиять на следствие, суд, прокуратуру, организовать грамотного защитника. Но узнай о факте стукачества Александр Фридрихович, тут уж никакие связи, никакие былые заслуги не помогут. Никакой тебе презумпции невиновности, никакого адвоката.

Миллер всегда отличался маниакальной быстротой на расправу, и для того, чтобы положить голову подозреваемого в стукачестве на плаху, не требовалось длительных разбирательств. Как-то при встрече майор Симбирцев деликатно намекнул: нам-де достаточно организовать небольшую утечку информации, чтобы господин Миллер сожрал вас с позавчерашним дерьмом! Так что не забывайте, от кого зависите...

Впрочем, господин Миллер мог поступить и иначе, поставив Вадиму Алексеевичу ультиматум: или становишься двойным агентом, дезинформируя Лубянку сообразно моему плану, или этот разговор у нас с тобой последний.

Но, даже приняв такое, спасительное на первый взгляд предложение, Шацкий оказался бы между двух огней. Двойной сексот лишь ненадолго продлил бы свою агонию. Если чекистам было под силу организовать утечку информации, то они наверняка бы раскололи сексота-оборотня.

Правильно говорят: доносчик — как перевозчик...

Никакого выхода не было. Именно поэтому начальник службы безопасности «Защитника» скрупулезно выполнял все распоряжения Лубянки. Именно поэтому он регулярно писал подробные доносы: с кем Миллер встречается и с кем собирается встретиться, каковы его планы, успехи и неудачи... Именно потому Шацкий беспрекословно выполнил и последнюю установку Большого Дома:

аккуратно внедрил в окружение Александра Фридриховича людей ФСБ — Савелия Говоркова и Андрея Воронова.

Однако Вадим Алексеевич был достаточно умен, чтобы понять: теперь положение его сделалось шатким, как никогда. Или «запалится» на какой-нибудь случайности сам, или (что очевидно) станет ненужным, и тогда Лубянка поспешит от него избавиться... Ведь теперь, кроме Шацкого, ФСБ имеет в «Защитнике» еще двоих людей!

Теперь Шацкий начисто лишился покоя. Ситуация выглядела беспросветной и безвыходной.

Пойти к Немцу с повинной, рассказать, каким образом внедрены к нему лубянские «телохранители», а заодно и о своих встречах с чекистским опером?

Глупо и нерасчетливо.

Пустить все на самотек?

Тоже не лучший выход. Еще месяц, два, максимум полгода — и голова его ляжет костяшкой на счетах высших оперативных интересов ФСБ. И не важно как: сдадут ли его, Вадима Алексеевича, хозяину и работодателю, подстроят автомобильную катастрофу, отравят газом, организуют тихое и незаметное исчезновение...

У мальчиков из Большого Дома длинные руки!

Но ведь сидеть просто так тоже нельзя!

Еще со времен службы в угро Шацкого отличала редкая аналитичность мышления. Вот и сейчас, проанализировав положение, он пришел к очевидному: надо во что бы то ни стало избавиться от «телохранителей», внедренных Лубянкой.

Такому решению трудно было отказать в логике.

Во-первых, ликвидировав Говоркова и Воронова, Шацкий автоматически восстановил бы исходную ситуацию, при которой в сборе информации для ФСБ он оставался единственным ценным агентом. Общеизвестно: монополия на информацию всегда дорогого стоит.

Во-вторых, в случае возможного провала «телохранителей» Вадиму Алексеевичу, поручившемуся за них перед Немцем головой, пришлось бы несладко. Не проще ли не допустить провала?!

В-третьих, от этих неулыбчивых эфэсбэшных парней вполне можно было ожидать упреждающего удара: зачем оставлять в живых потенциального «двойного агента»!

Да, Вадима Алексеевича всегда отличала глубина аналитических выводов, а быстрота решений была равна ей. К тому же он понимал: теперь, когда его жизнь висит на волоске, промедление смерти подобно.

Перебрав множество вариантов ликвидации, начальник службы безопасности выбрал классический: взрыв автомашины. Установить под днищем «линкольна» радиоуправляемую мину — раз плюнуть. Проследить, когда Савелий и Андрей окажутся в салоне вдвоем, нажать на кнопку пульта дистанционного управления, и... пусть ищут потом исполнителя...

Объяснение для Миллера прозвучит весьма правдоподобно: налицо подлое покушение на него самого. То, что удалось автомобиль заминировать, — вина покойных Говоркова и Воронова, земля им колом. Да только что-то у киллеров, видимо, не получилось, бомба раньше времени сработала. Слава Богу, что вас, Александр Фридрихович, в салоне не оказалось! Конечно, для абсолютной уверенности в завтрашнем дне следовало отправить на тот свет и самого Александра Фридриховича, однако в случае смерти патрона Шацкий терял постоянный источник своего безбедного существования, и потому от этого замысла пришлось отказаться, хотя и с огромным сожалением. Однако, не стань Немца, куда податься бедному человеку, ответственному за безопасность в его фирме?!

Двадцать первого ноября пластиковая взрывчатка, которую невозможно было обнаружить обыкновенными армейскими детекторами, была незаметно прикреплена под бензобак лимузина. Черная коробочка пульта дистанционного управления лежала в кармане Шацкого. Дело осталось за малым: дождаться подходящего момента.

Дожидаться, как назло, пришлось долго. Миллер целыми днями колесил по Москве и Подмосковью, улаживая неожиданно возникшие проблемы. За рулем «линкольна» обычно сидел Воронов, Говорков же сопровождал лимузин на «мицубиси-паджеро». Немец был зол, как никогда: несколько дней назад при загадочных обстоятельствах полностью выгорел склад в Выхине, где хозяин «Защитника» хранил огромные запасы левого алкоголя и первую партию импортных лекарств, поступление которых после смерти Лебедя «Защитник» переадресовал на себя.

Поначалу Немец посчитал причиной пожара обычную халатность охранников, но спустя несколько дней получил заказное письмо: ответственность за террористический акт, как и в случае пожара в «Космосе», брал на себя все тот же ненавистный «Черный трибунал».

Узнав о поджоге в Выхине, Шацкий неожиданно воспрянул духом. Если эти долбаные террористы жгут спиртохранилища, почему бы им не предпринять попытку покушения на их хозяина? Правда, не совсем удачного покушения.

Двадцать девятого ноября, в воскресенье, стало известно: Александр Фридрихович неожиданно заболел гриппом и как минимум несколько дней проведет дома. А это значило, что и «линкольн», и Говорков с Вороновым временно поступают в распоряжение начальника службы безопасности.

Шацкий уже знал, что делать: вечером тридцатого ноября, когда хранители тела Немца наверняка не понадобятся ни гриппующему, ни его Миллерше, он позвонит на мобильник Савелию и прикажет съездить в район Сокольников, якобы забрать чемоданчик с деньгами. Серьезность суммы обусловит присутствие обоих телохранителей. А дальше — лишь кнопочку на пульте нажать...

Вадим Алексеевич наметил операцию на восемь вечера. На всякий случай придумал себе алиби: за час до запланированного взрыва, в половине седьмого, он появится в своей поликлинике, возьмет в регистратуре карточку и даже засветится у врача. От поликлиники до намеченного места в Сокольниках, перекрестка 2-го Красносельского переулка и 3-го Транспортного кольца, — пять минут езды на машине. Пять минут туда, столько же обратно плюс минут десять — пятнадцать придется обождать «линкольна» с Савелием и Андреем. В случае какой-нибудь проверки персонал поликлиники всегда подтвердит: да, был тут такой, помним, видели...

Тридцатого ноября, в понедельник, Шацкий появился в офисе «Защитника», как обычно, в восемь ноль-ноль. Отдал несколько распоряжений, проверил только что поступившие банковские документы, позвонил домой Миллеру, уточняя, какие будут приказы. Затем вызвал Говоркова и Воронова, наметив сегодняшний распорядок: в полдень съездить в Шереметьево, встретить нужного человека и отвезти его домой к Немцу. Затем сгонять в Долгопрудный за папкой с документами. Затем забрать гостя Александра Фридриховича и отвезти его в гостиницу Министерства обороны. Затем...

— Вечером вам предстоит быть в Сокольниках, — завершил инструктаж Шацкий. — Надо будет забрать деньги. О месте, времени и обстоятельствах сообщу дополнительно. Александра Фридриховича сегодня не будет, так что джип оставьте на стоянке. Обойдетесь одним «линкольном».

Выслушав Шацкого, Савелий лишь плечами

передернул: в Сокольники так в Сокольники. Слава Богу, что Миллершу сегодня возить не надо!

— Все, можете отправляться. Будьте все время на связи, — кивнул на прощание Вадим Алексеевич, проводив телохранителей взглядом, и с трудом сдержал невольный вздох.

Люди, видевшие Шацкого утром того понедельника, невольно отмечали: в движениях, в интонациях и даже во взгляде начальника службы безопасности «Защитника» сквозила явная нервозность. Впрочем, ничего странного в этом не было: работа сложная, опасная, да и неприятностей в последнее время хватает.

И вообще: понедельник, как известно, день тяжелый...

Фосфоресцирующие стрелки будильника показывали без четверти семь. Нечаев открыл глаза, приподнялся на локте, осторожно взял часы с ночного столика и нажал на кнопку звонка. Внутреннее ощущение времени выработалось у него много лет назад — он и сам не мог сказать, когда именно. Будильник он ставил только для страховки: Максим всегда просыпался на несколько минут раньше, чем срабатывал его звонок.

Он рывком сел на краю кровати, включил торшер — за окнами еще было темно, прижал ладони к вискам, изо всех сил пытаясь вспомнить взволновавший его сон. Но это ему никак не удавалось. Весь мир сновидений, в котором — он был уверен — этой ночью он увидел что-то важное, словно смыло быстро накатившей волной. Только одна фраза из сна «ВСЕ МЫ НЕ ЖИВЕМ, А ТОЛЬКО ГОТОВИМСЯ ЖИТЬ» почему-то застряла в сознании.

Однако Лютый недаром тренировал свою память — он силой воли заставил себя вспомнить все подробности сна. Наконец это ему удалось.

Во сне он медленно двигался по какому-то бесконечному коридору, причем шел на свет. И он был не один — рядом с ним находилась его покойная жена Марина: она чему-то весело смеялась. Максим вспомнил чему: жена рассказывала ему на ходу, что сын, Павел, у них уже есть, не пора ли завести дочку? Она хочет дочку и чтобы ее непременно звали Наташей.

Почему-то сразу после этих ее слов от стены коридора отделилась какая-то женская фигура и подбежала к ним. Лютый удивленно сказал:

— Наташа, это ты? Что ты тут делаешь?

Наташа молчала и лишь показывала плавным жестом направление вперед, словно говоря, что им обоим надо продолжать идти вперед и никуда не сворачивать.

Они пошли, но коридор вдруг закончился, и они оказались на краю мрачной пропасти, все дно которой было усеяно обезображенными трупами. Лютый увидел, как один из этих трупов поднялся во весь рост, и этим трупом оказался бандит по кличке Атас, повинный в смерти Марины и Павлика.

Атас жутко захохотал, потом внезапно быстро взлетел со дна пропасти и оказался прямо перед Лютым. В его руке была остро наточенная коса — вечное орудие самой Смерти, как ее обычно изображают на картинках у всех народов мира.

С лезвия страшного оружия мерно падали капли крови. Атас взмахнул косой, Лютый пригнулся, и лезвие со свистом пролетело у него над головой. Лютый крикнул жене, сыну и Наташе:

— Уходите отсюда!

Почему-то близкие ему люди не сдвинулись с места, и ему ничего не оставалось, как самому перейти в атаку.

Несколькими точными ударами он выбил из рук бандитского трупа косу, затем подпрыгнул и нанес Атасу мощнейший удар ногой в грудь. Удар оказался таким немыслимо сильным, что его противник, издав нечеловеческий вопль, взлетел на несколько метров вверх и, словно подхваченный какими-то неведомыми силами, устремился обратно в пропасть.

В тот момент Лютый заметил, что его окружают все новые и новые трупы, среди которых особенно отвратительно выглядели сгоревшие заживо Кактус и Шмаль. Они протягивали к Нечаеву свои скрюченные руки и издавали какие-то жуткие булькающие звуки.

Отбиваясь от них, Максим с большим трудом успевал, используя все свои возможности и умения, отправлять обратно в пропасть все новых и новых мертвецов, которые все ближе подбирались к его жене, сыну и Наташе.

Наконец ему удалось нейтрализовать сгоревших сабуровских — он сумел резануть ладонью каждого по шее, и от этих ударов с противным чмоканьем отскочили их почерневшие головы. Оставшись без голов, Кактус и Шмаль нелепо замахали руками и рухнули вниз, на острые камни.

Лютый увидел, как рядом с ним все разрастается и разрастается яркое голубое свечение. Максим сразу почувствовал какое-то тепло и покой от этого свечения. Вероятно, так чувствуют себя люди, на которых опустилась Божия благодать.

Из этого светящегося голубого облака вдруг появился голубоглазый блондин и поприветствовал Нечаева по обычаю восточных единоборцев. Почему-то Лютый сразу понял, что этот блондин с тяжелым волевым взглядом и рельефным шрамом на щеке прибыл к нему на помощь.

Откуда он явился и кем был послан — рассуждать было некогда: мертвецы лезли все назойливее и назойливее, их становилось все больше и больше. Казалось, все пространство до самого горизонта заполонили их мерзкие полусгнившие тела. Все они мерзко чмокали губами, скалили зубы, тянули руки к Лютому и его близким. Среди них были и Парторг, и Кока, и Гашиш в золотом халате — словом, все те, кого Лютый совсем недавно отправил на тот свет.

«Не волнуйся, — крикнул ему блондин, — это проверка на прочность духа! Учитель с нами. Всегда с нами!»

Блондин кивнул в сторону старика, который спокойно сидел рядом с ними на огромных, отшлифованных до зеркального блеска мраморных камнях. Старик взглянул бесконечно мудрыми глазами на Лютого и торжественно произнес:

«ТЫ — ВО МНЕ, Я — В ТЕБЕ. ВСЕ МЫ НЕ ЖИВЕМ НА ЭТОЙ ЗЕМЛЕ, А ТОЛЬКО ГОТОВИМСЯ ЖИТЬ... ЗАПОМНИ ЭТО!»

Лютый и голубоглазый блондин встали рядом и начали яростный бой с трупами, которых теперь все меньше и меньше оставалось на горном плато. Бой был долгим, жестоким, яростным и бескомпромиссным. Все мертвые ублюдки полетели туда, откуда и выползли: в пропасть. И вскоре плато наконец-то было очищено.

Лютый вдруг ощутил во сне приступ необыкновенного счастья — теперь вместе с ним были люди, которых он любил: Наташа улыбалась ему, Павел и Марина смотрели на него с нежностью и благодарностью... Он оглянулся, чтобы поблагодарить голубоглазого незнакомца, но...

Все вдруг пропало... Лютый проснулся.

Теперь, вспомнив свой сон в мельчайших деталях, он только подивился его причудливости. Не спеша достал сигарету «Мальборо лайтс», так же не спеша выкурил, затем заварил кофе и пошел в душ.

Сегодняшний день, тридцатого ноября, обещал стать тяжелым. Следовало осуществить второй пункт диверсионной программы — ликвидировать кого-нибудь из ближайшего окружения Немца. Да, Прокурор оказался прав: отечественная мафия уже признала «Черный трибунал» как инстанцию

278

судебную и карательную. Стало быть, удары должны стать еще более неожиданными, еще более изощренными. Хороший самбист всегда бросается внезапно: и справа, и слева. Однако удар, который Нечаев собрался нанести сегодня, должен был стать прямым.

Но ранним утром тридцатого ноября Максим ощущал себя немного растерянным; такого с ним прежде почти никогда не случалось. Дело было не в том, что ликвидация кого-то из окружения Немца была трудновыполнимой. В богатом арсенале Лютого было множество способов «исполнить» человека надежно, быстро и грамотно, имитируя смерть «под несчастный случай» или «естественные причины».

Слежку за миллеровским «линкольном» Максим начал еще четыре дня назад. Следить было несложно: американский лимузин был слишком приметен, чтобы упустить его из виду, и слишком неповоротлив, чтобы оторваться в густом автомобильном потоке Москвы.

Уже спустя полчаса Нечаев открыл для себя поразительную вещь: оказывается, среди телохранителей «нового русского мафиози» Немца был человек, который в свое время причинил Лютому так много неприятностей.

И который так неожиданно возник почему-то сегодня, в его сне, причем помогая ему изо всех сил.

Надо же?! И приснится же такая чушь!..

Когда-то они столкнулись наяву — лицом к лицу. Причем чуть не прикончили друг друга. Единственное, что сильно удивило тогда Максима, — боевое мастерство этого парня со шрамом на щеке. Лютый как будто дрался со своим отражением — все его замыслы во время схватки голубоглазый с легкостью предугадывал, более того, часто сам первым наносил удар, опережая его действия на какие-то доли секунды.

279

Такой опытный соперник никогда еще не вставал на пути Лютого. Если бы не бойцы СОБРа, помешавшие им тогда разобраться друг с другом, кто знает, чем бы все это на деле могло закончиться. Ясно одно — кто-то из них двоих мог тогда отойти в мир иной...

...Еще в бытность свою номинальным лидером сабуровской оргпреступной группировки (искусственно созданной с подачи Прокурора для ликвидации других ОПГ) Максиму приходилось встречаться с этим голубоглазым блондином. Два года назад человек этот развернул за «главным московским мафиози» Лютым охоту по всем правилам егерского искусства: погони, засады из-за угла, изощренно расставленные ловушки...

Все попытки выяснить личность охотника оканчивались неудачей. Даже всемогущий Прокурор сумел узнать ничтожно мало: вроде бы этот человек был известен в Большом Доме под устрашающей кличкой Бешеный, вроде бы он каким-то непонятным образом был связан с генералом Богомоловым. На первый взгляд получалось, что, действуя по сценариям различных спецслужб и номинально противостоя друг другу, Лютый и Бешеный, по сути, выполняли одну и ту же работу: сражались с организованной преступностью.

А теперь этот Бешеный охранял одного из самых влиятельных мафиози столицы!

Что выглядело странным и неестественным, но только на первый взгляд. Не надо было быть ясновидцем, чтобы сообразить: Бешеный нарисовался рядом с Миллером неспроста. И наверняка его «телохранительство» не более чем прикрытие, легенда, не имеющая с истинными его целями и задачами ничего общего.

Связавшись с Прокурором, Нечаев поделился возникшими подозрениями.

— Что делать? — спросил он.

Ответ Прокурора несколько озадачил: продолжать наблюдение за Миллером.

— Впрочем, все наши договоренности остаются в силе. Имею в виду второй пункт диверсии — ликвидацию кого-нибудь из окружения Немца, — последовало категоричное. — Но, Максим Александрович, вы ведь сами понимаете: этот загадочный Бешеный — не единственный человек в окружении Немца!.. Я, в свою очередь, попытаюсь выяснить, зачем Лубянка внедрила в «Защитник» своего человека...

Существует главный врачебный принцип: не навреди. Принцип этот справедлив не только в медицинской практике, но и в повседневной жизни. Не знаешь, по какому сюжету будут развиваться события, — не провоцируй их развитие. Не знаешь, какие скрытые механизмы задействованы в той или иной операции, — попытайся эти механизмы выявить.

Вот и Максим, оценив обстановку, справедливо решил: мишенью, достойной его внимания, может быть и кто-то иной. К тому же слова Прокурора «этот загадочный Бешеный — не единственный человек в окружении Миллера» прозвучали прямым руководством к действию.

...Приняв душ и наскоро позавтракав, Лютый, прихватив с собой небольшой чемоданчик, отправился на автостоянку. Уселся в свою «девятку», прогрел двигатель и медленно выехал на улицу. Путь его лежал в Чертаново: там на паркинге его ожидала милицейская «шестерка», укомплектованная безукоризненными документами на имя инспектора Прохорова и новенькой формой капитана Государственной инспекции безопасности дорожного движения...

Москва — самый сумбурный, самый неупорядоченный город в мире. В российской столице логична разве что Красная площадь, превращенная, по сути, в кладбище с главным некрополем. Все остальное — откровенный результат непродуманной планировки и продукт хаотичного ума. Сокольнический район тому подтверждение. Улицы, начинающиеся невесть откуда и непонятно где заканчивающиеся; казенного вида строения, одиноко стоящие на отшибе; бесконечная череда заборов, ограждающих точно такие же заборы... Серо, уныло, тоскливо.

Ко всему прочему, многие сокольнические улицы носят скучные числительные названия: 1-й Красносельский, 2-й Рыбинский переулки, 3-е Транспортное кольцо...

Но для организации покушения место было выбрано бывшим подполковником Шацким идеально. Отсутствие поблизости жилых массивов гарантировало минимум свидетелей. Плотный поток автотранспорта давал возможность быстро затеряться в бесконечном табуне машин. К тому же до поликлиники, где Вадим Алексеевич намеревался создать себе алиби, было не более пяти минут езды.

В восемнадцать ноль-ноль он позвонил на мобильник Говоркова, предупредив: через два часа ему и Воронову надлежит прибыть на «линкольне» к пересечению 3-го Транспортного со 2-м Красносельским и ожидать бордовую «Ниву», госномер У 436 ТХ.

В восемнадцать тридцать пять автомобиль Шацкого, темно-синяя «мазда», остановился на паркинге перед поликлиникой, к которой Вадим Алексеевич был прикреплен сразу после окончания службы в милиции. В восемнадцать сорок пять, взяв в регистратуре карточку, он отправился на второй этаж, к урологу: у отставного подполковника пошаливали почки, и визит этот выглядел более чем оправданным.

Конец дня не лучшее время для визитов к врачу. Толпы больных, отсутствие талончиков, не в меру наглые пациенты, которые норовят пролезть без очереди.

Как и следовало ожидать, к врачу Шацкий попал лишь в девятнадцать двадцать. Пожаловался на самочувствие, попросил направление на УЗИ. В девятнадцать тридцать он вышел из кабинета, сжимая в руке листок направления. Занял очередь в кабинет УЗИ, но ждать не стал — спустя пять минут темно-синяя «мазда» уже выруливала со стоянки перед поликлиникой.

Ни Савелий, ни Андрей не знали машину Вадима Алексеевича (темно-синяя «мазда» была куплена всего месяц назад). Психологический расчет Шацкого был верен: если людям приказано дождаться «Ниву» бордового цвета, они наверняка проигнорируют появление синей «мазды». Стекла японского лимузина слегка тонированы, что не позволит Говоркову и Воронову рассмотреть водителя. Все это давало возможность появиться на месте, не вызывая подозрений будущих жертв.

Однако, выехав со стоянки, начальник службы безопасности обратил внимание на милицейскую «шестерку» в полной боевой раскраске, следовавшую в кильватере «мазды». Машину, очень похожую на эту, Шацкий заметил еще сегодня днем неподалеку от офиса «Защитника». И четыре часа назад, и теперь в салоне вроде бы той же самой «шестерки» сидел похожий милиционер, и это не могло не насторожить.

Прибавив газу, Вадим Алексеевич попытался было оторваться от милицейского автомобиля, однако «шестерка» проявила неожиданную резвость, резко прибавив скорость. Особый статус преследователя позволял ему безнаказанно игнорировать правила дорожного движения.

— Тьфу, зараза, — выругался Шацкий, включая левый поворот, но выруливая направо. — Прицепился же мент на мою голову!

Видимо, за рулем «шестерки» сидел опытный водитель, и потому финт с неправильно включенным поворотом не застал его врасплох. В девятнадцать сорок пять громкоговоритель, установленный на крыше милицейского автомобиля, выплюнул в вечерний морозный воздух властное:

— Автомобиль «мазда» синего цвета, немедленно к бровке!

Конечно, Вадим Алексеевич и не подозревал, что в «шестерке» может сидеть не инспектор ГИБДД. Возникшая было подозрительность рассеялась сама собой, уступив место досаде: а вдруг из-за такой мелочи он не успеет к нужному месту? Да и чего волноваться: ну видел он сегодня похожую машину у офиса — мало ли за сутки милицейских «шестерок» мимо проезжает? К тому же, показав неправильный поворот, Шацкий сознательно нарушил правила. А потому следовало, максимально быстро завершив переговоры, мчаться к мосту, где все должно произойти.

Остановившись у обочины, Шацкий, нащупав в кармане брюк портмоне с деньгами и документами, вылез из-за руля.

«Командир, вину признаю, готов пострадать материально», — завертелась на языке фраза, ключевая в переговорах с дорожной милицией.

А из «шестерки» уже выходил инспектор. Это был невысокий, плотно сбитый мужчина лет тридцати пяти, с простыми, правильными, но не запоминающимися чертами лица, с серыми, глубоко посаженными глазами, окруженными сетью морщин. Новенькая кожанка с капитанскими погонами, скрипящая белая портупея, кобура на боку...

Ничего в облике этого милиционера не вызывало подозрений. Правда, несколько удивляло, что в салоне он был один, без напарника; ведь экипаж машины ГИБДД, как правило, состоит из двух или трех человек...

Тем временем милиционер козырнул по-уставному и, подняв взгляд на нарушителя, произнес:

— Старший инспектор ГИБДД капитан Прохоров. Ваши документы.

Шацкий нервно взглянул на часы — маленькая стрелка почти коснулась «8», а большая застыла между «10» и «11». Оставалось чуть больше пяти минут. Владелец «мазды» попытался было успокоиться — логические доводы выглядели неоспоримо.

В конце концов, Говорков и Воронов наверняка будут ждать бордовую «Ниву» с выдуманным госномером минимум минут пятнадцать и, не дождавшись, перезвонят на мобильный. И в том, что его задержал этот не в меру придирчивый мент, нет ничего страшного. Главные сложности позади: заминировать «линкольн», придумать себе алиби. А теперь задача проста и незамысловата: засечь стоящий на обочине лимузин с «телохранителями» и, проехав мимо метров двести, нажать кнопочку на пульте дистанционки. Радиоимпульс сработает с расстояния трехсот — четырехсот метров — это Шацкий знал наверняка.

Документы оказались в порядке, однако дотошный инспектор почему-то не спешил отпускать проштрафившегося водителя.

— Откройте капот, — произнес он.

— Командир, я признаю, что нарушил, — занервничал Шацкий, понимая, что это надолго. — Сколько я тебе должен, а? Извини, спешу очень. Капитан, да я сам ментом в уголовке работал, подполканом в отставку ушел, меня в МУРе каждая собака знает!

— Откройте капот, я хочу взглянуть на номера двигателя и кузова, — невозмутимо перебил капитан Прохоров.

Вадим Алексеевич приоткрыл водительскую дверцу, присел, нащупывая под приборной доской запорный рычажок капота. Выпрямившись,

Шацкий вновь взглянул на часы и, не в силах сдержаться, произнес с досадой:

— Командир, да быстрее же, опаздываю!

В это мгновение их взгляды встретились. И тут водитель «мазды» поймал себя на мысли, что этот капитан вовсе не тот, за кого себя выдает: на Вадима Алексеевича смотрели острые, безжалостные глаза профессионального убийцы...

Последнее, что успел заметить начальник службы безопасности «Защитника», — небольшой аэрозольный баллончик, невесть как оказавшийся в руках инспектора.

Короткий пшикающий звук, резкий удар теплой маслянистой струи в ноздри, и Шацкий жадно, словно рыба, вытащенная на лед, глотнул ртом воздух. Спустя мгновение грузное тело осело на ноздреватый снег обочины.

Руки Шацкого инстинктивно хватанули снега, голова его с жидким хвостиком волос на затылке мотнулась вбок, глаза, казалось, сейчас выскочат из орбит. Максим осторожно вытер платком портмоне убитого и сунул ему в карман длинного пальто. Он знал, что первое, на что обратит внимание бригада «скорой помощи», — на месте ли документы покойного...

Мимо проносились машины, обгоняли друг друга, мигали поворотами, суетливо перестраивались на перекрестке из ряда в ряд. И никому из водителей и пассажиров и в голову не могло прийти, что здесь, на обочине оживленной трассы, только что произошло убийство.

Не пришло такое в голову и майору из Сокольнического ГИБДД Воробьеву, который в штатском на своей верной «копейке» спешил в роддом, где его жена утром родила дочку. Воробьев засек незнакомую милицейскую «шестерку» и неизвестного капитана, беседовавшего с водителем «мазды». «Вот нахал, — подумал Воробьев, — в чужом районе бабки снимает». Майор был человек честный, насколько может быть честным работник ГИБДД. В другой раз он обязательно бы остановился и дал бы по рогам нарушителю неписаной милицейской этики. Но так хотелось поскорее хоть через окно поглядеть на новорожденную Юльку (имя они с женой Наталкой выбрали заранее). «Пусть пасется», — щедро разрешил Воробьев приблудному капитану. Правда, уже проехав дальше и чисто автоматически взглянув в зеркало заднего вида, счастливый отец успел заметить какую-то странную суету у «мазды» — похоже, водителю стало плохо. «Бог шельму метит», — беззлобно подумал майор, отчасти даже посочувствовав незадачливому коллеге-капитану, которому теперь, скорее всего, придется вызывать «скорую помощь».

Капитан Прохоров, подхватив обмякшее тело, усадил его за руль, после чего профессионально быстро обыскал салон и карманы. Обнаружив во внутреннем кармане пальто черную коробочку с кнопками, критически осмотрел ее и сунул себе в карман.

Неожиданно в держателе на приборной доске «мазды» зазуммерил мобильник. Инспектор Прохоров взял телефон.

— Добрый вечер, Вадим Алексеевич, — послышался из аппарата голос.

Этот голос показался Лютому очень знакомым.

Не дождавшись ответного приветствия, абонент сообщил:

— Мы уже десять минут на месте. Никакой «Нивы» не было. Что делать? Ждать дальше?

Не отвечая, мнимый милиционер выключил телефон, вставил его в держатель и понимающе покачал головой.

— Так вот оно что...

Спустя минуту человек, выдававший себя за инспектора, хлопнул открытым капотом «мазды», тщательно протер все поверхности, к которым мог прикасаться, включил в припаркованной машине

287

аварийку и, прикрыв дверцу, направился к своей «шестерке».

Сомневаться в летальном исходе не приходилось. Яд в аэрозольной упаковке действовал мгновенно и бесследно рассасывался в течение получаса. Все свидетельствовало о скоропостижной смерти: вскрытие наверняка показало бы «внезапный тромбоз». Ехал себе человек, почувствовал недомогание, остановился, включил аварийку, но покинуть салон уже не хватило сил...

Что поделать: работа у покойного была опасной, ответственности много, дел невпроворот.

Да и вообще, понедельник — день тяжелый. А сегодня как раз начало недели...

Убийство Шацкого, как и все предыдущие ликвидации, было детально продумано и соответственно осуществлено. Теперь оставалось лишь добраться до конспиративной квартиры «КР», где с недавнего времени обитал Максим.

Стоило, однако, сначала подъехать к перекрестку 3-го Транспортного и 2-го Красносельского: звонок на мобильник Шацкого был слишком интригующим.

Роскошный миллеровский «линкольн», одиноко стоящий у обочины, водитель милицейской «шестерки» заметил еще издали. В салоне сидели двое. Мужчину за рулем Максим признал сразу: это был тот самый загадочный Бешеный.

То, что черная коробочка, обнаруженная в кармане покойного Шацкого, была пультом дистанционного включения взрывателя, сомнений не вызывало. Кого именно покойный начальник службы безопасности собирался отправить на тот свет? Получалось, что этих двоих. Водитель «мазды» мчался в сторону припаркованного «линкольна» и заметно спешил. А это могло означать лишь одно: если те двое в лимузине Немца действительно люди с Лубянки, они или разоблачены Миллером (а то чего ради их взрывать?), или в «Защитнике» возникли какие-то серьезные разногласия.

Конечно, Максиму ничего не стоило, отъехав метров на триста, нажать кнопку пульта. Кто заподозрил бы убийцу в скромном капитане ГИБДД? Да и формально Лютый был бы прав: ведь Прокурор настоятельно требовал ликвидации кого-нибудь из окружения Немца!

Но ведь эти двое, судя по всему, выполняли ту же работу, что и он. Только по другому сценарию.

По какому?

Вот это оставалось неясным. Ситуация усложнялась, запутываясь до невозможного. По мнению Лютого, прояснить ее мог только Прокурор. А потому следовало максимально быстро добраться домой и связаться с хозяином коттеджа на Рублевке по компьютеру (мобильнику Максим давно не доверял).

Однако на полпути к автостоянке, где Нечаеву надлежало оставить уже ненужную милицейскую «шестерку» и пересесть в свою машину, произошел форс-мажор, предугадать который было невозможно.

На перекрестке 3-го Транспортного и 1-й Рыбинской салатный «фольксваген-гольф», идущий впереди милицейской машины, неожиданно занесло на обледеневшем асфальте. «Гольф» на всей скорости понесло к обочине, и глухой удар о фонарный столб завершил путь машины.

Останавливаться и светиться рядом с разбитой машиной в положении Нечаева было чистым безумием. К месту катастрофы в любой момент могли подъехать настоящие сотрудники ГИБДД, а это для Лютого означало бы почти стопроцентный провал.

Однако не оказать пассажирам «гольфа» первую помощь Максим не мог. И не только потому, что к этому вынуждал милицейский статус его автомо-

биля. Бросить на дороге пострадавших, когда счет
времени для них, может быть, идет уже на секунды, — на такое способен лишь законченный негодяй. А потому, вырулив направо, Лютый остановил «шестерку» впритирку к разбитому «гольфу»
и, вынырнув из салона, рванул на себя дверцу
машины.

Больше всего досталось шоферу — усатому
мужчине лет сорока пяти. Видимо, он не был
пристегнут ремнями безопасности, и потому сильно ушибся головой о приборную доску. Залитое
кровью лицо, меловая бледность скул, глубокие
порезы осколками стекла на руках и лбу... Он так
и оставался сидеть за рулем, не в силах пошевелиться: несомненно, у водителя был болевой шок.
Пассажиры — совсем молоденькие юноша и девушка интеллигентной наружности — сидели сзади
и потому почти не пострадали.

— Так, ты остаешься тут, — мгновенно оценив
ситуацию, скомандовал инспектор, обращаясь к
девушке, и, кивнув молодому человеку, бросил: — А ты помоги водителя в мою машину перенести. Да быстрее же, быстрее! В больницу надо,
теперь каждая секунда дорога!

Не прошло и минуты, как милицейская «шестерка» отъехала от места происшествия.

— Где тут ближайшая поликлиника или больница? — спросил Максим, не оборачиваясь в сторону молодого человека.

Тот, бережно придерживая окровавленную голову пострадавшего, никак не мог прийти в себя.

— Кажется, в районе Красносельской, — ответил парень, — прямо и направо... Не гоните, ему
уже лучше. Товарищ капитан, какое счастье, что
вы рядом оказались! Спасибо вам огромное!..

Очень часто, собираясь привести в действие некий механизм и нажимая соответственные рычаги,
человек не подозревает, что вызывает этим самым

совершенно неожиданные и непредсказуемые последствия, порой прямо противоположные желаемым.

Знать все наперед — удел провидцев. Ни Максим Нечаев, ни Савелий Говорков, ни тем более покойный Шацкий оными не были.

Кто бы мог подумать, что, избрав в качестве мишени Вадима Алексеевича, Лютый невольно спасет своего давнего врага Бешеного, то есть человека, кандидатуру которого он едва не избрал в качестве «объекта исполнения»?! А как бы разворачивались события, реши «капитан Прохоров» остановить «мазду» часом позже.

Кто мог сказать, что случилось бы, если бы Савелий и Андрей ехали к перекрестку 3-го Транспортного и 2-го Красносельского той же дорогой, где Максим остановил автомобиль Шацкого? Ведь Бешеный, обладавший на редкость цепкой зрительной памятью, наверняка бы узнал в «капитане ГИБДД» человека, которому уже однажды противостоял, и притом по самой жесткой программе!

И уж сам Лютый точно не предполагал, к каким непредсказуемым последствиям приведет его благородная помощь пострадавшему водителю «фольксвагена»!

Как бы то ни было, но очередная задача, поставленная Прокурором перед Нечаевым, была выполнена. Во вторник, первого декабря, в двадцать часов семь минут, из щели факсового аппарата в офисе «Центра социальной помощи офицерам «Защитник» выполз листок бумаги.

Текст приговора был стандартен:

«...бывший подполковник МВД Шацкий В. А... за многочисленные преступления... к высшей мере социальной защиты... смертной казни... ЧЕРНЫЙ ТРИБУНАЛ».

Спустя полчаса приговор стал известен Александру Фридриховичу Миллеру.

Немец, подхвативший жесточайший грипп, чувствовал себя весьма скверно. Однако это известие оказалось настолько серьезным, что он, забыв о болезни, срочно затребовал Савелия и Андрея, распорядившись везти себя к пересечению Ярославского шоссе и Московской кольцевой автодороги.

Дальнейшие события развивались по привычному сценарию. Не успел серебристый «линкольн» остановиться на обочине, как к лимузину подъехал скромный молочный «опель» с номером, заляпанным грязью.

— Отправляйтесь домой, меня не ждите, — бросил Немец телохранителям, пересаживаясь в «опель». — Заберете меня завтра из дома в два часа дня...

Глава четырнадцатая
Образ врага

Вопреки обыкновению, очередную плановую встречу с Савелием Говорковым и Андреем Вороновым генерал Богомолов решил провести не на конспиративной квартире в районе метро «Новослободская», а в своем служебном кабинете на Большой Лубянке.

Беседа ожидалась серьезная и продолжительная. Слишком много событий произошло за последнее время, слишком многое следовало обсудить и проанализировать, слишком многое наметить.

Константин Иванович был собран и деловит. Поделившись с друзьями своими соображениями и по поводу поджога складов на Рязанском шоссе, и по поводу убийства сексота Шацкого, он резюмировал:

— Немцу явно дают понять: кольцо вокруг него сжимается. Следующий на очереди — он.

— Почему же эти неуловимые мстители из «Черного трибунала» не начали прямо с него? — резонно поинтересовался Воронов. — И вообще, к чему эти намеки? Предупрежденный вооружен, это аксиома. Если в «Черном трибунале» действительно профессионалы высшего класса, неужели они не понимают очевидного?

— Я тоже задавался этим вопросом, — задумчиво проговорил Богомолов. — Все не так просто, как может показаться. Во-первых, большинство банковских активов Миллера находится за границей. Можно и должно предположить, что террористов интересует не только голова Немца, но и его средства.

— Почему? — не понял Андрей.

— Допустим, инициатива ликвидации мафиози как класса исходит от частных лиц. Допустим, «Черный трибунал» — небольшая, но очень сплоченная организация. — Заметив, что Воронов в нетерпении заерзал, явно желая что-то уточнить, Константин Иванович повторил веско: — Я говорю: допустим... Не все сразу, Андрюша... Но ведь этим людям надо на что-то существовать? Транспорт, документы, средства связи, оружие, подкуп милиции — все это стоит больших денег. И я вполне допускаю, что конфискация неправедно заработанного может стать главным источником их финансов. Возможен и такой ход: продемонстрировав Миллеру свою силу, «Черный трибунал» потребует отступного, чтобы Немца больше не трогали. Мол, не хочешь дальнейших неприятностей, давай делиться!

— По сути, получается, что одни беспредельщики наезжают на других, — развеселился Андрей.

— Похоже на то. Но это, как говорится, мысли вслух. Одна из версий, которой я придерживался до недавнего времени.

— А во-вторых? — Говорков напряженно подался вперед.

— А во-вторых, у «Черного трибунала», судя по всему, появились конкуренты. Так сказать, лжетрибунал. Средства почти те же самые, а вот цели, как я уже говорил, совершенно иные.

— Константин Иванович, вы имеете в виду убийство в Ялте Лебедевского? — догадался Воронов.

— Вот именно!

— Но смерть Лебедя была на руку лишь одному человеку — Немцу: других конкурентов вполне можно отмести! — констатировал Говорков очевидное. — Стало быть...

— Именно в таких случаях всегда главным остается сакраментальный вопрос «Кому выгодно?», как говорится, нелишний в любой ситуации.

— Выходит, что незаконная ликвидация одних преступных авторитетов выгодна другим преступным авторитетам!

Богомолов наклонил голову в знак согласия.

— Все в нашем мире взаимосвязано. А в мире оргпреступности и подавно. Очевидно одно: когда по Москве пошли слухи о «Черном трибунале», некто очень сильный и очень влиятельный сразу понял: смерть практически любого человека можно списать на этих террористов. Почему бы под шумок не ликвидировать и своих конкурентов? Ясно одно: некто наверняка имеет под рукой какого-то «карманного» исполнителя, который и изображает «Черный трибунал». Смерть Лебедевского действительно была на руку только одному человеку — Немцу. А мы знаем, что ума, коварства и изворотливости ему не занимать. Плюс деньги и влияние. Потому я почти со стопроцентной вероятностью могу сказать: «Черный трибунал»-два является его собственным детищем.

— Может, вечерние поездки Немца на пересечение Ярославского шоссе и Московской кольцевой, откуда его вроде бы забирают в Мытищи, как-то связаны с этими загадочными исполнителями? — напомнил Говорков. — Мы-то все время находимся рядом с Миллером, и все его контакты у нас на виду. Кроме того, из белого «опель-вектры». Он даже из салона не выходит.

— Скорее всего, — согласился Константин Иванович.

— Может быть, есть смысл отследить тот «опель»? — предложил Воронов.

— Всему свое время. Однако сейчас, думаю, пока этого делать не стоит. Люди, имитирующие лжетрибунал, наверняка опытны и изворотливы. Основная наша задача: коль скоро мы их хотим вычислить — не вспугнуть их до поры до времени.

— Ну, хорошо. — Савелий наморщил лоб. — Предположим, лжетрибунал нам удалось вычислить. А как быть с настоящим? С теми людьми, которых мы должны найти?

Богомолов чуть заметно улыбнулся, и Савелий, знавший Константина Ивановича не один год, понял: разговор подошел к самому главному. Слишком уверенной была улыбка генерала, слишком спокойными сделались движения, слишком уж радостно блеснули глаза. Слишком часто повторял он сегодня: «допустим», «предположим», «это лишь одна из рабочих версий». А это могло означать одно: у Константина Ивановича появилась основная версия. Но тогда это уже не версия.

— Позавчера, тридцатого ноября, в половине девятого вечера, на перекрестке 3-го Транспортного и 1-й Рыбинской, то есть в двух километрах от «мазды», в которой был обнаружен труп Шацкого, и в трех с половиной километрах от того места, где вы полчаса безрезультатно прождали бордовую «Ниву», произошла автомобильная катастрофа, — начал Богомолов подчеркнуто официальным тоном, глядя то на одного, то на другого собеседника.

— Да, мы, когда возвращались с перекрестка, заметили зеленый «гольф», который в столб воткнулся, — вставил Андрей, не понимая, какое отношение может иметь эта авария к теме беседы.

— К счастью, на месте дорожно-транспортного происшествия оказался патрульный автомобиль ГИБДД ВАЗ-2106, бортовой номер которого двадцать девяносто четыре. Водитель, капитан милиции, фамилию которого установить не удалось, вместе с одним из пассажиров отвезли пострадавшего в больницу. Сын владельца «фольксвагена» хотел было узнать фамилию милиционера, однако тот почему-то поспешил скрыться...

— Вот как? — едва ли не хором воскликнули Савелий с Вороновым.

— Интересно, не правда ли? — усмехнулся Богомолов. — Благодарный молодой человек позвонил на пульт, попросив разыскать скромного героя, инспектора на патрульной машине с бортовым номером двадцать девяносто четыре.

— И такого конечно же не нашлось... — почему-то предположил Савелий.

— С тобой очень трудно становится работать, — грустно заметил генерал. — Ничем тебя не удивишь... Но и тут ты оказался прав: в автопарке Московского ГИБДД такого автомобиля нет. Так же как и в других подразделениях. Спустя полчаса коллеги из МВД связались с нами, к месту аварии была выслана опергруппа. И по горячим следам выяснила очень любопытные вещи...

— Что именно? — прищурился Говорков, уже предчувствуя, что они близки к разгадке главного.

— Во-первых, человек, выдававший себя за инспектора ГИБДД, оставил в салоне аварийной машины отпечатки пальцев. А во-вторых, сын и сноха пострадавшего составили довольно подробный портрет. Вот, полюбуйтесь...

С этими словами Константин Иванович включил компьютер, несколько раз щелкнув мышкой, и на экране появилось изображение фоторобота. Худое лицо, благородный высокий лоб, тонкие, поджатые губы, глубоко посаженные глаза...

Милицейская фуражка, водруженная на голову, совершенно не гармонировала с портретом мужчины.

— Никого не напоминает? — чуть склонив голову набок, поинтересовался Богомолов.

— Постойте, постойте... — Савелий подсел к компьютеру поближе. — По-моему, это... Лютый? Бывший лидер бывшей сабуровской группировки? Не может быть!

— Я тоже сперва подумал, что ошибаюсь, —

спокойно согласился Константин Иванович. — И потому затребовал из картотеки его отпечатки пальцев. В свое время господин Нечаев Максим Александрович служил у нас, на Лубянке. Правда, чинами не вышел — ушел в действующий резерв старшим лейтенантом. Затем попал на специальную зону под Нижним Тагилом, так называемую «Красную Шапочку». После зоны объявился в Сабурове. Что было дальше, вам известно. Но затем следы его затерялись. Тем не менее кое-что осталось. Так вот, дактилоскопическая экспертиза утверждает, что отпечатки пальцев, обнаруженные в салоне разбитого «фольксвагена», могут принадлежать только ему. Ошибка исключена: мы дактилоскопировали и пострадавшего, и пассажиров.

— Может, он оставил свои отпечатки в «гольфе» когда-нибудь раньше? — недоумевал Бешеный.

— Думали и об этом. Исключено. Машина несколько месяцев простояла в гараже, никто к ней не прикасался. Да и отпечатки свежие, незатертые. Он это! Точно он, никаких сомнений! — Богомолов поджал губы. — И фоторобот весьма схож, и отпечатки пальцев. Факты, как говорится, вещь упрямая.

— Ну, допустим, Константин Иванович, — не сдавался дотошный Савелий, — мы установили личность лжеинспектора. Но где связь «капитана» ГИБДД Нечаева с безвременной кончиной нашего верного соратника Щацкого, ответственность за которую взял на себя «Черный трибунал»?

Богомолов загадочно улыбнулся.

— Много ты знаешь, Савелий, да не все. Заметил один человек, как Нечаев Шацкого штрафовать собирался, а когда машину Лютого по отделам ГИБДД искать начали, он и припомнил одинокого инспектора и «мазду», водителю которой как будто стало дурно...

Так что не волнуйся, связь обнаружена и нет

никаких сомнений в том, что Нечаев-Лютый — боевик «Черного трибунала».

Если бы Савелию Говоркову сказали, что киллерами «Черного трибунала» подвизаются министр внутренних дел или почтенный лагерный вор, он удивился бы куда меньше.

Офицер спецслужб, сколотивший одну из самых могучих преступных группировок, — такое вполне вписывалось в сегодняшние российские реалии. Но преступный авторитет самого высокого уровня, ставший рядовым исполнителем?

— Бывает же такое... — только и смог проговорить Бешеный и, повинуясь какому-то непонятному чувству, обернулся не к генералу, а к Воронову: — Андрюшка, помнишь, я тебе рассказывал о сабуровских... Ну, когда в Ялту с Вероникой ездил?!

— Еще бы! — вздохнул тот.

— Савелий, если у тебя есть сомнения, могу ознакомить с актом экспертизы, — предложил Константин Иванович, прекрасно понявший реакцию собеседника.

— Я в криминалистике все равно не разбираюсь. Верю вам на слово. Но и не верю в то же время. — Нервно закурив, Савелий откинулся на спинку кресла. — Ну, допустим... — задумчиво проговорил он, — допустим, этот Нечаев представляет «Черный трибунал», то есть глубоко законспирированную структуру, которая сражается с бандитами их же методами. Но разве он сам не может быть...

— Я понимаю тебя, Савелий, — прервал Богомолов. — И не спрашивать. Слишком много вопросов, и ответов на них у меня пока нет. Очевидно одно: смерть Шацкого, известного мне как Адик, — дело его рук...

— Чего уж очевидней! — Следом за Савелием закурил и Андрей Воронов.

— Нечаев не так прост, как кажется. У него

двойное, а может, и тройное дно... как у чемодана контрабандиста, — усмехнулся хозяин кабинета. — Вот о чем я еще подумал: почерк очень многих убийств совпадает. Гашим-заде, Караваев, теперь вот Шацкий... Почему бы не предположить, что «Черный трибунал» есть всего лишь один человек? Неужели Лютому не по силам ликвидировать нескольких мафиози? Неужели один человек, а особенно такой, как он, не способен навести в Москве шороху?!

...Как и предполагал Богомолов, беседа затянулась надолго. Когда конкретный образ врага стал известен Говоркову и Воронову, когда были расставлены все акценты, предстояло решить, что делать дальше.

— С теми, кто имитирует «Черный трибунал», все более или менее ясно, — резюмировал Константин Иванович. — Это люди Немца, и они рано или поздно засветятся. Так что, господа телохранители, продолжайте наблюдение.

— А что с Нечаевым? — поинтересовался Бешеный.

— Не знаю, не знаю... Там, на 3-м Транспортном, он засветился по неосторожности.

— Скорее из-за своей порядочности, — сам удивившись, вдруг вымолвил Савелий, почувствовавший к врагу вполне объяснимую симпатию.

— М-да, для обыкновенного бандюги он оказался слишком гуманным. Странно... Но мы никак не можем принять методы, которые исповедует Лютый. Или «Черный трибунал», что, впрочем, одно и то же. Так что будьте начеку. Рано или поздно он нарисуется рядом с Немцем.

— Но ведь вы сами говорили, что «Черный трибунал», или людей, стоящих за ним, интересует не только голова Миллера, но и его банковские активы.

— Прохождение денег я беру на себя. — Богомолов поднялся из-за стола, давая понять, что беседа завершена. — А вы — бдите! И будьте максимально осторожны!..

— Ладно бы один «Черный трибунал», — посетовал Бешеный. — А то целых два. А где гарантии, что не появится третий... или четвертый. Дурной пример заразителен.

— Ситуация запуталась окончательно, — оценил Воронов, поднимаясь.

— Вам и придется ее распутать, — устало улыбнулся хозяин кабинета. — Теперь врага вы знаете в лицо. А это — половина успеха.

Савелий и Андрей, выйдя от Богомолова, закурили еще по одной, выбросив в ближайшую урну пустую смятую пачку от сигарет «Кэмэл».

— Да, вот оно какое, лицо врага, — задумчиво проговорил Савелий. — Лютый... Кто бы мог подумать. Ну что же, будем бдить, братишка?

— Будем, Савка, — серьезно ответил Воронов. — Ну а на сегодняшний вечер у тебя какие планы? Немца нам завтра днем надо забирать, пока мы свободны. Может, махнем куда-нибудь, пропустим по маленькой, все обсудим?

— А куда?

— Есть тут поблизости один неплохой клуб, там тихо и людей не очень много. Поедем?

— Давай, — согласился Савелий. — Давно мы не общались за рюмкой чая. Давно не вспоминали наши горячие денечки, Афганистан...

Словно подслушав последние слова, рядом с ними остановилась какая-то старушенция, одетая в такое древнее, совсем потертое пальто, что оно, похоже, было одного с ней возраста.

— Подайте, Христа ради, живу одна, пенсия маленькая, — заканючила она, — сына мово в Афганистане убили... Некому мне помочь... горемычная я...

Переглянувшись, друзья вытащили несколько пятирублевых купюр и протянули старушке.

— Вот спасибо, люди добрые, храни вас Господь! Ох, есть еще сердечные и заботливые люди... Дай вам Бог здоровья!..

— И вам здоровья, бабушка, — участливо бросил ей вдогонку Воронов.

— Довели страну, суки, — скрипнул зубами Савелий, садясь за руль «мицубиси». — Сколько молодых парней положили и в Афгане, и в Чечне. Помнишь Славика-то? Погиб за Родину, погиб как герой, а сам ни разу еще женщину не познал... так и погиб девственником...

— Да, — нахмурился Андрей, — верно. А мать его потом от горя с ума сошла. Пару месяцев промаялась, бедная, да померла. Так их вместе, за одной оградкой, и похоронили. И еще денег на похороны не могли собрать — ребята выручили. Просто сердце кровью обливается, как вспомню. Сколько таких ребят угробили, чтобы потом сказать «да, ненужная была война, ошибочка вышла...». Тьфу, сволочи! У Славика ни одной женщины не было в жизни, а у этих, богачей новых, небось каждый день по новой девке. И самое гнусное, кого ни спроси, — никто не служил, все по белым билетам косили. Афгана боялись, Чечни... Так и получается — у кого бабки есть, те от армии запросто откупаются, а вместо них необстрелянных салажат в самое пекло посылают. Призвали мальчишку безусого — а через месяц матери цинковый гроб с его телом присылают. Как будто так и должно быть! Эти бандитские рожи, на которые я смотреть уже не могу, процветают, миллионами баксов ворочают, ты представляешь! Чеченским боевикам оружие продают, чтобы те не промахивались, стреляя в нашего русского братишку. А еще говорят — деньги, мол, не пахнут. Да у того же Немца, я уверен, руки по локоть в крови, от него кровищей за версту смердит, я же чую. Потому-то он, сука, так сильно душится своим «Драккар нуаром». Меня прямо тошнит.

302

— Ничего... — зло усмехнулся Савелий. — Ничего, Андрюша. Дай срок... Сколько веревочке ни виться... Да что говорить: сам все понимаешь...

Они подъехали к самым дверям клуба, вышли из машины в снег. Заплатили охраннику за вход, спустились по лестнице в зал. И правда, несмотря на вечерний час, народу здесь почти не было. Они уселись за грубо сколоченный деревянный стол. Воронов открыл меню.

К ним подбежал жирный официант в якобы русской народной одежде — он выглядел совершенно по-идиотски в своем одеянии: сапоги, рубаха с вышитыми на ней петухами, какие-то лампасы. Савелию стало тошно только от зрелища этой карикатурной фигуры. Друзья посоветовались и заказали себе водки да фирменной закуски «а-ля рюс», изобретенной, очевидно, для иностранцев. Стоило это блюдо каких-то немыслимых денег, но им было наплевать — есть больно хотелось.

Наконец им принесли запотевший графин с водкой и по их просьбе много хлеба. Дожидаясь своего «а-ля рюс», Андрей и Савелий выпили по рюмочке и закурили. Девушка с толстой, наверное, накладной рыжей косой, наряженная в крестьянское платье, принесла им большую пепельницу, посередине которой горела свеча.

— Ты не забыл, Андрей, как нас в детдоме-то кормили? — провожая девушку взглядом, спросил Савелий. — А нашу армейскую пищу помнишь?

— Помню, все помню, братишка, — ответил Воронов. — Вот этого бы жирного официанта на наш сухой паек посадить на годик-другой, что бы он, интересно, сказал? Глядишь, больше бы стал на человека похож.

Они выпили еще по одной.

— Самое интересное, — вдруг произнес Савелий после небольшой паузы, — что я сегодня этого Лютого во сне видел. Не поверишь. Будто мы с ним на краю какой-то пропасти с мертвецами дрались. Плечом к плечу. И фраза какая-то у меня вертелась на языке, когда проснулся. Что-то вроде... Дай вспомнить... А, вот какая: «ВСЕ МЫ НЕ ЖИВЕМ НА ЗЕМЛЕ, А ТОЛЬКО ГОТОВИМСЯ ЖИТЬ»... А голос похож на голос моего Учителя... Неплохая, кстати, фраза, да?

— Да, — согласился Воронов. — Определенно. Может быть, так оно и есть. Смотря что понимать под словом «жить».

— Тогда во сне мне все было понятно. Фу, черт, был же там и Учитель! Вот почему его слова мне сейчас вспомнились... Представляешь, кажется, я четко понимал, что такое и эта пропасть, и эти мертвяки, и почему всех этих негодяев после смерти ожидает иной путь, чем честных и порядочных людей. Было абсолютное сознание своей правоты. Надо уничтожать этих всех бандюг, помогая человечеству в целом. Вечная борьба между Добром и Злом. Еще я видел во сне яркий свет... — Тут Савелий замолчал, потому что официант наконец-то принес им фирменное блюдо клуба.

Они еще выпили и стали молча есть.

— Ничего, съедобно, — спокойно сказал Воронов. — Жаль только, что пища эта иностранцам достается, а не нашим старушкам, вроде той, которую мы сегодня видели. Да и откуда у нищих пенсионеров — ты вдумайся, они же получают мизерную пенсию от государства, на которое всю жизнь вкалывали, — откуда у них такие деньги? Ведь им за одно такое блюдо всю их пенсию придется выложить, если вдруг захотят его попробовать.

— Не трави душу, Андрей! — играя желваками, попросил Бешеный и, чтобы сменить горькую тему, спросил: — А ты помнишь, братишка, как тогда, под Кабулом...

Воспоминания перебил женский крик. Друзья обернулись и увидели, как бритоголовый хмырь

304

лет двадцати с небольшим, в черной кожаной куртке и с удивительно тупым хмурым лицом, сидевший через пару столиков от них, лез волосатой татуированной рукой под юбку к очень красивой девушке, мыча что-то маловразумительное. Девушка вырывалась, отталкивала ублюдка от себя. Она растерянно оглядывалась по сторонам, но никто из редких посетителей клуба не спешил к ней на помощь.

Бандит же наглел на глазах. Взревев:

— Ты, блядина такая, что, тебе сотни баксов мало? — Он ударил девушку тяжелой лапой по щеке.

На глазах у нее показались слезы, и в это мгновение ее взгляд встретился со взглядом Бешеного. Он встал из-за стола, подошел к девушке и, не обращая внимания на татуированного дебила, тихо спросил:

— Вам нужна помощь?

Та закивала головой, жалобно всхлипывая:

— Он меня силой сюда затащил. Говорил, что кинорежиссер. А тут приставать начал... Я не шлюха, я — студентка, на втором курсе учусь, а он пристает! Говорит, сейчас отведу в туалет и изнасилую... Помогите мне, пожалуйста. Я домой хочу, к маме! Мне страшно! — Девушка зарыдала.

Татуированный порывался встать из-за столика, брызгая слюной:

— Ты че, падла, в натуре, мужик! Тебе жить надоело, что ли? Ты хоть знаешь, с кем рядом стоишь? А ну быстро исчезни! Я же сам Гоша!

Бешеный, стоявший до сих пор спокойно, вдруг изменился в лице. Он наклонился к обидчику студентки, схватил его за грудки и выволок из-за стола. Глядя прямо в его свиные глазки, процедил сквозь зубы:

— Гоша, говоришь?! Слушай сюда, Гоша. Через минуту тебя здесь не должно быть, понял? Уноси ноги, пока цел. Еще раз с ней тебя увидим — все, считай, ты не жилец, — и тихо, совсем интеллигентно, добавил: — Я понятно выражаюсь?

Бандит пытался было ударить Савелия, завизжав словно свинья:

— Ах ты, паскуда! Сейчас я из тебя отбивную сделаю! Ремней из тебя нарежу! — Его глаза налились кровью, и он выдернул из кармана нож-выкидыш, который характерно щелкнул вороненой сталью.

Савелий резко, словно автоматически, перехватил его руку, завернул ее так, что мясистая туша подонка буквально согнулась в неестественной позе, а его собственный нож уперся в его жирную шею. Говорков с такой злостью и силой встряхнул его, что тот мгновенно побледнел от страха и моментально угомонился.

Взглянув в глаза Савелия, он прочел в них нечто, от чего ему сразу стало не по себе. Еще минуту назад Гоша был вдребезги пьян, но мигом протрезвел.

— Да ты чего, братан, ладно тебе, — робко забормотал он, — я ей хотел секс-услугу оказать, этой дуре психованной... — улучив момент, попытался даже освободиться от стальной хватки Савелия, но вскоре понял, что это бесполезно.

Теперь он испуганно смотрел своими свинячьими глазками на Бешеного, который подержал его в этой неудобной позе еще с минуту, а потом толкнул обратно за столик, негромко обронив:

— Свободен, мразь! И не вякай, когда с тобой старшие разговаривают! — Переломив пополам лезвие, Савелий сунул обломки ему в нагрудный карман пиджака. — Вали отсюда!

Бандит бочком выполз из-за столика и тихонечко двинулся к выходу.

Переглянувшись, Савелий и Андрей уселись обратно за свой стол, в центре которого, подрагивая пламенем от их движений, горела свечка.

Уже стоя на лестнице, татуированный Гоша обернулся к ним и прошипел:

— Ну, падла, ты скоро пожалеешь, что связался со мной! И ты тоже, сучка, пожалеешь!

Заметив, как девушка дернулась от страха, Савелий начал было подниматься, но Гошу как ветром сдуло. Друзья выпили по рюмке водки, закусили. Оба понимали, что поговорить о прошлом уже вряд ли удастся — изменилось настроение. Девушка робко приблизилась к ним:

— Ребята, спасибо вам. А вы меня не проводите? Я одна боюсь идти — вдруг этот уголовник опять ко мне где-нибудь пристанет! — В ее глазах все еще стоял страх.

— Да ты присаживайся, — подвинул ей табуретку Андрей. — И ничего не бойся. Хотя такой красавице в нашем криминальном городе, наверное, стоит прибегать к услугам телохранителей. Тебя как зовут-то, милая?

— Аврора...

— Редкое имя! — удивился Андрей. — Или сценический псевдоним?

— Да нет, — слегка смутившись, сказала девушка, — так родители назвали. Я наполовину гречанка, ну и решили, что Аврора — самое подходящее для меня имя. Хотя я сама в мифологии пока очень слабо разбираюсь.

Она присела к друзьям за столик, достала из сумки зеркальце и быстро поправила слегка растрепавшиеся после бандитских домогательств волнистые пряди своих роскошных медно-рыжих волос. Она действительно была красавицей — зовущий к поцелуям чувственный рот, длинные ресницы, чуть раскосые серые глаза, высокие груди под бордовым свитером ручной работы, стройные ножки в черных полупрозрачных колготах, осиная талия...

Чувствуя, что произвела на друзей впечатление, девушка закурила, откинула в сторону пальцы с зажженной сигареткой «Мор» и произнесла несколько игриво:

— Ну а вы-то, ребята, надеюсь, не бандиты?

— Деточка, разве не видно, что мы — честные, бедные люди, — отшутился Савелий, у которого от красоты девушки даже закружилась чуток голова. — И уж точно не собираемся тебя обижать.

— Да я сама кого хочешь обижу! — с вызовом воскликнула девушка, потом рассмеялась. — Если силы равные. А что я с этим здоровяком могла поделать? Ясно, ничего. Ну так как, ребята, проводите меня? Только, чур, до самого подъезда.

— А ты где живешь-то? — спросил Андрей, раздавив окурок о дно пепельницы и поднимаясь с табурета.

— Да рядом, на Таганке. — Девушка махнула рукой в сторону. — Если вы на машине, то минут пять езды.

— Ну что, поехали? — Савелий вынул несколько крупных купюр и бросил их на стол, даже не взглянув на счет, — он знал, что платит больше.

Когда они вышли на улицу, то сразу заметили свинообразную тушу в окружении трех довольно мощных приятелей. Те уверенно двинулись навстречу Савелию.

— Ой! — жалобно всхлипнула девушка. — Я же говорила...

— Не бойся! — спокойно сказал Савелий. — С нами ничего не бойся, Аврора!

В его голосе звучала такая уверенность, что девушка тихо спросила:

— А мне что делать?

— Стой здесь и никуда не дергайся... Что увидишь опасное, дай знать, — шепнул Савелий и громко спросил, поворачиваясь к Воронову: — Что, братишка, мочим по полной программе или пощадим?

— По полной: сами напросились! — с задором ответил Андрей и бодро шагнул вперед.

Бравая четверка, услыхав краткий диалог друзей, приостановилась, оглядываясь по сторонам: вероятно, они подумали, что смелость их соперников объясняется тем, что у тех есть подмога. Но, никого не заметив вокруг, они приободрились и снова двинулись вперед.

— Гоша всегда выполняет свои обещания! — зло прошипел бывший владелец ножа.

— Я тоже! — ухмыльнулся Савелий, цепко осматривая будущих противников.

Их было вдвое больше, а если сравнить их общий вес с весом Савелия и Воронова, то и втрое. Что почему-то придавало им уверенности, и они не сомневались в исходе этого столкновения. Если и было у кого-то из них оружие, то они собирались обойтись своим численным превосходством и массой.

— Борова и справа от него беру на себя! — прошептал Савелий, отобрав для себя наиболее крепких и увесистых противников.

— Хорошо! — коротко бросил Андрей.

В самый последний момент Савелий заметил странное движение руки того, кого он выбрал в свои соперники, и понял, что именно с него и нужно начинать.

Все произошло в считанные секунды: между противниками оставалось не более двух метров, когда Савелий неожиданно выпрыгнул вверх, словно подброшенный невидимой, но мощной пружиной. Когда он опустился на ноги, инициатор этого столкновения и мощного телосложения его приятель корчились на земле, постанывая от боли.

Савелий применил свой излюбленный двойной удар «маваши». Приятелю «борова» пришелся боковой удар наотмашь по носу и левой ногой в грудь. От этих «ласковых» прикосновений его откинуло на спину, к чему добавился удар затылком об асфальт. Неудивительно, что после подобных ударов он долгое время будет заикаться и страдать провалами в памяти...

Виновнику драки «повезло» больше, чем его приятелю: ему достался всего лишь один удар. Но это был страшный удар правой ногой в челюсть. После такого удара любой, даже самый здоровый человек, месяца три-четыре, а то и больше сможет питаться только жидкой пищей, испытывая при этом страшные боли в челюсти. Можно надеяться, что встреча с Савелием явно пошла подонку на пользу: за предстоящие месяцы он вполне мог превратиться в более стройного юношу...

Воронову делать ничего не пришлось: увидев, что случилось с их приятелями, двое оставшихся тут же замахали руками.

— Стоп! Стоп, братишки! Мы совсем ни при чем! — испуганно сказал один, а второй подхватил:

— Мы и не хотели заедаться к вам! Гоша сказал: постойте рядом, пусть в штаны наделают от страха... — Он говорил таким жалобным голосом, что Савелий неожиданно расхохотался:

— Вояки, мать вашу... Хватайте своих дружков и дуйте отсюда! — Потом серьезно добавил: — Вашему Гоше скажите, что в первый раз я — предупреждаю, во второй раз — инвалидом делаю, — и тихо выдохнул прямо в лица: — В третий — убиваю! Сейчас был второй раз! Поняли?

— Да-да! — хором ответили те и бросились поднимать своих поверженных приятелей.

— Подождите-ка! — неожиданно остановил их Савелий.

Те испуганно замерли, словно по команде «смирно». Савелий наклонился к тому, что со сломанной челюстью, поскуливающему, словно щенок, и вынул финку, которую тот прятал в рукаве куртки. Его руки были сплошь покрыты наколками, среди которых он рассмотрел церковные купола, говорящие о том, сколько лет тот провел на нарах...

— Так я и думал, мразь! — Сломав лезвие, он зло бросил ему: — Ты все слышал?

— Ы-ы-ы... — испуганно застонал забияка и согласно закивал головой, чтобы не было сомнений в его ответе.

В этот момент от входа ночного клуба метнулась внушительная тень. Савелий, уверенный, что это еще один из дружков «борова», встал в стойку.

К ним подошел элегантно одетый мужчина явно кавказской внешности. Взглянув с ненавистью на лежащих, зло сплюнул и сказал без малейшего акцента:

— Этот Гоша с дружком своим Фиксой всю плешь нам проели! Что, получили? — Он усмехнулся и повернулся к Савелию: — Вы слишком много оставили... — Он сунул ему деньги и добавил: — За счет заведения...

Уже в машине Савелий взглянул на деньги.

— Ты знаешь, братишка, с нас ничего не взяли! — весело усмехнулся он. — А кто этот парень?

— Это Тимур, хозяин ночного клуба! — пояснила Аврора.

Глава пятнадцатая

Хирург

Унылыми декабрьскими вечерами окраинные районы подмосковных Мытищ рано и быстро отходят ко сну. Постепенно затихает движение на улицах, одно за другим гаснут окна домов, тихо кружит снег вокруг тускло светящихся уличных фонарей, создавая полупризрачный желтоватый ореол. И лишь в окнах одного частного дома, стоящего на самом отшибе городка, как правило, лампы продолжают гореть до полуночи.

Дом этот ничем не выделяется среди десятков таких же: силикатный кирпич стен, крыша из оцинкованного железа, высокий забор, металлические гаражные ворота...

Но соседям, живущим рядом, очень редко доводится видеть его хозяина, хотя поселился он в этом доме в девяносто четвертом году. Известно о нем было немногое. Как будто Анатолий Ильич Серебрянский, а именно так звали владельца дома, раньше служил армейским офицером; вроде бы последним местом его службы была Германия, откуда он и привез скромную по тамошним меркам иномарку, белый «опель-вектра».

Жены и детей у Анатолия Ильича не наблюдалось, однако ни в пьянках, ни в дебошах, ни в знакомствах с подозрительными типами этот отставник никогда замечен не был. Не водил он к себе и женщин, хотя одинокие соседки находили его внешность довольно привлекательной: Серебрянский был высоким, кареглазым, горбоносым мужчиной лет за сорок, с подчеркнуто военной выправкой.

Иногда (обычно вечером) белый «опель-вектра» выезжал из гаражных ворот, возвращаясь, как правило, через несколько часов: любознательный наблюдатель обратил бы внимание, что нередко водитель приезжает не один, а с пассажиром. Однако ни цели вечерних поездок, ни личности гостей никого из соседей нисколько не занимали.

Первого декабря тысяча девятьсот девяносто восьмого года в половине девятого вечера белый «опель-вектра», заливая сугробы мертвенным светом фар, медленно катил по пустынной мытищинской улице. Водитель был не один, а с пассажиром — высоким седеющим мужчиной с грубоватыми, но в то же время привлекательными чертами лица и маленькими, глубоко посаженными глазками, от которого остро пахло одеколоном «Драккар нуар».

И пассажир, и водитель чем-то неуловимо напоминали друг друга — то ли манерой держаться, то ли выправкой, свидетельствовавшей о том, что они оба немало лет отдали военной службе.

— Сколько раз здесь бывал, никак не могу дорогу к твоему дому запомнить, — посетовал гость, силясь различить впереди машины наезженную в снегу колею.

— А тебе и не надо запоминать. Тебе главное до кольцевой добраться, — не глядя на собеседника, ответил водитель, вырулил в неосвещенный проулок между темнеющими заборами и чуть притопил педаль газа. — Кстати, эти твои чудо-богатыри... Ничего не подозревают?

— А что они могут подозревать? — последовал пренебрежительный ответ пассажира. — У нас нормальные товарно-денежные отношения. Они продают мне свои услуги, я плачу им за это деньги.

— Не пойму, ты что, среди своих бойцов нормальных людей не мог подобрать? — сосредоточенно следя за дорогой, спросил сидевший за рулем «опеля».

— Не мог.

— Почему? Неужели не из кого?

— Почему нет, конечно же есть из кого, Анатолий Ильич. Хоть роту охраны формируй. Но не в этом дело. Просто такую серьезную вещь, как собственная безопасность, никогда нельзя доверять близким людям.

— Правда? — ничего не выражающим голосом поинтересовался Серебрянский. — Почему же нельзя?

— Ты никогда не задумывался, что предают, как правило, свои, то есть те, кому доверяешь?

— На меня намекаешь? — все так же безо всякой интонации спросил собеседник, выворачивая руль. «Опель», заскользив протекторами по накатанному снегу, выехал на асфальтовую дорогу.

— Ну зачем так сразу... Я не верю в человеческую порядочность.

— Угу, — непонятно с какой интонацией поддакнул водитель.

— Верить следует лишь во взаимную выгоду. Мы-то с тобой круговой порукой связаны. Так что предавать друг друга нам смысла нет.

Тем временем «опель», проехав минут пятнадцать по узкой асфальтовой дороге, выкатил на неширокую окраинную улицу, обставленную типовыми одноэтажными домами. Снег сверкал холодными синими искрами, которые высекались мертвенным лунным светом. Тени столбов и заборов ложились на сугробы причудливыми ломкими узорами.

— Не надоело еще в глуши жить? — поинтересовался пассажир.

— А мне все равно, где жить... Я ведь, как и ты, светиться не хочу. А потом, согласись, ближнее Подмосковье — не самое глухое место.

— Но и не Москва.

— Если надо, всегда можно в город съездить. Не дальний свет. Хотя в последнее время ты в мое Подмосковье ездишь куда чаще, чем я в твою Москву.

— А неплохо звучит: Немец под Москвой, — скаламбурил гость. — Ну что, далеко еще?

В тот ненастный декабрьский вечер гостем Анатолия Ильича Серебрянского действительно был Александр Фридрихович Миллер, более известный в мире криминальной Москвы как Немец. Людям непосвященным этот поздний визит мог показаться по крайней мере странным: слишком уж разный социальный статус был у водителя «опеля» и его пассажира.

На самом же деле все было довольно логично: всесильного «нового русского мафиози» и скромного с виду отставника вот уже много лет связывали далеко не простые отношения...

...Правильно говорят: в жизни преуспевает тот, у кого больше честолюбия. К Анатолию Ильичу Серебрянскому это утверждение относилось в полной мере.

Биография Серебрянского во многом напоминала миллеровскую: нищее детство в российской глубинке, военное училище как единственная возможность освоить иные жизненные перспективы, частые переезды, служба в элитных армейских частях...

Правда, в отличие от Немца, Анатолий Ильич закончил иное училище, не общевойсковое, а военно-медицинское. Однако, обладая отменными физическими кондициями, сразу по его окончании получил распределение в медсанчасть полка ВДВ.

В медсанчасти он прославился своей невероятной пунктуальностью — не было случая, чтобы он опоздал на дежурство. По нему даже можно было сверять часы — ага, сейчас медик в таком-то месте, делает то-то: значит, десять утра...

Его сослуживцы, злоупотреблявшие ворованным медицинским спиртом, все, как один, пьющие и курящие, несколько недолюбливали Серебрянского, поскольку он всегда отказывался гульнуть с ними. Зато работал больше других, иной раз выручая приятеля, больного с похмелья. Шел безотказно и, казалось, с охотой и работал вместо него. Больше всего сослуживцев удивляло, что Толик отказывается от отпусков. Все время в санчасти, даже койка его стояла там.

Глядя на уверенные, четкие профессиональные действия лейтенанта, никто из окружающих не мог и предположить, какую тяжелую психическую травму испытал этот кареглазый стройный мужчина в детстве. Никогда и никому Серебрянский не рассказывал, как его, совсем еще маленького мальчика, изнасиловал любовник его матери — страшный, опухший от водки громадный мужик, служитель морга в городе Владимире.

Мать маленького Толика была совсем опустившейся, неряшливой и некрасивой женщиной, готовой за бутылку водки переспать с кем угодно. Толик рос нервным, испуганным пацаненком: ему к десяти годам пришлось насмотреться таких диких картин разврата, что его рассудок немного помутился. Особенно после того, как его мать прямо на глазах у сына хором изнасиловали пятеро алкашей, с которыми она познакомилась на вокзале и привела к себе домой распить бутылку халявной водки.

Толик плохо спал, все время вздрагивал, если к нему кто-нибудь обращался. Потом у матери появился любовник Федор, работник морга. Однажды вечером, когда они на пару выжрали пузырь самогона, мать отключилась, и Федор, как ни старался, никак не мог ее растолкать, чтобы согнать «дурную кровь». Он грязно матерился и пинал ее неподвижное тело ногами, но тщетно.

Тут ему на глаза и попался маленький Толик. Федор, качаясь на месте, что-то соображал, мыча и тупо разглядывая сына своей подружки, потом вдруг сграбастал его своими могучими ручищами, поставил перед собой на колени и сдернул с него штаны. Мальчик было заорал, но Федор зажал ему ладонью рот. Через минуту Толя с ужасом почувствовал, как в его детскую попку ворвалась огромная раскаленная палка.

Федор замычал от удовольствия — слюна из его разинутой пасти капала мальчику на шею. Раскаленная палка стала мерно двигаться взад-вперед, причиняя Толику невыносимую боль. Спустя несколько минут страшных мучений пацаненок почувствовал, как в него выплескивается что-то горячее, и потерял сознание.

Когда ребенок пришел наконец в себя, пьяный насильник прохрипел:

— Пожалуешься матери — убью, понял, сучонок?

Запуганный вечно пьяной сволочью, мальчик теперь постоянно трясся от ужаса, когда работник морга приходил к ним в дом. Потом Федор, угрожая побоями, стал брать Толика с собой в морг. И постоянно трахал его там, среди ужасных мертвецов под серыми простынями, часто заставляя наблюдать за тем, как он вскрывает трупы. И нещадно бил, если мальчика рвало от этого, совсем не детского, зрелища.

Так продолжалось с полгода, пока вечно пьяного Федора не сбил на улице грузовик с пьяным водителем. Сбил, к счастью для Толика, насмерть. Пару лет спустя умерла от белой горячки и мать Толика. Мальчика взяла к себе на воспитание семья строительных рабочих, простых и добрых людей. Потихонечку он приходил в себя, его измученный мозг постепенно забывал про кошмарное детство. Однако по-прежнему он смотрел на людей затравленным волчонком, никому не доверяя: очень уж часто ему снились кошмары, главными персонажами которых всегда были пьяный Федор и многочисленные трупы в морге. Причем эти трупы гонялись за ним почти в каждом сне и в каждом таком сне они хотели его изнасиловать.

Итак, никто ничего не знал про страшное детство Серебрянского. А в подсознании Анатолия Ильича причудливым образом сплелись морги и половое желание. Работая и в санчасти, и потом, в Германии, он вел некое подобие дневника, куда аккуратными буковками вписывал подробности того или иного вскрытия, свои мысли по этому поводу и даже свои тайные желания. Он, естественно, оберегал этот жуткий дневник от посторонних глаз, устраивая на каждом новом месте службы тайник.

По ночам Анатолий Ильич доставал эту маленькую книжечку в кожаном переплете и неистово мастурбировал...

Звания у десантников всегда шли медленнее, нежели у общевойсковых; впрочем, Серебрянский и не стремился к продвижению по служебной лестнице. Честолюбие Анатолия Ильича удовлетворялось другим: уже к двадцати восьми годам старший лейтенант Серебрянский снискал репутацию одного из лучших хирургов-практиков Закарпатского военного округа.

В отличие от сослуживцев, мечтавших об академии, службе в больших городах и новых звездах на погонах, Анатолий Ильич, по общему мнению, довольствовался малым: он лишь совершенствовался в своем ремесле. Человеческий организм, его способности, возможности и пределы составляли главный интерес Серебрянского. Большая часть зарплаты молодого офицера уходила на специальные книги и журналы.

Не обремененный семьей, он дневал и ночевал

в госпитале. Утром делал операции, днем обходил больных, а ночью шел в морг вскрывать умерших — в последнем он находил наивысшее удовлетворение. Даже какое-то дьявольское счастье. И страшно не любил, когда ему кто-нибудь предлагал при этом ассистировать, ссылаясь на то, что лучше сосредоточивается в одиночестве. Так оно и было: вскрывая какой-нибудь труп, особенно если этот труп оказывался «не первой свежести», Серебрянский испытывал такое возбуждение, что легко доходил до оргазма. Чем безобразнее был труп, чем более он подвергся тлению, тем большее удовольствие получал выросший Толик.

Еще со времен училища Анатолий Ильич поражался: как все-таки хрупок человеческий организм и как мало надо, чтобы незаметно лишить жизни любого!

Солдаты-сверхсрочники, бывшие его пациентами, подмечали в молодом офицере скрытую склонность к садизму: если стоял вопрос, давать наркоз или нет, Серебрянский редко выбирал обезболивание: мучения и крики больных доставляли ему удовольствие, близкое к половому. Однако этот военврач почти всегда успешно оперировал и пациентов, считавшихся безнадежными, и потому репутация его в глазах начальства оставалась блестящей и неколебимой.

Однако ВДВ есть ВДВ: будь ты хоть врачом, хоть связистом, хоть особистом, но, коли посчастливилось служить в крылатом десанте, будь добр выполнять все требования. А требования в элитных по тем временам частях были куда жестче, чем в общевойсковых: ежедневные занятия по рукопашному бою, усиленная физподготовка, стрельба из многих видов оружия, обязательные прыжки с парашютом, нередко в ночное время, с последующим марш-броском с полной боевой выкладкой.

Анатолий Ильич, выполнявший все нормативы на «отлично», полностью соответствовал статусу образцового воздушно-десантного офицера и потому вскоре получил новое назначение — в Группу советских войск в Германии, о службе в которой мечтали многие.

Часть, куда попал военврач капитан Серебрянский, готовилась для диверсионной работы в тылу предполагаемого противника. Помимо стрелковой, рукопашной, десантной и подрывной подготовки, солдат-сверхсрочников подвергали психологическому тренингу, заставляя бодрствовать сутками, поедать лягушек, змей, ящериц, собак и прочую не традиционную для кулинарии живность, притупляли болевые реакции, выхолащивали чувство страха и подавляли инстинкт самосохранения.

Высококлассных убийц и диверсантов обучали премудростям активной разведки и контрразведки, скрытого аудио- и видео-наблюдения, способам психического воздействия на человека, а также умению приспосабливаться в любой среде.

В спецназовской части таланты Анатолия Ильича, помноженные на честолюбие человека, желающего быть в своем деле всегда первым, расцвели в полной мере. Во время многочисленных учений он по собственной инициативе ставил обширные опыты: каковы скрытые ресурсы бойца, как можно быстро, а главное, незаметно для него самого отключить его сознание. Но главным для Серебрянского стало искусство умерщвления, явного или тайного.

Военврач мог часами говорить о преимуществе одного яда над другим, рассказывать, какие кости черепа наиболее хрупки, какую артерию надо незаметно пережать, чтобы умертвить человека, как грамотно замаскировать следы смерти, чтобы ни один эксперт не заподозрил ее насильственный характер. При этих рассказах слушатели невольно подмечали: в глазах Анатолия Ильича появлялся нездоровый блеск.

Не имея под рукой человеческого материала, офицер занимался этим вопросами исключительно теоретически. И, вскрывая в морге очередной труп, Анатолий Ильич втайне завидовал Менгеле, эсэсовскому врачу-садисту, ставившему в концлагерях опыты на живых военнопленных.

Серебрянский не хотел ни новых звезд на погонах, ни званий, ни чинов, ни даже славы ученого. Его вариант честолюбия требовал лишь одного: быть первым в своем деле. Он давно перешагнул грань профессионального цинизма; вопросы сохранения жизни пациентов все меньше интересовали его, а проблемы явного или тайного умерщвления захватывали все больше и больше.

Вскоре у Серебрянского появилась возможность проверить свои теоретические выкладки на практике. Распался Союз, и войска, теперь уже не советские, а российские, спешно покидали объединенную Германию. Уходить на пенсию и искать работу в районной больнице или на «скорой помощи» не хотелось, а потому Анатолий Ильич принял предложение армянских федаинов (то есть защитников) из Степанакерта и отправился по контракту в Нагорный Карабах.

Та война, полная несправедливостей и жестокостей с обеих сторон, стала едва ли не самой яркой страницей в биографии армейского медика. И вовсе не потому, что ему много платили: наемники из артиллеристов или саперов получали куда больше. Да и работы было невпроворот: бесчисленные операции в военно-полевых условиях, ампутации, обморожения, невыносимая вонь гнойных ран...

Зато не было недостатка в пленных из азербайджанского ОМОНа, и с ними военный врач-контрактник вытворял все, что хотел. Он наконец дорвался до осуществления заветного. За короткое время Серебрянский претворил в жизнь все свои опыты. Он мог быстро, а главное, почти бескровно убить человека чем угодно: спичкой, иголкой, стаканом, даже пальцем...

Однако Анатолий Ильич, находя удовольствие в мучительстве, предпочитал сперва хорошенько помучить жертву. Дикие крики азербайджанцев, истязаемых русским военврачом, заставляли затыкать уши даже армянских федаинов, потерявших на войне всех близких.

Армяне видели только, с каким хорошим настроением выходит Серебрянский из своей пыточной камеры, которую он собственноручно оборудовал и никого туда не впускал. На двери этой камеры всегда висел тяжелый замок с цифровым кодом. Стены в камере были заляпаны кровью и частицами человеческого мозга, которые военврач, ценивший чистоту и стерильность, поначалу смывал из шланга, а потом увидел в этом своеобразное эстетическое значение. Пусть пленные сразу почувствуют атмосферу и поймут, зачем их сюда привели.

Посреди этой мрачной комнаты стояли устрашающего вида Г-образная дыба, виселица, вместительные корыта для стока крови. Кушетка, с четырех углов которой свисали стальные наручники. Рядом с ней возвышалась стоматологическая бормашина. Длинная, покрытая белой тканью доска с аккуратно разложенными на ней хирургическими инструментами. На одной из стен висели пилы, топоры, клинки различной формы. На покрытом клеенкой столике аккуратными стопками лежали медицинские книги и дневник Анатолия Ильича. Единственное окно было наглухо заколочено досками — никто не должен был видеть, чем занимается тут Хирург.

Обычно он сам доставлял связанного пленника в камеру, включал свет и приковывал очередную жертву к кушетке наручниками. Потом садился за стол и что-то писал в дневнике. Жертва тем временем мучилась от страха и неопределенности. Наконец Серебрянский, облачась в клеенчатый фартук и маску, кипятил шприцы, протирал спиртом инструменты. Потом только приступал к делу.

Он любил вскрыть живого человека. Мог одним ударом острого мясницкого топора снести человеку полчерепа и с улыбкой наблюдать за мучительной агонией умирающего. Мог четвертовать, записывая в дневник реакцию пленного на отсечение то одной руки, то другой, то левой ноги, то правой. Он вбивал гвозди в глаза азербайджанцам. Протыкал живот раскаленным прутом. Впрыскивал разные вещества в вены несчастных и, наблюдая за реакцией, записывал в дневник свои наблюдения:

«В 15.00 впрыснул раствор извести... Смерть наступила через столько-то минут»...

Некие свои деяния не рисковал заносить даже в личный дневник. Вдруг его обнаружат? От трупов он избавлялся по ночам, сбрасывая их в глубокую пропасть. Возвращаясь в камеру, он становился под самодельный душ и под теплой струей воды бодро напевал какие-нибудь шлягеры.

Кавказская эпопея в жизни «доброго» доктора закончилась раньше, чем ему бы хотелось: война приобрела затяжной позиционный характер, и услуги военврача армянам больше не требовались.

Серебрянский вернулся в Россию...

Бывшие сокурсники и сослуживцы давно поустраивались кто на «гражданке», кто в военных госпиталях. Все они считали Анатолия Ильича честным офицером, талантливым хирургом, но очень уж недалеким человеком. Что и говорить: к тридцати пяти годам ни денег, ни стабильной работы, ни крыши над головой! Однако сам отставник вовсе не считал себя неудачником. Он знал: его таланты профессионального умертвителя во все времена дорогого стоят. Рано или поздно они будут востребованы, рано или поздно удача придет к нему.

Удача пришла к Серебрянскому дождливым октябрем тысяча девятьсот девяносто третьего года, когда на московской улице он случайно повстречал бывшего сослуживца по ГСВГ Александра Фридриховича Миллера, ныне удачливого коммерсанта.

Так уж получилось, что части, где служили блестящий штабной подполковник и скромный воздушно-десантный медик, разделялись лишь забором. Естественно, многие офицеры знали друг друга в лицо. И не только знали, но и, тоскуя в Европе по Родине, нередко впадали в классический коллективный русский запой...

Анатолий Ильич никогда не пил и не курил — так же как и Александр Фридрихович, — в этом они были похожи: оба блюли свое здоровье. Видимо, поначалу именно отсутствие традиционных для русских мужчин пороков, нетерпимых для обоих, и сблизило офицеров, а чем больше они общались, тем больше нравились друг другу: они стали часто встречаться, беседовали, обсуждали наболевшее. По-настоящему они никогда не дружили: у Миллера, разделявшего мир на «себя» и «всех остальных», не могло быть близких людей.

Но тогда, в девяносто третьем году, на дождливой московской улице, встретив случайно бывшего сослуживца, Серебрянский вновь почувствовал в нем нечто, похожее на симпатию к себе. Может, Миллеру еще с армейских времен импонировали цинизм военврача, его несокрушимая логика, его прагматизм и особенно полное отсутствие сострадания к кому бы то ни было?! А может, уже в те времена расчетливый Немец сообразил, что хирург-фанатик может стать ему полезным? Обменявшись ни к чему не обязывающими вопросами «где ты теперь?» и номерами телефонов, отставные офицеры расстались, как казалось Анатолию Ильичу, уже навсегда.

Но он ошибся...

Бывший штабной подполковник отыскал его спустя год в подмосковном Калининграде, однако теперь Александр Фридрихович предстал в совершенно ином облике. Миллер возглавлял «Центр социальной помощи офицерам «Защитник», одну из самых серьезных охранных структур столичного региона. А разыскав, не мешкая предложил:

— Не хочешь у меня работать? Нашему центру очень нужны такие люди, как ты.

— А что я, военврач, буду у тебя делать? — последовал вполне резонный вопрос.

— Придумаем, — уклончиво ответил Немец. — Ты ведь, кажется, в Карабахе воевал?

В тот час Серебрянский не ответил ни да ни нет, мол, пока работа есть, в морге работаю, нравится...

Зашли в кафе, приличия ради заказали по пиву, да так и просидели с одной кружкой, беседуя целый вечер и сделав всего по нескольку глотков.

Анатолия Ильича, нашедшего наконец, кому излить душу, понесло...

Он взахлеб рассказывал о работе: как интересно потрошить трупы и готовить препараты, какие удивительные секреты таит в себе человеческий организм, какие замечательные опыты ставил он на военнопленных в Степанакерте, а главное, какое увлекательное занятие сочинять сценарии убийств, которые никогда не будут раскрыты.

— Представь себе, убить человека бесследно очень легко, — распалялся он, — большинство знаменитых убийц глупы, потому что оставляют следы. Самая дорогая вещь на земле — это глупость. Потому как за нее всего дороже приходится платить. А я знаю по крайней мере сто и один способ ликвидации любого так, что эта смерть никогда не будет раскрыта. Вот, послушай...

Фанатизм Серебрянского, его подробные, натуралистические рассказы о сто и одном способе умерщвления явно заинтересовали Немца. Он слушал внимательно, не перебивая. И лишь в конце беседы как бы невзначай спросил:

— А тебе много приходилось... убивать?

— Не знаю, не считал, — с подкупающей искренностью ответил Анатолий Ильич.

— А скажи, заставить человека сделать то, чего он не хочет... Разговорить его, например... Очень сложно?

— Гарантирую, что расколю любого за пятнадцать минут максимум. Даже тебя...

Визиты Миллера в Калининград участились. Он присматривался к бывшему военврачу, как тренер футбольной команды к дублеру, готовя его на первые роли в клубе. Было ясно: Александр Фридрихович намерен предложить Серебрянскому что-то серьезное. Вскоре такое предложение последовало: по словам Александра Фридриховича, владелец одной фирмы, суровый негодяй, должен был ему немалые деньги, но гад стойкий оказался: не хочет подписывать дарственные на недвижимость. Так нельзя ли...

— Отчего же нельзя? Давай сюда своего фирмача! — предложил Серебрянский, и глаза его зажглись фанатичным блеском: он уже предчувствовал наслаждение, но тем не менее спросил: — А что мне перепадет за это?

— Любой труд должен быть оплачен, — ответил Немец. — Половина моя, половина твоя...

— Справедливо...

— А поприсутствовать можно?

— Если сфинктер у тебя неслабый, присутствуй, — согласно кивнул отставной медик.

Правильно говорят: самая сильная порука — круговая. Решив сообща разобраться с несговорчивым бизнесменом, Анатолий Ильич и Александр Фридрихович связали себя круговой порукой на всю жизнь. Оба без труда осознали очевидное: обратного пути для них уже не было.

Немец, сам довольно жестокий человек, был просто ошарашен способом расправы Серебрянского с должником. В заброшенном гараже на окраине Калининграда, куда боевиками Немца был доставлен пленник, бывший военврач продемонстрировал все, на что был способен. Он подвесил провинившегося владельца фирмы на крюк, связав ему руки и ноги, заткнул кляпом рот. Бедолага висел над большим корытом, куда вскоре полилась его кровь. Анатолий Ильич, посмеиваясь, заживо вскрыл этого человека, вынимая из его тела то кишки, то печень, то сердце и объясняя Немцу при этом, что вскрытие ведется самым обычным способом, как всегда. Только заживо.

Немца хоть и мутило от увиденного, но он досмотрел это страшное шоу до конца. В конце концов, его подручные тоже делали людям больно — ему вспомнились казни Мухи, Равиля и братьев Щедриных. А вообще Миллер был доволен — с Серебрянским можно иметь дело. Такой за деньги и мать бы выпотрошил, если бы она у него была...

Понимая, что бывший военврач едва ли не самый ценный кадр «охранной структуры», незаметно для окружающих превратившейся в оргпреступную группировку нового типа, Миллер не стремился рекламировать таланты Серебрянского. Он даже настоял, чтобы отставник переехал из Калининграда в Мытищи, расположенные по соседству, — так, на всякий случай.

Немец купил Анатолию Ильичу дом, открыл счет в собственном банке и категорически запретил звонить в офис «Защитника».

Отношение Миллера к отставному военврачу приобрело оттенок подчеркнутого уважения. Хотя они по-прежнему оставались на «ты», хозяин «Защитника» обращался к нему не иначе как по имени-отчеству; то ли желая подчеркнуть особое положение Серебрянского, то ли еще по каким-то причинам...

К весьма специфическим услугам бывшего сослуживца Немец прибегал лишь в самых крайних случаях. И такой случай опять настал...

С середины девяностых годов среди московских бандитов начали циркулировать упорные слухи о какой-то глубоко законспирированной структуре, то ли ментовской, то ли «конторской», якобы созданной для физического уничтожения лидеров криминалитета. Структуру эту нарекали по-разному: «Белая стрела», «Возмездие», «13-й отдел»...

С этой таинственной организацией связывали едва ли не все загадочные громкие убийства: Отари Квантришвили, «законника» Юрия Никифорова, известного как Калина, даже Владислава Листьева... Идея неотвратимости наказания овладевала криминальными массами, и, когда появился жуткий и загадочный «Черный трибунал», Миллер решил сыграть по-крупному.

Действительно, если государство перешло к практике расправы без суда и следствия, почему бы под маркой государственного террора не ликвидировать конкурентов? Ликвидировать и списать на «Черный трибунал», наверняка все поверят. Миллер колебался долго, тщательно взвешивая «за» и «против».

Он понимал: заподозри кто его, он рискует нарваться на серьезные неприятности. Но соблазн оказался слишком велик. Да и кризис, разразившийся семнадцатого августа, подхлестывал к более решительным действиям.

О кандидатуре исполнителя можно было и не думать: Анатолий Ильич Серебрянский, с его несомненным талантом профессионального убийцы, должен был, по замыслу Александра Фридриховича, стать его тайным оружием. Зачем разветвленная организация? Чтобы поставить Москву на уши, достаточно одного-единственного человека.

После памятного пожара в «Космосе», где в дыму задохнулись двое людей Немца, в офис «Защитника» пришел факс от «Черного трибунала»: «именем закона... к высшей мере социальной защиты...».

Таким образом Миллер получил два неожиданных козыря: во-первых, готовый текст приговора (как выяснилось потом, совершенно типовой), а во-вторых, репутацию человека, пострадавшего от государственного террора.

Мгновенно оценив благоприятность положения, Немец решил: железо надо ковать, пока оно горячо.

Правда, было одно отличие от деяний государственных террористов, позже подмеченное «лаврушником» Габунией: если «Черный трибунал» действовал по «двойному стандарту» (приговоры предназначались не широким слоям граждан, а исключительно оставшимся в живых мафиози — чтобы неповадно было!), Александр Фридрихович сознательно решил пренебречь этим принципом.

К чему конспирация?

Террор лишь тогда эффективен, когда о нем знают все...

Так в лице бывшего военврача Серебрянского появился лжетрибунал. Пока что на счету его была одна-единственная жертва — «законник» новой формации Виктор Лебедевский. И сейчас, поздним декабрьским вечером, Миллер встретился с Анатолием Ильичом, чтобы наметить очередную кандидатуру...

— А ты по-прежнему скромно живешь, Анатолий Ильич. Мог бы и пошикарней обстановку завести, — произнес Миллер, критически осмотрев кабинет, куда хозяин пригласил его для мирной беседы.

Небольшая комната была на редкость запущенной. Старая, рассохшаяся мебель, пыль на подоконнике, сор на полу, неприбранные вещи; надо всем этим незримо витал кислый запах одиночества. Обстановку скрашивал лишь аквариум — огромный стеклянный параллелепипед, ведер на десять, подкрашивался изнутри мутным электрическим светом. Там, среди плавно колыхающихся водорослей, обреченно шевеля усиками, плавали разноцветные пучеглазые рыбки.

Аквариумные рыбки были такой же страстью Серебрянского, как каллиграфия у Миллера. Анатолию Ильичу нравилось смотреть, как роскошные тропические рыбки, вместо того чтобы плавать в диких реках сказочной Амазонии, вяло парят в подсвеченной тусклой электролампой воде, беспомощно тычутся своими пучеглазыми мордами в толстенное стекло, раскрывают щели ртов, словно о чем-то неслышно его умоляют.

Может быть, именно в минуты такого вот тихого созерцания он чувствовал себя полноправным хозяином жизни: захочет — корма не даст, захочет — не сменит воду, и подохнут пресноводные, захочет — и вовсе выловит всех их, таких красивых, сачком, изжарит в подсолнечном масле и будет с довольной улыбкой наблюдать, как они корчатся на сковороде.

Брезгливо взглянув на разноцветных рыбок, Александр Фридрихович опустился в продавленное кресло.

— Не надоело так жить? — поинтересовался он.

— Каждый живет, как ему нравится, я, например, устал от медицинской чистоты и стерильности. — Серебрянский уселся напротив, скользнул взглядом по пучеглазой гуппи и перевел взгляд на собеседника: мол, что на этот раз?

Но Немец не спешил переходить к главному. Положил ногу на ногу, еще раз осмотрел кабинет.

— Тебя кризис очень затронул?

— Всех затронул, — отмахнулся хозяин. — Ты, что ли, разбогател?

— Есть такой закон физики: если в одном месте

330

что-то убыло, в другом обязательно должно прибавиться.

— Это теория. На практике обычно случается иначе.

— Главное, проверять теорию практикой. — Наклонившись к собеседнику, Александр Фридрихович продолжил деловито: — Послушай... Что теперь самый большой дефицит в России?

— Все дефицит, — ответил Анатолий Ильич не задумываясь.

— Нет, не о том я... Чего людям больше всего не хватает?

— А чего?

— Денег, — хмыкнул Миллер.

— Денег не хватает всегда, — философски заметил собеседник.

— Но теперь особенно. И не хватает всем. Так вот я о чем, о теории и практике... Я свои банковские активы в России не держу. Есть другие места: Австрия, Германия, Кипр... Швейцария, в конце концов.

— И что? — вяло поинтересовался Анатолий Ильич, силясь понять, к чему это Немец завел беседу о своих капиталах.

— Но теперь, мне кажется, наступило время переводить деньги сюда... То, что в дефиците, — самый ходовой товар, истина общеизвестная.

— Через биржи и банки собрался прокрутить? Еще один кризис устроить? — догадался Серебрянский.

— Ну, устроить подобие семнадцатого августа не в моих силах. А вот повторить «черный вторник» двухгодичной давности вполне.

— Чем я могу тебе помочь?

— Человек один мешает.

— Кто, если не секрет?

— Будь это секретом, я бы с тобой не беседовал, Анатолий Ильич. Есть такой кавказский господин, Амиран Габуния. То ли «вор в законе», то ли не вор, я в этих тонкостях не разбираюсь и разбираться не желаю. Вроде сидел несколько раз. У него тоже много денег, правда не своих. Но кроме того, связи в Минфине, Центробанке и так далее. И голова работает, как компьютер. Идеи у нас одни и те же, знаю точно...

— Выходит, конкурент твой? — Серебрянский поднял взгляд на Немца.

— Считай, да. Понимаешь, афера гениальная, так подняться один раз в десять лет случается. Тут важно, кто первый успеет. А шашлычник этот — хитрожопый до ужаса. Месяц назад собрались мы как-то в сауне, расслабиться, о делах наших поговорить. И что ты думаешь? Выдает мне: мол, Лебедевского не тот «Черный трибунал» завалил, а кто-то другой, кто под него работает. Представляешь, умник какой?

Коротко пересказав собеседнику монолог Габунии и его вывод о «двойном стандарте», Миллер резюмировал:

— Хитрая сволочь!.. Если такого человека в живых оставить, многое натворить может.

— Срок? Место? Способ? — спокойно поинтересовался Серебрянский, будто бы речь шла не об убийстве человека, а о загородной прогулке.

— Послезавтра у меня с ним деловое свидание в ресторане «Саппоро», это на Пресне. Будем вдвоем, к семи вечера.

— Знаю такой ресторан, — кивнул Анатолий Ильич.

— Что касается способа... Хозяин — барин: оставляю на твое мудрое усмотрение.

— Обозначим опять как «Черный трибунал»? — Нехорошая усмешка скривила губы хозяина.

— Естественно!..

— Можно сработать, как они, под несчастный случай... Ничуть не хуже.

— А вот этого не надо, — серьезно возразил Немец.

— Почему?

— Во-первых, любой террор эффективен лишь тогда, когда он публичен.

— Так что — стрелять, машину взрывать?

— Да.

— Менты понаедут, уголовное дело возбудят...

— Пусть возбуждают, — разрешил Миллер.

— А во-вторых?

— Во-вторых, дорогой Анатолий Ильич, неплохо было бы изобразить покушение и на меня. Нескольких выстрелов поверх головы будет достаточно. Чем проще методы инсценировки, тем доходчивей эффект. — Последние слова прозвучали уверенно и веско как будто. Немец заговорил афоризмами.

Серебрянский согласно кивнул:

— Для правдоподобия, что ли?

— Вот-вот. А то подозрительно получится: сидели вдвоем, а застрелили лишь одного. Ну, что скажешь?

— Минуточку...

Поднявшись с кресла, Анатолий Ильич подошел к аквариуму и, нагнувшись, извлек из-за него помповое ружье и пригоршню патронов.

— Смотри, Александр Фридрихович. Вот гильза. Пуля или картечь, что там есть, извлекаются...

Миллер следил за манипуляциями с боеприпасами внимательно, силясь понять их смысл.

— И что?

— В растворе гипса продавливаем гильзой несколько форм. Когда гипс застынет, лунки заливаем водой и замораживаем ее. Что получаем? — взглянул он на собеседника с победоносным видом и, не дождавшись ответа, продолжил: — Получаем те же самые пули, только изо льда. Дальше. Этот кусочек льда в форме пули вставляем в гильзу.

— Порох отсыреет, — быстро напомнил Немец.

— Гильзу заливаем изнутри специальным водоотталкивающим раствором, который мгновенно твердеет, — так же быстро вставил Серебрянский. — Таким образом, получаем обычный боеприпас, только вместо пули — кусок льда.

— Но при выстреле лед нагреется о стенки ствола, и...

— Это в нарезном стволе нагреется. А этот гладкоствольный. Я проверял, будь спокоен. С двадцати метров ледяная пуля разбивает бутылку из-под шампанского, делает в жестяном листе приличное отверстие. Стало быть, голову разобьет любую.

— Какой смысл? — Александр Фридрихович скептически покачал головой.

— Невозможно определить калибр и марку оружия, из которого стреляли. В течение нескольких минут лед растопится в еще теплой органике.

— А одноразовый ТТ не проще купить? Пятьсот долларов всего... Хочешь, завтра сюда десяток привезу?

— Не хочу. Пусть из твоих ТТ подмосковные пэтэушники друг в друга палят. Дело не в том, что проще, а что тяжелее. Дело в том, что я работаю под этот самый «Черный трибунал». И «двойной стандарт», о котором ты мне говорил, создает зловещую загадочность. Тот же пожар в «Космосе», где сгорели твои бойцы: вроде бы несчастный случай, а на самом-то деле... Почему бы и мне не придумать свой почерк?

— Но ведь насильственную смерть в результате проникающего огнестрельного ранения определит даже первокурсник юрфака! — не сдавался Немец. — Не говоря уже о МУРе и РУОПе...

— Ну и пусть. А определив, пусть погадают: почему киллер не воспользовался твоим советом и не стрелял из одноразового ТТ!

— Дело твое... — Миллер поднялся, давая понять, что ему пора. — Домой отвезешь?

— Как обычно. — Следом за гостем поднялся и хозяин.

Уже в машине, находясь на Ярославской трассе, Немец поинтересовался:

— Ты меня о самом главном так и не спросил.

— О деньгах, что ли?

— Ну да.

— Жду, пока сам скажешь.

— Сто тысяч, — спокойно обронил хозяин «Защитника».

Как ни хладнокровен был Серебрянский, но, услышав о небывалой сумме, едва не выпустил руль.

— Сколько?

— Сто тысяч долларов. Но это аванс. Завтра встретимся, оговорим детали, получишь наличкой. И еще столько же — после. Только смотри не перепутай: грузишку того застрелить, а в меня — промазать. А то не с кого будет остальное получать.

За всю свою жизнь Анатолий Ильич не то что не получал таких денег, даже и в глаза не видел. Предложенный гонорар мог означать только одно: слишком большие надежды связывал его работодатель с грядущим покушением в ресторане «Саппоро»...

Глава шестнадцатая
Мишень с прицелом

Попетляв по мелко нарезанным ровненьким кварталам в районе Пречистенки, Максим Нечаев вынырнул на Зубовский бульвар и неторопливо покатил в сторону станции метро «Смоленская». Развернувшись на площади, вырулил в обратном направлении и спустя несколько минут свернул в Ружейный переулок.

Здесь в модерновом здании из стекла и бетона, явно не вписывавшемся в архитектуру старой Москвы, находился головной офис зловещего «Центра социальной помощи офицерам «Защитник».

Два часа назад он встречался с Прокурором и теперь, сидя за рулем черной «девятки», вновь и вновь воскрешал в памяти перипетии разговора. Беседа, как и следовало ожидать, касалась и Александра Фридриховича Миллера, и лжетрибунала. Встреча эта, проходившая на этот раз не в казенной роскоши дачи на Рублевском шоссе, а в небольшом ресторанчике клубного типа, окончательно расставила акценты в донельзя запутанной ситуации. Еще несколько штрихов, несколько точек над «i» — и «Черному трибуналу» надлежало прекратить свое существование навсегда...

Экс-высокопоставленный чиновник был солидарен с действующим генералом Богомоловым: между убийством Лебедевского, ответственность за которое якобы взял на себя «Черный трибунал», и «новым русским мафиози» Миллером существует четкая причинная связь. Конечно, прямых улик не было. Улика была одна-единственная, да и то косвенная: ею стал ответ на классический вопрос «Кому выгодно?».

Смерть Лебедя была на руку Немцу, и только ему одному. Элементарная логическая цепочка. Чего уж проще?!

Хотя у Прокурора, склонного к парадоксам, на этот счет были свои соображения, весьма отличные от нечаевских.

— Ну что, Максим Александрович, пора нам с вами на покой, — сообщил он. — Главная цель выполнена. Механизм запущен, маховик беспредела раскручен, процесс, как говорится, пошел. Теперь у мафиози появился устойчивый рефлекс: наказание за преступления неотвратимо, а приговор выносится не только судом. А нам с вами пора закругляться.

— Оставляете за Миллером право определять меру вины? — не понял Лютый. — Выпускаете джинна из бутылки? Даете возможность его бандитам работать «под нас»? Но не вы ли сами утверждали, что...

— Но ведь я не сказал, что делегирую Миллеру такое право! — живо напомнил Прокурор. — И не считаю, что «Черный трибунал»-два будет существовать и далее. Работать будет идея, а это, согласитесь, немало. Когда в существование «трибунала» поверили все, кто должен был поверить, нам следует прекратить нашу деятельность.

— То есть как прекратить? — не понял Лютый.

— Предать гласности факты вопиющего нарушения закона и осудить саму идею защиты Конституции неконституционными методами, — любезно сообщил собеседник.

— Мне что, надо написать явку с повинной и отнести ее в ближайший райотдел милиции? — удивился Максим, но только для проформы, потому что понимал: Прокурор имел в виду нечто совсем иное.

Он не ошибся.

— Повиниться всегда хорошо. Но зачем это делать именно вам? — иронично улыбнулся хозяин рублевского коттеджа. — Для этого есть наши самозваные последователи. Если господин Миллер счел возможным создать параллельную нам структуру, он наверняка должен понимать, что в случае ее разоблачения на нее повесят не только убийство Лебедевского, но и все остальные... И отвертеться не выйдет. Понимаете ход моих мыслей?

— Что будет с Миллером? — последовал заключительный вопрос.

— Его время кончилось. Три дня назад стало известно: он начал переводить свои зарубежные капиталы сюда, в Россию. Все правильно: в стране острый дефицит валюты и на искусственном занижении курса доллара можно заработать миллионы. Наверняка он намерен прокрутить свои капиталы через столичные банки и биржи. Спекуляции Александра Фридриховича, если они состоятся, серьезно усугубят кризис. Чем это грозит стране, думаю, объяснять не надо. Но сам факт перевода денег нам на руку, как никогда: если вам удастся вычислить и захватить тех, кто сработал в Ялте под вас, если этот человек даст показания, Миллеру конец. Букет уголовных статей — от «организации заказного убийства» и до «экономических преступлений» и «руководства оргпреступной группировкой» — Александру Фридриховичу обеспечен. Равно как и конфискация всех банковских активов, движимого и недвижимого имущества. Так одним выстрелом мы убиваем трех зайцев: не допускаем повторения кризиса, уничтожаем самого могущественного мафиози столицы и выставляем вместо себя козла отпущения в лице наших неожиданных последователей...

Игра была продумана ювелирно тонко от начала и до конца. Прокурор сумел предвидеть абсолютно все: даже то, что у «Черного трибунала» найдутся последователи.

Теперь, когда окончательная задача прояснилась, когда все акценты были расставлены, «Черному трибуналу» в лице Лютого оставалось лишь взять с поличным хотя бы одного человека из «Черного трибунала»-2. Требовалось постоянно следить за Немцем — рано или поздно он сам и вывел бы на след.

Но сделать это было не так-то просто...

Рядом с Александром Фридриховичем постоянно ошивался невысокий голубоглазый блондин, о котором Максиму по-прежнему известно было мало. Как будто блондин этот отзывался на кличку Бешеный, вроде бы имел отношение к Лубянке (непонятно какое), вроде бы роль телохранителя, которую он исполнял, была только прикрытием. О втором телохранителе было известно и того меньше: даже имени и фамилии его Нечаев не знал.

На первый взгляд ситуация вырисовывалась довольно четко: исполнительный служака и классический дурак, Бешеный внедрен горячо любимой «конторой» в окружение Немца в качестве банального соглядатая: куда Миллер ездит, с кем встречается, каковы его планы...

Лубянке нелишне знать подноготную Миллера, человека влиятельного и опасного. Напарник же Бешеного, судя по всему, дублирует или контролирует его работу.

Но это — на первый взгляд. В действительности все могло оказаться иначе...

...Миновав ряд невысоких домов, черная «девятка» свернула чуть влево и остановилась. Максим остался в машине. Через панорамное обзорное зеркальце отлично просматривался и офис

«Защитника», и паркинг перед ним, где стояли, зловеще поблескивая кенгурятниками, два джипа «мицубиси-паджеро». Лютый знал: эти машины используются преимущественно охранниками.

Канареечный банковский броневичок с округлой щелью-амбразурой на кузове стоял чуть поодаль, а это означало, что в «Защитник» вновь привезли наличку. Серебристый «линкольн», припаркованный у главного входа, свидетельствовал: его хозяин находится в офисе.

Нечаев закурил, опустил стекло дверцы, сунул руку в карман и извлек небольшую коробочку из черной пластмассы с алым глазком светоиндикатора. Это был пульт дистанционного управления взрывателем, найденный им в кармане покойного Шацкого. Тогда, в последний день осени, заметив на 3-м Транспортном серебристый лимузин с обоими телохранителями, Лютый сразу же понял, что к чему. Несомненно, покойный хотел избавиться либо от конкурентов, либо от свидетелей, «зарядил» «линкольн» взрывчаткой, а вот на кнопочку нажать не успел.

Похоже, серебристый лимузин «заряжен» взрывчаткой и поныне...

Казалось, чего проще? Вот он, миллеровский «линкольн», эдакая мишень с прицелом. Захочешь промазать — не получится. Отогнать «девятку» подальше, дождаться, пока Александр Фридрихович сядет в салон, и спокойно нажать кнопку.

Но это означает, что вместе с Немцем погибнут и те двое телохранителей. А этого Лютый допустить не мог!

Да и поставленная задача была иной: четко следить за Миллером.

Заметив на пороге офиса фигуру Бешеного, ставшую уже знакомой, Максим безотчетно вздохнул:

— Вот кому везет. Мне бы хоть денек телохранителем Немца побыть...

* * *

Никогда не случалось, чтобы Александр Фридрихович Миллер отрывал пуговицы. Но теперь, сидя в салоне «линкольна», он открутил на пальто целых две.

Огромная представительская машина, подобно авианосцу, плавно плыла в угарных бензиновых волнах по одной из центральных улиц. За рулем сидел Андрей, Савелий Говорков на «мицубиси» катил чуть поодаль. Стекло, разделяющее салон и водительское место, было приоткрыто, и включенный приемник то и дело сообщал последние новости.

«По итогам торгов на Московской межбанковской валютной бирже курс американского доллара поднялся до двадцати одного рубля четырнадцати копеек за доллар, — бодрым голосом сообщал диктор. — По прогнозам финансовых аналитиков, к весне следующего года курс доллара может составить до пятидесяти пяти рублей за единицу. Как сообщили нашему корреспонденту в Центробанке, вчера вечером состоялось расширенное заседание...»

— Выключи эту дрянь, — наклонившись к перегородке, бросил Немец.

Воронов поспешил исполнить распоряжение.

Развалившись на кожаном ложе салона, Миллер принялся крутить третью пуговицу. Такого, как нынче, с Александром Фридриховичем еще не бывало; он даже не пытался подавить в себе волнение.

Да и чего пытаться? Если все задуманное совершится (а в этом Немец не сомневался), месяца через три он станет полным, безграничным господином в московском банковском мире. Закачать в Россию побольше валюты, искусственно опустить бакс, а затем приняться скупать доллары и акции через проверенных агентов.

Эта нехитрая спекуляция, если грамотно отладить механизм и время купли-продажи, может принести Александру Фридриховичу несколько десятков, а то и сотен миллионов. В преддверии таких перспектив человеку свойственно приятное волнение; можно и пуговицы поотрывать, если уж так неймётся.

Луч зрения Миллера всегда был крайне узким. Угол обзора ограничивался только одним объектом. Наметив некую цель, Немец шел к ней, как буйвол, не заботясь о средствах и методах. Такая тактика оправдывала себя — если Миллер и достиг своего нынешнего положения, то только благодаря ей.

Бывший армейский подполковник прошел отличную школу жизни и был натренирован для борьбы до конца. Прежде чем вступить в борьбу, Миллер проводил рекогносцировку: что может стоить его внимания? После этого в оценку вступало чувство здравого смысла: стоит связываться или нет? Если дело выглядело стоящим, Александр Фридрихович принимался за подсчеты: «за» и «против», дебет и кредит, актив и пассив... И если подсчеты давали положительный результат, Немец мобилизовывал всю свою волю.

Нынешняя ситуация сулила огромные плюсы. Оставалось лишь одно препятствие — хитрожопый вор, или кто он там, Амиран Габуния, который вроде бы намеревался начать аналогичные спекуляции на несколько дней раньше. Сегодня, третьего декабря, ему надлежало нанести окончательный удар, расправиться с конкурентом. Ну и пусть надеется. Ресторанный разговор для Амирана ровным счетом ничего не решал. Он был приговорен и из знакомого человека превратился в мишень.

— Куда, Александр Фридрихович? — негромко спросил водитель с интонацией почтительности.

— Сперва ко мне домой, обождете, пока переоденусь, затем на Пресню, в «Саппоро». Знаешь такой ресторан?

— За «Планетой Голливуд»?

— Чуть в сторону. Да, и позвони Савелию, пусть джип на стоянку поставит, а сам пересядет к тебе. Лишнее внимание нам совсем ни к чему...

Сворачивая с Маяковки на Садовую, Андрей Воронов обратил внимание на черную «девятку», следовавшую в кильватере говорковского джипа уже минут пять. Он даже хотел было позвонить на мобильник Савелию, однако в последний момент передумал.

Мало ли черных «девяток» ездит по Москве? Слишком много. Зачем беспокоить друга по пустякам?

Глава семнадцатая
Бешеный против Лютого

Над вечереющей Москвой волоклись серые ватные облака. Низкие, рваные, они лениво цеплялись за высотные дома, опускались все ниже и ниже, и казалось, еще немного — и облака эти осядут на заснеженные улицы и проспекты, накрыв собой весь город.

— Не гони так, Савка, видишь, туман какой! — попросил Воронов сидевшего за рулем Савелия.

Крутобокий серебристый «линкольн» Александра Фридриховича Миллера мчался по московским улицам через холодную вечернюю изморось, вспарывая лужи, как торпедный катер. Ни Говорков, исполнявший в этот вечер обязанности водителя, ни Воронов, сидевший рядом, ни Миллер, отгороженный от телохранителей глухой пуленепробиваемой перегородкой, почти не разговаривали. И лишь слишком резвая манера езды Савелия заставила Андрея повторить просьбу:

— Не так быстро! Куда лететь? Тише едешь — дальше будешь, — чуть раздраженно заметил он.

— Потерпи, Андрюша, не так уж и долго осталось, — отозвался Савелий перед светофором, выворачивая руль направо, чтобы бросить машину в освободившееся место и стартовать с перекрестка первым.

До Пресни ехали молча. Было лишь слышно,

344

как в салоне ровно гудит отопитель да шуршит о днище машины ледяное крошево.

По соседним рядам проносились автомобили, сигналили, толкались перед перекрестками, суетливо перестраиваясь из ряда в ряд; по грязным, мокрым обочинам суетливо спешили, словно чемто перепуганные, озабоченные прохожие — тоже, наверное, боялись опоздать...

Андрей больше не произнес ни слова. Ктокто, а он хорошо понимал состояние своего лучшего друга. Было заметно: Савелий взведен, как пружина, уже ощущает в себе злой азарт охоты. Немец не может так долго оставаться подсадной уткой — рано или поздно на него должен напасть загадочный и зловещий «Черный трибунал».

Почему бы не сегодня?!

Описав перед паркингом правильный полукруг, «линкольн» въехал на свободное место, между скромным серым «фордом» и длинным, как железнодорожный вагон, «бьюиком» с дипломатическим номером. Воронов хотел было выйти из машины, чтобы открыть заднюю дверцу, но Бешеный легким кивком головы задержал его:

— Ты его по фотороботу хорошо запомнил?

Ясно, речь шла о том «инспекторе ГИБДД» с 3-го Транспортного, которого по горячим следам удалось вычислить оперативникам Богомолова.

— Обижаешь... Среди ночи разбуди, дай лист бумаги — нарисую! А что?

— Знаешь, у меня предчувствие, что сегодня он обязательно обозначится, — проговорил Говорков, поправляя под курткой подмышечную кобуру, и добавил: — А второе мое предчувствие, что сегодня он от нас не уйдет. Ну что, Андрюша, кто в кабаке тело охранять будет? Я или ты?

— Давай я в машине останусь. Угрелся что-то, никуда выходить не хочу, — предложил Воронов. — А ты в кабак иди, на девчонок посмотри. После расскажешь...

345

Ресторан «Саппоро» открылся в Москве недавно. Располагался он в тихом месте и, как явствовало из названия в честь известного по Олимпиаде города Страны восходящего солнца, специализировался на японской кухне. Шикарное заведение клубного типа, предназначенное скорее для ведения деловых переговоров, нежели для застолья, быстро обрело популярность в столичных бизнес-кругах. Посещали его наиболее крутые.

Прислуга отличалась предупредительностью и ненавязчивостью, метрдотель — понятливостью, а сервировка не вызвала бы критических замечаний и у японского микадо, возникни у него каприз тут отобедать или отужинать. Кухня, утонченная и изысканная, составляла особую гордость заведения. Трудились тут три повара и кондитер, выписанные специально из Японии, — это были настоящие кудесники и маги искусства приготовления экзотических блюд.

Они учитывали все, что предваряет прием пищи и сопутствует процессу еды: выделение желудочного сока у клиента, очередность блюд, психологию трапезы, основанную на ассоциациях и воспоминаниях о когда-то съеденном и выпитом, даже физиологию — приливы крови, а ко всему прочему, естественное утомление от процесса пищеварения.

Правда, официанты японцами не были: их роль выполняли вьетнамцы, в изобилии осевшие в столице еще с середины восьмидесятых.

Амиран Теймуразович Габуния уже ждал гостя, сидя за столиком, заставленным обильной выпивкой и разнообразной закуской, он нетерпеливо поглядывал то на часы, то на вход. Внешность этого высокого грузина располагала к себе: оливковая кожа лица, аккуратный бобрик прически, ослепительная белозубая улыбка...

В свои двадцать восемь лет Амиран, имевший

за плечами четыре судимости (все за мошенничество), носил звание ООРа, то есть особо опасного рецидивиста, что, впрочем, не мешало ему считаться одним из самых перспективных банковских махинаторов во всем Московском регионе.

О многоходовых мошеннических схемах «выставления» банков и вкладчиков, хитроумно задуманных и виртуозно осуществленных молодым грузином, ходили легенды. Впрочем, после катастрофы семнадцатого августа Габуния все больше и больше склонялся к относительно легальным способам зарабатывания денег.

Пройдя в зал, Немец взглядом указал Говоркову место за столиком и, приветственно махнув рукой грузину, прошептал охраннику:

— Сядешь тут, у входа, закажешь себе чего-нибудь поскромнее, долларов на пятьдесят. Скажешь, чтобы счет мне принесли. Не забывай Андрею позванивать.

— Слушаюсь. — Бешеный кивнул в знак согласия и, полоснув взглядом грузина, делавшего Миллеру приветственные жесты, опустился за столик.

Немец, мгновенно забыв о своем охраннике, двинулся к Амирану:

— Здравствуй, дорогой!

— Рад тебя видеть, Александр Фридрихович! Опаздываешь, нехорошо...

— Это ты раньше приехал, — кивнул Немец, в ответ протягивая руку.

Деловое рукопожатие, напряженно-дружелюбные улыбки, звук отодвигаемых стульев, подобострастная суета узкоглазого официанта, который при появлении долгожданного гостя бросился разливать по бокалам спиртное.

Савелий, пролистав меню, подозвал официанта и, игнорируя экзотические «сеу-моно», «кономоно» и «сашими», попросил обычную свиную отбивную и бутылку минеральной воды. Пятидесяти долларов, по расчету Бешеного, должно было хватить.

Ожидая заказ, Савелий принялся обозревать зал. Что ж, все правильно: если Немец — подсадная утка, на которую должен клюнуть «Черный трибунал» в лице Лютого, то нелишне загодя осмотреться.

Занята оказалась едва ли половина столиков: не то время теперь в Москве, чтобы по дорогим ресторанам деньги просаживать!

В кабинке слева отдыхали несколько иностранцев — то ли немцев, то ли шведов: видимо, «бьюик» у входа принадлежал кому-то из них. Иностранцы накачивались рисовым пивом и, судя по всему, чувствовали себя, как дома. Соломенные усы, панибратское похлопывание друг друга по плечам, подчеркнуто хозяйская манера держаться... Особенно раздражали бесконечные восклицания «йа, йа» — как будто общалась группа ослов.

В кабинке справа одиноко скучал расфранченный молодой человек с огромной золотой печаткой на безымянном пальце. Ассортимент выпивки и закуски выглядел не бедней, чем у Габунии и Миллера, однако обладатель печатки не начинал трапезу — видимо, кого-то ждал.

Сразу за ним сидел, лениво ковыряя вилкой салат, кареглазый, горбоносый мужчина лет сорока. Ел он без аппетита, словно принуждая себя усилием воли. Острый взгляд Бешеного сразу отметил, что на столе у него не было спиртного. Этот посетитель «Саппоро» сразу не понравился Говоркову: то ли настороженными взглядами, которые он то и дело бросал по сторонам, то ли тем, что чем-то неуловимо напоминал Миллера...

Тем временем у столика Бешеного появился узкоглазый официант и, подобострастно кланяясь, принялся расставлять тарелки.

— Приятного аппетита, — пролепетал азиат и,

поклонившись, взял бутылку минералки, чтобы наполнить стакан дорогого гостя.

Тяжелая рука Говоркова легла на его ладонь.

— Я сам... — непонятно почему раздражаясь, проговорил он. — Ты бы лучше вилку и ножик принес — я что, твоими палочками отбивную есть должен?

Тут некстати зазуммерил мобильник, лежавший на столе.

Бешеный взял трубку:

— Алло?

— Ну, у тебя все в порядке? — послышался голос Андрея. — Девчонки-то хоть стоящие есть?

— Какие девчонки, — почти шепотом досадливо откликнулся Савелий, — сижу, скучаю. Даже выпить не могу.

— Гори она огнем, такая работа, если на ней выпить нельзя! — пошутил напарник.

— Да нет, не о том я... Не о работе на Немца. На службе мы с тобой, Андрюша. Киллеры, Миллеры... И когда только все это закончится?!

— Ничего, когда-нибудь расслабимся! — успокоил Андрей.

— Твои бы слова да Богу в уши. Ладно, Андрюшка, у тебя все в порядке?

— Ничего подозрительного. Сижу музыку слушаю.

— Если что, звони!

— Ты тоже. Пока.

Отложив телефон, Савелий принялся за ужин — азиат наконец-то принес европейские приборы. Кромсая ножом отбивную, Говорков то и дело поглядывал по сторонам.

Неожиданно почудилось: из-за отделявшей зал от кухни бамбуковой ширмы с драконами мелькнуло на секунду чье-то лицо. Бешеный дернулся, словно от удара электрическим разрядом, и нож звякнул о фаянс тарелки.

Савелий был готов поклясться — там, за ширмой, появилось и тут же исчезло лицо Нечаева! Всего на мгновение, на долю секунды, словно фотографируя взглядом сидящих в зале.

Поправив висевшую под пиджаком кобуру, Говорков поднялся из-за стола, придал лицу выражение безразличного спокойствия, после чего двинулся между столиками в сторону кухни. Зашуршала отодвигаемая бамбуковая занавеска, дернулись нарисованные драконы, и Савелий, сделав несколько шагов, осмотрелся.

Никого похожего на Лютого вокруг не было. Прямо — дверь на кухню, где в благоговейной тишине колдовали японские повара. Слева — дверь в подсобку, запертая. Прямо — дверь черного хода. Савелий подергал ручку — эта дверь тоже была закрыта.

— Померещилось, наверное, — пробормотал он, возвращаясь к своему столику, и, устало опустившись в кресло, взглянул в сторону Немца.

Миллер и Габуния оживленно беседовали. Амиран что-то живо доказывал, Немец снисходительно кивал, и лишь тяжелые морщины, лежавшие на его грубоватом лице, свидетельствовали о недоверии к собеседнику.

— ...можно и вместе это провернуть! — донеслось до Говоркова.

— ...вот и выпей за это, Амиранчик! — обобщил Александр Фридрихович. — Нет, мне не надо, спиртного не употребляю.

— Зря, дорогой, не употребляешь! — взмахнул руками грузин. — Если бы употреблял, не был бы таким задумчивым! Надо иногда расслабляться, уважаемый Александр Фридрихович! А я выпью!

Он выпил водки, причем это была чуть ли не десятая рюмка за вечер. Глаза у Габунии блестели, он наклонился через столик и стал горячо шептать Миллеру:

— Есть классные девочки, может, потом ко мне поедем? Ломовые телки, слушай! Надя и Катя и еще эта... как ее... ладно, забыл... Мне стоит только свистнуть — сами прибегут. Высший сорт девочки, клянусь! Мне их когда-то покойный Лебедь прислал. А я запомнил. Без никакого презерватива трахаются! И лесбос могут, и в попку любят, все могут! Поехали!

— Амиранчик, о чем ты говоришь? — усмехнулся Немец. — Я блядьми уже сыт по горло. Да и потом, не до отдыха мне сейчас. Такие дела начинаются...

Он аккуратно орудовал ножом и вилкой, отрезая от солидной порции так называемого мраморного мяса небольшие кусочки. Потом придирчиво осматривал то, что было на вилке, окунал мясо в соус и только потом отправлял в рот. Жевал тщательно, неторопливо, как говорится, с расстановкой.

— Жаль, дорогой, — огорчился плавно пьянеющий грузин и выпил еще одну рюмочку. — Ничего не пьешь, к девочкам не хочешь. Так нельзя, слушай. Боюсь, не получится у нас компаньонства.

Немец перестал жевать и пристально посмотрел на Габунию — вот он и убедился в справедливости своих догадок. Этому грузину, как и ему самому, хотелось прощупать собеседника, вызвать на откровенный разговор, чтобы кто-нибудь из них двоих проболтался, раскрыл свои карты. Но трезвый Немец был осторожнее пьяного грузина. А тот все болтал:

— Пойми меня, Александр Фридрихович, нельзя время терять. Не будет компаньона — ничего, я и сам справлюсь. Но не могу такого уважаемого человека не поставить в известность. Однако же дела — завтра. Сегодня мне лично очень хочется отдохнуть.

Выпив, Габуния что-то произнес по-грузински и, поднявшись из-за стола, направился в сторону фойе. Он был уже сильно пьян и шел пошатываясь. Проходя мимо столика Бешеного, грузин случайно задел тарелку полой пиджака и, пробормотав какие-то извинения, двинулся дальше.

Наблюдательный Савелий заметил: едва Амиран поднялся из-за стола, Александр Фридрихович и горбоносый мужчина, сидевший к Немцу лицом, обменялись какими-то знаками. Сделали они это почти незаметно, однако Говорков насторожился.

Не прошло и полминуты, как из-за стола поднялся горбоносый и, подхватив из-под столика легкую спортивную сумку, пошел следом за Габунией. Это выглядело странно: почему, направляясь в такой дорогой ресторан, он не оставил сумку дома или хотя бы в машине? Почему, в конце концов, не сдал ее в гардероб?

Было ясно: сейчас что-то произойдет. Савелий, поняв, что тут, за столиком, больше нечего делать, сунул в карман мобильный телефон, поднялся и направился следом за подозрительным.

В фойе его не было, лишь охранник да швейцар болтали о чем-то своем. Осмотревшись, Говорков обнаружил двери туалетов — несомненно, крепко выпивший Амиран отправился туда. Рывок двери, и Бешеный влетел в облицованную белоснежным кафелем комнатку. В глаза бросилось зеркало — огромное, широченное, почти во всю стену. Зеркало это отразило спину Габунии, сгорбившегося у писсуара слева от входа, обладателя спортивной сумки, стоявшего справа от двери, за выступом стены, и его руки... Руки эти медленно, словно в замедленной киносъемке, наводили на грузина короткоствольное помповое ружье с глушителем.

В считанные доли секунды: хлопок выстрела едва различимым эхом отразился от кафельных стен туалета, Габуния нелепо дернулся и, брошенный силой заряда вперед, ударился лбом о стену. На затылке Амирана расплывалась жуткая рваная дыра. Он так и остался лежать у стены — в луже крови, с расстегнутой ширинкой...

Савелий среагировал мгновенно. Резкий, с разворота, выпад направо, несколько точных, как на тренировке, ударов, и стрелявший отлетел к зеркалу; тяжелый звон разбиваемого стекла заглушил его испуганный крик. Бешеный с глухим рычанием бросился на противника, однако тот каким-то непостижимым образом сумел вывернуться из-под его руки, передернуть затвор и нажать на спуск. К счастью, выстрел получился неприцельным: пуля, едва оцарапав рукав Говоркова, попала в плафон, неожиданно обдав нападавшего колкими брызгами стекла. Свет мгновенно погас, внезапная темнота бритвой резанула по глазам.

Однако спустя мгновение Савелий, действуя в полной темноте по памяти, выбил ствол из рук убийцы. Ложный замах, оглушающий удар по голове, и Говорков, сидя верхом на противнике, завел его руки за спину. Содрал с шеи киллера галстук и, удерживая запястья противника одной рукой, накинул петлю, затягивая ее тугим узлом.

Дело было сделано. И хотя этот горбоносый тип оказался не Лютым, можно было торжествовать победу. Судя по всему, на одном из «трибуналов» можно ставить жирную точку. А это уже половина успеха! Бешеный извлек из кармана мобильник, быстро защелкал светящимися в темноте кнопками.

Однако набрать номер до конца не успел...

Из открывшейся двери пробилась, увеличиваясь в размерах, узкая полоска яркого света, и Бешеный, забыв о телефоне, поднял голову.

Первое, что он увидел, — чьи-то туфли на рифленой подошве; туфли стояли почти у самого его лица. Почему-то бросилась в глаза подсохшая грязь на заостренных носках. Щегольски отглаженные стрелки брюк, округлые полы пиджака, скромный галстук с золотой заколкой...

В висок Савелия ткнулось что-то тупое, холодное, боковым зрением Говорков различил руку, сжимающую пистолет.

— Оставь телефон, — проговорил знакомый голос. — Не надо никуда звонить.

Перед ним стоял Максим Нечаев.

Конечно же и десять минут назад за бамбуковой шторой с драконами тоже был он. Савелий не ошибся... к огромному сожалению.

— Теперь ты медленно-медленно поднимешься, отойдешь на три метра и положишь руки на стену, — проговорил Лютый, проворно запуская руку под полу пиджака Говоркова. Извлек из подмышечной кобуры пистолет Стечкина, сунул его в карман. — Бешеный, или как там тебя... Ты мне и так до смерти надоел. Мне ничего не стоит пристрелить тебя сейчас, я сам удивляюсь, что меня от этого удерживает. К стене — быстро! — неожиданно повысил голос Нечаев.

Немного найдется людей, которые под угрозой приставленного к виску пистолета не подчинятся требованиям его обладателя. И Савелий, понимая, что владелец ствола явно не намерен шутить, поспешил исполнить требование. Перевес был явно на стороне Лютого.

Правда, в случае внезапного нападения темнота стала бы союзником Савелия: глаза его уже привыкли к мраку, а только что вошедший противник наверняка видел в неосвещенной комнате много хуже.

Говорков, медленно поднимая руки, не сводил глаз с соперника. Нечаев попятился назад, приоткрывая каблуком дверь. При этом Савелий заметил, что Лютый на мгновение отвернулся, и этого мига было достаточно, чтобы выбить из его руки пистолет: «макаров» с противным металлическим звяканьем ударился в темноте о кафельную стену.

Спружинила дверь — противники оказались в абсолютной темноте.

Преимущество внезапности было на стороне Бешеного. Удар, еще один!

Говорков почувствовал, что оба достигли цели.

— М-м-м... — простонал противник, и Савелий, поняв, что теперь самое время довести начатое до конца, вновь нанес удар, однако, вопреки ожиданию, этот удар не достиг цели.

Похоже, Нечаев интуитивно почувствовал опасность и отскочил в сторону — кулак Савелия со всего размаха впечатался в стену, и он, ощущая острую боль в запястье, с трудом удержался, чтобы не застонать.

Лютый пришел в себя на удивление быстро: спустя секунду Говорков, отброшенный резким хуком в сторону, стукнулся головой о стенку туалета и, распластавшись на полу, ощутил под собой что-то теплое и липкое: несомненно, это была кровь убитого Габунии. Глаза Нечаева уже привыкли к темноте, и почти все его удары достигали цели.

Савелий, действуя скорее рефлекторно, нежели осознанно, ставил блоки, уворачивался от ударов, прикрывал корпус и голову. В ней нарастал гул, перед глазами плыли огромные радужные пятна, рука от случайного удара о стену ныла, сделавшись в одночасье словно чужой...

Однако он, мобилизовав волю, сумел-таки подняться и, не видя толком противника, движимый одной лишь интуицией, перешел в наступление.

По всей вероятности, Лютый посчитал, что противник уже повержен, чуточку утратил бдительность, и потому неожиданная атака застала его врасплох. Теперь ему приходилось думать об обороне. А Савелий, почувствовав, что инициатива перешла к нему, продолжил активное наступление. Главным теперь было не дать врагу опомниться, не позволить достать пистолет.

Удар носком в коленную чашечку — и Максим, споткнувшись о неподвижно лежащего киллера, отлетел к стене, ударившись затылком о зеркальную раму. Еще один удар ногой, на этот раз в солнечное сплетение, — и Лютый задохнулся в кашле. Оставалось лишь добить противника. Бешеный уже изготовился нанести последний хук левой, но тут дверь резко распахнулась, и в ярко освещенном проеме показался силуэт ресторанного охранника, прибежавшего на звуки борьбы из фойе.

— Что тут происходит? — растерянно выкрикнул он.

Яркая полоса света выхватила из полутьмы труп Габунии у писсуара, Нечаева, сидевшего у стены на корточках, тело киллера у его ног...

Савелий инстинктивно обернулся.

— Что тут происходит? — оторопело повторил охранник, делая шаг вперед, рука его зашарила по стене в поисках выключателя.

Окрик этот отвлек внимание Савелия, чем не замедлил воспользоваться Лютый. Бросок в ноги Говоркову, и тот, потеряв равновесие, упал на спину. Еще мгновение — и сильнейший хук в голову заставил Бешеного потерять ориентацию в пространстве.

Савелий не мог даже шелохнуться. Он видел сквозь заставший глаза туман, как охранник ресторана шагнул вперед, как резво вскочивший Нечаев в непостижимом броске нанес ему незаметный, но очень мощный удар ребром ладони в кадык, после которого охранник плавно, как в замедленной киносъемке, свалился у двери.

А Лютый, подхватив неподвижное тело убийцы Габунии, потащил его в фойе. Спружинила дверь, и звук этот гулким эхом отозвался в маленькой комнатке туалета.

Наверное, никогда еще Максиму Нечаеву не было так тяжело, как теперь. Тело гудело от ударов, кровь с рассеченного лба заливала глаза, ноги подкашивались, как ватные. А ведь ему надо было еще тащить на себе горбоносого! Этого человека, пока еще неизвестного, но, несомненно, связанного с Миллером, по замыслу Прокурора, предстояло выставить общественности в качестве козла отпущения.

Бегство с преодолением препятствий, да еще с тяжелой обмякшей ношей, — такого в жизни Нечаева еще не было.

К счастью, будущий козел отпущения не подавал признаков жизни; да и приди он в себя, вряд ли бы сумел оказать сопротивление — руки, заведенные за спину, были туго связаны его собственным галстуком.

Подхватив киллера под руки (взвалить на себя не хватало сил), Максим потащил его к выходу. Швейцар, заметив двух окровавленных мужчин, лишь тоненько ойкнул и, не найдя ничего лучшего, несмело перегородил проход.

— Прочь с дороги! — угрожающе процедил Лютый, и швейцар, столкнувшись с его взглядом, поспешил отступить в сторону.

Конечно, куда разумней было бы исчезнуть из «Саппоро» тем же путем, которым Максим и попал сюда, — через черный ход в кухню. Но для этого пришлось бы протащить пленника на виду у всего зала, в том числе и Немца. Лютый решил рискнуть: ведь в лимузине, стоявшем на паркинге, наверняка сидел второй приставленный Лубянкой телохранитель. Но иного пути не было.

Стеклянная дверь на фотоэлементах плавно отъехала в сторону, и Максим, с трудом удерживая пленника, тяжело вывалился на улицу.

А со стороны серебристого «линкольна» к нему уже бежал крепко сбитый черноволосый мужчина, на ходу доставая из подмышечной кобуры пистолет.

— Стоять! — прозвучал властный приказ.

Лютый остановился.

— Опусти его!

Максим повиновался и на этот раз — окровавленная голова пленника глухо стукнулась о мрамор лестницы.

— Руки за голову, — последовала новая команда.

И вновь пришлось подчиниться, и теперь черное отверстие ствола, направленного прямо в лицо, не оставляло Нечаеву никаких шансов.

Черноволосый медленно, не сводя оружия с Лютого, приблизился. Он стоял на три ступеньки ниже. Он был вооружен, полон сил и задора и наверняка понимал: этот побитый, окровавленный, безоружный человек вряд ли может быть опасным. На лице его играла спокойная улыбка победителя, и Максим, отметив эту улыбку, вспомнил старую истину: человек вооруженный зачастую слабее обессиленного и безоружного — сознание собственной силы невольно притупляет бдительность. И тогда он решил: попробовать уйти все-таки стоит, но нельзя терять ни секунды.

Существенно позже, вспоминая перипетии событий в «Саппоро», Лютый понял: если у него и оставался шанс бежать, прихватив с собой пленника, то ничтожно малый.

Но он этот шанс использовал.

Не сводя взгляда с пистолета в руке черноволосого, Нечаев медленно поднимал руки; может быть, чуточку медленней, чем следовало. Черноволосый был спокоен и уверен в себе — его рука по-прежнему сжимала пистолет.

— Живее... — проговорил он, делая небольшой шаг вперед.

Максим понял: действовать надо незамедлительно. Мгновение — и он словно подкошенный упал на ступени. И в тот же момент прозвучал выстрел, где-то наверху жалобно звякнуло стекло, на площадку перед входом полетел хрустальный дождь осколков. Но Максим, сгруппировавшись, каким-то непостижимым образом уже скатывался по ступенькам. Все получилось так, как и было задумано: в броске Лютый сумел-таки обхватить руками ноги стрелявшего. После короткой борьбы Лютый свалил его. При падении черноволосый ударился затылком об асфальт, и это заставило его на несколько минут отключиться. Этого оказалось достаточно, чтобы Максим, подхватив со ступенек по-прежнему безжизненное тело киллера, дотащил его до серого «форда», бросил на заднее сиденье и уселся за руль.

Нечаев чувствовал — силы покидают его. Глаза застилала кровавая пелена, ключ не попадал в замок зажигания.

К счастью, двигатель завелся с полуоборота. Спустя несколько секунд кроваво-красные габариты «форда» растворились в густой темноте декабрьской ночи...

Глава восемнадцатая
Погоня

Пропустив от Лютого сокрушительный удар в голову, Савелий долго не мог прийти в себя. Во рту сделалось солоно и .гадко, картинка перед глазами троилась, и острая ревущая боль заглушала все иные ощущения. Сил, чтобы подняться, не оставалось вовсе. Способность мыслить вернулась к Бешеному лишь спустя минут пять. Пошатываясь, он встал, на ощупь нашел рукомойник, подставил окровавленные ладони под струю, помыл лицо. Холодная вода взбодрила, и Бешеный вновь ощутил в себе злой азарт охотника.

Ничего, еще не все потеряно. Враг избит, враг обессилен, врагу далеко не уйти. Может быть, он еще где-то тут, в ресторане, может быть, он у входа. Может быть, еще удастся его догнать?

Но, выйдя в фойе, Говорков понял, что проиграл: ни Лютого, ни горбоносого киллера там не было. Лишь тоненькая кровавая дорожка к стеклянной двери обозначала их путь. Правда, в «линкольне» оставался Андрюшка — на него была последняя надежда.

Увы! И этой надежде тоже не суждено было сбыться. Выйдя из дверей, Савелий увидел Воронова — грязного, окровавленного, с пистолетом в руке.

— Ушел, сука... — виновато, стараясь не встречаться с Бешеным взглядом, произнес он. — Только что... Я стрелял, промазал, он меня оттолкнул, пистолет выбил и — в машину.

— Машину-то хоть запомнил? — Быстрота реакции вновь вернулась к Говоркову.

Сердиться на Андрюшку не приходилось: ведь и сам он, Савелий, тоже не смог остановить Лютого!

— Темно-серый «форд-эскорт», номер московский, две семерки, Е 207 АУ, — отрывисто бросил Андрей, пряча пистолет. — Только что отъехал, еще минуты не прошло. У него отсюда только одна дорога — на улицу Девятьсот пятого года. Может, попытаемся догнать?

И тут Бешеный сделал отличный ход. Преследовать Лютого на миллеровском «линкольне» было глупо и нерасчетливо. Конечно же Нечаев отлично знал эту машину и потому, заметив за собой известный лимузин, наверняка попытался бы оторваться от преследователей. Для погони требовалась другая машина, и Савелий уже знал, какая именно.

Подбежав к «бьюику» с дипломатическим номером, Говорков рывком сдернул с себя куртку, обмотал ею кулак и одним ударом выбил ветровое стекло. Дико завыла сирена сигнализации, но Бешеного это не смутило: просунув руку в салон, он открыл дверцу и уселся за руль.

— Ты поведешь? — спросил Андрей, усаживаясь рядом.

— А ты за штурмана будешь. И за стрелка-радиста. Звони Богомолову! — бросил Бешеный, доставая из внутреннего кармана десантный нож-стропорез, с которым никогда не расставался.

Завести двигатель было секундным делом: достаточно сковырнуть из гнезда замок зажигания, вытянуть пучок разноцветных проводов и замкнуть красный стартерный провод на массу.

Спустя мгновение двигатель завелся, и «бьюик» с дипломатическим номером, резво стартовав с паркинга, помчался во тьму от ярко освещенного фасада «Саппоро».

А Воронов, дозвонившись до Константина Ивановича, уже докладывал обстановку:

— Да, ему удалось уйти... Мы виноваты. Преследуем. На машине дипломата. Он не один. — Коротко рассказав о событиях в ресторане, Андрей выслушал инструкции и, нажав на отбой, напряженно взглянул впереди себя — на подъезде к Краснопресненской набережной мелькнул серый «форд».

— Савка, жми! — извлекая пистолет, крикнул Воронов. — Гляди, вон он!

— Вижу, — пробормотал Говорков, мгновенно перестраиваясь налево. — Ничего, Андрюшка, на этот раз ему не уйти! На перекрестке нагоним, сразу выбегай из салона и ствол в морду.

— Константин Иванович говорит — только живым брать. Обоих. Он сейчас опергруппу собирает, минут через десять выезжают. С дипломатом обещал все утрясти. Ментам из ГИБДД уже дана команда — машину с этим номером задержать, движение во всем районе перекрыть. Главное, не дать ему уйти.

— Возьмем живым, куда он денется.

Бешеный вел машину уверенно и спокойно. Он знал, еще немного, еще чуть-чуть, и исполнители обоих «трибуналов» будут захвачены...

Шум схватки в туалете никто в ресторанном зале не услышал: единственный выстрел из обреза помпового ружья оказался смазанным глушителем, а драка вышла слишком скоротечной — к счастью или к несчастью, за это время никому из посетителей не понадобилось пройти в облицованную кафелем комнату. Однако интуиция Миллера, обострившаяся в тот вечер до предела, подсказывала — ситуация развивается вопреки запланированному сюжету.

Серебрянский задерживался непростительно долго. Да и этот долбаный Савелий оказался слишком бдительным, слишком дотошным. Чего ради он пошел следом за Габунией и Анатолием Ильичом? Тоже в туалет захотелось? Что-то слишком долго он там оправляется.

Конечно, этого «отмороженного» «афганца» вообще не следовало брать с собой в зал: разумней было бы оставить его в машине. В предстоящей инсценировке «неудачного покушения на бизнесмена Александра Миллера» Говоркову отводилась роль свидетеля, и теперь Немец уже жалел, что не оставил его в машине вместе с Андреем. Вон сколько свидетелей в кабаке — ползала посетителей плюс официанты. И все, как один, — люди посторонние, непредвзятые.

Правда, останься телохранитель в «линкольне», это наверняка бы вызвало в будущем подозрение следователей: а почему с собой в ресторан не взял? Не с умыслом ли?

Но все это произошло бы в будущем. А теперь следовало подумать о настоящем.

Миллер взглянул на часы: с тех пор как Габуния и Серебрянский отправились в туалет, прошло уже больше десяти минут. Не было видно и Говоркова. Это рождало самые худшие подозрения. Или этот честный дурак телохранитель вертится рядом с Амираном и Серебрянским, не давая последнему пристрелить Габунию, или случилось нечто похуже...

Оставалось лишь одно: подняться из-за столика, пройти в фойе и самому убедиться в правильности или неправильности своих догадок.

Постаравшись придать лицу выражение полной беспечности, Александр Фридрихович поднялся и направился в сторону туалета. Вежливо пропустил вперед девицу, кивнул официанту — мол, спасибо, пока ничего не надо.

Оказавшись в фойе, Миллер понял: сбылись самые скверные его ожидания.

Дверь в туалет была приоткрыта, и из него по

направлению к выходу вела тонкая струйка свежей крови. Алая дорожка была сбита, словно по ней кого-то волокли. У стеклянной двери недвижным истуканом застыл швейцар — бледный, с выпученными от испуга глазами.

Теряя самообладание, Немец бросился в туалет; рванув на себя дверь, он едва не поскользнулся на чем-то мокром и с трудом удержался, чтобы не упасть.

Первое, что сумел рассмотреть Александр Фридрихович в полумраке, было тело Амирана Габунии. Гений финансовых афер лежал у писсуара с расстегнутой ширинкой, из-под коротко стриженной головы убитого натекала бесформенная кровавая лужица. Кафельный пол, усыпанный мелкими осколками стекла, также был густо перемазан кровью.

В углу валялось помповое ружье — приклад его был разбит в щепки. Справа от входа лежал охранник ресторана — он тихо мычал, тщетно пытаясь подняться на ноги. Ни Серебрянского, ни Савелия не было и в помине.

— Твою мать... — только и сумел воскликнуть Александр Фридрихович.

Немец всегда отличался сообразительностью — представшая его взору картина свидетельствовала об одном: Серебрянский исчез не по доброй воле и не в здравом рассудке. Предусмотрительный Анатолий Ильич ни при каких обстоятельствах не оставил бы на месте убийства оружия — пусть даже дешевенького обреза помпового ружья, заряженного ледяными пулями. Ясно, что отсутствие Савелия Говоркова и было причиной отсутствия Серебрянского — а то кто еще мог утащить с собой Анатолия Ильича?

Тихо закрыв дверь, Миллер вышел в фойе и в этот момент ощутил, что в голове его звучит, нарастая, тихий небесный звон. Тяжело опустился в кресло, обхватил голову руками и вдруг почувствовал во рту мерзкий металлический привкус, словно он полчаса сосал дверную ручку. Звон в голове все усиливался, и Немцу казалось, будто голова его находится в центре гигантского колокола; неумолимо раскачивается язык, ударяя о бронзовые стенки, и каждый новый удар сильней предыдущих: бум-м-м, бум-м-м, бум-м-м...

Да, такого удара судьбы Александр Фридрихович не испытывал давно.

Телохранитель предал его — это факт. Эти «афганские» ублюдки оказались вовсе не теми, за кого себя выдавали!

Кому мог понадобиться человек, работавший под «Черный трибунал»? Не надо быть ясновидцем, чтобы ответить на этот вопрос: или настоящему «Трибуналу», или ментам, или «конторе» — хрен, как говорится, редьки не слаще. Доигрался Александр Фридрихович с огнем.

Тут Немцу вспомнилось все: и подозрительный арест одного охранника, бывшего у него, Миллера, до этих, и автомобильная катастрофа, в которую попал второй, и спортивная травма третьего, и многое, многое другое...

Александр Фридрихович в бессильной ярости закусил нижнюю губу. Проклятый Шацкий, этот отставной мент наверняка знал, кого подсовывал!

— Твою мать... — повторил Немец, поднимаясь с кресла. Стало быть, и покойный Вадим Алексеевич был вовсе не тем, за кого себя выдавал? Стало быть, каждый шаг его, Миллера, был известен или на Лубянке, или на Шаболовке, или... страшно подумать где?!

Александр Фридрихович взъерошил пятерней гладко зачесанные волосы, потер руками лицо, огромным усилием воли взял себя в руки. Звон в голове слабел, и способность мыслить трезво постепенно возвращалась к нему. Сунул руку в пиджачный карман, механически нащупал вторые ключи от «линкольна», носовой платок, мятые кредитки, номерок из гардероба.

Сознание заработало более-менее четко.

Первая мысль была: бежать. Нет, бежать нельзя, надо все-таки засвидетельствовать свою непричастность к смерти Габунии: крикнуть что-нибудь испуганное, позвать швейцара или метрдотеля, позвонить по 02. Нет, бежать все-таки надо: если его телохранители вовсе не те, за кого себя выдавали, стало быть, знают они слишком много, а это грозит ему, Немцу, огромными неприятностями. Кстати, и Серебрянский, оказавшийся в их руках, наверняка попытается купить жизнь «чистосердечными признаниями».

Оперативники могут прибыть с минуты на минуту, и никто не даст гарантий, что они с ходу не арестуют его. А банковские активы уже переведены в Россию, и механизм биржевых спекуляций будет запущен со дня на день. Руководить-то этим процессом может лишь он, Александр Фридрихович!

Быстро одевшись, Немец бросился на выход и едва не поскользнулся в лужице крови на мраморной площадке. Острый взгляд Александра Фридриховича зафиксировал блестящий металлический цилиндрик на ступеньках — это была пистолетная гильза. Значит, и тут, на улице, тоже стреляли. Кто в кого? В сущности, какая теперь разница!

«Линкольн» по-прежнему стоял на паркинге, однако ни Воронова, оставленного в салоне, ни Говоркова в машине не оказалось. Куда они исчезли — уехали, ушли пешком или скрылись на «опеле» Анатолия Ильича, — думать не хотелось. В два прыжка Миллер оказался у двери машины. Рванул дверцу, быстро завел двигатель и, не прогревая его, помчался в сторону улицы Девятьсот пятого года.

План дальнейших действий вырисовывался более-менее отчетливо: прийти в себя, отдать несколько распоряжений экономистам «Защитника» и завтра же попытаться бежать из России. Загранпаспорт с мультивизой в Германию у Миллера есть, а

366

руководить финансовыми процессами можно и из-за границы.

— Ничего, мы еще повоюем... — задыхаясь от злости, прошептал Александр Фридрихович, — мы еще посмотрим, кто кого...

Темно-серый «форд-эскорт» медленно катил по залитой огнями Краснопресненской набережной. Максим вел машину с огромным усилием: багровая пелена застилала глаза, кровь из разбитых рук стекала на руль, ладони скользили по мокрой пластмассе, ноги сделались чужими, словно ватными, подошвы то и дело соскальзывали с педалей. Свет фонарей, отраженный влажным асфальтом, неоновые огни рекламы, красные огоньки габаритов впереди идущих автомобилей — все это расплывалось в одно огромное, причудливое пятно.

Машина шла рывками, словно за рулем сидел начинающий или вусмерть пьяный водитель.

К счастью, лежавший позади пленник не подавал признаков жизни: видимо, тот голубоглазый блондин по кличке Бешеный здорово приложил его! Приди киллер в себя и освободи он руки от удавки-галстука, Лютый не смог бы оказать ему ни малейшего сопротивления.

Теперь, когда дело было почти закончено, оставалось немного: добраться до конспиративной квартиры, затащить туда миллеровского наймита, зафиксировать наручниками к змеевику в ванной, вколоть ему в вену инъекцию и позвонить на мобильник Прокурору.

Но до дома оставалось еще минут тридцать езды!..

Сразу же за Калининским мостом Нечаев приметил позади себя длинный белый «бьюик» с дипломатическим номером. Водитель вел себя очень странно: все время норовил перестроиться в крайний левый ряд, призывно сигналил другим машинам, требуя освободить полосу, игнорировал красный сигнал светофора. Спустя несколько минут на перекрестке с улицей Дунаевского «бьюик» почти поравнялся с «фордом», и Лютый, взглянув налево, увидел: пассажирская дверца распахнулась и из салона выбежал, направляясь в сторону «форда», тот самый черноволосый мужчина, который едва не задержал его у выхода из «Саппоро». В руке его был зажат пистолет.

— Зараза! — выругался Максим.

Светофор горел красный, и нечаевский «форд» оказался зажатым плотным рядом машин.

Черноволосый уже наставил на Лютого пистолет, но в этот момент Нечаев боковым зрением заметил, что светофор замигал желтым и серый «мерседес», стоявший справа, нетерпеливо выкатил на полкорпуса вперед. Выжав сцепление, Максим воткнул передачу и резко крутанул руль вправо — «форд», оцарапав бампером стоявший впереди «ниссан», нырнул в образовавшуюся брешь.

Возмущенно засигналили задние машины, а черноволосый, явно не ожидавший такого маневра, на мгновение растерялся, не зная, что делать — то ли продолжить преследование пешком, пробираясь между машинами, то ли стрелять, то ли броситься назад к «бьюику». А светофор уже мигнул зеленым светом.

Лютый, лихорадочно выкручивая руль (откуда только силы взялись?!), выехал на тротуар. Испуганные прохожие поприжимались к стенам, толпа, ожидавшая троллейбуса на остановке, бросилась врассыпную, и нечаевский «форд», калеча о высокий бордюр колесные диски, стремительно выкатывал на проезжую часть, на мгновение опережая оставшиеся на перекрестке автомобили, — их водители явно растерялись от увиденного.

Вначале Максиму показалось, что он оторвался от преследователей. В образовавшейся у светофора пробке «бьюик» не сразу мог разогнаться. Но уже на следующем перекрестке длинный белый лимузин вновь настиг беглеца. Правда, на этот раз черноволосый не рискнул покидать салон, — видимо, те в «бьюике» решили «вести» «форд» до последнего.

Светофор не переключался на зеленый целую вечность, и Максим, нетерпеливо поглядывая в зеркальце заднего вида, понимал: шансы уйти от погони тают, как снег на мартовском солнце.

Минута, еще одна...

Кровь шумела в висках, красное пятно светофора двоилось, троилось, и Максим понял: если сейчас же, сию секунду, не загорится разрешающий сигнал, он просто потеряет сознание.

Наконец расплывчатое красное пятно сменилось желтым, затем зеленым, и Лютый, стоявший на перекрестке впереди, резко вырулил на левую, свободную полосу.

Нечаев, то и дело бросая в зеркальце заднего вида быстрые взгляды, выжимал из «форда» все, на что тот был способен: стрелка спидометра приблизилась к отметке сто сорок километров в час. Он мчался со включенной аварийкой, то и дело нажимая на клаксон, — встречные машины слева испуганно шарахались в сторону.

Вероятно, давно, а может быть, и никогда на Кутузовском не было такой гонки!

«Бьюик» с дипломатическим номером вроде бы отстал, и Нечаев вздохнул облегченно. Светофоры давали «зеленую волну», и это облегчало бегство. Через несколько перекрестков можно сбросить скорость, попытаться перестроиться в плотном потоке машин направо и свернуть на какую-нибудь тихую улицу. Бросить машину, попробовать поймать частника: продолжать эту гонку на «форде» нет смысла — машина засвечена. Да и менты наверняка сообщили по рации о водителе, создающем аварийную ситуацию.

Впереди замаячил задок белого «фольксвагена». Обгон слева, по встречной полосе, исключался —

там катила вереница снегоуборочных машин. Максим судорожно дернул рычажок включения дальнего света, однако впереди идущий автомобиль никак не среагировал на просьбу уступить дорогу, а все так же неторопливо продолжил движение по крайней левой полосе.

Тогда водитель «форда» решился на единственный разумный в такой ситуации маневр: обогнать неожиданно возникшую преграду справа, слегка сбросив скорость. Но в тот миг, как он вывернул руль, водитель «фольксвагена» начал перестраиваться в правый ряд, прижимая нечаевский «форд» к невесть откуда взявшемуся троллейбусу.

Нажав на тормоз что было сил, Лютый судорожно вывернул руль влево, попав колесами правой стороны в наледь на асфальте, — автомобиль перестал подчиняться управлению и перешел из прямолинейного движения в беспорядочное вальсирующее вращение. Водитель впереди идущей машины, услышав позади себя пронзительный визг резины, резко сбросил скорость. На одном из витков «форд», ударившись боком о корпус троллейбуса, саданулся бампером в задок «фольксвагена», перевернулся набок и резво вылетел на тротуар. Испуганные крики прохожих заглушили звон разбиваемого стекла и скрежет металла.

В глазах Нечаева поплыли огромные радужные круги, и он на мгновение потерял сознание. Когда Лютый пришел в себя, то обнаружил, что лежит локтем на дверце, — «форд» завалился на левую сторону.

Гонка была проиграна вчистую — после аварии машину можно было отправлять на свалку. А ведь преследователи наверняка были где-то неподалеку.

Лобовое стекло вывалилось в салон хрустким пластом, покрытым густой паутиной трещинок. Из порванного радиатора с шипением выбивалась ржавая вода. Осколки фар прозрачными льдинками плавали в коричнево-черной луже масла. На смятом в стиральную доску капоте с тихим треском лопалась и отслаивалась краска. Максим попытался было оттолкнуть от себя тяжелый пласт стекла, подняться, покинуть салон, однако острая боль в груди заставила его тихо застонать: видимо, при аварии он сильно ушибся о руль. Несколько безуспешных попыток подняться — и Лютый окончательно потерял сознание...

А изувеченный автомобиль уже обступали первые любопытные, сочувственно цокали языками, вздыхали, удивлялись, шутили, кто-то злорадствовал, кто-то предполагал, что водитель пьян, кто-то предлагал вызвать милицию.

Меньше чем через минуту у обочины остановился длинный белый «бьюик» с дипломатическими номерами. Передние дверцы машины раскрылись синхронно, как по команде, и из салона вылетели двое мужчин — при их появлении редкая толпа невольно расступилась.

Подскочив к лежащему на боку «форду», Савелий и Андрей без особого труда перевернули его на колеса. Воронов быстро извлек из кобуры пистолет, направив его в сторону водителя. Праздные зеваки, заметив в руках Андрея оружие, поспешили покинуть место происшествия. Однако Лютый не реагировал на наставленный ствол — его окровавленная голова лежала на руле. Тем временем Говорков уже вытаскивал безжизненное тело своего врага из салона. Положил его на асфальт, наклонился, потрогал пульс и прислушался.

— Жив, — удовлетворенно произнес он.

Еще минуту назад, в пылу погони, он был готов не раздумывая пристрелить этого человека. Лютый был прежде всего врагом — хитрым, сильным и опытным. Однако именно эти качества внушали Савелию невольное уважение. Но — странная вещь! — Говорков ловил себя на мысли: погибни Нечаев в этой гонке, он, Бешеный, наверняка бы испытывал нечто похожее на сожаление.

— С минуты на минуту должна появиться опергруппа с Лубянки, — бросил Воронов, вытаскивая из автомобиля тело миллеровского киллера, — ничего, в «двадцатке» их быстро приведут в чувство...

Городская больница номер двадцать, или, как ее называют, «двадцатка», знаменита в московском криминальном мире не меньше, чем любая из тюрем. Сюда на верхний, забранный стальными дверями этаж со всей столицы свозят раненых бандитов, где их по мере возможностей вылечивают, выхаживают и сдают в тюрьму, а в отдельных случаях и братве для последующих похорон.

Бешеный деловито обыскал карманы Нечаева. Извлек мобильник, бумажник, два пистолета, несколько стеклянных ампул, упаковку одноразовых шприцев, носовой платок... В кармане пиджака он обнаружил небольшую коробочку из черной пластмассы, с алым глазком светоиндикатора и плоской кнопкой желтого цвета.

— Что это? — взглянув на коробочку, полюбопытствовал Воронов.

— По-моему, дистанционный пульт взрывателя, — произнес Говорков немного растерянно. — На брелок не похоже.

— Сам вижу, что не похоже. Очень любопытно: кого же он собирался взорвать?

— Не знаю. — В голосе Бешеного сквозило искреннее недоумение. — Во всяком случае, если человек возит с собой пульт взрывателя, значит, заряд где-то уже заложен.

— Где?

— Об этом знает лишь он один. — Савелий кивнул в сторону неподвижно лежавшего Лютого и, еще раз осмотрев пульт, предположил несмело: — Может быть, нас с тобой?

— Почему же тогда он этого не сделал? — резонно спросил Андрей.

«И действительно, почему?..»

Савелий проговорил этот вопрос про себя, а

сам взглянул на поверженного... врага? А может, друга? Почему-то он никак не мог ответить на этот вопрос. Он еще раз взглянул на лицо Лютого и увидел, как оно начало вытягиваться, а в его выражении стала появляться некая умиротворенность... Савелий понял, что Лютый отходит в мир иной, но не знал, что делать: с одной стороны, ощущая симпатию к нему, с другой — сильную злость...

Трудно понять, до чего бы он додумался, но в этот момент ему послышался голос Учителя:

«СЛИШКОМ РАНО ЕЩЕ ЕМУ УХОДИТЬ!.. — Следующая фраза была направлена явно Лютому: — ТЫ ДОЛЖЕН ЖИТЬ И ТВОРИТЬ ДОБРО НА ЗЕМЛЕ!.. — И снова обращение к нему, Савелию: — ПОМОГИ ЕМУ, БРАТ МОЙ!..»

Савелий понял, что нельзя терять ни секунды: что-то внутри него шевельнулось: жалость, сострадание, а может быть, и то и другое. Савелию вдруг и самому, независимо от указания Учителя, захотелось облегчить страдания соперника и конечно же спасти от смерти: он сосредоточил все свои силы, всю энергетику и положил руку на грудь лежащему...

Глава девятнадцатая
Почему?

«Почему? Почему я должен умереть раньше отпущенного мне срока? Почему я, а не Немец? Ведь я был лишь рядовым исполнителем, наемником, а не организатором! Я был руками, а он мозгом. Но ведь доказать мою вину куда проще, чем Миллера!» Именно так размышлял Серебрянский, «Черный трибунал» — 2.

Третьи сутки Анатолий Ильич Серебрянский сидел в тесной камере Лефортовского следственного изолятора. Вот уже третьи сутки он задавал себе одни и те же вопросы и ответов на них не находил.

Опергруппа ФСБ прибыла на Кутузовский проспект спустя десять минут после того, как «форд», перевернувшись набок, вылетел на тротуар. Придя в себя, Серебрянский обнаружил, что лежит на грязном асфальте, в луже машинного масла. Над головой, заслоняя огни уличных фонарей, мелькали пятнистые камуфляжи, появлялись и исчезали чьи-то лица, скрытые черными вязаными масками, и топот рифленых ботинок гулко отдавался в висках.

Синий свет проблескового маячка на крыше одной из машин выхватывал из полутьмы силуэты людей, фонарных столбов и автомобилей, делая их тени причудливыми и расплывчатыми, и от этого зрелища Анатолию Ильичу сделалось не по себе.

Какие-то люди в масках грубо подхватили его под руки, потащили к машине. Втолкнули на заднее сиденье, ножом перерезали галстук, который тугим узлом схватывал за спиной руки пленника. Но это не было освобождением: спустя несколько секунд в салон машины сели двое мужчин, одетых не в пятнистые камуфляжи, а в одинаковые серые костюмы. На запястьях Серебрянского защелкнулись вороненые наручники, и пленник ощутил, что вновь проваливается в бездонную черную яму беспамятства.

Очнулся он в небольшой белой комнатке, со стенами, заставленными медицинскими шкафчиками, и с окнами, забранными массивными стальными прутьями. Знакомый запах йода, густой и немного терпкий, неприятно щекотал бывшему военврачу ноздри. Пленник сидел на табуретке, и пожилая врачиха перевязывала ему голову. В дверях стояли двое амбалов в серых костюмах, с неуловимо похожим выражением глаз — несомненно, это были те самые люди из машины. Йод жег рану на голове, и Серебрянский, инстинктивно дернувшись, боковым зрением заметил, что один страж демонстративно сунул руку под полу пиджака, а второй быстро шагнул от дверного проема.

— Без резких движений! — угрожающе скомандовал он.

— Где я? — замирая от ужаса неизвестности, спросил Серебрянский.

— Известно где... В «Лефортове», — после непродолжительной паузы ответил один из сторожей.

Необходимые формальности — заполнение бланков, медосмотр, дактилоскопия — заняли минут двадцать. И незадолго до полуночи тюремный вертухай отвел нового постояльца в камеру на втором этаже.

Камера эта, рассчитанная, судя по количеству шконок, на четырех человек, пустовала — то ли арестантов в этой знаменитой тюрьме теперь было немного, то ли серьезный статус нового постояльца исключал любые контакты.

События минувшего дня и особенно резкая перемена в его положении полностью деморализовали Анатолия Ильича, однако навалившаяся усталость дала о себе знать — спустя несколько минут после того, как конвоир с грохотом закрыл металлическую дверь, арестант уже спал.

В первую тюремную ночь бывшему военврачу приснился жуткий сон — настоящий кошмар. Ему снилось, что он лежит на кушетке в своей пыточной камере, лежит прикованный наручниками, в ожидании смерти. Вокруг него толпятся шатающиеся обезображенные трупы всех пленных азербайджанцев, которых он прикончил, — настоящие зомби, со вспоротыми животами, вбитыми в глаза гвоздями, отрубленными руками и ногами, все в крови. Они страшно стучат зубами и готовятся резать его заживо.

Первый надрез скальпелем распорол ему живот от горла до паха, из его тела вынули кишки, сердце, печень, но он почему-то не умирал. Эти зомби стали рубить топорами его руки, потом ноги. Отрубили голову. Стали играть его головой в футбол, распахнули дверь камеры и стали гонять голову по острым камням в ночной тьме. Серебрянский во сне понимал, что они хотят сбросить его голову в пропасть. Так и вышло — эти отвратительные зомби пинками гнали его голову к пропасти, и военврач успел заметить среди них и свою мать, и опухшего от водки Федора, и того бизнесмена, которого он убил в присутствии Немца.

— Не хочу в пропасть, — кричала голова Хирурга, катясь по камням. — Если я туда попаду, то никогда уже из нее не выберусь! Не хочу!

Но зомби его не слушали. Наконец подкатили голову к самому краю горного ущелья. Один из мертвецов — это был высокий, стриженный бобриком грузин, в котором Серебрянский узнал застреленного им Габунию, — разбежался и одним метким ударом послал голову в пропасть. Но голова пролетела так далеко, что оказалась на другой стороне ущелья. Зомби глухо завыли от ярости.

— Ура! — обрадовалась голова Анатолия Ильича. — Не в пропасть, не в пропасть! Значит, мои дела не так уж плохи! Жизнь продолжается!

— Ты ошибаешься, приятель, — вдруг услышал Хирург спокойный голос Немца, который подходил к нему все ближе и ближе. — Твоя жизнь кончена.

Немец схватил голову Анатолия Ильича и швырнул ее на дно ущелья.

— А-а-а!.. — закричал Серебрянский и проснулся весь мокрый от холодного пота...

Утром после скудного завтрака, привезенного на тележке зеком-баландером, Анатолия Ильича выдернули на допрос в следственный корпус.

Следователь, высокий угрюмый мужчина с непроницаемым серым лицом, был сух, корректен и официально вежлив. Уточнил анкетные данные, напомнил о праве подследственного на адвоката, но потом не выдержал:

— Только маловероятно, что он вам поможет, — как бы между делом сообщил он. — По факту убийства в ресторане «Саппоро» вам грозит статья сто пятая, часть вторая, пункт «з».

— Что это значит? — заплетающимся языком спросил арестант, не подумав о том, что подобным вопросом косвенно признает свою вину.

— «Убийство, совершенное из корыстных побуждений или по найму», — пояснил следователь, извлекая из сейфа главное вещественное доказательство — обрез помпового ружья с самодельным глушителем. — У следствия есть все основания подозревать в вас наемного убийцу. А теперь побеседуем более детально. Только не надо сказок, будто бы в «Саппоро» вы оказались случайно и, зайдя в туалет, стали жертвой бандитского нападения. Оружие ваше? — Говоривший кивнул на обрез.

Арестант, совладавший с первым испугом, промолчал.

— Впрочем, ваше «да» или «нет» — не более чем формальность, — деловито добавил следователь. — На цевье и стволе обнаружены отпечатки пальцев, экспертизой установлено, что они принадлежат вам. Первый вопрос: зачем вы пришли в ресторан с обрезом?

Опустив голову, Анатолий Ильич принялся изучать носки своих туфель, всем видом давая понять: мол, спрашивайте что угодно, ни на какие вопросы отвечать не намерен.

— Ходить по ресторанам с незарегистрированным оружием — занятие довольно специфическое, — продолжал говоривший, нимало не смущаясь молчанием подследственного. — Так ведь? Ладно, двинемся дальше: приходилось ли вам раньше встречаться с убитым Амираном Теймуразовичем Габунией?

— Кто это? — Усилием воли арестант поднял взгляд на следователя.

— Человек, которого вы вчера застрелили. — Достав из картонной папочки с веревочными тесемками несколько фотографий Габунии, следователь аккуратно разложил их перед Серебрянским.

— Я видел этого человека в ресторане, — деревянным голосом произнес он, прикидывая, пойдет ли дальше разговор о ледяных пулях, которыми было заряжено ружье, или нет, и, почему-то подумав, что пойдет, попытался прикинуть будущую линию защиты.

Но Анатолий Ильич ошибся; технология явно не интересовала следователя. Спрятав фотографии убитого, он выложил перед собеседником новые, и, едва взглянув на них, Серебрянский вздрогнул.

С глянцевого снимка сурово смотрел коротко стриженный седеющий мужчина с грубоватыми, волевыми чертами лица и маленькими, глубоко посаженными глазками.

Это был Александр Фридрихович Миллер.

— Следующий вопрос: вы знакомы с этим человеком?

— Я видел его в «Саппоро», — понимая, что отрицать очевидное по крайней мере глупо, машинально признал Серебрянский.

— Мы знаем, что вы его там видели. Но я спрашиваю вас о другом...

Анатолий Ильич облизал пересохшие от волнения губы и промолчал.

— Повторяю еще раз: вы встречались когда-нибудь с этим человеком? — напряженно спросил собеседник, пододвигая фотографии ближе.

— Не помню... не знаю... может быть, и встречался... я много с кем встречался...

— Тогда я вам напомню: зовут его Александр Фридрихович Миллер. Неужели не знаете? А о «Центре социальной помощи офицерам «Защитник» тоже никогда не слыхали? Так вот: мы имеем все основания считать, что убийство господина Габунии вам заказал господин Миллер. Вот что, Анатолий Ильич, — неожиданно следователь обратился к подследственному по имени-отчеству, — поймите, чистосердечное признание — единственный путь к спасению. Вы обвиняетесь в заказном убийстве, и перспективы ваши крайне незавидны. Вам грозит до двадцати лет лишения свободы, смертная казнь или пожизненное заключение, — любезно пояснил следователь. — Вижу, что сегодня вы не намерены со мной беседовать. Всего хорошего, Анатолий Ильич, до завтра. Утром встретимся вновь. Советую до этого времени хорошенько подумать.

Сложив бумаги, следователь с силой вдавил кнопку вызова. Появившийся контролер повел

Серебрянского длинными пустынными коридорами в камеру.

Тяжелая металлическая дверь с грохотом затворилась, и арестант остался в камере один. Усевшись на шконку, Анатолий Ильич с силой растер ладонями виски.

Естественно, вспомнились: дом в Мытищах, в который из этой лефортовской камеры уже никогда не вернуться, уютная тишина кабинета, стеллажи с любимыми книгами и аквариум с рыбками. Глупые, пучеглазые, наверное, и теперь бьются лбом о стекло, ища выход из замкнутого пространства стеклянной тюрьмы. Вспоминая своих гуппи, Серебрянский невольно ощущал себя такой же беспомощной аквариумной рыбкой...

И вновь со всей неизбежностью вставал проклятый вопрос: а почему он?

Сидя на шконке, арестант обхватил растопыренными пальцами голову, вспоминал Александра Фридриховича — его самодовольство, его уверенность в своих силах, его наглость, раздражаясь от этих воспоминаний все больше и больше.

Немец, сволочь, конечно же на свободе — а то зачем следак так дотошно расспрашивал о нем? И уж наверняка Александр Фридрихович в ближайшие дни попытается покинуть Россию; за те годы, что они были близко знакомы, Анатолий Ильич научился предугадывать его действия.

Руководить финансовыми спекуляциями не обязательно из Москвы. Безукоризненно исполненные загранпаспорта на липовые имена, с мультивизами и его фотографиями у Немца есть: как-то в пароксизме доверия Александр Фридрихович показал в Мытищах несколько штук, и предусмотрительный Серебрянский, понимая, что такая информация дорогого стоит, постарался запомнить фамилии.

И вскоре, сидя где-нибудь в Цюрихе или Берлине, Миллер и не вспомнит, что в его жизни был когда-то человек по фамилии Серебрянский. Что ж, все правильно: Миллер всегда верил исключительно во взаимную выгоду. А когда наймит стал ему не нужен... Нечего надеяться, что Немец протянет ему, Анатолию Ильичу, руку помощи: попробует договориться со следователями, наймет хорошего адвоката, в конце концов, хотя бы передаст в «Лефортово» какой-нибудь еды! Дудки!

Так почему же тогда он, Серебрянский, должен молчать о Немце?!

Пружинисто поднявшись, Анатолий Ильич подбежал к металлической двери, забарабанил по ней кулаком. Коридорный появился спустя минуты три, заглянул в глазок, затем опустил «кормушку».

— В чем дело?

— Мой следователь еще на месте?

— Не знаю. А что?

— Хочу сделать заявление...

Минут через двадцать арестант вновь переступил порог уже знакомого кабинета.

— Хочу сделать чистосердечное признание, — произнес он.

Ни единый мускул не дрогнул на лице следователя.

— Я вас слушаю. Присаживайтесь. — Он кивнул сопровождающему контролеру, и тот поспешил выйти.

Опустившись на привинченный к полу табурет, Серебрянский вцепился в край стола.

— Я могу писать сам, не диктуя?

— Можете, — согласился собеседник, придвигая ему пустые бланки.

С нажимом, как на уроке в первом классе, Анатолий Ильич принялся писать. Первый листок вскоре закончился, и Серебрянский попросил второй, затем третий...

Спустя минут сорок «чистосердечное признание» было подписано.

Следователь читал показания долго и внимательно, то и дело задавая вопросы:

— Стало быть, считаете, что Миллер попытается покинуть Россию?

— Я все написал. Сам видел у него целых три загранпаспорта. Фамилии, на которые эти документы оформлены, я запомнил, — поспешно проговорил Серебрянский.

— Вы уверены? — с явным интересом спросил следователь.

— У меня хорошо натренированная память. Я ведь врач, мне надо постоянно держать в голове сотни наименований лекарств, препаратов, специальных терминов. Неужели трудно запомнить какие-то фамилии?

— Поня-ятно. — Собеседник вновь погрузился в чтение, дочитал листок до конца и вернулся к предыдущему. — Вот тут вы пишете, что после того, как вы выстрелили, оружие из ваших рук выбил некий неизвестный.

— Я не смог рассмотреть его лица, потому что сразу потерял сознание, — с большей поспешностью, чем следовало, отозвался арестант. — Пришел в себя лишь на Кутузовском проспекте. Если надо, можем съездить в «Саппоро», покажу, где стоял я, где Габуния, как я стрелял.

— В проведении следственного эксперимента пока нет необходимости, — отмахнулся следак, шелестя листками. — Вы пишете, что должны были инсценировать покушение и на самого Миллера. Не проще ли было открыть стрельбу в ресторанном зале? Один выстрел в Габунию, второй — в Миллера, бросить оружие и — на выход.

— Наверное, так и следовало поступить, — согласился Серебрянский и, шмыгнув носом, произнес задумчиво: — Если бы я был умнее...

— Что бы тогда? — Следак отложил бумаги.

— Я бы не стал инсценировать покушение на Немца. Я бы его пристрелил...

«Почему? Почему, имея возможность стрелять в «Саппоро» на поражение, Лютый не стал этого делать? Почему не стрелял и на Кутузовском проспекте, когда Андрей с пистолетом в руке рванулся к нечаевскому «форду»? И где находится взрывной заряд, дистанционный пульт к которому обнаружен у Нечаева?· Если «Черный трибунал» вплотную занимался Немцем, то логичным было бы предположить, что взрывчатка заложена там, где случалось бывать Александру Фридриховичу, а стало быть, и его телохранителям. Почему же тогда Лютый не нажал на кнопку? Почему действия этого человека выглядели столь нелогично? Почему?»

Сколько ни бились над этими вопросами Савелий Говорков и Андрей Воронов, сколько ни строили догадок, ответов так и не нашли. И встреча с Константином Ивановичем, запланированная через пару дней после событий в японском ресторане, должна была прояснить если не все, то многое...

...Сидя за рабочим столом, Савелий сосредоточенно курил, и по движениям его руки, стряхивающей пепел, было заметно, что он внутренне напряжен, словно пружина.

Выглядел Бешеный жутковато: на левой скуле расплывался огромный чугунный кровоподтек, нос распух, правая рука со сбитыми костяшками пальцев безжизненной плетью свисала вдоль туловища.

Но и Андрей то и дело прикасался к пластырю на лбу, морщился от боли и озабоченно поглядывал на свое отражение в зеркальном шкафу.

Богомолов, желая приободрить гостей, произнес как бы в шутку:

— Ничего, шрамы украшают мужчину.

Хозяин лубянского кабинета смотрелся бодро, точнее, старался выглядеть таковым. В конце концов, дело сделано: исполнители обоих «трибуналов» в руках УПРО, оперативная часть задания выполнена, и теперь осталось выяснить все детали, разобраться в скрытом механизме и мотивациях ликвидаций, а главное, выяснить, кто все это время стоял за многочисленными загадочными смертями высокопоставленных московских мафиози. Впрочем, имя человека, «заказавшего» Амирана Габунию, было уже известно: на втором допросе Анатолий Ильич Серебрянский сознался в этом «эпизоде».

Как и следовало ожидать, бывший военврач, понимая, что солнце ему не светит, но хотя бы появилась надежда смотреть на него в клеточку, сохранив свою драгоценную жизнь, подробно, со всеми деталями описал, где в момент выстрела стоял Амиран, где находился он сам, киллер, из какого положения стрелял, что произошло после этого. Анатолий Ильич даже предложил съездить в ресторан для проведения следственного эксперимента, однако в этом пока не было необходимости.

— Но главное не это, — комментировал Богомолов. — Серебрянский собственноручно написал «чистосердечное признание» и указал имя заказчика — Немца. Этого более чем достаточно, чтобы арестовать Миллера хоть сегодня, — удовлетворенно резюмировал он, демонстрируя друзьям протокол первого допроса.

— Кстати, а где он? — оживился Бешеный, зашелестев листками протокола.

— Исчез — как в воду канул. В офисе «Защитника» не появляется, дома его тоже нет. Жена Людмила второй день сидит дома пьяная, полностью потеряла чувство реальности, ни на один вопрос ответить не в состоянии. В квартире Миллеров засада, днем и ночью дежурит усиленная группа захвата.

— Просидеть с пьяной Миллершей сутки под одной крышей — это уже подвиг, — удовлетворенно хмыкнул Андрей, питавший к жене Александра Фридриховича особую ненависть. — Ну очень сочувствую вашим ребятам.

— Бог с ней, с Миллершей, — отмахнулся Богомолов, слегка улыбнувшись. — Главное теперь — задержать Немца. Но шансы взять его на квартире минимальны. Он-то человек неглупый и наверняка понимает, что дома его ждут точно так же, как и по известным нам адресам.

— Значит, в бега подался, как обычный уголовник? — уточнил Говорков новый статус Александра Фридриховича.

— Получается так.

— А что будем делать? — В голосе Воронова послышалось беспокойство.

— Конечно, брать, — спокойно ответил Константин Иванович. — Миллеру теперь терять нечего. Несколько дней назад он перевел почти все свои банковские активы в Россию на подставные фирмы. Решил рискнуть в огромной биржевой спекуляции. Обратного хода у него нет. Кстати, Габунию он потому и убрал, что тот мог его опередить в лакомой коммерции. Но это так, к слову. Важно другое: маховик этой аферы уже запущен и руководить процессом может только Миллер. Правда, не обязательно из Москвы. Так вот, все тот же господин Серебрянский сообщил, что еще год назад Немцу удалось выправить несколько загранпаспортов на чужие фамилии, но со своими фотографиями и мультивизами. Фамилии он запомнил, и это самое главное. Известно и другое: вчера днем на одну из названных фамилий был приобретен авиабилет на рейс Москва — Вена. Самолет вылетает завтра в девять утра. Так что завтра, часам к семи, вам, друзья, придется отправиться в Шереметьево-2.

— Не проще ли взять его во время прохождения паспортного контроля? — удивился Говорков, потирая распухшую скулу.

— Конечно, проще, — согласился Богомолов. — Да и сотрудников наших в международном аэропорту достаточно. Но знаешь, Савелий, мне кажется, что во всем должна быть своя внутренняя логика. Раз вы с Андрюшей занимались этим делом с самого начала, то должны довести его до конца. Упустить Немца нельзя ни в коем разе. Миллер хладнокровный, умный и циничный мерзавец. Большие деньги в его руках — самое сильное оружие. Упусти мы его за границу, случится непоправимое.

— Значит, наша задача — задержать господина Миллера, — конкретизировал Воронов.

— И в наручниках доставить сюда, на Лубянку. Думаю, нам с ним найдется о чем побеседовать. Ладно, насчет Немца мы еще поговорим более детально, — заметил Константин Иванович, и Савелий, исподлобья взглянув на Богомолова, немедленно отметил, что лицо генерала в одночасье сделалось серьезным и озабоченным.

— А что Лютый? — понимая, что дальнейшая беседа пойдет именно о нем, спросил Говорков.

— С Кутузовского проспекта его отвезли прямо в «Лефортово», в медсанчасти оказали первую помощь. К счастью или несчастью, несмотря на очень опасные травмы: сотрясение мозга, вывих руки, ушибы по всему телу, отбиты некоторые внутренности, сломано несколько ребер, одно из которых проткнуло легкое, — он чувствует себя удовлетворительно... Доктора просто диву даются: с такими ранениями другой человек давно бы отошел в мир иной. — Почему-то генерал взглянул на Савелия.

Не выдержав его взгляда, Бешеный отвернулся в некотором смущении.

— Понятно! Я так и думал... — задумчиво проговорил Богомолов, но далее развивать эту тему почему-то не стал...

Генерал правильно догадался, что Савелий спас жизнь Лютого. Знал об этом и Воронов: он видел, как Савелий, после аварии «форда» Нечаева, склонился над его телом и сделал несколько пассов. Его вмешательства оказалось достаточным для того, чтобы Лютый как бы нехотя, медленно открыл глаза. Увидев склонившееся над ним лицо Бешеного, он чуть заметно улыбнулся и тихо прошептал:

— Теперь и ты... спас мне жизнь... спасибо... — после чего снова впал в забытье, но теперь его лицо было спокойным и умиротворенным, словно он спал спокойным здоровым сном.

— Сейчас он в одиночной камере, — сообщил Богомолов.

— Его уже допрашивали? Он называл какие-нибудь имена? — вмешался Воронов.

Вдогонку ему задал свои вопросы и Савелий:

— Кто стоит за «Черным трибуналом»? Он работал один или с кем-то в связке?

Богомолов отрицательно покачал головой:

— Начать следствие можно не раньше, чем через неделю, когда Лютый окончательно придет в себя и будут утрясены некоторые юридические формальности.

Савелий наморщил лоб.

— Не могу избавиться от ощущения... Знаете, тогда на Кутузовском, когда я увидел его в перевернутой машине, почему-то подумал: погибни этот человек, мне в жизни чего-то будет не хватать. Я понимаю, с одной стороны, он — враг, но с другой...

— Понимаю тебя, Савелий, — кивнул Константин Иванович. — По натуре ты боец, и твоя жизнь наполняется смыслом только тогда, когда есть серьезный противник... наверное, именно потому ты и помог ему. — В голосе генерала не было вопроса: он как бы констатировал итог.

— Да не о том я! — словно не слыша последней фразы, возразил Савелий. — Да, Лютый был нашим врагом. Но если честно, такого врага нельзя не уважать.

— Хочешь сказать, что тебе симпатичны и методы «Черного трибунала»? — склонив голову, полюбопытствовал генерал Богомолов.

— А знаете, может быть, этот «Черный трибунал» в чем-то и прав, — сверкнув глазами, неожиданно вступился за Лютого Андрей. — Если люди не находят защиты у государства, что им еще остается? Вы ведь сами говорили о каких-то инициативных офицерах спецслужб, действующих или резервных...

— Может быть, и так, — задумчиво согласился Богомолов. — А может быть, и нет. Все эти устрашающие приговоры, где упоминаются «какие-то честные офицеры спецслужб, которым надоело терпеть бандитский беспредел», — мистификация, чтобы запугать бандитов. «Черный трибунал» далеко не частная инициатива рыцарей плаща и кинжала. Уверен: за кулисами ее создания стоял умный, опытный и хитрый руководитель, кукловод, дергавший незримые ниточки. И человек этот предвидел абсолютно все, по крайней мере почти все!..

— В том числе и то, что дурной пример может стать заразительным? — уточнил Бешеный, имея в виду лжетрибунал.

— Скорее всего. Очень может статься, что Серебрянский возьмет на себя и те убийства, к которым он не причастен, — предположил Константин Иванович. — Тут все не так просто. Лютый — лишь видимая часть айсберга. Слишком много вопросов, ответы на которые мы до сих пор так и не получили. — Поднявшись из-за стола, он открыл сейф, извлек из него плоскую коробочку из черного пластика с алым глазком светоиндикатора и желтой кнопкой и, положив ее на стол, произнес после паузы: — Вы оказались правы: это действительно пульт дистанционного управления взрывателем. И тебе, Савелий, трудно отказать в логике: заряд может быть заложен лишь там, где Немцу случалось появляться постоянно. Например, в его офисе, в его квартире, в его автомобиле, в конце концов... Мало ли где еще?!

— Как же Лютому удалось заложить взрывчатку? Ведь постороннему попасть в офис «Защитника» труднее, чем на Гознак!

— Об этом может сказать лишь сам Нечаев.

— Почему же тогда Лютый не нажал на кнопку? — продолжал недоумевать Савелий. — Ведь по большому счету мы с Андрюшкой были для него такими же врагами, как и Миллер! Ведь о том, что мы пасем в лице Немца подсадную утку, знали лишь четверо: вы, мы с Вороновым да покойный Шацкий. Если некий влиятельный, но пока неизвестный нам человек дал ему карт-бланш на уничтожение, что мешало Нечаеву избавиться от нас заодно с Миллером?

Константин Иванович поджал губы.

— Этого я сказать не могу, — откровенно признался он.

— А что ему грозит? — заерзал на стуле Бешеный.

— Все зависит от того, что нам удастся доказать. — Подняв взгляд на Говоркова, Богомолов сразу заметил перемену, происшедшую в нем.

Генерал немного помолчал, сосредоточенно взглянул куда-то поверх головы собеседника. Однако не смог удержаться.

— Савелий, не узнаю тебя... — укоризненно начал он. — Ты что, обеспокоен судьбой этого убийцы? Или ты считаешь, что методы черного террора оправданны? Посчитал человека опасным — давайте ликвидируем его, так, что ли? — Богомолов хотел было развить эту мысль, однако на столе его мелодично зазвонил телефон с двуглавым орлом на наборном диске.

Телефон правительственной связи, чаще именуемый «вертушкой», появился в кабинете начальника УПРО сравнительно недавно — с тех пор как хозяин кабинета стал начальником Управления по разработке и пресечению деятельности преступных организаций. Но звонил этот аппарат крайне редко.

Друзья понимающе переглянулись. Богомолов взял трубку.

— Слушаю вас! — вежливо сказал он.

— Добрый день, Константин Иванович, — поприветствовал голос, показавшийся Богомолову знакомым.

— Здравствуйте, — ответил тот немного растерянно.

— Кто это? — шепотом спросил Савелий, подаваясь корпусом вперед.

— Тсс-с... — Генерал встал к гостям вполоборота, всем своим видом демонстрируя значительность звонка.

— Быстро же вы забыли мой голос, — послышалось из трубки иронично-доброжелательное. — М-да. Вероятно, именно так и проходит слава людская.

— Простите, но я действительно... не могу вспомнить, — извинительным тоном произнес Константин Иванович, лихорадочно перебирая в голове всех, кто мог бы звонить ему по «вертушке». — Ваше имя и отчество...

— Честно говоря, по фамилии, имени и отчеству меня называют столь редко, что я и сам их иногда забываю. Но вы, Константин Иванович, наверняка должны помнить меня как Прокурора.

— Но ведь вы, кажется, в отставке? — осторожно напомнил Богомолов.

— Правильно, был... до вчерашнего дня. Сегодня утром подписан приказ о моем возвращении на прежнюю должность. — Факт доступа абонента к правительственной связи не оставлял сомнения в правдивости его слов. — Не хотели бы вы со мной встретиться?

— Некоторые функции моего главка возвращаются к вашей структуре? — осторожно предположил Богомолов, уже понимая, что его собеседника наверняка интересует не только это.

— Это само собой. Однако трудности реорганизационно-переходного периода сегодня не самое важное. Есть еще несколько вопросов, которые мне хотелось бы обсудить с вами наедине. Так когда и где мы сможем встретиться на несколько минут?

— Это как вам будет удобно. — Константин Иванович переложил трубку в другую руку, и Бешеный, едва взглянув на Богомолова, заметил, как сжались, побелели костяшки его пальцев, что свидетельствовало о волнении генерала.

— Если у меня, в четырнадцатом корпусе Кремля, не возражаете?

— Нет.

— Вот и отлично. Не смогли бы вы через несколько минут спуститься вниз? Я пришлю за вами нашу машину. Так мы не прощаемся...

Едва положив трубку, хозяин кабинета произнес:

— Кажется, сегодня многое должно проясниться.

— Вы о Лютом, Константин Иванович?

— Не только о нем, — ответил генерал.

— А кто это звонил? — машинально спросил Савелий, хотя и отлично понимал, что ответа на свой вопрос он не дождется, по крайней мере сегодня.

Богомолов как-то странно взглянул на него, потом немного помолчал и словно нехотя сказал:

— Ладно, на сегодня все!..

— А как насчет завтрашней поездки в Шереметьево? — поинтересовался Говорков, поднимаясь из-за стола.

— Оперативную информацию получите у подполковника Рокотова, он в курсе.

— Вам позвонить сегодня? — уже в дверях спросил Воронов. — Или обождать? Мы так поняли, что вы скоро освободитесь.

— Боюсь, что нет. Уж если мне предлагают разговаривать... — Все-таки генерал решил, что не совсем честно скрывать от самых близких ему людей, откуда был звонок, а потому и добавил со значением: — В Кремле — это надолго. Но, может быть, именно сегодня мы узнаем ответы на многие вопросы. В том числе и на главный — почему?..

Глава двадцатая

Реванш

Пятого декабря тысяча девятьсот девяносто восьмого года имело место событие, о котором говорили давно: одни с надеждой, другие с беспокойством, третьи с затаенным ужасом. Правда, круг ожидавших был крайне ограничен: слишком узкому числу людей был известен герой дня...

После четырехмесячной опалы Прокурор был восстановлен во всех своих должностях. Сотрудники совсекретной контролирующей структуры «КР» занимали привычные места в былой иерархии. Происходило это слаженно и быстро: ведь «КР» если и была распущена, то лишь номинально. Просто после отставки руководителя структура эта временно перешла в теневое положение.

Причин, побудивших высокое российское руководство вернуться к практике скрытого контроля, было много. Люди, хорошо знакомые с текущим состоянием дел в стране, объясняли возвращение Прокурора и полным параличом власти, и нуждой в опытном администраторе, который бы незаметно, но твердо контролировал и направлял внутрироссийские процессы в нужном государству русле, и даже разгулом организованной преступности.

В числе прочих причин называлось и появление некой террористической структуры с названием столь же зловещим, сколь и загадочным: «Черный трибунал».

«Трибуналу» приписывались всемогущество, неуловимость, а главное, бесконтрольность. Сегодня, мол, эти люди стреляют тех, кого считают лидерами российской мафии... а завтра? Так пол-России можно перестрелять! Во всяком случае, добрую половину правительства... и Думы...

Как бы то ни было, но уже шестого декабря Прокурор занял свое привычное рабочее место в четырнадцатом спецкорпусе Кремля. Создавалось впечатление, что человек этот вовсе и не покидал своего кабинета: так, отлучился на несколько дней в краткосрочную командировку. Все та же уверенность движений, все та же обстоятельность команд, то и дело бросаемых в телефонную трубку, все та же невозмутимость человека, знающего наперед абсолютно все.

Жизнь в четырнадцатом спецкорпусе Кремля опять пошла по привычному, строгому порядку.

В прошлом Константин Иванович Богомолов встречался с хозяином высокого кремлевского кабинета лишь несколько раз. И естественно, не мог сказать о нем ничего определенного. Начальнику УПРО было лишь известно, что человек этот занимает какую-то невероятно заоблачную должность, что почти никому даже в Кремле неизвестно, как должность эта именуется; известно, что структура, подотчетная этому человеку, занимается разведкой и контролем внутри страны и что к руководителю конспиративной структуры принято обращаться исключительно Прокурор, и никак иначе...

Сидя в огромной приемной и дожидаясь вызова, лубянский генерал пытался воскресить в памяти те немногие встречи с Прокурором, вспомнить его мимику, его манеру говорить, логику его мышления... Однако ничего у Константина Ивановича не выходило: образ получался каким-то зыбким, расплывчатым, неопределенным. Может, потому, что Прокурор в глазах Богомолова выглядел неким воплощением всеобъемлющего контроля, персонифицированным в одном-единственном человеке.

Когда Богомолов вошел в приемную, секретарь, молодая симпатичная, но очень строгая девица, бегло взглянув на него, сказала:

— Вас просили немного подождать... Не хотите ли чаю, кофе? — вежливо спросила она.

— Нет, спасибо. — Богомолов прибыл точно к сроку и потому был немного недоволен задержкой, но виду не показал, достал из «дипломата» «Московский комсомолец» и углубился в чтение.

Наконец раздался звонок: секретарша сняла трубку и, молча выслушав какое-то распоряжение, вежливо кивнула в сторону высокой двери мореного дуба:

— Вас ждут, Константин Иванович...

Богомолов не спеша сунул газету в «дипломат», подошел к массивным дверям, взялся за бронзовую ручку и потянул ее на себя...

За годы службы на Лубянке генералу довелось бывать во многих начальственных кабинетах. Но такого огромного видеть еще не приходилось: от двери до рабочего стола было не менее пятнадцати метров ковровой дорожки.

— Здравствуйте, Константин Иванович, — приязненно улыбаясь, приветствовал гостя Прокурор, поднимаясь из-за стола навстречу генералу. — Давно мы с вами не виделись.

— Года полтора, — отвечая на крепкое рукопожатие, ответил Богомолов.

— Присаживайтесь, прошу вас.

Генерал опустился в кресло.

— Спасибо.

— Чай? Кофе? — излучая доброжелательность, дежурно предложил хозяин, пододвигая пепельницу, сигареты и зажигалку. — Закуривайте, не стесняйтесь...

Скосив глаза, Богомолов заметил на столе пачку «Мальборо», которое обычно курил, и вспомнил, что сам Прокурор предпочитает другие сигареты,

«Парламент». Что и говорить: если руководителю «КР» известны о генерале и такие мелочи, ему наверняка известно и многое другое. Ясно, что разговор предстоит серьезный.

Так оно и вышло.

Прокурор взял инициативу в свои руки. Сперва коротко обрисовал тяжелую ситуацию с оргпреступностью. Затем обратил внимание собеседника на неэффективность обычных методов борьбы с ней. Затем как бы вскользь заметил: в стране, мол, наверное, остались еще честные люди, которым такая ситуация не по душе.

— Имеете в виду «Черный трибунал»? — понимая, что играть в прятки бессмысленно, спросил Богомолов. — Вот им-то я и занимаюсь. Может быть, задачи «трибунала» и благородны... Но методы, согласитесь, полностью противозаконны.

— Скажу больше — преступны, — сверкая золотой оправой очков, продолжил Прокурор, непонятно почему воодушевляясь. — С бандитами нельзя разговаривать на их же языке. В конце концов, Россия — демократическое государство, и лишь суд вправе установить вину и меру наказания каждого. Дело в том, дорогой Константин Иванович, что отныне «Черный трибунал» и все, с ним связанное, переходит в компетенцию «КР». Нам известно немало. Но прежде чем поставить окончательную точку, мне хотелось бы получить у вас некоторые консультации.

Глубоко затянувшись сигаретным дымом, Богомолов слушал собеседника, пытаясь понять, насколько тот искренен, но сделать это было решительно невозможно.

Прокурор говорил вдохновенно, эмоционально, и Константину Ивановичу оставалось лишь согласно кивать.

— ...да, эти негодяи все правильно рассчитали. Если идея защиты законов противозаконными методами витала в воздухе, почему бы ее не использовать? Почему бы не создать структуру, которая под видом глобальной чистки общества от мафии не занялась бы ликвидацией тех, кто мешает другим бандитам?

— Имеете в виду Максима Александровича Нечаева? — спросил Богомолов в лоб.

— Имею в виду Александра Фридриховича Миллера и его наемника, Анатолия Ильича Серебрянского, — возразил Прокурор.

— Но ведь... — От волнения Богомолов не находил слов. — У нас есть все основания считать, что Лютый... Кстати, он сейчас в «Лефортове»...

Прокурор взял трубку телефона.

— Где?

— В Лефортовском следственном изоляторе, — суконным голосом сообщил Богомолов.

Вдруг чисто интуитивно он ощутил странное чувство: оно, вероятно, посещает школьника, который, ответив на вопрос учительницы точно по учебнику, в конце концов понимает, что ответ неправильный.

— Алло, будьте любезны, справьтесь в картотеке «Лефортова», есть ли там такой Нечаев М. А., — бросил в трубку Прокурор и, положив ее на рычаг, внимательно взглянул на собеседника. — Сейчас проверим...

Абонент не заставил себя долго ждать — спустя несколько минут аппарат зазвонил, и Прокурор, поднеся трубку к уху, выслушал ответ.

— Скорее всего, вы ошиблись, — ласково, но без тени улыбки произнес он. — В «Лефортове» такого человека нет.

— Но как же... Вы что, за дурака меня считаете? — с трудом сдерживаясь, чтобы не взорваться, воскликнул Богомолов. — Ведь не далее третьего дня...

— Константин Иванович, — Прокурор приложил руку к груди, демонстрируя этим жестом открытость и чистосердечие, — я отнюдь не считаю

397

вас дураком. Напротив, в моих глазах вы всегда были профессионалом самого высочайшего класса, принципиальным, честным и порядочным офицером. Но ведь ошибаться может каждый!

— Но есть десятки свидетелей! — настаивал Богомолов. — Когда третьего декабря на Кутузовском проспекте ваш Лютый...

— Он такой же мой, как и ваш, — резко перебил собеседник. — Да, я действительно знал бывшего лубянского офицера с таким оперативным псевдонимом. Это наш человек. Но могу сказать вам со всей уверенностью, — говоривший немного повысил голос, подчеркивая тем самым, что это суть сегодняшней встречи, — какой я обладаю, что к «Черному трибуналу» Нечаев не имеет ни малейшего отношения...

...Разговор и впрямь вышел серьезным. Впрочем, о Лютом больше не было сказано ни единого слова. По версии Прокурора, никакого лжетрибунала никогда не существовало, а был только один, настоящий. Вдохновителем и организатором этой зловещей структуры стал бывший подполковник Советской Армии, известный в Москве «новый русский мафиози» Миллер, а единственным исполнителем — отставной офицер медицинской службы Анатолий Ильич Серебрянский, человек с явными задатками маньяка. На его совести многочисленные убийства столичных бандитов: Караваева на Ленинградском проспекте, Гашим-заде в Сандуновских банях, Галкина и Балабанова в гостинице «Космос», Лебедевского в Ялте, Габунии в «Саппоро» и многих, многих других.

— Но ведь на суде Серебрянский наверняка откажется брать на себя чужие убийства! — не сдавался Константин Иванович.

— Почему чужие?! Кстати, напоминаю: «Черным трибуналом» вообще и Серебрянским в частности будем заниматься мы! А потому из «Лефортова» его придется изъять. У нас, не в обиду ФСБ будь сказано, следственная работа поставлена не хуже.

Богомолов лишь руками развел: мол, как знаете, дело ваше. Я рядом с вами человек маленький...

— А дальше-то что? — осторожно поинтересовался генерал, понимая, что после всего услышанного на искренность рассчитывать трудно.

— Общество встревожено, — подытожил Прокурор. — Эти мерзавцы из «Черного трибунала» нагнали на всех страху. Думаю, по окончании следствия господина Серебрянского следует продемонстрировать общественности, засветить по телевидению. Дать пресс-конференцию в наручниках и под охраной. Надеюсь, вы понимаете, для чего?

Да, Константин Иванович понимал, для чего. Понимал и другое, не менее очевидное: Прокурор и был тем самым загадочным человеком, который, по его давешним подсчетам, и стоял за кулисами происшедших событий.

— Ну, всего хорошего. — Доброжелательность вновь назначенного руководителя совсекретной контролирующей службы простиралась столь далеко, что он не только проводил гостя до приемной, но и спустился с ним вниз, к машине.

— До свидания. — Богомолов поджал фиолетовые нитки губ.

— Да, и вот еще что... — На мгновение задержав ладонь собеседника в своей руке, Прокурор произнес задумчиво: — Знаете, Константин Иванович, мы ведь с вами, по сути, делаем одно и то же дело. Только взгляды на это дело у нас принципиально разные.

— Да уж догадываюсь...

— А знаете, что в нашем деле главное?

— Что?

— Оставаться в русле реки, не прибиваясь ни к левому, ни к правому берегу. Все время быть на плаву — это главное. Прибиться означает остановиться в движении, стать мертвым грузом на берегу. Конечно, в реках случаются и водовороты, и мели, и подводные камни...

— К чему это вы?

— Я о Лютом... — вздохнул Прокурор, и только теперь Богомолов понял, почему этот загадочный человек столь любезно проводил его до подъезда; говорить о Нечаеве в своем кабинете ему по каким-то причинам не хотелось.

— И что же? — напряженно спросил Константин Иванович, все еще не понимая, куда клонит собеседник.

— Он все это время плыл против. Против закона. Против вас. Против всех. Он был один. Он имел все шансы утонуть. И теперь, согласитесь, этот человек заслужил выйти из воды сухим...

...Те несколько минут, которые обычно требуются, чтобы добраться от Кремля до Лубянки, Константин Иванович угрюмо молчал. Служебная «ауди» плавно плыла в плотном автомобильном потоке, и Богомолов, откинувшись на подголовник, воскрешал в памяти подробности недавней беседы. Искал подтекст, какое-нибудь скрытое объяснение происшедшему, а главное — оправдание и Лютому, и Прокурору. Искал, но не находил.

Если Прокурор в глазах Богомолова был эдаким символом тотального скрытого контроля, то сам начальник УПРО в глазах многих был воплощением Закона. И уж если Константину Ивановичу приходилось идти на его нарушение, то лишь повинуясь приказу. Ведь приказ — тоже закон!

А то, что закон можно и должно защищать противозаконными методами, не укладывалось в его сознании.

Однако события этого дня визитом в четырнадцатый спецкорпус Кремля не закончились. Переступив порог приемной своего кабинета, Константин Иванович, едва взглянув на верного помощника подполковника Рокотова, сразу понял: произошло нечто совсем скверное.

— Что случилось? — вешая пальто в шкаф, спросил Богомолов, внутренне готовясь к самым неприятным неожиданностям.

— Полчаса назад пришли люди Хозяина. Открыли ваш кабинет, потребовали отпереть сейф... Это был приказ. Сами понимаете, ослушаться я не мог.

— Их интересовали документы, связанные с Лютым в частности и с «Черным трибуналом» вообще? — догадался Богомолов.

— Да. Все забрали: протоколы, фотоснимки, видеокассеты, рапорты...

— А пульт дистанционного управления взрывателем — тоже? — устало спросил Константин Иванович.

— Да... — тяжело выдохнул Рокотов.

— У них было письменное распоряжение?

— Просили передать на словах: если у вас возникнут вопросы — обращайтесь в кабинет номер один. Очень извинялись за такую бестактность. Знаете, товарищ генерал, у меня возникло впечатление, что они сами чем-то напуганы. Хозяин никогда не позволил бы себе такого неуважения к вам. Наверное, и он приказывал не по доброй воле.

Богомолов со вздохом уселся на край стула. Зашелестел целлофаном сигаретной пачки, закуривая, щелкнул зажигалкой.

— Послушай... Там у меня в сейфе бутылка «Столичной» стояла. Ее-то, надеюсь, они оставили? — неожиданно для Рокотова спросил Богомолов.

— При мне не выносили, — улыбнулся тот.

— Вот и давай ее сюда. И два стакана. Жаль, что Савелия и Андрюшки здесь нет. Сейчас бы накатили под самое некуда...

— Это дело поправимое, — понимающе улыбнулся Рокотов и потянулся к телефону. — Так что, позвонить им, Константин Иванович?

— А что, и позвони, — согласился Богомолов. — Тем более что у меня для них есть кое-какие новости.

Через полчаса Говорков и Воронов уже были в кабинете генерала на Лубянке.

— Что, наши планы меняются? — первым делом спросил Савелий начальника.

Потом увидел на столе бутылку водки...

— Раздевайтесь, ребята, присаживайтесь. — Константин Иванович жестом пригласил их за стол. — Не то чтобы планы менялись, просто я тут кое-что узнал, хочу, чтобы вы были в курсе. Ну, по маленькой?

Все четверо чокнулись, выпили и закусили солеными огурцами, которые генерал считал самой лучшей закуской в мире и всегда держал пакет с ними в маленьком холодильнике.

— Вы, конечно, понимаете, — начал Богомолов, — что речь пойдет о моем визите в Кремль. В общем, главное! Лютого в «Лефортове» уже нет!..

— Как нет? — в один голос воскликнули Андрей и Савелий. — Сбежал?

— Нет, не сбежал, — стал объяснять генерал. — По приказу Хозяина из моего кабинета изъято все, что касалось и Лютого, и «Черного трибунала». Все очень серьезно. Хозяин намекнул мне, что Лютый должен выйти сухим из этой истории: как я понимаю, Лютый действовал вовсе не по собственной инициативе. А вину за все убийства возьмет на себя... Догадайтесь кто?

— Никаких проблем: господин Серебрянский, — спокойно ответил Савелий.

— Именно так, Савелий, именно! Как всегда — ты в самую точку! Хозяин говорил мне, что вопрос с этим типом уже решен. Так что, ребята, теперь вы знаете правду о Лютом. Не могу сказать, что мне нравится замысел Хозяина, но факт остается фактом.

Они выпили еще. Закусили. Немного помолчали.

Савелий закурил и произнес:

— Как бы то ни было, Константин Иванович, а я почему-то даже рад за Лютого. Помните, товарищ генерал, я говорил, что он вызывает у меня уважение? Какой боец! Таких людей раз-два и обчелся! Когда я с ним дрался, то был просто удивлен — он такие приемы знает, что с ним даже мне опасно иметь дело! Так, значит, мы еще встретимся с ним? Хотелось бы мне с этим парнем один на один сразиться, но уже ради спортивного интереса!

— Понимаю тебя, крестник, — мягко улыбнулся генерал. — И все-таки действия Хозяина кажутся мне чересчур своеобразными... Ладно, проехали...

— А наши действия? — напомнил Воронов. — Они как, без изменений?

— Все по-прежнему, — подумав, ответил Богомолов. — Миллера надо конечно же брать и ставить точку в этом деле. К тому же, думаю, увидев вас, Немец вряд ли заподозрит что-нибудь. Как-никак вы были его телохранителями. А насчет «Саппоро» можете придумать сказку. Хотя это, скорее всего, и не понадобится. В общем, как и планировали, берете его в аэропорту.

Выпили еще по одной, захрустели огурчиками. Неожиданно Богомолов спросил:

— Где Новый год-то собираетесь отмечать? Вероника-то приедет в Москву, а, крестник?

— Да учится она, — расстроенно сообщил Савелий. — Звонила, извинялась, даже к себе приглашала. Но вот в Россию никак не может вырваться. К тому же у нее собственная картинная галерея открывается.

— Вот оно что, — протянул Богомолов. — Ну, насчет поездки к ней я тебе пока ничего не буду обещать — дел у нас еще невпроворот. А в январе, думаю, организуем тебе встречу с любимой женщиной...

— Спасибо, Константин Иванович, — улыбнулся Бешеный, но тут же скривился от боли и потер распухший нос.

— К тому же вон ты какой страшный сейчас, — рассмеялся генерал. — Испугаешь Веронику своим видом. Ну, так где отметишь Новый год?

— Да есть одно местечко. — Савелий переглянулся с весело подмигнувшим ему Вороновым. — Где меня ждут и где мне будут очень рады.

— А я в семейном кругу, где же еще? — развел руками Андрей. — И вас, товарищ генерал, к себе на Новый год приглашаю, и вас, товарищ подполковник. Придете?

— Надо подумать, — улыбнулся Богомолов. — Почему бы и нет?

Водка в бутылке кончилась. Рокотов убрал ее со стола, и через несколько минут Савелий и Андрей покинули кабинет на Лубянке.

Глава двадцать первая
Нелегалы

Яично-желтый фургончик реанимобиля с бросающейся в глаза надписью «AMBULANCE», выкатив из ворот «Лефортова», неторопливо двинулся в сторону центра. В это раннее утро движения на улицах почти не было. Снег, выпавший за ночь, уже растаял, превратившись в холодную масленистую кашицу. Низкое небо выглядело серым и мрачным, и лишь разноцветные огоньки предновогодней иллюминации на столбах да украшенные по-новогоднему витрины напоминали, что до конца старого года оставалось лишь несколько дней.

В салоне реанимобиля были Максим Александрович Нечаев и двое мужчин.

После событий на Кутузовском проспекте истекающего кровью Лютого действительно отвезли в тюрьму. Оказали первую помощь и, быстро оформив нового постояльца, определили в одиночную камеру. Лютый пришел в себя на следующий день и, заметив на окнах решетки, без труда понял, чем закончилась для него вчерашняя безумная гонка. Понял и другое: теперь им вплотную займутся бывшие коллеги с Лубянки. Но, поняв все это, отчаиваться не стал: Нечаев всецело доверял Прокурору и знал наверняка — этот человек не оставит его своими заботами.

Так и произошло.

На допросы Максима не вызывали, в камере следователи не появлялись, да и лефортовские надсмотрщики — люкс-вертухаи (в Бутырской тюрьме — просто вертухаи), славящиеся своей суровостью, — не донимали нового арестанта «режимом». Пайка оказалась много лучше, чем можно было ожидать. Правда, на прогулки Нечаева не водили, но от этого он особо не страдал. Зато дважды в день в камеру приходил врач: щупал пульс, делал уколы, давал таблетки.

— А почему меня в санчасть не переводят? — полюбопытствовал арестант, знавший, что с его травмами не место в камере.

— Тут вам будет спокойнее, — ответил доктор.

Действительно, в одиночестве лефортовской камеры Лютому и в самом деле было спокойнее. Он мог собраться с мыслями и, проанализировав происшедшее, попытаться спрогнозировать будущее.

Главное было сделано: миллеровский наймит, тот самый горбоносый мужик, застреливший Габунию в туалете «Саппоро», пойман эфэсбэшниками. Теперь по неумолимой логике ему придется вешать на себя все убийства, совершенные от имени «Черного трибунала»...

А потому в будущее Нечаев смотрел без опаски.

Несколько раз Лютый мысленно возвращался к нескольким минутам перед тем, как он окончательно потерял сознание. Когда машина перевернулась, у него в мозгу молнией промелькнуло: «Вот и все, Максим, отгулялся ты на этом свете!»

Он знал, что еще есть шанс выжить после травм, полученных до аварии, но выжить после нее было практически невозможно. Поэтому, трезво оценив свои реальные возможности, Лютый мужественно принял неизбежное. Единственное, с чем ему было жаль расставаться на грешной земле, была Наташа, племянница старого «вора в законе», в настоящее время «прошляка» Коттона.

После гибели жены и ребенка Наташа была единственным на всем белом свете существом, к которому он был искренне привязан. Интересно, как до нее дойдет известие о его гибели? Скорее всего, услышит по радио, а может, увидит в «Дорожном патруле»: «Сегодня... на такой-то улице произошла авария... в которой погиб Максим Нечаев...»

Конечно, у него еще оставалась надежда, что Прокурор не найдет способ открыть правду его Наташе...

Мысли у него начали путаться и метаться от одного к другому, а тело стало вовсе невесомым, словно Лютый оказался в космическом пространстве. Он воспарил над землей, со стороны разглядел искореженную машину, толпу зевак... А вдали увидел несущееся к нему светящееся голубое облако, но облаком оно казалось лишь в первый момент: на самом деле это светящееся чудо было входом в удивительный нескончаемо длинный туннель.

Лютый без труда понял, что это за туннель, и, не раздумывая, направил свой полет к нему. Собственно, слово «направил» вряд ли уместно в данном случае: в сторону туннеля его понесла какая-то неведомая неостановимая сила. Когда до входа оставались считанные метры, где-то высоко в небе раздался очень знакомый голос:

«СЛИШКОМ РАНО ЕЩЕ ЕМУ УХОДИТЬ!..»

«Интересно, кому предназначены эти слова?» — промелькнуло в сознании Лютого.

«ТЫ ДОЛЖЕН ЖИТЬ И ТВОРИТЬ ДОБРО НА ЗЕМЛЕ!..»

На этот раз у Лютого не было никаких сомнений: эти слова были предназначены именно ему, и никому другому. Эти слова прозвучали столь весомо, что могучая сила, влекущая его ко входу в туннель, словно притормозила, послушно приостановила его полет, и он замер у самого входа...

«ПОМОГИ ЕМУ, БРАТ МОЙ...»

Снова прозвучал знакомый голос, и в этот момент Лютый вдруг увидел перед собой склонившееся лицо Бешеного... Максим тотчас ощутил прилив сил, и стало ясно, что ему действительно еще рано покидать землю: слишком много осталось на ней незавершенных дел...

Лютый осмотрелся: холодный антураж камеры, геометрически правильные перекрестья решетчатых прутьев на окне — все это, как ни странно, сейчас успокаивало Максима. Откуда-то пришло твердое убеждение, что в «Лефортове» он надолго не задержится. Еще прибавилась уверенность в том, что его здесь просто прячут: где же можно спрятать человека надежней, чем в тюрьме?..

Спустя шесть дней после ареста в пять утра арестанта разбудил контролер-коридорный:
— Задержанный!
— Я, — не мешкая отозвался Нечаев.
— На выход, с вещами!
Сперва Лютый удивился: почему люкс-вертухай не обращается к нему по фамилии. Затем вспомнил, что ни по имени, ни по фамилии тут, в «Лефортове», к нему вообще никто не обращался ни разу, если не считать первый день, когда оформляли документы. Сопоставив факты, он понял: Прокурор постарался сделать так, чтобы его, Максима Нечаева, в этой тюрьме навсегда позабыли.

Никаких вещей у Лютого не было, и, умывшись, он быстро покинул камеру. Идя коридором, застланным ковровой дорожкой, и сопровождаемый каким-то сотрудником в штатском, Нечаев неожиданно поймал себя на мысли: одиночную «хату» «Лефортова» он покидает не без сожаления. Нет, не из-за страха за свою жизнь... Где еще ему придется так полноценно отдохнуть?..

Необходимые формальности, связанные с освобождением, заняли минут пятнадцать, присем присутствовали лишь трое: он сам, сотрудник, который оформлял его в день прибытия в «Лефортово», и сотрудник в штатском, который вывел его из камеры.

Уже в половине шестого Максим, в сопровождении того же сотрудника в штатском, садился в желтый реанимобиль, дожидавшийся его в лефортовском дворике.

В машине, кроме водителя, был еще один сотрудник в штатском, похожий на первого: такой же серенький, неприметный мужичок. Оба с на редкость незапоминающимися лицами. Окинув недавнего арестанта цепким взглядом, первый, видимо бывший за старшего, произнес негромко:

— Прокурор распорядился доставить вас домой. Насколько нам известно, в вашем распоряжении три квартиры в Москве и одна в Подмосковье. Куда везти?

Максим, недолго думая, назвал адрес самой отдаленной. И не потому, что он не спешил домой. Просто захотелось проехаться по Москве, посмотреть на заснеженные улицы, на предпраздничную иллюминацию, которую к утру еще не успели погасить...

Спустя минут сорок яично-желтый фургончик реанимобиля остановился у подъезда многоэтажки в Южном Бутове.

Максим вылез из машины, разминая затекшие от долгого сидения ноги.

— Спасибо, до свидания, — неприязненно бросил он, заметив, что оба провожатых вышли из машины следом. — Дорогу дальше я знаю.

— Нам приказано доставить вас до дверей квартиры, — объяснил старший. — И кое-что передать...

— Ваше право...

Уже в лифте Максим, хлопнув себя по карманам, вспомнил: ключи от этой квартиры остались в «форде». А запасные — в другой квартире, в Медведкове...

— Ничего, мы откроем, — заметив замешательство Лютого, произнес серенький провожатый.

— У вас и ключи от моей квартиры есть? — удивился Нечаев.

Серенький извлек из кармана набор отмычек.

— У нас все есть... — улыбнулся он, и это было первой эмоцией, которую Лютый увидел у своих сопровождающих...

Они прошли на кухню, где Максим не был уже целую вечность, недели три. Знакомый стол с выщербленными кое-где краями, полное мусорное ведро, пепельница с засохшим окурком...

— Хотите, я вам кофе сварю? — спросил Лютый, готовый с радостью исполнить долг хозяина и проявить гостеприимство.

— Нет времени. — Не снимая пальто, серенький расстегнул пуговицу, извлек из внутреннего кармана пачку паспортов и еще каких-то документов. — Прокурор велел передать это вам.

Лютый не спеша перелистал документы. Все, как один, — на чужие имена, но с его, Нечаева, фотографией. К внутренним паспортам прилагались заграничные, водительские удостоверения и военные билеты. Короче — полный джентльменский набор...

— А где мои документы? Я имею в виду паспорт на имя Нечаева М. А., выданный сто сорок вторым отделением милиции города Москвы от третьего июля тысяча девятьсот восьмидесятого года? — весело спросил он, понимая, что документы на свое имя он уже не получит, по крайней мере в ближайшие годы.

— Этого мы сказать не можем. Телефон Прокурора вам известен. Звоните, узнавайте у него...

Проводив «сереньких» сотрудников до двери, Максим вернулся на кухню. Заварил себе кофе, закурил и, вытянув ноги под столом, произнес задумчиво:

— М-да. Опять на нелегальное положение... Опять я не принадлежу самому себе...

410

Размышления его прервал телефонный звонок. Сперва Лютый хотел было подняться и взять трубку, но все-таки решил этого не делать. Он-то прекрасно знал, кто может позвонить ему в столь ранний час.

Очень хотелось спать. В «Лефортове» его разбудили как раз тогда, когда ему снился чудесный сон — будто бы они с Наташей, взявшись за руки, гуляют по лесу. И будто бы Наташа сообщает ему, что у них будет ребенок. И его это страшно радует. Она говорит, что была в консультации, что врачи смогли даже пол ребенка определить, — если Максим, конечно, не будет возражать, у них должен родиться мальчик.

«Да как я могу возражать? — воскликнул Нечаев и, схватив Наташу на руки, начал кружить ее, целуя в глаза и губы. — Я просто счастлив, Наташа, родная! Мы назовем малыша Павлом. Так звали моего сына, который, к несчастью, погиб от рук бандитов, и мне хочется, чтобы память о нем осталась на земле...»

Такой сон прервали! Ладно... А что наяву-то происходит с его любимой? Так хочется ее увидеть! Он вспомнил, как страстно и горячо любила его эта милая нежная девушка, как неистово отдавалась ему в деревенском домике. Надо срочно ее увидеть. Но как? Куда же он задевал номер мобильника дяди Леши? Теперь разве найдешь? Но ведь у него отличная память — значит, если постарается, вспомнит.

Он разделся, выкурил сигарету и пошел в душ. Стоя под горячими струями воды, он перебирал в памяти все номера телефонов, которые только мог вспомнить. И правда сумел вспомнить номер коттоновского мобильника! Принялся названивать — ему не терпелось услышать Наташин голос. Наконец дозвонился, и она воскликнула:

— Максим, ты? Любимый мой! Наконец-то! У меня для тебя потрясающая новость! Я сегодня

411

была в женской консультации, мне сказали, что я беременна! Я ужасно рада! А ты? Ты рад? У нас будет ребенок!

Максим слушал ее лепет и улыбался — сон-то был в руку! Не зря, значит, говорят про шестое чувство. Он радостно крикнул в трубку:

— Наташенька, золотая моя! Это же здорово! Скоро увидимся! Это я тебе точно говорю! Я тут кое-какие дела улажу и сразу к тебе! Слышишь?

— Слышу, родной! Ты приезжай скорей, я так по тебе соскучилась!

— Ладно. Дяде Леше привет передавай от меня!

Они болтали с полчаса, никак не могли наговориться. Когда Максим положил трубку телефона на рычаг, он был абсолютно счастлив — как тогда во сне. Он был уверен, что на Новый год обязательно вырвется к Наташе.

Спустя несколько часов после того, когда реанимобиль привез Лютого из «Лефортова» в Бутово, Александр Фридрихович Миллер выходил из подъезда скромной пятиэтажки. В районе улицы Трифоновской у него была запасная квартира — одна из многих. Немец всегда отличался предусмотрительностью и понимал: вкладывать деньги в жилье стоит не только потому, что «московская недвижимость всегда в цене», но и потому, что «запасной аэродром» может потребоваться в любой момент.

Кто мог знать, что момент этот наступит так скоро?!

После бегства из «Саппоро» Немец помчался домой и, захватив необходимые документы, бросил жене Люсе:

— Меня не жди, буду через неделю, дела. Если кто-нибудь станет интересоваться мною, скажешь, что уехал в командировку.

— Боже, опять к блядям своим собрался! — всплеснула руками глупая Люся.

Однако Александр Фридрихович не удостоил ее даже взглядом, — спустившись вниз, он уселся в «линкольн» и помчался на Трифоновскую...

Пришлось теперь переходить на нелегальное положение. Другого выхода он не видел...

За следующие два дня Немец успел сделать немало: по телефону уладил все дела в Москве, заказал билет на венский рейс, забронировал в столице Австрии номер в гостинице. Документы на подставное имя были безукоризненны: даже самая суровая экспертиза наверняка установила бы их подлинность. Оставалось добраться до Шереметьева, пройти контроль, и все, прощай, Родина! Прощай, немытая Россия, ставшая для него в одночасье такой негостеприимной, даже враждебной! Ну, ничего, он все еще у руля, все еще на коне!.. И вы, дорогие россияне, еще вспомните Миллера!

Руководить задуманной спекуляцией можно через доверенных лиц и из-за границы...

Александр Фридрихович уселся за руль, прогрел двигатель, не спеша выехал со двора.

Конечно, ехать в Шереметьево на засвеченном лимузине было рискованно. Но так хотелось в последний раз прокатиться с ветерком по Москве, так хотелось посидеть за рулем серебристого «линкольна» — тоже в последний раз... Кроме того, не было уверенности в том, что другие машины не засвечены. Миллер никогда никому не доверял. Сегодня просить кого-то из сотрудников отвезти его в аэропорт или же просто подогнать другую, менее приметную машину было, с точки зрения Немца, непростительной ошибкой.

— Ничего, если все выгорит, «роллс-ройс» куплю, «роллс-ройс» серебристого цвета, — успокаивая себя, пробормотал Миллер, когда лимузин выехал на Ленинградский проспект.

Что и говорить, покидать Россию навсегда было чуточку жалко. Многое предстояло бросить, забыть, выдернуть с корнем. Но Александр Фридрихович, давно определивший для себя систему ценностей, понимал, что об оставленном жалеть не стоит. Зачем тратить нервы, переживая и тоскуя о прошлом, когда тебя ожидает великое будущее?

Собственно, о чем жалеть-то? «Защитник» себя изжил — это непреложный факт. Ныне, в эпоху биржевых спекуляций, манипуляций с валютными курсами и ГКО, можно, не «мокрушничая», иметь намного больше.

Тосковать по друзьям? Их у Миллера никогда не было и быть не могло. Да и сам Немец не представлял себя в роли друга или хотя бы просто приятеля наиболее выдающегося человека. У него и в приятелях потребности не было.

Жалеть о Родине? Александр Фридрихович не знал, что это такое. В его понятии Родина там, где сладко живется лично ему. У мафиози, так же, как и у пролетария, не может быть Родины.

Жалеть о жене Людмиле, навсегда оставленной тут? При воспоминании об этой пошлой дуре Александра Фридриховича невольно передернуло. Да и она небось будет рада жить одна в роскошной и богато обставленной квартире.

Немного жаль было лишь этого чудного лимузина, который наверняка придется бросить.

Уже за Химками Александр Фридрихович обратил внимание на подозрительный «фольксваген-пассат» с затемненными стеклами. Машина ехала на довольно приличном отдалении от «линкольна», держа определенную дистанцию. Немец придавил педаль газа — «фольксваген» рванул вперед. Немец сбросил скорость — «фольксваген» чуть поотстал.

— Этого еще не хватало... — пробормотал Александр Фридрихович, подозревая, что в «фольксвагене» могут быть его преследователи.

Еще с армейских времен Миллер знал: обнаружив слежку, ни в коем случае нельзя показывать это преследователям. Если это всего лишь слежка, а не погоня, лучше всего остановиться, сделать вид, что в машине какая-то неисправность, и посмотреть на реакцию преследователей.

Немец так и поступил.

Заметив бензозаправку, Александр Фридрихович сбросил скорость и медленно подрулил к площадке с бензоколонками. Но из машины не вышел — следил, как поведет себя подозрительный автомобиль. «Фольксваген», не тормозя, проехал мимо и исчез за поворотом. Как ни старался Миллер рассмотреть водителя, сделать ему это так и не удалось.

— Совсем нервы ни к черту... — пробормотал Немец. — Пуганая ворона куста боится.

Выйдя из машины, он прошел по заснеженной тропинке и осторожно глянул в сторону поворота, за которым исчез «пассат». Ничего интересного, разве что яично-желтый реанимобиль с крупной надписью «AMBULANCE» по всему борту медленно телепается по шоссе.

Взглянув на часы, Александр Фридрихович отметил, что до начала регистрации у него еще больше часа. Можно было напоследок, не торопясь, подышать морозным воздухом Подмосковья.

Эх, прощай, страна дураков!

— Ничего, на Западе не пропаду. — Немец даже не заметил, что заговорил вслух.

Он скрестил руки за спиной и стал медленно прогуливаться по хрустящему снегу. Прогуливался и размышлял:

«Вот и все. Пора делать очередной поворот, очередной финт ушами. Пора переходить на легальное положение. Хватит убийств и разборок. Австрия, Австрия... Не я первый, не я последний. И там у меня будут секретуточки типа Вики. Стану примерным и добропорядочным бизнесменом-налогоплательщиком. Развернусь, может, даже этой ихней дурацкой благотворительностью займусь... Все у меня должно получиться. Неужели меня пасут? Кто это может быть? Да и откуда кто-то может знать, где я? Ох, слишком гладко все идет. Предчувствия какие-то нехорошие. Я же крученый шуруп, должен все предусмотреть. Может, я зря все-таки на «линкольне» поехал? Ладно. Сейчас пройду регистрацию, быстренько в самолет, и все, ищи ветра в поле. Как там в Библии сказано: время разбрасывать камни, время собирать... Так я все собрал! Дела в полном порядке. Нет, Александр Фридрихович, дорогой, не надо нервничать. И думать о неприятном — пусть лошадь думает, у нее голова большая. Все-таки откуда у меня такие нехорошие предчувствия? А вдруг все сорвется? Тогда что? Успею ли переиграть свои планы? Раскололся ли Серебрянский? Если да, то что? На Лубянку в наручниках... нет, этого допустить нельзя! Все, пора в аэропорт...»

— Он что, засек нас? — Сидевший на водительском месте Воронов, не снижая скорости, промчался мимо бензоколонки.

— Я же тебе говорил — дистанцию надо держать. Ладно, видишь тупик у киоска? Давай туда, место хорошее. — Трудно сказать почему, но Савелий ощущал какое-то странное беспокойство.

Для него не было видимых причин. Но росло ощущение, что они с Вороновым находятся как бы в первых рядах предстоящего представления и остаются зрителями, от которых зависит лишь одно: разразиться аплодисментами или освистать тех, кто на сцене...

Плавный поворот руля, и «фольксваген» въехал на узкую дорожку, обсаженную заснеженными деревьями. Трасса на Шереметьево просматривалась отсюда отлично, но самой машины почти не было видно, — во всяком случае, чтобы различить ее из проезжающего автомобиля, следовало притормозить.

— Что делать будем? — Андрей вопросительно взглянул на Бешеного.

— Не знаю... — честно признался Савелий. — У меня какие-то странные предчувствия...

— Какие? — нахмурился Воронов.

— Сам не пойму... Что-то должно произойти, но что? — Он нахмурился.

— Я скажу что: в аэропорту мы с тобой возьмем этого сукиного сына!

— Твоими устами да мед пить... — неуверенно заметил Савелий и добавил: — Может быть, обождем?

— Давай, — согласился Воронов, мельком взглянув на приборное табло с часами. — У него час пятнадцать до регистрации.

Ждать и догонять, как известно, хуже всего. Но теперь друзья были готовы поклясться, что ждать все-таки хуже.

— Давай я до поворота пешком пройдусь, посмотрю, что там случилось и почему Немец не торопится на посадку? — предложил Говорков, нетерпеливо ерзая на сиденье. — А если получится здесь подобраться к нему, дам в бубен, скручу и сюда, в машину.

— А если он тебя заметит?

— Постараюсь, чтобы не заметил. Вон видишь тропинку между деревьями?

— А если он тронется?

— Догоним! — Бешеный уже выходил из машины.

Хлопнув дверцей, Говорков двинулся по узкой тропинке, протоптанной вдоль проезжей части. Снег сухо скрипел под подошвами кроссовок. Пройдя метров двадцать, он остановился, встал за заснеженный куст, осторожно выглянул в сторону заправки...

Все вокруг дышало спокойствием, ничто не предвещало ни драм, ни катастроф. Да и откуда им взяться? Шоссе было тихим и пустынным: за последние несколько минут лишь желтый реанимобиль с

417

надписью «AMBULANCE» нарушил спокойствие утренней трассы.

Стоя за кустом, Савелий видел, как Миллер уселся в машину, хлопнул дверцей, как плавно поехало вверх стекло...

До слуха Говоркова донесся звук провернувшегося стартера, и в тот же миг со стороны бензозаправки раздался страшной силы взрыв. Колонки, пожарный щиток, будочка контролера — все это за считанные секунды было снесено мощнейшей взрывной волной. Взрыв был настолько силен, что из дома, стоявшего по другую сторону шоссе, повылетали стекла.

Спустя секунду серебристый «линкольн» был целиком объят пламенем. Задок машины сильно разворотило — видимо, пожар произошел в результате взрыва бензобака. Яркое пламя багровыми бликами ложилось на почерневшие от копоти сугробы. В трещавшем костре силуэт автомобиля словно таял, растворялся, как кусок сахара на дне стакана с чаем. Капот и крыша машины раскалились до яркого малинового цвета. Ветер трепал языки пламени, сдувал огонь в сторону, и в салоне отчетливо различался человеческий силуэт.

К Бешеному уже бежал Воронов, невесть зачем доставая из подмышечной кобуры пистолет.

— Дела-а-а... — только и сумел протянуть он, глядя на пламя как завороженный.

Савелий не смотрел в сторону пылающей машины. Взгляд его был прикован к желтому фургончику реанимобиля. Машина эта, несколькими минутами раньше проехавшая в сторону Шереметьево, теперь мчалась в сторону Москвы. Странно, но автомобиль медицинской помощи даже не притормозил у пылающей бензозаправки.

Бешеный не успел рассмотреть лиц водителя и единственного пассажира, сидевшего рядом, но мог с уверенностью сказать — ни тот ни другой не были похожи на Лютого...

— Лови, Савелий! — Расхохотавшись, Аврора запустила в него снежком.

Он ловко увернулся, быстро слепил себе такой же и кинул в девушку. Она грациозно отскочила в сторону, и снежок вляпался в стену дома на Таганке, где Аврора и Савелий решили отметить вместе Новый год. Он, конечно, по-прежнему скучал по Веронике, но день ото дня Аврора ему нравилась все больше и больше. Она в него всерьез влюбилась, говоря часто совсем обратное — что секс есть секс, обычная потребность для женщины и мужчины. Что она не может ни в кого влюбиться, потому что это глупо. И что она и помимо Савелия без особых проблем нашла бы себе парня для занятий сексом.

Однако за всей этой легкомысленной бравадой Савелий углядел нечто большее. Да разве трудно было заметить, как Аврора им любуется, как она с ним нежна, а иногда и застенчива. Так бывает — женщина говорит одно, а в ее глазах при желании можно прочесть совсем другое.

Вот и Аврора, эта прелестная медноволосая богиня, говорила одно, а думала, скорее всего, другое. И на Новый год именно она сама его к себе пригласила.

Они провели вместе уже не одну ночь — родители девушки были в отъезде. Савелий обратил внимание на опытность Авроры в любовных делах, на ее удивительную способность заботиться прежде всего о наслаждении своего партнера.

Сегодня, тридцать первого декабря одна тысяча девятьсот девяносто восьмого года, они проснулись в одной постели, потом занялись любовью, потом снова продолжили, через какой-нибудь час... В ласках и объятиях пролетел весь этот день, Аврора была просто ненасытна.

Когда на улице стемнело, а все прохожие разбежались по домам, чтобы готовиться к встрече Нового года, Савелий и его новая подруга решили немного прогуляться и стали играть в снежки. Как она была хороша в шубке и норковой шапке — ну вылитая Снегурочка!

— А вчера тебе понравилось в ванной? — подойдя к Савелию близко-близко, тихо спросила его девушка. — Мне лично — очень... Если захочешь, можем сегодня повторить?

— Если мы хотим успеть хоть что-то сделать еще в этом году, нужно очень поспешить, — улыбнулся он, наклонился и поцеловал красавицу в теплые губы.

Она шевельнула губами, отвечая на поцелуй.

Савелий с трудом оторвался от ее жарких, таких жаждущих губ и пробормотал:

— Дело в том, что уже через полчаса наступит следующий год! Ну, пошли?

Они зашли в подъезд, поднялись на лифте на четырнадцатый этаж и вошли в квартиру. Разделись. Сели к столу, на котором возвышались бутылки шампанского, «Столичной», мартини, и зажгли свечи. Аврора выключила свет, воткнула в розетку шнур от искусственной елки. По елке забегали разноцветные огоньки.

— Ой! — воскликнула она. — Я же утку разогреть должна! Забыла совсем! — Девушка побежала на кухню.

Но вскоре вернулась с хитрым видом и вручила Бешеному свой новогодний подарок — электробритву. В свою очередь Савелий достал из кармана пиджака подарок для Авроры — серебряное колечко с большим изумрудом, лежащее в маленькой бархатной коробочке.

— Спасибо, дорогой, — подпрыгнула она и захлопала в ладоши. — То самое колечко, которое я тебе в витрине показывала, да? Боже, красота какая!

Они обнялись и поцеловались. Через несколько минут Аврора включила пультом «Панасоник». На экране пел тот самый модный певец, которому Бешеный когда-то помог на Кипре. Савелий усмехнулся.

Девушка, не стесняясь своего любовника, переоделась у трельяжного зеркала в потрясающее длинное синее платье с блестками. Цвет платья очень гармонировал с цветом ее глаз и огненными волосами.

Они прослушали поздравление Президента России, а ровно в двенадцать ночи подняли узкие бокалы с искрящимся шампанским, звонко чокнулись и закричали словно бравые солдаты, устремившиеся навстречу противнику:

— Ура-а-а! — и весело рассмеялись.

Савелий стал названивать друзьям и коллегам — Воронову, Рокотову, Богомолову. Всех поздравил с наступившим Новым годом, пожелал здоровья, счастья, успехов. Понимая, что Авроре это будет не очень приятно, он извинился перед ней и все-таки позвонил Веронике, которая сейчас была так далеко от России. Тоже поздравил, сказал несколько любовных фраз...

Положил трубку и еще раз извинился перед новой своей подругой.

— Счет я оплачу, само собой... — виновато произнес Савелий.

— Да брось ты, — отмахнулась она, — я не про счет, а про нее. Я тебе уже говорила, что я не ревнивая. Она — там, ты — здесь, что же, ты месяцами без женщины обходиться должен? Не переживай! Все нормально!

Она стряхнула наманикюренным ярким лаком ногтем пепел с тонкой коричневой сигаретки «Мор» и сказала уже совсем другим, веселым тоном:

— А не пора ли нам перекусить, дорогой? Утка, я думаю, уже готова.

Аврора принесла из кухни утку, поставила ее в центр стола, на котором были также и баночки с красной и черной икрой, различные салаты, великолепно приготовленные Авророй, и аккуратно нарезанная кружочками колбаса. Они выпили еще шампанского и принялись поглощать пищу.

— Хочу в хлам напиться, — заявила Аврора с улыбкой. — Да и тебе не помешает. Все мужчины говорят, что после выпивки поутру у них самые приятные ощущения от секса.

Савелий только хмыкнул. Когда кончилось шампанское, Савелий выпил немного водки, а Аврора — мартини. Внезапно девушка выключила телевизор и подошла к нему. Обняла за шею, стоя у него за спиной, и, дурачась, пропела:

— Ну когда же, когда ты опалишь меня огнем своей жаркой страсти?

Потом, усаживаясь к нему на колени, добавила на полном серьезе:

— Я тебя хочу, очень хочу! Понимаешь? И немедленно! Здесь и сейчас!

Они стали целоваться, медленно раздевая друг друга. Аврора встала и тонким пальчиком поманила его к кровати.

Затем нагнулась, отключила телефон и прошептала на ухо Савелию:

— Ненавижу, когда звонят в самый неподходящий момент...

...Вот так они встретили начало нового года, искренне надеясь, что никакие обстоятельства не помешают им встречаться снова и снова. Первый тост, который они подняли после ночи бурного обладания друг другом, был вечный:

— За любовь!..

Глава двадцать вторая
И вновь — «Черный трибунал»?

Пресс-конференция, о которой Прокурор говорил Богомолову, состоялась в конце января девяносто девятого года. Как и следовало ожидать, эта пресс-конференция произвела эффект разорвавшейся бомбы. Детонатором бомбы, как и намечалось, выступил доктор-некрофил Серебрянский.

Встреча подследственного с журналистами происходила в следственном изоляторе «Лефортово», куда Анатолия Ильича привезли из какой-то другой тюрьмы.

Несмотря на то что руки арестанта сковывали наручники, несмотря на то что его охраняла четверка бравых молодцов, подследственный выглядел уверенно и спокойно. Немного смущаясь от внимания журналистов и щурясь от яркого света установленных в зальчике софитов, киллер, отправивший на тот свет, по его собственным словам, больше десятка высокопоставленных мафиози, довольно складно повествовал и о причинах создания «Черного трибунала» («Мне, как и всем вам, надоело жить в бандитской стране!..»), и о том, по каким критериям подбирались жертвы («по степени опасности для общества»), и о том, почему он отсылал оставшимся в живых мафиози смертные приговоры («чтобы боялись»).

По всему выходило, что Серебрянский — герой дня, целиком положительный персонаж новой русской истории. Во всяком случае, в вопросах журналистов явственно слышались сочувственные нотки, и Анатолий Ильич, понимая, что только на сочувствии и симпатиях общественности можно заработать очки для будущего судебного процесса, красочно живописал и беспредел покойных мафиози, и собственное геройство.

Естественно, идея превращения мелкого, ничтожного и никому не нужного человечишки, притом с откровенно маниакальными наклонностями, в настоящего супермена принадлежала Прокурору.

За день до пресс-конференции руководитель «КР» беседовал с Серебрянским три часа кряду — объяснял, как и на какие вопросы отвечать, каких тем следует избегать, о чем вообще не заикаться...

Некоторые ответы на предполагаемые вопросы Анатолию Ильичу даже пришлось выучить наизусть...

— Если вы пойдете нам навстречу, мы в долгу не останемся. Поймите, Анатолий Ильич, по совокупности убийств с отягчающими обстоятельствами вам грозит «вышка». Я гарантирую вам не больше десяти лет в самой лучшей зоне и, вполне возможно, даже амнистию... — ласково говорил Прокурор, просматривая листки с заготовленными ответами будущего героя...

Конечно, Серебрянский понимал справедливость слов этого загадочного и немного жутковатого человека. Понимал он и то, что ему уготована малозавидная роль громоотвода. Но понимал Серебрянский и то, что иных шансов уйти от «вышки» у него нет...

И потому, когда журналист популярного телеканала (специально приглашенный Прокурором) задал ключевой вопрос: «Остались ли на свободе ваши сообщники по «трибуналу», а если да, то продолжат ли они начатое им?» — Серебрянский ответил твердо:

— Да. Я действовал не один. Как я только что сказал вам, «Черный трибунал» — отлично законспирированная структура профессионалов. А я был всего лишь исполнителем, одним из многих. Я даже не знаю, сколько нас всего. Так что мафии не стоит вздыхать с облегчением, лучше готовиться к новым траурным церемониям. Убийства наверняка будут продолжаться, но теперь наши люди станут еще изощренней, еще осторожней...

Сразу по окончании пресс-конференции Прокурор отправился в Кремль: там, в четырнадцатом спецкорпусе его уже несколько часов дожидался Максим Нечаев.

— Ну, вот и все, — улыбнулся руководитель «КР», усаживаясь за стол. — Дело сделано. Теперь во всей России не найдется ни единого человека, который не поверил бы в существование «Черного трибунала». И что главное — в его действенность поверили даже те, против кого он и был направлен: наши дорогие отечественные мафиози. И теперь, Максим Александрович, с полной уверенностью можно сказать: у них точно выработался условный рефлекс неотвратимости наказания за любое совершенное преступление.

Заметив, что Лютый то и дело бросает взгляды в сторону надкаминных часов с золочеными фигурками волка и охотника, бегущих друг за другом по кругу, Прокурор прокомментировал:

— Переехав в Кремль, я взял с собой и этот символ-напоминание. Механизм страха запущен, часовая пружина сжата, и распрямляться она будет очень и очень долго. «Черный трибунал» — миф, фантом, красивая легенда. Но теперь в нее наверняка поверят охотней, чем в такие реальные организации, как Генпрокуратура, МУР, РУОП и ФСБ, вместе взятые.

Нечаев слушал не перебивая. Внешне он выглядел спокойно, разве что стряхивал сигарету в пепельницу чуточку чаще, чем следовало, да взгляд его стал слишком жестким.

Однако высокопоставленный собеседник, обладавший редкой проницательностью, видел: Лютый явно хочет что-то спросить, но по каким-то причинам не решается.

— Что-то не так, господин Нечаев? Вероятно, вас интересует, почему вам и господину Бешеному вновь пришлось стать врагами? Я прав?

— И это тоже... — Почему-то ему захотелось поведать Прокурору о том, что своей жизнью он обязан Бешеному, однако, подумав немного, он понял, что не имеет право посвящать его в эту тайну: Бог знает какие идеи могли прийти в голову практичному Прокурору, узнай он об удивительных способностях Бешеного. Пусть его чудесные возможности останутся их маленькой тайной, а потому он добавил очевидное: — По сути, мы с Бешеным занимались одним и тем же.

— Что ж, таковы законы нашего национального спорта — бег по кругу.

— Неужели в этом спорте обязательно ставить друг другу подножки? — недовольно буркнул Лютый.

Прокурор промолчал, делая вид, что не расслышал вопроса.

— Что-то еще?

— Да.

— Слушаю вас...

— Скажите... Кто взорвал Немца? «КР»?

— Мы такими вещами не занимаемся, — серьезно ответил Прокурор, и Максим, хорошо изучивший интонации этого человека, понял, что тот говорит искренне. — Дело в том, что «КР» была структурой аналитической, разведывательной, контролирующей. Но ни в коем случае не силовой. Для подобных акций у нас есть вы.

Лютый с силой затушил сигарету в пепельнице и, помедлив, спросил неуверенно:

— Стало быть... «Черный трибунал» или какая-то похожая организация вроде нее действительно существует?

Лицо Прокурора сразу же сделалось суровым. Резкие морщины легли в уголках рта, и взгляд из-под тонких линз полоснул собеседника холодом.

— А вот этого, Максим Александрович, я вам никогда не скажу: это вам знать совсем не обязательно!

— Но ведь нетрудно догадаться, зачем понадобилась сегодняшняя комедия с Серебрянским! — быстро нашелся Лютый.

— Вы вправе строить собственные догадки. А мы — делать свое дело. Или вы все-таки считаете, что с преступностью можно и должно сражаться лишь в рамках закона?!

Обдумывая последние слова Прокурора, Лютый вышел из кремлевских ворот в Александровский сад и медленно двинулся к Манежу — он хотел немного пройтись и не спеша подумать. Максим остановился у книжного лотка, посмотрел на яркие цветные обложки — в продаже были сплошь боевики да документальные книги о криминале. Шел снег.

Красивая молодая женщина в лисьей шапке протянула продавцу деньги, тот отсчитал ей сдачу и вручил какой-то боевик. Маленький мальчик тянул женщину за рукав и все время спрашивал:

— Мама, мама, это какая книжка? Где хорошие дяди убивают плохих дядей, да? Ну, мама, ну скажи, а плохие дяди тоже убивают хороших дядей, да? Мама... А в этой книжке хорошие дяди накажут плохих, да?

— Да, да, — ответила ему мать. — Обязательно накажут, сынок. Хорошие дяди всегда наказывают плохих. Ну, пойдем.

Максим улыбнулся. В этот момент он понял, что живет на этом свете не зря. И что его долг — быть здесь, в России, в трудное для страны время, когда плохие дяди так разгулялись, что совсем не боятся наказания. Они уверены, что возмездие никогда не настигнет их, что именно они, бандиты, а не простые честные люди — хозяева жизни.

— Они должны быть наказаны! — твердо проговорил Лютый вслух и вдруг добавил: — А тебе, Бешеный, спасибо за помощь! Я у тебя в неоплатном долгу! Можешь поверить, что ты для меня сейчас как брат, как старший брат, и, если тебе понадобится моя помощь, моя кровь, будь уверен, я не дрогну! С Новым годом тебя! Счастья, здоровья и успехов во всем!..

Как все-таки удивительно устроен человек! Сколь необъяснимыми и неиспользованными возможностями он обладает! Именно в тот момент, когда Лютый произносил пожелания Савелию, тот, в свою очередь, тоже думал о своем «сопернике».

— Знаешь, Аврора, тут я подумал об одном парне...

— И что это за парень? — томно спросила девушка.

— Этот парень хотел убить меня...

— Вот сволочь! — вырвалось у нее.

— Но и я хотел убить его!

— И что, убил?

— Нет, спас ему жизнь!

— Зачем?

— Зачем... — тихо и задумчиво повторил Савелий. — А затем, что мне этот парень очень и очень нравится!

— Ничего не понимаю... — растерялась девушка. — Он тебя хотел убить, ты его хотел убить, а вместо этого спас его... А теперь он еще тебе и нравится?!

— Все очень сложно объяснить! Просто давай выпьем за него и пожелаем ему всего самого доброго в жизни! Пусть живет долго!

— Пусть живет... если ты этого хочешь... — ехидно усмехнувшись, вздохнула девушка.

— Вот именно, пусть!..

СОДЕРЖАНИЕ

От авторов 5
Пролог 7
Глава первая. Удар Кобры 33
Глава вторая. Кипрское вино 51
Глава третья. Кремлевский курсант 66
Глава четвертая. Бег по кругу 97
Глава пятая. Лики смерти 130
Глава шестая. «При загадочных
обстоятельствах...» 154
Глава седьмая. Встреча в Ялте 181
Глава восьмая. «Черный трибунал»-2 198
Глава девятая. Подсадная утка 224
Глава десятая. Хранители тела 235
Глава одиннадцатая. «Двойной стандарт» 246
Глава двенадцатая. Диверсия 256
Глава тринадцатая. Понедельник — день
тяжелый 269
Глава четырнадцатая. Образ врага 293
Глава пятнадцатая. Хирург 312
Глава шестнадцатая. Мишень с прицелом 336
Глава семнадцатая. Бешеный против Лютого ... 344
Глава восемнадцатая. Погоня 360
Глава девятнадцатая. Почему? 374
Глава двадцатая. Реванш 393
Глава двадцать первая. Нелегалы 405
Глава двадцать вторая. И вновь — «Черный
трибунал»? 423
Послесловие 429

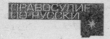

Виктор ДОЦЕНКО, Федор БУТЫРСКИЙ

ЧЕРНЫЙ ТРИБУНАЛ
Бешеный против Лютого

Редактор *Г. А. Анджапаридзе*
Технолог *С. С. Басипова*
Оператор компьютерной верстки *А. В. Волков*
Корректор *И. Г. Волкова*

Издательская лицензия № 065676 от 13 февраля 1998 года.
Подписано в печать 16.11.99. Формат 84×108 $^1/_{32}$.
Гарнитура «Таймс». Печать офсетная.
Усл. печ. л. 25,20. Тираж 10 000 экз.
Изд. № 914. Заказ № 781.

Издательство «ВАГРИУС»

129090, Москва, ул. Троицкая, 7/1
Интернет/Home page — http:\\www.vagrius.com
Электронная почта (E-Mail) — vagrius@mail.sitek.ru

Издание осуществлено при участии
ООО «Фирма "Издательство АСТ"»

Отпечатано с готовых диапозитивов
в ОАО «Рыбинский Дом печати»
152901, г. Рыбинск, ул. Чкалова, 8.